AF196832

SUSAN LEE
Seoulmates
Believe in Us

Die Bücher von Susan Lee bei LYX:

Seoulmates:
1. Seoulmates – Always have and always will
2. Seoulmates – Believe in Us

SUSAN LEE

seoul
believe in us
mates

Roman

Ins Deutsche übertragen von
Anne-Sophie Ritscher

LYX

LYX in der Bastei Lübbe AG

Die Bastei Lübbe AG verfolgt eine nachhaltige Buchproduktion.
Wir verwenden Papiere aus nachhaltiger Forstwirtschaft und
verzichten darauf, Bücher einzeln in Folie zu verpacken. Wir stellen
unsere Bücher in Deutschland und Europa (EU) her und arbeiten
mit den Druckereien kontinuierlich an einer positiven Ökobilanz.

Die Originalausgabe erschien 2022 unter dem Titel
»Seoulmates« bei Inkyard Press,
an imprint of HarperCollins Publishers, Toronto, Canada.
Copyright © 2023 by Susan Lee
Published in agreement with the author, c/o BAROR INTERNATIONAL,
INC., Armonk, New York, USA.

Für die deutschsprachige Ausgabe:
Copyright © 2024 by
Bastei Lübbe AG, Schanzenstraße 6–20, 51063 Köln

Vervielfältigungen dieses Werkes für das Text- und
Data-Mining bleiben vorbehalten.

Textredaktion: Li-Sa Vo Dieu
Umschlaggestaltung: © Jeannine Schmelzer, Bastei Lübbe AG
unter Verwendung von Motiven von © Shutterstock
(©oksanka007/©DeVaul/©Yeshe-la)
Satz: Greiner & Reichel, Köln
Gesetzt aus der Adobe Caslon
Druck und Verarbeitung: GGP Media GmbH, Pößneck

Printed in Germany
ISBN 978-3-7363-2222-6

1 3 5 7 6 4 2

Weitere Informationen unter:
lyx-verlag.de
luebbe.de | lesejury.de

Liebe Leser:innen,

dieses Buch enthält potenziell triggernde Inhalte.
Deshalb findet ihr am Ende des Buchs
eine Triggerwarnung. Achtung:
Diese enthält Spoiler für das gesamte Buch!

Wir wünschen uns für euch alle
das bestmögliche Leseerlebnis.

Euer LYX-Verlag

Für alle, denen gesagt wurde,
sie könnten es nicht schaffen – egal in welcher Situation,
und selbst wenn es von der eigenen inneren Stimme
kam. Ich habe das auch schon erlebt.

Aber ich glaube an euch.

You are beautiful. Now, run.

Weiterlaufen

Jessica

»Dad, mir geht's gut. Du musst nicht mit reinkommen. Wenn du dein Auto im Drop-off-Bereich stehen lässt, kriegst du einen Strafzettel«, sage ich. Ich hoffe, das reicht, damit er mich gehen lässt. Manchmal ist Geld die einzige Sprache, die mein ausgesprochen geiziger Vater versteht.

Er schließt für einen kurzen Moment die Augen, während er die Optionen abwägt: Begleitet er seine einzige Tochter in den Flughafen und stellt sicher, dass sie ihre erste Reise ganz allein ohne Probleme antritt? Riskiert er dafür einen Strafzettel und wird vielleicht sogar abgeschleppt? Ich kann regelrecht sehen, wie er im Kopf ausrechnet, wie viel Geld von seinen monatlichen Notfallrücklagen abgehen würde.

Er drückt mir sanft die Hand. »Jessica, noch ist es nicht zu spät, deine Pläne für den Sommer zu überdenken«, sagt er und klingt dabei wie eine gesprungene Schallplatte.

»Dad, bitte nicht schon wieder. Ich weiß, dass du es nicht toll findest, mich gehen zu lassen, aber du hast es mir schließlich erlaubt. Müssen wir das noch mal durchkauen? Du arbeitest seit über zehn Jahren für Haneul. Wenn du das überlebt hast, dann schaffe ich mit Sicherheit ein Sommer-Praktikum.« Ich lächle und hoffe, ihn dadurch beruhigen zu können.

Er sieht aus, als würde er sich für eine Diskussion bereit machen, aber zum Glück mischt sich meine Mutter ein und umarmt mich. »Denk dran, dich bei allen zu bedanken, die im Flugzeug arbeiten. Und alle im Unternehmen mit einer Verbeugung zu grüßen. Und allen, die an den Bus- und U-Bahn-Haltestellen arbeiten, ein kleines Lächeln zu schenken.«

»Eomma, ich weiß doch … Respekt zeigen. Ich weiß, ich weiß. Das hämmerst du mir schon mein ganzes Leben lang ein. Habe ich dich je enttäuscht?« Der Knoten in meinem Magen zieht sich noch ein wenig enger zusammen. *Wenn man ignoriert, für welches College ich mich entscheiden werde …*

»Wir machen uns nur Sorgen, Jessica. Aber wir sind auch sehr, sehr stolz.« Ich sehe, wie ihr sofort die Tränen in die Augen steigen, und mache dicht. Nein. Ich werde nicht weinen.

Ich wende mich meinem Vater zu. Er steht stocksteif da, die Lippen fest zusammengepresst und gibt keinerlei Gefühle preis. Es gibt zwei Möglichkeiten. Entweder ändert er seine Meinung … noch einmal … und zerrt mich ins Auto und nach Hause, zurück nach Cerritos, wo ich mithilfe meines Teilzeitjobs versuche, für meine Ausbildung zu sparen. Das ist der sichere Weg. Oder er lässt mich gehen, damit ich mich der Herausforderung eines extrem anspruchsvollen Praktikumsprogramms in New York City stellen kann. Das zufällig in dem Unternehmen stattfindet, für das er arbeitet und das er, ach ja, hasst.

Er legt die Stirn in Falten. Dann schluckt er und ich beobachte die Bewegung in seinem Hals. Das Gewicht des Kampfes, den er mit sich austrägt, legt sich schwer auf mein Herz. Ich halte den Atem an.

»Jessica, gib dein Geld nicht leichtfertig aus, wie für Essen oder Kleider.« Er hält inne und räuspert sich, ehe er fortfährt. »Und mach keine Schwierigkeiten. Zieh keine unnötige Aufmerksamkeit auf dich. Geh nirgendwo allein hin. Und kauf Toilettenpapier nur, wenn es im Angebot ist. Noch besser ist es, du rollst es auf der Bürotoilette zusammen und nimmst es mit, aber pass auf, dass dich niemand sieht.«

Ich atme erleichtert auf. Er bemüht sich, mich ziehen zu lassen, und das ist für mich okay. Außerdem ist es kein schlechter Rat, sich einen Vorrat an Klopapier aus dem Büro anzulegen.

»Ich schaffe das schon. Das verspreche ich«, sage ich.

»Aber vor allem darfst du es nicht zulassen, dass dich dieses Praktikum verändert«, sagt er. Dabei sieht er mir nicht in die Augen.

Die Sache ist die: Ich will mich auf jeden Fall von dieser Erfahrung verändern lassen. Das ist das erste Mal, dass ich die Chance habe, etwas selbst in die Hand zu nehmen, und ich werde das Beste daraus machen.

Ich öffne den Mund, um Dad genau das wissen zu lassen, aber die Wörter bleiben mir im Hals hinter den ganzen Emotionen stecken.

Am besten beweise ich es ihm einfach.

»Ich werde dafür sorgen, dass ihr sehr stolz auf mich sein könnt«, sage ich. »Ich hab euch lieb.« Die letzten

Worte presse ich hervor, kann aber nicht verhindern, dass meine Stimme bricht und ich so all meine Gefühle preisgebe – Vorfreude, Entschlossenheit … Angst.

Schnell schnappe ich meinen Koffer und wende mich dem Flughafeneingang zu.

Schau nicht zurück, sage ich mir. Lauf weiter.

Und genau das mache ich.

Elijah

»Mom, mir geht's gut. Du musst nicht aussteigen.« Ich beuge mich durchs Fenster und lächle meiner Mutter zu. Der Fahrer, der in den USA für meine Familie arbeitet, wirft mir durch den Rückspiegel einen Blick zu und nickt kurz. Er wird mir dabei helfen, eine große emotionale Verabschiedung zu vermeiden. Wenn meine Mom eins hasst, dann ist es, wenn jemand eine Szene macht. Sie ist die Königin des Anstands.

»Bist du sicher, dass ich dich nicht nach New York begleiten soll, Schatz? Ich könnte daraus jederzeit einen, ich weiß auch nicht, Shoppingtrip oder so machen. Vielleicht will deine Schwester auch mitkommen? Wir könnten uns durch das Met treiben lassen, uns dann irgendeine angesagte neue Show ansehen und am nächsten Tag bei Balthazar brunchen. Balthazar darfst du dir bei deinem ersten Besuch in der Stadt auf keinen Fall entgehen lassen. Es gibt so vieles, was ich dir in New York zeigen will.«

Vor meinen Augen entwirft meine Mom einen Alternativplan für den Sommer. Ich muss zugeben, ihre Vorschläge klingen viel ansprechender als das, was mein Dad für mich geplant hat. Ich kann mir wirklich Besseres vorstellen, als mit einer Menge spießiger Unternehmertypen täglich von 9 bis 5 in einem gläsernen Gefängnis zu verbringen und dabei für die Kinder der VIPs ein erfundenes »Führungskräftetraining« zu absolvieren.

Aber ich habe monatelang nach Ausreden gesucht, um da rauszukommen. Und mein Vater hat die Nase gestrichen voll von mir. Wenn ich den Sommer überlebe und nach Korea zurückkehre, reitet er vielleicht nicht länger auf all den anderen Dingen herum, mit denen ich ihn enttäuscht habe und dem Familiennamen nicht gerecht geworden bin.

»Mom, Opa wäre enttäuscht, wenn du deinen Besuch bei ihm abkürzen würdest. Außerdem muss ich das allein machen. Ist es nicht das, was du und Dad von mir erwartet? Dass ich anfange, Verantwortung zu übernehmen, und meinen Scheiß allein regle?«

Sie stößt einen tiefen Seufzer aus. »Elijah«, mahnt sie.

»Ich weiß, Mom. Ich werde versuchen, auf meine Ausdrucksweise zu achten.« Ich lächle ihr zu, und sofort wird ihr Blick wärmer.

»Geh und gib dein Bestes, Elijah. Aber ...« Sie hält inne und blickt in die Ferne, auf etwas, was ich nicht sehen kann, auf eine Zukunft, derer sie sich noch nicht einmal sicher ist. »Hab Spaß und ... sei glücklich.«

Ich möchte ihr sagen, dass ich nicht weiß, wie das aussieht, was das bedeutet. Ich möchte sie auf die Ironie hinweisen, da es in unserem Luxusleben keinen Platz für den ultimativen Luxus des Glücklichseins gibt. Und ich möchte sie daran erinnern, wer mein Vater ist, als würde sie nicht ohnehin ständig an den Mann erinnert werden, mit dem sie verheiratet ist.

Stattdessen lege ich den Kopf schräg. »Oh, ich werde viel Spaß haben, Mom. Mach dir keine Sorgen.«

»Wenn du irgendetwas brauchst, egal was, sag einfach dem Personal, wer du bist. Sie werden sich um dich kümmern«, sagt sie.

»Mom, wir haben vereinbart, dass ich diesen Sommer inkognito bleibe. Ich mache, was Dad von mir verlangt, aber ich will nicht, dass sich jemand den Rücken krumm macht, nur weil ich bin, wer ich bin, und weil Dad ist, wer er ist.

Ihr Gesicht verzieht sich sorgenvoll.

»Ich komme schon klar. Vertrau mir. Ich bin stärker, als du denkst«, sage ich in dem Versuch, sie zu überzeugen. Ich zwinkere ihr zu, und sie lacht. Mir war klar, dass ich sie damit kriegen würde.

»Ich hab dich lieb, mein Sohn«, sagt sie.

Mein Herz fängt an zu rasen. Zeit zu gehen. Ich begebe mich in die haifischverseuchten Gewässer der Firma meines Vaters ohne irgendjemanden, der mir als Sicherheitsnetz dient.

»Ich hab dich auch lieb, Mom«, sage ich. Meine Stimme klingt klein in meinen Ohren und verrät meine Anspannung, mein Zögern … meine Angst.

Ich entferne mich schnell vom Fenster, klopfe zweimal aufs Auto, um den Fahrer wissen zu lassen, dass ich gehe, werfe mir den Rucksack über die Schulter und mache mich auf den Weg in den Flughafen. Ich steuere auf eine

Zukunft zu, von der ich nicht weiß, ob ich sie überhaupt will.

Lauf weiter, sage ich mir.

Und genau das mache ich.

1. Kapitel

Jessica

Ein warmer Nachmittag im Juni ...

Es braucht drei tiefe Atemzüge, um mich davon zu über-zeugen, dass heute nicht der Tag ist, an dem ich sterben werde.

Warum noch mal habe ich gedacht, es wäre eine gute Idee, ganz allein nach New York City zu fliegen? Als ich draußen bei meinen Eltern stand, wollte ich unbe-dingt weg. Aber jetzt, wo ich allein hier drinnen bin? Ich schwitze Blut und Wasser.

»Alles in Ordnung?« Die genervte Frau hinter dem Flughafenschalter interessiert sich eindeutig nicht dafür, ob ich möglicherweise eine unangebrachte Panikattacke bekomme – nicht mit der Schlange ungeduldiger Reisen-der hinter mir, die darauf warten, meinen Platz einzuneh-men.

Bevor ich die Frage beantworte, erinnere ich mich da-ran, was ich dank der Google-Universität gelernt habe: wie statistisch unwahrscheinlich es ist, dass ausgerechnet mein Flugzeug abstürzt. Ich atme noch einmal tief aus und nicke dann.

»Name«, fordert mich die Frau – ihrem Namensschild zufolge Julie aus Tampa, Florida – auf.

»Jessica Lee«, antworte ich. Ich hole meinen Führerschein hervor und reiche ihn ihr.

Julie aus Tampa betrachtet erst meinen Ausweis und dann wieder mich. Ich stehe wie eingefroren da und beobachte die Bewegung ihrer Augäpfel und die Verachtung in ihrem Blick, mit dem sie mich durchbohrt.

»Oh, Entschuldigung. Mein koreanischer Name, der auf dem Ausweis, ist Yoo-Jin Lee.« Ich schlucke den Kloß in meinem Hals hinunter. »Ich wollte das offiziell, also auf meinem Führerschein und allen anderen Ausweisen, ändern lassen, als ich achtzehn geworden bin, aber ich bin noch nicht dazu gekommen. Das ist verwirrend. Normalerweise bin ich viel besser organisiert. So sehr, dass es Leute nervt. Aber meinen Namen offiziell ändern zu lassen, fühlt sich an wie eine große Sache, wissen Sie? Also, jedenfalls fliege ich nach New York … für ein Praktikum. Mein erstes. Ich habe gerade meinen Abschluss gemacht. Im Herbst werde ich aufs Junior College gehen. Das ist im Moment die beste finanzielle Entscheidung für mich.«

Ihre Augäpfel bewegen sich erneut, rollen nach oben, um mich direkt anzuschauen, und dann weiter in Richtung ihrer Stirn, wodurch ihre Wimpern zittern und mich wortlos wissen lassen, dass ihr das alles wirklich völlig egal ist.

Richtig. Hektischer Flughafen, genervte Mitarbeiterin – nicht unbedingt der beste Ort, um in meine nervöse Angewohnheit, viel zu viel zu erzählen, zu verfallen. Ich zwinge mich zu einem unbeholfenen Lächeln.

»Nur die Fakten, Jessica«, sagt meine Mutter immer, wenn ich mich verquatsche. »Du klingst klüger, wenn du dich nur an die Fakten hältst.«

Das ist ein großer Moment, und ich werde ihn nicht kaputt machen, indem ich am Flughafen für Aufruhr sorge. Ich fliege zum ersten Mal allein. Lebe zum ersten Mal ohne meine Eltern. Ich habe mit meinem Nebenjob genug Geld gespart, um das bisschen, was ich mit dem Praktikum verdiene, aufzubessern und hoffentlich eine Weile in New York City zu überleben.

Wenn ich es dort schaffe, schaffe ich es überall. Oder zumindest sagt man es so.

Und das Beste ist, dass mir kein überfürsorglicher Vater über die Schulter schauen wird. Das wird uns beiden guttun. Ich muss erwachsen werden und meine eigenen Entscheidungen treffen, gute wie schlechte. Und er muss lernen, mich, sein einziges Kind, sein kleines Mädchen, gehen zu lassen.

Die Unterhaltung, die wir gerade hatten, war nichts im Vergleich dazu, wie wütend Dad war, als ich ihm mitteilte, dass ich einen Job bei seinem Arbeitgeber, Haneul Corporation, dem zweitgrößten Technologieunternehmen in Korea, angenommen habe. Mein mürrischer, überarbeiteter und unterbezahlter Vater ist eine Art Finanztyp in der Niederlassung in Los Angeles. Es wäre schwer, jemanden zu finden, der seinen Job mehr hasst als er.

Das mag nicht das sein, was Dad sich für mich erhofft hat, aber ich glaube nicht, dass er versteht, wie sehr ich es will, wie sehr ich es sogar brauche.

Dad arbeitet mit Zahlen, aber er versteht die komplizierte Mathematik der College-Finanzierung nicht. Unsere Familie ist zu arm, um sich auch nur eine der Unis leisten zu können, zu denen ich zugelassen worden bin. Aber laut System sind wir offiziell zu »reich«, um finanzielle Unterstützung zu bekommen. Und für die wenigen Stipendien, für die ich infrage gekommen wäre, brauche ich Referenzen, Empfehlungen … Beziehungen. Leute wie wir, Leute aus der Mittelschicht haben keine Beziehungen. Also habe ich mich gar nicht erst beworben.

Es ist besser, wenn Dad denkt, dass ich zu langsam war, um Anträge zu stellen, zu spät, um Unterstützung zu bekommen, zu unbedeutend, um Hilfe zu bekommen. Sonst gibt er sich noch selbst die Schuld. Aber was hätte er anders machen können, um uns in eine andere Lebenssituation zu bringen? So ist es nun einmal. Die Reichen bekommen alle Möglichkeiten, und der Rest muss andere Wege finden.

Dieses Praktikum ist mein anderer Weg.

Ich habe mich nicht nur für Haneul entschieden, weil es mir wichtig ist, für ein koreanisches Unternehmen zu arbeiten, sondern auch, weil es viel wahrscheinlicher ist, dass ich ein Empfehlungsschreiben von einer bekannten koreanischen Person bekomme. Zumindest, solange ich es schaffe, mich abzuheben und sie zu beeindrucken. Aber dazu bin ich bereit. Der Wettbewerb um das Praktikum war sehr hart. Man munkelt, dass es Tausende von Bewerbern gab. Aber ich bin stolz darauf, dass ich nun eine von zehn neuen Praktikantinnen und Praktikanten bin, die für das Programm ausgewählt wurden. Schritt eins, geschafft.

Inneres Happy Dance aktiviert!

Ich sehe mich in der riesigen Abfertigungshalle des Los Angeles International Airports um. Ich frage mich, wie viele Menschen wohl täglich hier durchkommen. Um mich herum sind unzählige Reisende, die der Gedanke ans Fliegen völlig kaltlässt. Das ist ein gutes Zeichen. Auch mich kann das kaltlassen, lüge ich mich selbst an.

Meine Aufmerksamkeit bleibt an einem Typen hängen, der am übernächsten Schalter ansteht. Zuerst fällt mir der lange schwarze Trenchcoat auf, den er über einem grauen Kapuzenpulli trägt. Wer trägt bei dieser Hitze so viele Schichten? Das macht mich neugierig. Obwohl die Klimaanlage im Flughafen zugegebenermaßen nichts für Anfänger ist und ich mir fast wünsche, selbst einen Trenchcoat zu tragen. Ich besitze keinen Trenchcoat. Ich kenne buchstäblich niemanden, der einen Trenchcoat besitzt. Und seiner ist *schick*. Sogar ich, die von Mode keine Ahnung hat, kann das aus drei Metern Entfernung sehen.

Ich kann nicht richtig erkennen, ob er gut aussieht oder nicht, da seine untere Gesichtshälfte von einer schwarzen Maske verdeckt wird und die Baseballcap zu tief sitzt, als dass ich seine Augen sehen könnte. Aber er strahlt *gutaussehend* aus. Ich wette, er riecht auch gut. Dafür sorgt das mysteriöse Flair. Am heutigen Tag stelle ich fest, dass mein Typ »International gesuchter Juwelendieb« oder »Hochstapler« ist, denn ich bin extrem interessiert.

Vielleicht würde es Spaß machen, im Flugzeug neben einem süßen Typen zu sitzen. Geistreiche Wortgefechte und ein kleiner Flirt könnten mich von meiner Angst ablenken, zehntausend Meter in den Tod zu stürzen. Ich frage mich, wohin er wohl fliegt.

Er wirft der Flughafenmitarbeiterin seinen Pass entgegen und spricht mit ihr, ohne vom Handy aufzusehen.

Na gut, das war's wohl mit meiner Fantasie. Wenn er unhöflich zu den Angestellten ist, ist er wahrscheinlich auch unhöflich zu seiner Mutter, und dann wäre er definitiv unhöflich zu mir, seiner Tagtraumfreundin. Und in Anbetracht der möglichen Arbeitsbereiche, die ich ihm zugewiesen habe, glaube ich auch nicht, dass Unhöflichkeit einem Schwerverbrecher viel Charme verleiht.

»Sie sind startklar«, sagt Julie aus Tampa und hält mir meinen Ausweis und meine Bordkarte hin.

Ich sehe zu, wie meine Tasche nicht allzu vorsichtig aufs Band geworfen wird. Auf Wiedersehen, Tasche. Wir sehen uns in New York. Guten Flug. Sei nett zu den anderen Taschen. Irgendwie habe ich das Gefühl, dass der möglicherweise süße, mysteriöse Typ, selbst wenn er nichts Gutes im Schilde führt, vermutlich kein Interesse an mir, der Gepäckflüsterin, hätte. Das ist nicht schwer zu verstehen.

»Die bevorzugte Sicherheitskontrolle ist auf der rechten Seite.«

Ich nicke und lächle. Es ist nett, dass Julie mir sagt, welche Schlange sie bevorzugt. Ich nehme meine Unterlagen und lege sie vorsichtig in ein Fach in meiner neuen Handtasche von Coach. Sie ist mein wertvollster Besitz. Es grenzt an ein Wunder, dass ich sie im Outlet gefunden habe. Obwohl sie bereits reduziert war und die Verkäuferin mir wegen des kaum sichtbaren schwarzen Kratzers auf der Rückseite des hellbraunen Leders einen zusätzlichen Rabatt von fünfzehn Prozent angeboten hat, habe ich dafür mehr ausgegeben als für alles andere. Ich brauche eine ernsthafte Tasche für mein ernsthaftes Praktikum.

»Das kann nicht stimmen«, höre ich beim Vorbeigehen den frustrierten Trenchcoattypen sagen. Ein teuer aussehender Rucksack mit einem dreieckigen Logo, auf dem »Prada« steht, hängt über seiner Schulter. Der Reißverschluss der vorderen Tasche steht offen. Ich habe das Bedürfnis, ihn anzutippen und ihn darauf hinzuweisen, bevor seine Sachen herausfallen.

Aber er wirkt aufgebracht.

Er hält einen koreanischen Pass in der Hand. Wir werden wohl nicht im gleichen Flugzeug sitzen. Erleichterung durchströmt mich. Ich bin ohnehin aufgeregt genug. Ich habe keine Lust, dass wütende Passagiere mieses Mojo mit an Bord bringen.

Die Schlange vor dem Sicherheitscheck ist überraschend kurz und das Prozedere viel einfacher, als ich es von den wenigen Flügen mit meiner Familie in den Sommerferien in Erinnerung habe. Julie wusste wirklich, wovon sie sprach, als sie mich zu dieser Schlange geschickt hat. Ich verstehe, warum sie für Julie Priorität hat.

Ich lächle den Sicherheitsbeamten an und reiche ihm Ticket und Ausweis. Um Zeit zu sparen, bücke ich mich und fange an, meine Schnürsenkel zu lösen.

»Die Schuhe bleiben an. Alles bleibt in der Tasche.«

Aus meiner gebückten Haltung blicke ich verwirrt auf.

»Sie müssen Ihre Schuhe hier nicht ausziehen. Sie können Ihre Sachen im Handgepäck lassen. Legen Sie die Tasche einfach aufs Band.«

»Aber ich habe meine Flüssigkeiten in einem durchsichtigen Etui verstaut«, erkläre ich. »Ich bin extra auf Nummer sicher gegangen, dass sie weniger als hundert Milliliter beinhalten, und alles, was nicht reingepasst hat, werde ich in der nächsten Duane-Reade-Drogerie kaufen, sobald ich in New York City bin. Angeblich gibt es dort an jeder dritten Ecke eine.«

Oversharing. Das ist eine Gabe.

»Gute Übung fürs nächste Mal«, sagt der Beamte und winkt mich durch.

Mir ist nicht ganz wohl dabei, dass die Security ihren Job nicht so gründlich macht, wie sie sollte. Muss ich das melden? Wer etwas beobachtet, sollte es melden. Aber der Beamte war so freundlich – warum bin ich dafür verantwortlich, ihn zur Rechenschaft zu ziehen?

Den anderen in der Schlange, die vor allem aus älteren Männern in Anzügen besteht, scheint es nicht aufzufallen. Für sie ist diese Routine Standard. Sie scheinen ihr Leben häufiger aufs Spiel zu setzen.

Und außerdem, wer würde schon einer Achtzehnjährigen glauben, die erst dreimal in ihrem Leben geflogen ist? Ich sollte denen, die sich besser auskennen, vertrauen und dem Beispiel der Generationen vor mir folgen. Manchmal überrascht es mich selbst, wie altmodisch und koreanisch ich tatsächlich bin, obwohl ich zuletzt als Kind in Korea war.

Als ich am Gate ankomme, bleiben mir noch vierundfünfzig Minuten bis zum Boarding. Meine Nervosität geht durch die Decke, als ich bemerke, dass ich sechs Minuten hinter meinem sorgfältig ausgearbeiteten Flughafenplan liege. Wenn ich zu spät komme, kann ich mich wohl kaum als die herausragende Praktikantin beweisen.

Komm immer als Erste und gehe als Letzte, höre ich die weisen Worte meiner Mutter in ihrer beruhigenden Stimme. Sie werden schnell vom enttäuschten Gesichtsausdruck meines Vaters ersetzt. Er muss nicht einmal etwas sagen, und ich weiß bereits, dass ich einen Fehler gemacht habe. Sofort schlägt mein Herz schneller.

Ich muss mich mehr beeilen. Direkter kommunizieren und keine Zeit mit Geplauder verschwenden. Und im Zweifel richte ich mich auf, hebe das Kinn und spitze selbstbewusst die Lippen. Das ist meine »*Fake it till you make it*«-Haltung.

Ich war unter den drei Besten meines Abschlussjahrgangs, bin Vertreterin des Klassenrats und spiele in der Schulmannschaft Tennis. Ich habe alles getan, um sicherzustellen, dass ich als herausragend angesehen werde. Und jetzt ist es Zeit, mich im Praktikum zu beweisen.

Denn ich bin nichts Besonderes. Mich unterscheidet nichts von den privilegierten Kids, denen die Welt offensteht. Ich habe weder einen Namen noch ein Vermögen, mit dem ich angeben kann, wie die anderen Kids, die an den besten Unis zugelassen werden. Dieses Praktikum ist meine Chance, einen Schritt voranzukommen, selbst wenn es nur ein winziger ist.

Verängstigt, klar. Aber fähig, einhundert Prozent, rede ich mir ein. Und wenn alles andere schiefgeht, so sage ich es mir mindestens zehn Mal am Tag, *fake it till you make it.*

Und eines Tages werde ich in meinem Leben an einen

Punkt kommen, an dem ich weniger faken muss und mehr machen kann.

Ich hoffe sehr, dass dieser Sommer den Anfang dieser Reise darstellt.

2. Kapitel

Elijah

»Können Sie noch mal nachsehen? Probieren Sie mal Lee Yoo-Jin. Oder vielleicht Yoo-Jin Lee.«

Vielleicht hätte ich das Angebot meiner Mutter, mich zu begleiten, doch annehmen sollen. Wie konnte ich denken, ich würde das alleine schaffen?

Ich versuche, statt des Tonfalls meines Vaters den meiner Mutter nachzuahmen. Wenn sie möchte, kann sie freundlich und überzeugend klingen. Dad hingegen war noch nie in seinem Leben freundlich. Sein Ton ist herablassend, beleidigend und furchteinflößend.

Ich glaube nicht, dass es hier vorteilhaft wäre.

Ich hätte auch »bitte« und »danke« sagen sollen. Es fühlt sich so an, als gäbe es keine mir fremderen Wörter, die ich jemals in der englischen Sprache gelernt habe. Niemand erwartet sie von mir. Ich bin in den Augen aller der Sohn meines Vaters. Zumindest in den Augen all derer, die unsere Familie kennen.

Ich verfolge die Augenbrauen der Flughafenangestellten, während sie sich langsam einen Weg in die Mitte ihrer Stirn bahnen. Wie dünne Würmer, die sich küssen. Sie ist mit unserer Familie eindeutig nicht vertraut.

»Sie meinten, Ihr Name sei Elijah Ri … mit einem *R*.« Sie spricht den Buchstaben R aus, als wäre er ein Codewort für »Verpiss dich«.

Alles, was ich je wollte, war, etwas Abstand zwischen mich und den Namen zu bekommen, den ich seit meiner Geburt trage. Ich bin sogar so weit gegangen, dass ich für meinen Familiennamen die Romanisierung »Ri« benutze, anstatt die englische Version »Lee«. Und das sorgt jetzt vermutlich dafür, dass ich wegen Identitätsdiebstahls oder so etwas abgeführt werde.

»Ja, ähm, aber das ist mein englischer Name. Und Sie meinten, ich stehe nicht auf der Liste für den Flug. Bitte sehr.« Ich greife in das offene Fach meines Rucksacks und hole meinen koreanischen Pass heraus. »Das ist der Pass mit meinem koreanischen Namen. Ich sehe mal in den E-Mails nach, ob ich vielleicht eine Bestätigungsnummer oder so habe. Die Reiseassistentin meines Vaters hat den Flug gebucht, also hat sie möglicherweise meine koreanischen Daten verwendet. Entschuldigung.« Ich überfliege die E-Mail, während mir der Schweiß den Rücken hinunterläuft. Ich bin zu nervös, um dieser missbilligenden Fremden auch nur ins Gesicht zu sehen. Ich lege den Pass auf den Tresen und versuche, die E-Mail mit den Daten auf meinem Handy zu finden.

Langsam bekomme ich das Gefühl, dass Betty Sue, die Flughafenmitarbeiterin, glaubt, dass hier etwas faul ist. Nur weil ich hier in einem langen schwarzen Trenchcoat stehe, im Juni in L. A., die schwarze Cap tief ins Gesicht gezogen, mit einer schwarzen Maske vor dem Gesicht, und ihr zwei verschiedene Ausweise mit zwei verschiedenen Namen reiche … klingt doch gar nicht besonders verdächtig, oder?

Scheiße.

Wo ist bloß diese E-Mail?

Ich hätte den Flug einfach selbst buchen sollen. Aber mein Dad, der immer davon ausgeht, dass ich einen Fehler mache, hat nicht mit sich reden lassen. Und er hätte sicher einen Riesenspaß, wenn ich diesen Flug verpassen würde.

Ich bin neunzehn Jahre alt und nicht in der Lage, die einfachsten Dinge selbst zu tun. Ich *darf* nichts selbst tun. Wir haben Leute, die für uns arbeiten und so gut wie alles erledigen, was wir brauchen. Ich wische mir nicht einmal selbst den Hintern ab. Dafür haben wir ein Hightech-Bidet, das mit Warmluft zum Trocknen ausgestattet ist.

Ich fange besser gar nicht davon an, wie sehr mich das ärgert.

Hier stehe ich also, meine Zukunft liegt in den Händen einer Angestellten einer Fluggesellschaft, die darüber entscheidet, ob meine Mehrfachidentitäten glaubwürdig genug sind. Ihre Laune wird darüber entscheiden, ob ich in das Flugzeug nach New York steige und mich den Sommer über im Führungskräftetraining der Firma meines Vaters zu Tode langweile oder nicht.

Ich betrachte meinen Geldbeutel und hole meine VVIP-Karte hervor. Die dient in Korea als automatischer Zugang zu so gut wie jedem Ort. Aber ich schiebe sie zurück an ihren Platz. Irgendwie bezweifle ich, dass es hier funktionieren würde. Es würde sie wahrscheinlich sogar noch mehr verärgern.

Vielleicht ist das alles ein Zeichen. Vielleicht lächeln meine Vorfahren auf mich herab und lachen hinter dem Rücken meines Vaters.

Ehrlich gesagt weiß ich nicht einmal, ob ich will, dass sie mich durchlässt, oder nicht. Den Sommer damit zu verbringen, für eine Menge mies gelaunter Führungskräfte bei der Haneul Corporation zu arbeiten, klingt nicht unbedingt verlockend. Aber wenigstens weiß niemand, dass ich der Sohn des Geschäftsführers und Thronfolger des Unternehmens bin. Ich würde es nicht ertragen, wenn sie mir in den Arsch kriechen und gleichzeitig hinter meinem Rücken darüber reden, wie inkompetent ich bin. Das sagt mir mein Dad regelmäßig ins Gesicht. Zum Glück haben meine Mom und meine Schwester mir dabei geholfen, ihn zu überreden, mich im New Yorker Büro arbeiten zu lassen und nicht in der Zentrale in Seoul, wo er mir die ganze Zeit im Nacken sitzen würde.

»Ihre Bordkarte«, sagt Betty Sue und reicht mir meinen Pass, in dem ein Stück Papier steckt.

Platz 34B. Normalerweise fliege ich mit dem Privatjet meines Dads. Ich nehme selten Linienflüge, und wenn, dann in der ersten Klasse, wo die Sitznummern meist einstellig sind.

»Das kann nicht sein«, sage ich. »Haben Flugzeuge überhaupt so viele Sitze?«

Als ich ihre Miene sehe, denke ich kurz darüber nach, mir den Trenchcoat über den Kopf zu ziehen und mich zu verstecken. Die verdrehten Augen, der verzogene Mund, der Ausdruck, als hätte sie etwas Unangenehmes gerochen. Das ist wieder einer dieser Momente, in denen ich wie ein total privilegiertes Arschloch auftrete und es nicht bemerke. Normalerweise bin ich besser darin, mir dieser Momente bewusst zu sein und mich daran zu erinnern, genau das Gegenteil von dem zu sagen, was ich denke.

Deswegen will ich das Praktikum in New York diesen Sommer allein machen. Ich muss lernen, ein Leben zu führen, das weniger behütet ist als in Korea. Ich hasse es, so privilegiert zu sein, dass ich nicht einmal ein Grundverständnis dafür habe, wie Menschen Dinge tun und sich in bestimmten Situationen verhalten. Manchmal ist es, als käme ich von einem anderen Planeten. Und obwohl jeder in Korea die Familie Lee von Haneul Corp kennt – schließlich gelten wir als Jaebeol, als eine der reichsten und am besten vernetzten Familien –, bezweifle ich, dass das hier in Amerika überhaupt jemand weiß oder sich dafür interessiert.

»Der Sicherheitscheck ist links entlang.«

Ich nicke und lächle, obwohl das hinter meiner Maske niemand sehen kann. Na ja, wie mein Dad immer meint, »Wenn sie später nicht wichtig für dich sind, müssen sie auch jetzt nicht wichtig für dich sein«.

Wow, wenn ich darüber nachdenke, ist dieses Motto um einiges ätzender, als mir bislang bewusst war. Wenn ich nicht aufpasse, setzen sich solche Gedanken fest, und ich verwandle mich noch in die Juniorversion des Geschäftsführers Lee Jung-Hyun.

Ich kann den Schauer des Entsetzens nicht unterdrücken. Ich habe Angst, dass das tatsächlich passieren könnte.

Ich stecke meinen Pass zurück in meinen Rucksack und gehe zur Sicherheitskontrolle.

Die Schlange reicht, so weit ich sehen kann. Ich glaube, ich habe noch nie in meinem Leben so viele Menschen an einem Flughafen gesehen. Wohin fliegen die nur alle zur gleichen Zeit?

Schließlich gelange ich zu einem Schalter und übergebe der dort sitzenden, ernst dreinblickenden Angestellten mein Ticket.

»Nehmen Sie die Maske ab«, sagt sie emotionslos.

Ich ziehe die Maske herunter und probiere mich noch mal an einem »Sehen Sie, ich bin genau wie alle anderen«-Lächeln.

Sie wirft mir kaum einen Blick zu, bevor sie wieder auf meinen Ausweis schaut, nickt und mich in eine weitere lange Schlange ungeduldiger Menschen winkt. Ich bin mir nicht ganz sicher, warum sie alle ihre Schuhe und Jacken ausziehen und in schmutzige graue Behälter legen. Aber ich folge einfach ihrem Beispiel.

Plötzlich kommt mir der Gedanke, dass dies alles eine Art Strafe meines Vaters für meine wenig enthusiastische Reaktion auf diesen Sommerjob sein könnte. Es wäre typisch für ihn, mir eine Reise zu buchen, die jeder normale Mensch machen würde, und keine, die einem Mitglied eines koreanischen Jaebeols, einer ausländischen Königsfamilie oder einem K-Pop-Star angemessen wäre.

Na gut, ist mir recht. Ich habe es nicht eilig. Ich kann mit allen anderen in einer Schlange warten. Eigentlich genieße ich es sogar, wie alle anderen zu sein, ohne Sonderbehandlung. Ich stecke mir die In-Ear-Kopfhörer in die Ohren, drehe meine SEVENTEEN-Playlist auf und warte, dass ich an der Reihe bin, durch die Sicherheitsschleusen zu gehen.

Es ist ja nicht so, als würde das Flugzeug ohne mich abheben, oder?

Als ich das Gate erreiche, bin ich schweißnass und schnappe nach Luft. Ich war gerade dabei, meine Jordans wieder anzuziehen, als das Boarding für meinen Flug ausgerufen wurde. Bei der letzten Ansage war ich noch zwanzig Gates entfernt. Da fing ich an zu rennen.

Ich werde meine Stylistin dafür umbringen, dass sie mich im Sommer in L. A. in diesen schwarzen Woll-Trenchcoat gesteckt hat. Ich reiche dem Flugbegleiter meine Bordkarte, und er scheucht mich den Gang hinunter. Ich betrete das Flugzeug gerade noch rechtzeitig – hinter mir schließen sich die Türen.

Ich gehe den schmalen Gang entlang, vorbei an den unglücklichen Gesichtern praktisch aller Passagiere. Mein Blick fällt auf ein Mädchen in Reihe vier. Ihr langes schwarzes Haar ist zu einem unordentlichen Dutt zusammengebunden, der Pony ein wenig schief geschnitten. Ich sehe, wie sie mit großen Augen und einem Lächeln auf dem Gesicht aus dem Fenster sieht. Sie könnte nicht deplatzierter wirken. Ich bezweifle, dass irgendjemand sonst in diesem Flugzeug lächelt.

Was kann jemanden so glücklich machen?

Nach den ersten paar Reihen wird der Gang noch schmaler und die Gesichtsausdrücke unglücklicher. Bei diesem Anblick bleibe ich fast stehen. Wie können so viele Menschen wie Sardinen in den hinteren Teil des Flugzeugs gestopft werden? Dieser Flug dauert über fünf Stunden. Menschen aller Größen, Mütter mit schreienden Babys, andere Leute, die sich mit den Broschüren des Flugzeugs Luft zufächeln, und kein einziges Glas Champagner oder Kissen in Sicht.

Ich gehe weiter und erreiche schließlich den hinteren Teil des Flugzeugs und Reihe vierunddreißig, Sitz B. Der einzige freie Platz befindet sich zwischen einem Mann, der aussieht, als wäre er olympischer Gewichtheber, und einem sehr großen ostasiatischen Typen in meinem Alter, der ein Bein gegen den Sitz vor ihm stemmt und das andere im Gang ausstreckt. Ich zeige auf den leeren Sitz neben ihm. »Ähm, das bin ich.«

Er runzelt die Stirn, schnallt sich aber ab und steht auf, um mich vorbeizulassen. Ich überlege einen Moment, ob ich überhaupt hindurchpasse und ob ich mich mit dem Gesicht zu ihm oder von ihm abgewandt hineinquetschen soll. Ich entscheide mich für Letzteres. Eher riskiere ich unangenehmen Hinternkontakt als einen Beinahe-Kuss mit einem Fremden.

Ich drücke mich an ihm vorbei und lasse mich auf den Sitz fallen, wobei meine Knie gegen den Vordersitz stoßen. »Tschuldigung«, sage ich zu einem Hinterkopf. Ich schiebe meinen Rucksack unter den Sitz vor mir und ziehe die Ellbogen ein, nachdem die Passagiere auf beiden Seiten ihre Arme über die Lehnen gelegt haben. Ich schwitze wie verrückt und möchte nur noch meine Jacke ausziehen. Aber das ist unmöglich. Ich kann mich nicht einmal einen Zentimeter bewegen.

Okay, Dad, du hast gewonnen. Lektion gelernt.

Ich drücke auf den Knopf, um den Sitz zurückzulehnen, merke aber, dass das von der Wand hinter mir verhindert wird. Na toll. Ich wusste, dass mein Vater ein Tyrann ist, aber das hier ist grausamer, als ich es mir je habe vorstellen können.

Das wird ein sehr langer Flug. Aber ich kann auch fünf Stunden im Dunst des chemischen Toilettengeruchs, in einem engen Sitz, der sich nicht verstellen lässt, überleben.

Wenigstens fliege ich nicht nach Korea zurück, wo ich einen Sommer lang mit meinem Vater zusammenarbeiten müsste. Wenn das hier das Schlimmste ist, werde ich schon klarkommen. Ich bin zäher, als er denkt.

Aber wenn ich damals gewusst hätte, wie viel schlimmer dieser Sommer noch werden würde, hätte ich dieses Flugzeug nie bestiegen.

3. Kapitel

Jessica

Ich bin noch nie in der First Class geflogen, und der Unterschied ist bemerkenswert. Ich habe auf meinem Sitz genug Platz, um die Beine unter der Decke auszustrecken und mich zu entspannen. Ich wollte der Flugbegleiterin keine zusätzlichen Schwierigkeiten bereiten, aber nachdem sie ohnehin regelmäßig vorbeigekommen ist, um zu fragen, ob ich etwas trinken möchte, probiere ich jede Sorte Saft, die sie an Bord haben: Orange, Apfel, Cranberry-Apfel, Grapefruit. Weswegen es mir auch sehr gelegen kommt, dass die First Class ihre eigene Toilette hat, vor der man auch nur selten warten muss.

Ich gewöhne mich besser nicht zu sehr daran.

Ich bin mir nicht sicher, warum mir mein Vater eine derart extravagante Reise spendiert. Wir sind keine First-Class-Leute. Wir gehören eindeutig zur günstigen, nicht erstattungsfähigen, mit allen möglichen Einschränkungen verbundenen Sorte. Vielleicht fühlt er sich aber auch schuldig, weil er sich von vornherein so gegen das Praktikum ausgesprochen hat. Vielleicht ist das seine Art, mir zu sagen, dass er stolz auf mich ist. Wenn ich nur daran denke, schnürt sich mir der Hals zu.

In der E-Mail von Mira Im, Haneuls Praktikumskoordinatorin, steht, dass ein Shuttle bereitstehen würde, um uns Praktikanten zu unseren Unterkünften zu bringen. Nach der Landung überprüfe ich die Flüge der anderen Praktikanten und stelle fest, dass ich wohl noch etwa zwei Stunden warten muss, bis der Rest der Gruppe aus ihren jeweiligen Städten ankommt. Ich könnte den Flughafen Newark Liberty bis ins kleinste Detail erkunden, aber ich bin einfach zu müde und will mich nicht verlaufen. Also beschließe ich, den Shuttle-Fahrer zu suchen und abzuwarten.

Als ich die Rolltreppe zum Ankunftsbereich hinunterfahre, halte ich nach jemandem Ausschau, der wie angekündigt ein Schild der Haneul Corporation hochhält. Ich habe nicht erwartet, in der Gruppe schwarz gekleideter Männer, die verschiedene Schilder hochhalten, ein Tablet zu sehen, auf dessen Display »Lee Yoo-Jin« steht.

Ich schüttle den Kopf und sehe noch einmal hin. Ja, das ist mein Name. Aber der Fahrer kann unmöglich für mich allein sein. Warum sollte ich einen gesonderten Fahrer haben?

Aber für wen kann er sonst sein? Da steht mein Name. Auf meinem Gesicht breitet sich ein Lächeln aus. Haneul gibt sich mit seinem Praktikumsprogramm wirklich Mühe. Gut. Mein Dad beschwert sich immer über diese Firma. Aber vielleicht ist er einfach ein Griesgram, der gern übertreibt. Ich habe das Gefühl, wie eine Königin behandelt zu werden. Und wenn sie so mit ihren Praktikantinnen umgehen, ist das ein gutes Zeichen dafür, dass es ein toller Arbeitsplatz ist.

»Hi«, sage ich, während ich mich bemühe, so selbstbewusst wie möglich zu lächeln. »Das bin ich.« Ich deute auf das Tablet. »Lee Yoo-Jin. Wollen Sie meinen Ausweis sehen? Mein amerikanischer Name ist Jessica Lee, aber auf meinen Ausweisen steht noch Yoo-Jin Lee, mein koreanischer Name, also denke ich, dass ich diejenige bin, für die Sie hier sind. Ich habe auch die Adresse der Unterkunft, falls Sie die sehen wollen. Aber ich nehme an, Sie wissen bereits, wohin wir müssen. Zumindest hoffe ich das. Ich bin zum ersten Mal in New York City und könnte Ihnen unmöglich den Weg zeigen. Obwohl ich unser Ziel bei Google Maps eingeben könnte, wenn Sie wollen, dass ich navigiere.«

Nichts regt sich im Gesicht des gutaussehenden Fahrers, während er mich anstarrt. Ich denke, ich habe ihn überrumpelt. Das wäre nicht das erste Mal. Er nickt knapp und greift nach meiner Handtasche.

»Oh, ähm, die kann ich selbst tragen«, sage ich und umklammere den Henkel. »Ich, ähm, habe auch einen Koffer.«

»Gepäckausgabe ist da drüben«, sagt er schroff. Ich hoffe, ich habe seine Gefühle nicht verletzt. Es ist sehr nett von ihm, dass er meine Sachen tragen will, aber die wichtigsten Dinge wie mein Geldbeutel, mein Handy und meine Papiere sind in dieser Tasche. Es ist am sichersten, wenn ich sie immer bei mir habe.

Er geht schnellen Schrittes in Richtung Gepäckband. Es ist, als würde er mit jedem Schritt schneller werden, und meine kurzen Beinchen haben Mühe, mitzuhalten. Ich konzentriere mich darauf, schneller zu laufen …

… und renne direkt gegen eine menschliche Wand.

»Uff, tut mir leid«, sage ich, während ich meinem Tascheninhalt dabei zusehe, wie er sich in Zeitlupe über den Boden ergießt, und ein stechender Schmerz meinen Arm durchfährt. Autsch, das gibt einen blauen Fleck.

Ich gehe in die Knie und fange an, alles vom Boden aufzusammeln, wobei ich versuche, nicht an die unzähligen Füße zu denken, die bereits über diesen Boden gelaufen sind und wie viele von ihnen gerade die Toilette verlassen haben.

Das Schlimmste, was ich mir vorstellen kann, ist, dass die ganze Welt mitkriegt, was ich in meine Reisetasche packe. Na ja, ich bin sicher, dass ich mir noch Schlimmeres vorstellen könnte, aber in diesem Moment ist das alles, woran ich denken kann. Ich stopfe mein Portemonnaie, mein Desinfektionsmittel, zwei Müsliriegel, ein Extrapaar Socken, meine gefälschten AirPods und die Ginseng-Bonbons, die ich hasse, aber auf die meine Mutter bei allen möglichen Beschwerden von Verdauungsstörungen bis hin zur Grippe schwört, wieder in meine Handtasche. Dann bliebe nur noch …

Wie kann es sein, dass, wenn man kurz vor dem erniedrigendsten Augenblick seines Lebens steht, alles in Super-Slow-Mo abläuft? Es ist, als ob das Leben will, dass du nie vergisst, wie peinlich dieser Moment war. Du weißt schon, dieser Moment, wenn du zu den schwarzen Nike-Turnschuhen hinüberschaust, dann zu der perfekt zerrissenen, schmal geschnittenen schwarzen Jeans und schließlich zu einer ausgestreckten Hand … in der sich deine zusätzliche Notfallunterhose befindet.

Oder geht es nur mir so?

Ich schnappe mir schnell die Unterhose und stecke die Hand in die Tasche. »Pass auf, wo du langläufst«, sage ich und will brüsk klingen, es wirkt aber eher so, als würde ich gleich weinen. Wenn ich es mir recht überlege, könnte ich hier und jetzt vor Scham sterben, und dabei werden sicher einige Tränen fließen.

»Tschuldigung«, sagt eine Stimme. Von einem ganz in Schwarz gekleideten Mann hätte ich etwas Tieferes erwartet. In meiner Vorstellung bedeutet schwarze Kleidung offenbar Darth Vader. Aber die Stimme ist überraschend sanft und melodisch. Einen Atemzug lang kneife ich die Augen zusammen und wünsche mir, ich könnte den Tag einfach neu starten. Vielleicht ab dem Zeitpunkt, nachdem wir aus dem Flugzeug gestiegen sind, schließlich will ich mir das Erlebnis in der ersten Klasse nicht entgehen lassen.

Dann öffne ich die Augen und wage einen Blick.

Ich zucke überrascht zurück, als ich ihn als den Typen vom Flughafen in L.A. wiedererkenne. Der internationale Juwelendieb. Ein bekannter Hochstapler. Unhöflich zu seiner Mutter. Verdammt, er riecht *wirklich* gut.

»Ich war in Gedanken und habe nicht darauf geachtet, wo ich hinlaufe«, sagt er. Er streckt die Hand aus – hat er sie überhaupt wieder zurückgezogen, nachdem er mir meine Unterhose gegeben hat (oh mein Gott)? Ich starre seine langen Finger mit den perfekt manikürten Nägeln an. Vielleicht doch kein Juwelendieb, denn diese Hände haben eindeutig noch nie die Wand eines Sotheby's erklommen oder versucht, einen Safe zu knacken. Diese

Hände gehören offensichtlich zu einem reichen und verwöhnten Menschen. Keine abgekauten Nägel oder Schwielen weit und breit.

Ich sehe ihm in die Augen. Sie sind das Einzige, was ich zwischen dem Schwarz seiner Baseballkappe und dem Schwarz seiner Maske sehen kann. Es sind warme, lächelnde Augen mit Wimpern, die so lang und dicht sind wie die eines Kamels.

Okay, aus mir wird wohl nie eine Dichterin werden.

Ich greife nach der ausgestreckten Hand und warte darauf, dass er mir aufhilft. Aber ich sitze weiterhin auf dem Boden, halte seine Hand, und er steht weder auf, um mich hochzuziehen, noch gibt er mir einen Ruck. Stattdessen reckt er sein Kinn in Richtung meiner anderen Hand. Ich sehe hinab und bemerke, dass ich ein Handy festhalte. Nicht mein Handy.

Oh verdammt. Sein Handy.

Er wollte mir überhaupt nicht helfen.

Höflichkeit ist heutzutage wirklich ausgestorben.

»Oh, tut mir leid, ist das deins? Wie konnte das in meine Hand geraten? Ich habe nicht einmal dieses Modell. Ich hab immer noch die Version von vor zwei Jahren. Meins ist viel kleiner. Ich glaube, ich könnte keins haben, das so groß ist wie dieses. Ich kann es kaum halten. Viel Glück dabei, ein Selfie zu machen. Passt das überhaupt in deine Hosentasche?«

Ich warte darauf, dass er die Augen verdreht oder die Stirn runzelt – ganz normale Reaktionen auf einen meiner verbalen Ausbrüche. Es ist das leise Lachen, das hinter seiner Maske ertönt, das mich erröten lässt.

Er nimmt mir das Handy aus der Hand, und dann hilft er mir tatsächlich auf.

»Miss Lee, sind Sie bereit zu gehen?«, fragt der Fahrer. Er lässt den Blick zwischen mir und dem Typen, der immer noch meine Hand hält, hin- und herwandern. Ich lasse los. Die Wärme fehlt mir sofort.

»Oh, wir sind nicht zusammen. Ich meine, er kommt nicht mit uns mit«, stammle ich. »Du, ähm, du wirst doch von jemandem abgeholt, oder?«

Ich weiß nicht, warum ich ihn das frage. Vielleicht, weil er ein wenig verloren wirkt. Als würde er vielleicht auch zum ersten Mal allein reisen. Dann wiederum trägt er teure Kleidung und das neueste iPhone bei sich. Vermutlich hat er Zugriff auf die Art Vermögen, die ihm eine Vielzahl von Transportmöglichkeiten bietet.

Er nimmt die Cap ab und fährt sich mit der Hand durch die Haare. Sein Haaransatz ist ein wenig feucht, und das kann ich verstehen. Wir sind mitten im Sommer in Newark, und er ist für das Wetter völlig unpassend gekleidet.

Andererseits trage ich ein schlichtes weißes T-Shirt und Jeans und fühle mich ebenfalls ein wenig erhitzt. Nein, das ist der New Yorker Sommer, der mir zu schaffen macht. Und dieser Schweißfilm, der sich auf meiner Stirn bildet? Luftfeuchtigkeit, ich sag's euch, Luftfeuchtigkeit. Ganz sicher nicht wegen dieses süßen Typs vor mir.

»Ja, ich komme schon klar. Danke der Nachfrage … *Miss Lee*«, sagt er. Seine Augenwinkel heben sich wieder, als er hinter seiner Maske lächelt. Aber ich habe nicht das Gefühl, dass er sich über mich lustig macht. Er lacht *mit* mir. Als ob es in unserem Alter lächerlich wäre, so förmlich angesprochen zu werden.

Ich erwidere sein Lächeln und nicke. »Okay, gut, dann gehe ich jetzt weiter meiner Wege.« Wenn ich mir auf eine Weise an die Stirn schlagen könnte, die keine Aufmerksamkeit auf mich lenkt, dann täte ich das jetzt. *Dann gehe ich jetzt weiter meiner Wege?*

Ich laufe los und befehle mir, mich nicht umzudrehen. *Dreh dich NICHT um.*

Aber als ich mich doch umdrehe, denn natürlich tue ich das, ist er verschwunden.

Und das Gefühl der Enttäuschung bleibt. Wie bitte? Habe ich gedacht, er würde dort stehen und mir beim Weggehen zusehen?

Anscheinend, denn im Bruchteil einer Sekunde spielt sich vor meinem inneren Auge eine komplette Sommerromanze ab. Gut, dass ich mir das jetzt direkt abschminken kann. Ich habe keine Zeit für Romantik, für Freundschaften, für irgendetwas in der Art. Ich muss mich auf mein Praktikum konzentrieren, hart arbeiten und mich vom Rest der Gruppe abheben. Wenn der Eindruck, den ich hinterlasse, gut genug ist, wird mir die Haneul Corp vielleicht ein Empfehlungsschreiben für künftige Uni- und Stipendienbewerbungen ausstellen. Und das verschafft mir nach meinem ersten Jahr am Junior College mehr Möglichkeiten.

Das gesamte Hochschulwesen ist auf eine Welt der Reichen und noch Reicheren ausgerichtet. Ich habe nie einen Fuß in diese Welt gesetzt. Aber ich betrachte dieses Praktikum als meine Einladung, einzutreten – oder zumindest meinen großen Zeh hineinzustecken. Und vielleicht ist es meine einzige Chance überhaupt.

Ich wende mich dem Fahrer zu, der, seinen verschränkten Armen und den Blicken auf die Uhr nach, eindeutig dabei ist, die Geduld zu verlieren. Wahrscheinlich hasst er es, Teenager durch die Gegend zu fahren. Muss ich ihm Trinkgeld geben, nachdem er mich abgesetzt hat? Wie viel Trinkgeld ist angemessen? Ich könnte einfach so tun, als wüsste ich von nichts, und hoffen, dass Haneul sich bereits darum gekümmert hat.

»Entschuldigung. Ja, ich bin bereit«, sage ich. Ich deute auf meine Tasche, die auf dem Gepäckband ihre Runden dreht. Er nimmt sie und macht sich wortlos auf den Weg. Ich folge ihm durch die Türen des Flughafens und durchs Parkhaus hindurch, bis wir einen schwarzen SUV erreichen.

Verdammt, das ist ein tolles Auto. Da passen locker sechs Leute rein, vielleicht sogar mehr. Ist es wirklich nur für mich? Ich ermahne mich, nicht mehr so schockiert zu sein, als ob das alles neu für mich ist. Dieses Auto kostet wahrscheinlich so viel wie sämtliche Studiengebühren des ersten Jahres. Was für eine Verschwendung. Bloß nicht beeindrucken lassen.

Trotzdem kann ich nicht anders, als mit einem tiefen Atemzug den Lederduft im SUV aufzunehmen. So riecht also *reich*. Ich atme aus und erinnere mich daran, mich nicht zu sehr daran zu gewöhnen. Es ist wahrscheinlich ein einmaliger Luxus, um dieses Praktikum stilvoll zu beginnen.

Ich beschließe, die Erinnerung an diese Erfahrung im

Hinterkopf abzuspeichern, um sie erst dann wieder hervorzuholen, wenn ich es endgültig geschafft habe. Denn wenn ich dort ankomme, werde ich wissen, dass dieses Praktikum mein erster Schritt war. Und wenn ich es geschafft habe, will ich ein Auto haben, das genau so riecht.

4. Kapitel

Elijah

Süß.

Das war mein erster Gedanke, als ich am Flughafen mit dem Mädchen zusammengestoßen bin. Nein, *spitze Ellbogen* war tatsächlich der erste. Ich kann immer noch spüren, wie ihr knochiger Arm mir den Atem nimmt. Obwohl ich vermute, dass mir zumindest die weniger unangenehmen Dinge genommen wurden.

Normalerweise fände ich ein zusätzliches Paar Unterwäsche in einer Mädchenhandtasche sexy. Aber dieser Baumwollslip war viel eher praktischer Natur. Nicht, dass ich ein Experte in Sachen Mädchenunterwäsche wäre. Das war trotzdem heiß, ich will nicht lügen.

Aber was ich ganz bestimmt nicht so bald vergessen werde, ist, wie sie mich gefragt hat, ob ich eine Mitfahrgelegenheit hätte. In meinem Leben werden mir die Dinge serviert. Niemand fragt, was ich will oder brauche. Tatsächlich wird mir normalerweise gesagt, was ich will oder brauche. Ich reibe mir die Brust und versuche, das seltsame Gefühl loszuwerden – das ist kein Schmerz, sondern etwas anderes.

Ich sehe zu, wie sie mit ihrem Fahrer davonläuft. Nichts

an ihr deutet darauf hin, dass sie Geld hat, denn sie trägt No-Name-Kleidung, abgetragene Turnschuhe und eine billige Tasche. Alles ist gewöhnlich. Aber das ist das Mädchen, das ich in der ersten Klasse gesehen habe. Und sie hat einen Fahrer ... das ist alles vielversprechend. Ich frage mich, aus welcher Familie sie wohl stammt. Sie sieht koreanisch aus, und der Fahrer hat sie Miss Lee genannt. Wenn sie zu einer Jaebeolfamilie gehört, würde ich sie schon kennen. Aber vielleicht sind ihre Eltern ausgewandert und haben ihr Geld hier in den Vereinigten Staaten verdient.

Ich schüttle den Kopf, um diese Gedanken loszuwerden. Warum denke ich so einen Scheiß? Weil es die Art und Weise ist, wie mein Vater andere Menschen abschätzt. Er achtet immer genau darauf, wie sie gekleidet sind, welche Labels sie tragen, um einen Hinweis darauf zu bekommen, was sie sich leisten können, in welcher Situation sie sich befinden, wie viel sie vermutlich wert sind und woher dieses Geld stammt. Die meisten Kinder haben die Augen ihrer Eltern oder deren Humor. Leider habe ich den inneren Geldmesser meines Vaters geerbt. Aber ich werde nicht zulassen, dass ich zu dem voreingenommenen Arschloch werde, das er ist.

Jede Beziehung im Leben meines Vaters ist sorgfältig kalkuliert. Wen er geheiratet hat. Mit wem er befreundet ist. Mit wem er Golf spielen geht. Mit wem er zu Mittag isst. Alles mit dem Ziel, Partnerschaften, Publicity und den Gewinn zu maximieren. Jede Verabredung, die ich als Kind hatte, war mit einer verwöhnten reichen Göre, die ich nicht ausstehen konnte. Und es würde mich nicht überraschen, wenn auch mein zukünftiges Liebesleben nicht bereits als Teil eines riesigen Businessdeals für mich arrangiert wurde.

Was würde ich dafür geben, dass nicht alles in meinem Leben nach einem Businessplan organisiert wäre. Dass meine Zukunft nicht bereits für mich festgelegt wäre. Dass mir nicht gesagt würde, ich dürfe niemals nach meinen eigenen Regeln herausfinden, wer ich bin, was ich machen will, mit wem ich zusammen sein will.

Mein Blick bleibt an einem handgeschriebenen Schild hängen, das eine zerzaust aussehende Koreanerin hochhält. »Haneul Corporation.« Das muss *meine* Fahrerin sein. Ich gehe auf sie zu und senke meine normalerweise hohe Stimme ein wenig. Damit es so wirkt, als wüsste ich, was ich tue, und nicht so, als hätte ich die letzte halbe Stunde damit verbracht, verwirrt nach dieser Person zu suchen, die die ganze Zeit direkt vor mir stand.

»Hi, ich denke, Sie sind meine Fahrerin.«

»Name«, sagt sie und sieht auf ihr Klemmbrett hinab.

»Elijah Ri«, antworte ich. Ist es nicht offensichtlich, dass ich die Person bin, die sie abholen soll? Ich lasse mich nicht aus der Ruhe bringen. Ich habe es nicht eilig. Obwohl ich wahnsinnig gern mein Reiseoutfit ablegen und etwas Sauberes und weniger Arktistaugliches anziehen würde. Ich hoffe, dass in unserer Stadtvilla etwas Luftiges auf mich wartet, denn gerade bin ich ein verschwitztes Monster. Die persönlichen Shopper, die mich auf meinen Reisen ausstatten, haben ausgezeichneten Geschmack und machen keine Fehler. *Na ja*, denke ich und winde mich in meinem viel zu warmen Trenchcoat, *fast keine.*

Ich beobachte, wie die Frau ihr Klemmbrett mustert und verwirrt die Stirn runzelt. Nicht schon wieder. »Vielleicht Lee Yoo-Jin?« Anscheinend muss ich ihr den Unterschied zwischen koreanischen und englischen Namen nicht erklären, denn sie nickt sofort, hakt den Namen ab und sieht auf.

»Bitte stell dich an den Rand, während wir auf die anderen warten.«

»Die anderen? Ich habe dieses Mal keine Angestellten dabei«, sage ich.

Aber sie hört mir nicht zu. Sie hebt einfach wieder ihr Schild und ignoriert mich.

Vielleicht ist mein Dad deswegen so ein Tyrann, wenn es um die Arbeit geht. Wenn er nicht aufpasst, werden seine Mitarbeiter nachlässig oder behandeln die Leute nicht so, wie er es erwarten würde, insbesondere seine eigene Familie. Aber es gefällt mir irgendwie, dass sie eindeutig nicht weiß, wer ich bin, wen sie abholen soll. Das ist es, was ich mir für diesen Sommer gewünscht habe: inkognito zu sein. Ich warte einfach ab, beobachte die Leute und sehe, auf wen sie meint, dass wir warten müssen. Das macht mir gar nichts aus.

Zwei Stunden später sitze ich mit einer Handvoll anderer koreanischer Kids, die alle in meinem Alter zu sein scheinen, in einem Minibus mit mieser Klimaanlage. Bisher habe ich herausgehört, dass sie alle wegen eines Sommerpraktikums bei – richtig geraten – Haneul hier sind.

Die Gespräche sind verhalten, da alle noch dabei sind, sich gegenseitig in Augenschein zu nehmen. Oder vielleicht bin nur ich es, der die anderen begutachtet, während sie sich einander vorstellen. James aus St. Louis, zweites Jahr in Stanford. Grace aus Dallas, drittes Jahr, Harvard. Jason aus Irvine, der in seinem zweiten Jahr an der UCLA ist. Ich erkenne ihn als den Typ aus dem Flugzeug. Er saß neben mir, hat seinen Platz am Gang aber einer Mutter mit Baby überlassen und sich dafür auf ihren Platz in der Mitte einer anderen Reihe gesetzt. Weswegen ich fünf Stunden lang neben einem schreienden Kind saß.

Anscheinend ist Jason ein scheiß Heiliger.

Und ich bin eindeutig im falschen Bus.

Aber inzwischen bin ich zu müde und zu genervt, um es jemandem erklären zu wollen. Setzt mich einfach an meiner Sommerresidenz ab, und ich kümmere mich später um alles. Die anderen können fröhlich ihrer Wege gehen.

Als wir auf die Autobahn auffahren, geht es im Bus bereits lebhaft zu. Ich bin es nicht gewohnt, so viele Leute um mich zu haben, deswegen bin ich versucht, meine AirPods hervorzuholen und sie alle zu ignorieren. Aber ich will auch hören, was sie alle zu sagen haben. Und es ist irgendwie cool, Teil einer Gruppe zu sein und überhaupt nicht aufzufallen.

»Hey, Mann, ich hab dich im Flugzeug gesehen. Ich bin Jason«, wendet er sich an mich. Er sitzt auf der Bank vor mir und streckt den Arm aus, damit ich seine Hand schütteln kann. »Ich hab deinen Namen nicht mitgekriegt.«

»Hey, ich bin Elijah. Ähm, ehrlich gesagt weiß ich noch nicht, wo ich zur Schule gehen werde. Muss mir über die Details noch Gedanken machen.« Die Details sind, dass ich lieber in den USA studieren würde als an der Seoul National University. Aber das will mein Vater nicht.

Der Plan für mein Leben, den mein Vater ausgearbeitet hat, sieht vor, dass ich meinen Abschluss an der Seoul National mache und dann eine höhere Führungsposition bei Haneul übernehme. Das Erbe meiner Familie antrete. Mein Vater ist der CEO des Unternehmens in dritter Generation. Meine ältere Schwester hat ebenfalls diesen Weg eingeschlagen und ist jetzt zweite Geschäftsführerin. Aber da die Unternehmensleitung nur an den ersten Sohn der Familie übergehen kann, wird sie nie das Sagen haben. Ich hasse es, wie frauenfeindlich die koreanische Kultur sein kann.

Ich hasse es für sie. Und ich hasse es für mich.

Wir halten vor einem unscheinbaren Gebäude an, und alle steigen aus. »Ist das die Upper East Side?«, frage ich die Fahrerin.

»Na klar, so in der Art.« Sie lacht. »Mach die Tür hinter dir zu. Erinnere die anderen daran, dass ihr ab morgen selbstständig zur Arbeit kommen müsst. Jedes Jahr denken die Praktikanten, wir würden sie durch die Stadt kutschieren.« Sie schüttelt den Kopf und blickt geradeaus, während sie darauf wartet, dass ich die Tür schließe. Nachdem ich das getan habe, hat sie sich in Sekundenschnelle wieder in den dichten New Yorker Stadtverkehr eingefädelt.

Eine der Praktikantinnen, Sarah, glaube ich, reicht mir ihre Tasche. »Könntest du mal kurz halten? Ich habe die Infos zur Wohnung auf meinem Handy.« Sie blickt auf den Bildschirm und liest die Anweisungen vor. »Wir sind im fünften Stock, und der Code für die Tür ist Raute, Vier, Fünf, Neun, Neun, Raute.«

Jemand gibt den Code ein, und die Tür öffnet sich. Wir erklimmen vier Stockwerke. Obwohl die Sonne inzwischen untergegangen ist, ist es immer noch ziemlich warm und schwül.

»Oh Scheiße, Mann, ist dein Gepäck nicht mitgekommen? Irgendwie hab ich immer Angst, dass mir das passiert. Das nervt«, sagt Jason.

Alle sehen mich an und bemerken, dass ich nur meinen Rucksack und den unnötigen schwarzen Trenchcoat über dem Arm trage. Ich nicke nur, denn ich bin ehrlich gesagt zu außer Atem, um während des Treppensteigens auch noch zu reden. Warum gibt es in dem Gebäude keinen Aufzug?

»Wo hast du diese Fälschung her?«, fragt mich Grace. »Das ist gute Qualität. Aus der Ferne fällt es kaum auf, aber aus der Nähe kann ich einige Unregelmäßigkeiten in den Nähten erkennen.« Sie greift nach meinem Rucksack und untersucht ihn eingehend. »Ich habe eine super Gucci-Fälschung aus einem winzigen Laden in irgendeiner Gasse in Itaewon.«

Fast will ich protestieren und erklären, dass mein Rucksack tatsächlich echt ist, immerhin stammt er aus der aktuellen Prada-Kollektion und ist ziemlich teuer, aber ich beiße mir auf die Zunge.

Wir öffnen die Wohnungstür, und sofort machen sich alle daran, die Wohnung genau zu untersuchen. Jedes Zimmer hat vier Hochbetten. In der gesamten Wohnung gibt es nur ein einziges Badezimmer. In dem Zimmer, das ich für das Wohnzimmer halte, steht ein weiteres Hochbett. Ich muss mich daran erinnern, den Mund wieder zu schließen. Ich kann nicht glauben, dass zehn Leute in dieser kleinen Wohnung leben sollen.

»Das ist super«, sagt Roy aus Ames, drittes Jahr in Yale. »Es ist wie ein verdammtes Sommerlager, nur ohne Aufsicht«, ruft jemand aufgeregt.

Ich habe mir noch nie in meinem Leben mit jemandem ein Zimmer geteilt. Tatsächlich habe ich in Korea einen kompletten Flügel unseres Hauses für mich allein.

»Ist das die Upper East Side?«, wiederhole ich, diesmal für alle, die es hören wollen.

»Nicht einmal annähernd«, sagt Sarah. »Wir sind ungefähr hundert Blocks weit weg. Das hier ist die Lower East Side. Haneul würde uns Normalsterbliche niemals in diesem Teil der Stadt unterbringen.«

Ich nicke langsam, während ich die winzige Unterkunft, die spärlichen Möbel und die unbekannten Gesichter mit ihren gewöhnlichen Klamotten betrachte. Wir sind vielleicht alle wegen eines Sommerjobs bei Haneul hier, aber wir sind nicht alle gleich. Das ist nicht der Ort, an dem ich sein sollte.

Ich werde noch wütender, als mir klar wird, wie sehr sich der Sommer, den mein Vater für mich geplant hat, von dem der anderen in meinem Alter unterscheidet. Ich werde nie die gleichen Erfahrungen machen wie alle anderen. Ich bin nicht dumm, und ich muss auch nicht behütet werden. Aber irgendwie habe ich immer das Gefühl, dass man mit mir so umgeht. Mit Samthandschuhen.

Ich sollte meinen Dad anrufen und die Situation aufklären lassen. Aber stattdessen setze ich mich auf eins der Betten im Wohnzimmer. Obwohl mich die Reise erschöpft hat, bin ich wegen dieser Sache auch irgendwie aufgekratzt.

»Teilen wir uns das Bett?«, fragt Jason.

Ohne nachzudenken, nicke ich. »Klar, ist in Ordnung für mich.«

Wer auch immer die zehnte Person im Bunde ist, ist nicht da. Wenn es also nur für heute Abend ist, wird es niemandem schaden, wenn ich an ihrer Stelle mitmache. Ich mag die Gespräche. Manchmal habe ich das Gefühl, dass sie eine fremde Sprache sprechen, da ich mein Englisch fast ausschließlich im Unterricht außerhalb der USA gelernt habe. Aber es ist nicht so sehr die Art, wie sie reden, sondern vielmehr die Dinge, über die sie sprechen, mit denen ich nicht vertraut bin.

Sie besprechen ihre Pläne, Lebensmittel und Drogerieartikel einzukaufen, was geteilt, wo geschlafen, wann gekocht wird. Ich halte den Mund und nicke, wenn es sich richtig anfühlt. Ich wirke bestimmt wie ein Reh im Scheinwerferlicht. Aber es ist einfach alles so viel.

Jason reicht mir ein T-Shirt. »Hier, das kannst du haben, bis wir wissen, was mit deinem Gepäck passiert ist. Ich bin mir sicher, jemand in der Firma kann dir helfen, es wiederzufinden. Mit der Luftfeuchtigkeit hier ist echt nicht zu spaßen, oder? Ich meine, es ist nicht halb so schlimm wie in Korea. Ich habe fast jeden Sommer meiner Kindheit in Seoul verbracht, also weiß ich, wie schlimm es sein kann.«

Ich weiß es zu schätzen, dass Jason mich einbeziehen will und dabei Korea erwähnt, damit ich mich mehr zu Hause fühle. Er scheint ein ziemlich cooler Typ zu sein.

»Danke«, sage ich und schnappe mir das Shirt. Auf dem Weg ins Bad, wo ich mich umziehen will, erwische ich Jason dabei, wie er mir hinterhersieht und den Kopf schüttelt. Dachte er, ich würde mich direkt hier, vor aller Augen, umziehen? Ich kenne niemanden. Und es sind auch Mädchen anwesend.

Ich wasche mir das Gesicht. Ich wünschte, ich hätte meine Essenzen, Seren und Feuchtigkeitscremes dabei. Wenn ich geflogen bin, ist meine Haut immer ganz ausgetrocknet.

Ich betrachte mein Spiegelbild. Nach einem langen Reisetag und ohne meine eigenen Sachen unterscheide ich mich nicht sonderlich von den anderen. Aber ich fühle mich wie der Außenseiter. Ich musste mich noch nie mit Dingen wie Mitbewohnern, Arbeitsplänen oder Budgets auseinandersetzen. Ich bin derjenige, der nicht ganz dazugehört.

Ein Teil von mir möchte das aber wirklich.

Als ich zurückkomme, höre ich, wie die Gruppe darüber spricht, essen zu gehen.

»Falls wir Lust auf koreanisches Essen haben, gibt es um die Ecke ein wirklich gutes Sundubu-Restaurant. Bei Haneul gibt es zum Mittagessen in der Cafeteria auch koreanisches Essen, wir müssen also nie ohne auskommen«, verkündet Jason. Er ist zum zweiten Mal als Praktikant bei Haneul, was ihn zu einer Art Wunderkind macht, wenn man bedenkt, wie schwer es ist, für das Programm ausgewählt zu werden. Im Bus meinte er, dass es kein Zuckerschlecken sei, für Haneul zu arbeiten, aber dass die Firma so bekannt ist, dass sich ihm dadurch einige Türen geöffnet haben. Jason weiß mehr über das Unternehmen als ich, und ich soll eines Tages der CEO werden.

Mir kommt der Gedanke, dass ich, wäre ich dort, wo ich sein sollte, vermutlich ganz allein eine von einem Privatkoch zubereitete Mahlzeit essen, danach einen koreanischen Zombiefilm auf Netflix anschauen und dann ins Bett gehen würde.

Stattdessen erkunde ich mit einer Gruppe Jugendlicher in meinem Alter die Straßen von New York.

Alles klingt hier lauter als in Seoul. Die Stimmen der Menschen, das Hupen der Autos, das Brummen der Generatoren, die die Imbisswagen versorgen – alles wetteifert darum, gehört zu werden. Und obwohl die Straßen und Schaufenster zu dieser Nachtzeit beleuchtet sind, ist nichts hell genug, um es klar zu erkennen. Es ist, als läge ein Dunst, ein Hauch von Geheimnis über allem, als lauerten hinter jeder Ecke Schatten.

Jason geht ein paar Blocks lang voran. Für einen Moment bleibt er an einer Ampel stehen, obwohl das Fußgängersymbol leuchtet. Ich drücke mich gegen eine Hauswand und lasse die Leute, die alle zielstrebig die Straße überqueren, an mir vorbei. Etwas Nasses tropft mir auf die Stirn. Ich sehe auf und ein weiterer Tropfen trifft mich.

»Klimaanlagen«, sagt Grace.

»Wie bitte?«, frage ich.

Sie zieht mich ein paar Schritte beiseite und deutet nach oben. Weiße Kisten hängen wackelig an allen Fenstern des Gebäudes.

»Fenster-Klimaanlagen. Da bildet sich Kondenswasser, und dann spucken sie dich an«, erklärt sie.

»Sind die ... sicher?«, frage ich.

Sie zuckt mit den Schultern.

»Lasst uns gehen«, sagt Jason zu unserer Gruppe mit dem Blick auf die Karte auf seinem Handy. Er führt uns über die Straße und biegt dann in eine verdächtig dunkle Seitenstraße ab.

»Äh, ich glaube kaum, dass das der richtige Weg ist«, sagt Roy und spricht damit exakt aus, was ich denke. Na ja, in meinen Gedanken spielt sich gerade ab, wie wir ausgeraubt oder ermordet werden. Wenn mich meine Ohren nicht täuschen, kann ich ein schwaches, hohes Kreischen hören, und ich kann schwören, dass sich Schatten über den Boden bewegen, sogar huschen. Es kostet mich alles, um nicht zu quietschen und wegzurennen.

»Hier ist es«, sagt Jason.

»Hier ist was?«, fragt Sarah verhalten.

Wir stehen vor einer Tür, auf die ein schockierend schwacher Scheinwerfer gerichtet ist. Kein Schild. Nur ein X, das auf die Tür gemalt ist.

»Hier gibt es die besten Suppendumplings, die ihr je gegessen habt«, sagt Jason stolz.

»Wollen wir überhaupt wissen, was in diesen Dumplings drin ist?«, frage ich.

»Vertraut mir, Leute. Ich weiß, es sieht verdächtig aus, aber es ist echt gut. Man munkelt, dass der Michelin-

Führer selbst über dieses Restaurant geschrieben hat, aber dass sie sich dann dagegen gewehrt haben, dass es abgedruckt wird, weil sie nicht wollten, dass Touristen und Newbies den Weg hierher finden«, sagt Jason.

»Du meinst, so wie wir?«, fragt Sarah.

»Wir sind keine Touristen. Wir leben jetzt hier, zumindest den Sommer über. Wir sind Einheimische. Und jetzt gehen wir zum ersten Mal in ein Restaurant für Einheimische. Folgt mir«, sagt Jason selbstbewusst und führt uns hinein.

Drinnen ist es nicht heller als draußen. Aber die Gerüche, die aus der gut verborgenen Küche kommen, sind so unglaublich, dass mein Magen unwillkürlich knurrt. Fast seufze ich anerkennend. Das Lokal ist voll mit Gästen, kein einziges Gesicht ist nicht-asiatisch. Die Köpfe sind gesenkt, es wird nicht viel geredet, die Leute genießen einfach das gute Essen, das vor ihnen steht.

Nichts von alledem habe ich jemals zuvor erlebt. Tatsächlich war dieser ganze Tag der seltsamste meines Lebens, aber das wirklich Seltsame daran ist das Gefühl, das sich in meiner Brust ausbreitet.

Ich weiß nicht, was morgen passieren wird. Was ich weiß, ist, dass ich, sobald das Praktikum beginnt, wahrscheinlich niemanden mehr sehen werde, der unter fünfzig ist und nicht zur absoluten Oberschicht gehört. Heute Abend werde ich also mit diesen Fremden zusammensitzen, die sich dank langer Flüge, unbequemer Busfahrten, einer winzigen Wohnung und den wahrscheinlich besten Suppendumplings, die wir je essen werden, kennengelernt haben.

Und ich werde mir, nur dieses eine Mal, keine Gedanken darüber machen, was mein Vater zu all dem sagen würde, und einfach Spaß haben.

5. Kapitel

Jessica

Schon als ich für meinen Flug eingecheckt habe, hätte ich ahnen müssen, dass etwas nicht stimmt. Ich hätte es definitiv wissen müssen, als ich einen Platz in der First Class bekommen hatte. Ich bin mir nicht sicher, warum ich es mir nicht eingestanden habe, als mich mein persönlicher Fahrer vom Flughafen abgeholt hat. Aber jetzt, wo ich in der Eingangshalle einer dreistöckigen Brownstone-Villa in einem der vornehmsten Viertel der Stadt stehe und ein Kronleuchter wie eine Kaskade von Diamanten über mir funkelt, läuft mir ein Angstschauer den Rücken hinunter.

Das hier ist ein schrecklicher Fehler.

Ich sollte nicht hier sein. Ich hätte an keinem der Orte sein sollen, an denen ich mich heute wiedergefunden habe. Und ich bin mir nicht sicher, wie, warum oder was ich dagegen tun soll.

Ich hole mein Handy hervor und rufe die Nummer meines Dads auf. Es ist okay. Tief Luft holen und dem Ganzen auf den Grund gehen. Ich habe nichts falsch gemacht. Ich werde keinen Ärger für etwas bekommen, das mir passiert ist … ich bin nicht schuld daran. Oder?

Aber egal, was passiert ist, in den Augen meines Vaters wird es meine Schuld sein. Ich weiß, wie er tickt. Wenn es stressig wird, reagiert er über. Und das ist nie angenehm.

Ich wünschte, er würde Golf spielen oder so, um seinen Stress loszuwerden, anstatt ihn an mir auszulassen.

Wenn ich ihn anrufe, um ihm zu erzählen, dass ich im Haus eines Fremden, eines sehr reichen Fremden, stehe, wird er mich fragen, was ich falsch gemacht habe und wie ich dorthin gekommen bin. Ich schiebe mein Handy zurück in die Tasche.

Denk nach, Jessica. Ich könnte Mira Im von Haneul anrufen, vielleicht kann sie rausfinden, was schiefgegangen ist. Aber es ist bereits zehn Uhr an einem Sonntagabend. Und ganz ehrlich, will ich mein Praktikum so beginnen? Mir ist jetzt schon klar, dass es schwer wird, mich allein durch meine Leistungen abzuheben. Aber das Letzte, was ich will, ist, dafür bekannt zu sein, dass ich jemandem das Flugticket, die Fahrt und jetzt auch noch das Haus gestohlen habe.

Also tue ich, was ich immer tue, wenn ich keine Ahnung habe, was ich tun soll.

»Hi, erzähl mir alles!«

Das Gesicht meiner allerbesten Freundin Ella, das auf dem Bildschirm auftaucht, macht alles besser. Irgendwie. Ich entspanne meine Schultern und seufze.

»Okay, also …«, beginne ich.

»Warte, wo *bist* du? Warum sind die Decken so hoch? Was ist das für ein riesiger Kronleuchter?«, fragt Ella beeindruckt.

»Dazu komme ich gleich. Aber die Geschichte fängt

damit nicht an, Ella. Sie hört damit auf. Oder sie hört im Gefängnis auf. Eins von beidem«, sage ich.

»Warte, ich brauche ein Kissen für meinen Rücken. Soll ich auch ein Glas Wasser holen? Sollte ich noch mal aufs Klo, bevor du anfängst?«

Ich ignoriere sie. »Du wirst mir nie glauben, was passiert ist. Tatsächlich glaube ich es selbst nicht. Ich glaube, ich bin in großen Schwierigkeiten, Ella. Du musst mir sagen, wie ich da wieder rauskomme.«

Ich erzähle ihr die ganze Geschichte und warte dann gespannt auf ihren Rat, was ich als Nächstes tun soll. Aber es herrscht Funkstille, Ella stützt ihren Kopf auf die Hand, die Augen geschlossen.

»Schläfst du?«, quietsche ich. »Ella! Wach auf!«

»Ich bin ja wach. Ich habe alles gehört, jedes noch so kleine Detail. Meine Güte, Jessica, irgendwann müssen wir wirklich mal etwas gegen dein Oversharing tun. Und obwohl es faszinierend ist, dass die First-Class-Sitze in den neueren Flugzeugen keine Fernsehbildschirme haben, dass das Auto, in dem du gesessen hast, Teppichboden hatte und dass dieses unglaubliche Haus, in dem du gelandet bist, schmiedeeiserne Geländer hat, von denen du glaubst, dass sie aus Frankreich importiert sein könnten, lass uns zum eigentlichen Problem kommen. Was wirst du tun?«

»Irgendwie habe ich gehofft, dass *du* eine Idee hättest«, jammere ich.

»Dir bleiben um diese Uhrzeit nicht gerade viele Möglichkeiten. Ich denke mal, du meldest dich bei deinem Dad?«

Ich starre sie bloß an.

»Okay, du hast recht. Keine gute Idee. Weißt du noch, als du uns von der Kirche nach Hause gefahren hast und dieser Typ uns hinten draufgefahren ist?«

»Ja, das war nicht einmal meine Schuld und trotzdem hat er mir die Fahrerlaubnis für sechs Wochen entzogen. Mom hat versucht, mir zu erklären, dass er sich solche Sorgen um mich macht und dass das seine Art ist, diese ganze besorgte Energie wieder loszuwerden. Aber ich habe gerade keine Zeit, mich um seine ›besorgte Energie‹ zu kümmern.« Mit der freien Hand male ich Anführungszeichen in die Luft, um meine Worte zu unterstreichen.

»Ehrlich gesagt denke ich, du solltest einfach bleiben, wo du bist, und dir morgen Gedanken machen. Wenn es niemand herausfindet, ist es auch nicht schlimm. Wenn es doch jemand herausfindet, klimperst du mit den Wimpern und spielst die Unschuldige. Auf diese Bambi-Augen kann niemand böse sein«, erklärt Ella.

Könnte es wirklich so einfach sein, wie Ella es klingen lässt? Ich meine, es wäre ja nur für heute Nacht. Ich wünschte, sie wäre hier bei mir. Dieses Haus fühlt sich riesig an, als ob meine ganzen Ängste und Befürchtungen von den Gewölbedecken abprallen würden.

»Du bist jetzt jedenfalls dort. Und das ist vielleicht die einzige Chance für uns beide, eine Villa wie die, in der du gerade bist, von innen zu sehen. Kannst du mir also wenigstens eine Führung geben? Wir sollten die Jahre der HGTV-Marathons und deine Gabe, viel zu viel zu erzählen, sinnvoll nutzen. Lass kein noch so kleines Detail aus!«

Ella teilt meine Begeisterung für Häuser, die wir uns nicht leisten können. Und sie ist die Meisterin im Ablenken, damit meine Gedanken nicht an den »schlechten Ort« abdriften.

Aber meine mangelnde Begeisterung macht sich bemerkbar. In Ellas Augen kann ich Mitgefühl erkennen ... oder vielleicht auch nur Mitleid. Ich kann mich nicht einmal mit dem ablenken, was mich am glücklichsten macht: schöne Häuser.

»Soll ich meine Großmutter bitten, deine Mutter anzurufen?«

Ich schüttle den Kopf. »Nein, ich will nicht, dass sich meine Eltern jetzt schon Sorgen machen. Ich finde eine Lösung. Ich glaube, du hast recht. Ich werde heute Nacht einfach hier schlafen und morgen alles sauberer hinterlassen, als ich es vorgefunden habe – wenn das überhaupt möglich ist. Ich schleiche mich früh davon und kümmere mich im Büro um den Rest. Ich bin mir sicher, es wird alles gut. Was soll's, wenn sie mich hassen, mich für eine totale Hochstaplerin halten und diese ganze Sache all meine Zukunftsaussichten ruiniert? Immerhin muss ich nicht auf der Straße schlafen, oder?«

»Rufst du mich morgen früh an?«, fragt Ella.

»Ich bin dir drei Stunden voraus. Bei dir wird es halb sechs Uhr morgens sein«, erinnere ich sie.

»Dann am Nachmittag?«

Ich muss ein wenig lächeln. »Abgemacht.«

Ich lege auf, und sofort fühle ich mich vollkommen allein. Mir fällt auf, dass ich noch nicht einmal die Eingangshalle verlassen habe ... deren Boden aus einem so unglaublich detailreichen Fliesenmosaik besteht, dass ich aus Angst, es schmutzig zu machen, die Schuhe ausziehe. Ich bemerke die ledernen Hausschuhe, die aufgereiht an der Haustür stehen, aber diese wirken ganz neu und offen gesagt ziemlich teuer.

Endlich gestatte ich mir eine Erkundungstour. Ich war noch nie in einem derart luxuriösen Wohnhaus. Es ist nicht riesig, es ist schmaler als die Villen in Beverly Hills und Malibu, die ich im Fernsehen gesehen habe. Aber ich weiß, dass Manhattan nur fünfundachtzig Quadratkilometer groß ist und ein Großteil davon vom Central Park eingenommen wird. Deswegen ist Land in New York kostbar, und Reichtum zeigt sich nicht durch die Quadratmeteranzahl, sondern dadurch, wo sich das Eigenheim befindet und wie es ausgestattet ist. Zumindest behaupten sie das bei *Million Dollar Listing New York*.

Der gesamte Eingangsbereich und das Foyer sind mit den wunderschönen Fliesen ausgekleidet, die mir bereits aufgefallen sind. Die Einbauelemente aus Kirschholz und das schmiedeeiserne Geländer verleihen dem Haus einen Hauch von altem Geld. Ich frage mich, wem das alles gehört. Jahrelanges Wälzen von »Architectural Digest« und die Sendungen auf HGTV haben mich zur selbst ernannten Design-Expertin gemacht.

Ich gehe weiter in das Haus hinein und fahre mit meinen Fingern dabei leicht über die Schnitzarbeit in den gewölbten Eingangstüren der einzelnen Zimmer. Beim Anblick des Kamins im Wohnzimmer bleibe ich stehen. Er wird von einem raumhohen Steinsockel eingefasst, der so prachtvoll ist, dass ich vor Staunen den Mund kaum schließen kann.

Apropos Boden, die dunklen Dielenböden sind perfekt gebeizt, dennoch wahren sie durch die uralten Astlöcher und Verzweigungen ihren Charakter. Die Perserteppiche, die Teile des Bodens bedecken, sehen aus wie restaurierte Antiquitäten. Der Raum hat hohe Decken und große Wandflächen, die mit vermutlich echten Kunstwerken behangen sind.

Man fühlt sich eher wie in einem Museum als in einer Wohnung.

Ich wende mich nach links und entdecke die Küche. Es handelt sich nicht um ein offenes Konzept, wie man es bei neueren Häusern findet. Diese Küche wurde eindeutig abgetrennt gebaut, damit die Angestellten die Mahlzeiten zubereiten und im eleganten Esszimmer servieren können. Trotzdem sind die Böden aus Marmor, ebenso wie die Arbeitsplatten und die massive Kochinsel in der Mitte.

Ich trete durch die Tür und erstarre. »Wow«, sage ich und erwarte, dass mir ein höhlenartiges Echo antwortet. Die Küche ist riesig, so groß, dass wahrscheinlich das gesamte erste Stockwerk meines Zuhauses in Cerritos darin Platz finden würde. Auf der Kochinsel steht ein Korb mit frischem Obst, und die Glastüren des großformatigen Kühlschranks geben eine große Auswahl an Getränken und anderen Lebensmitteln preis.

Mein Magen knurrt. Ich strecke die Hand aus – die Versuchung, eine Banane aus dem Obstkorb zu nehmen, überwältigt mich fast.

Aber beim Gedanken daran, dass das hier nicht mein Zuhause ist, lasse ich den Arm wieder sinken. Nicht einmal für diesen Sommer. Und das ist nicht mein Essen. Gerade fühle ich mich ein wenig wie Goldlöckchen und ich weiß, wie diese Geschichte endet. Ich brauche keine Bärenfamilie oder gar die Polizei, die auftaucht und mich verhaftet, weil ich fremdes Essen gegessen habe.

Ich gehe zurück ins Foyer und hole meine Tasche. Ich werde einfach einen der beiden Müsliriegel essen, die ich dabeihabe. Gerade als ich den Eingangsbereich erreiche, öffnet sich die Haustür und jemand kommt herein. Ich schreie kurz auf, aber die ältere Frau übertönt mich mit ihrem Schrei.

»Entschuldigung«, sagen wir gleichzeitig.

»Sie haben mich erschreckt«, erklären wir unisono.

»Sie zuerst«, tönen unsere Stimmen in perfektem Einklang.

Ich schließe den Mund und deute auf die koreanische Dame.

Sie kneift die Augen zusammen und legt den Kopf schräg, um mich zu begutachten. Sie weiß, dass ich ein Eindringling in ihrem Zuhause bin. Vermutlich liegt ihr Finger in diesem Moment auf der Notruftaste ihres Handys.

Aber sie schüttelt den Kopf und setzt schnell ein höfliches Lächeln auf.

»Du musst Yoo-Jin-ssi sein. Ich bin Mrs Choi. Ich bin hier, um mich um deine Mahlzeiten zu kümmern und dir beim Aufräumen zu helfen. Normalerweise komme ich morgens, aber als ich gehört habe, dass du heute Abend ankommst, dachte ich, du könntest Hunger haben. Also bin ich schnell rübergefahren, um dir vor dem Schlafengehen einen Snack zuzubereiten.«

Dieses Haus ist nicht nur das schönste, das ich je gesehen habe, sondern es gibt offenbar auch eine Mrs Choi?

»Ich bin Yoo-Jin«, stelle ich mich vor. »Aber ...« Aber was? Dass ich vermutlich nicht die Yoo-Jin bin, für die sie mich hält? Aber wie kann ich etwas erklären, das ich selbst nicht verstehe?

»Warum machst du dich nicht ein bisschen frisch, während ich das Essen vorbereite? Du bist bestimmt sehr hungrig und erschöpft. Ich werde alles auf einem Teller auf der Kücheninsel bereitstellen und leise gehen, bevor du wieder nach unten kommst.«

Ich rühre mich nicht.

»Außer, du ziehst es vor, im Speisezimmer zu essen?«, fragt sie.

»AUF KEINEN FALL. Oh, ähm, ich meine, die Küche ist in Ordnung«, sage ich. Wenn sie ohnehin kocht, kann ich genauso gut auch essen. Mein sehr aufgebrachter, leerer Magen wird es mir danken.

Ich will Mrs Choi bitten zu bleiben. Ich will sie fragen, wer sie denkt, dass ich eigentlich bin, und ob sie mir helfen kann, dieses Durcheinander zu entwirren. Aber sie ist bereits in die Küche verschwunden und die Vorstellung, den Schmutz des Tages abzuwaschen, ist gerade sehr verlockend.

Sie hat mir quasi die Erlaubnis erteilt, das Bad zu benutzen, oder? Dann werde ich das tun. Ich schnappe mir meine Tasche und schleppe sie die Treppe hinauf. Den

Flur entlang sehe ich einige geschlossene Türen, aber ganz am Ende kann ich eine Tür erkennen, die offen steht und zu einem riesigen Schlafzimmer mit angeschlossenem Bad führt. Ein Himmelbett steht in der Mitte des Raums, bezogen mit frischer, weißer, eindeutig sehr hochwertiger Bettwäsche. Die Initialen *YJL* sind entlang des Saumes der Decke und auf die Kissenbezüge gestickt. Ich betrete das Badezimmer. Es ist größer als mein Schlafzimmer zu Hause. Flauschige weiße Handtücher hängen bereit, und in der Dusche stehen erstklassige Pflegeprodukte.

Ich steige aus meiner schmutzigen, verschwitzten Kleidung und in die Dusche.

Nach einer gefühlten Ewigkeit bin ich sauber und fühle mich geistig und körperlich wieder einigermaßen fit. Ich habe den Nebel der Müdigkeit und Verwirrung abgewaschen und bin jetzt hungriger als zuvor. Ich gehe zurück ins Schlafzimmer und bemerke, dass mein Gepäck nicht mehr dort ist, wo ich es zurückgelassen habe. Als ich die Schranktür öffne, sehe ich zu meiner Verwunderung, dass meine gesamte Kleidung bereits eingeräumt wurde. Schnell schlüpfe ich in frische Unterwäsche, Jeans und T-Shirt, binde mein nasses Haar zu einem unordentlichen Knoten und eile dann die Treppe hinunter.

Mrs Choi ist dabei, das Haus zu verlassen. Sie trägt einige Kleidersäcke.

»Mrs Choi«, rufe ich.

Sie zuckt zusammen und wirkt, als hätte ich sie auf frischer Tat ertappt.

»Dieser Fehler tut mir sehr leid«, sagt sie.

Oh, Gott sei Dank. Sie hat es auch bemerkt. Jetzt können wir reden. »Mir auch, wirklich«, sage ich. »Mir war nicht klar …«

»Uns war nicht klar, dass du eine junge Dame bist. Versehentlich wurde die falsche Garderobe für dich gekauft. Ich habe alles eingepackt und werde Haneul benachrichtigen, damit alles richtiggestellt wird und dir so bald wie möglich neue Kleidung bereitgestellt wird. Bitte stell dein Geschirr in die Spüle, ich komme morgen früh für den Abwasch und um dein Frühstück vorzubereiten.«

Sie verbeugt sich und eilt zur Tür hinaus.

»Warten Sie«, rufe ich ihr hinterher, aber sie ist bereits verschwunden.

Und wieder stehe ich perplex in der Eingangshalle.

Ich gehe in die Küche, wo ich eine Vielzahl an Schälchen, ein Wasserglas, eine Tasse Tee und Besteck vorfinde, die säuberlich auf der Kochinsel angeordnet wurden.

Der Geruch von Doenjang-jjigae und die bunte Auswahl an Banchan zieht mich magisch an. Das war's dann wohl mit meinem Versuch, *nicht* Goldlöckchen zu sein. Der Gedanke, noch einen Müsliriegel zu essen, wenn all das Essen hier nur darauf wartet, verzehrt zu werden, ist unerträglich.

Ich setze mich und greife zu.

Als ich alles aufgegessen habe, bin ich so satt und schläfrig, dass ich kaum die Augen offen halten kann. Das Geschirr spüle ich im Waschbecken ab, ehe ich die Kücheninsel wische.

Dann gähne ich herzhaft und klopfe mir ein paar Mal auf die Wangen. *Wach auf, Jessica. Du musst einen Plan machen und überlegen, was du tun willst.* Ich kann nicht einfach in einem fremden Haus übernachten, oder?

Aber inzwischen ist es fast Mitternacht an einem Sonntagabend, und selbst auf der Upper East Side würde ich mich nicht wohl dabei fühlen, allein durch die Straßen New Yorks zu streifen.

Goldlöckchen, Haferbrei, Bett.

Ich setze mich auf das weiche Sofa im legeren Wohnzimmer. »Denk nach, Jessica«, sage ich zu mir selbst, während sich meine Augen langsam schließen und ich einschlafe.

Ich habe einen sehr merkwürdigen Traum. Jemand ruft mich beim Namen meines Vaters.

»Mr Lee«, höre ich die sanfte Stimme wieder und wieder sagen.

»Nein, Dad, das war alles ein Versehen. Sie haben mich in die First Class gesetzt. Sie haben mich hierhergebracht. Sie haben mir die Schlüssel gegeben.«

Ich schrecke auf.

»Mr Lee, es ist sieben Uhr. Zeit, aufzustehen.« Die Stimme dringt aus dem Lautsprechersystem des Hauses. Ist das eine Art vorprogrammierter Wecker?

Oh nein, es ist sieben Uhr.

Ich wollte um acht beim Praktikum sein. Eigentlich müssen wir nicht vor neun dort sein, aber ich habe vor, am ersten Tag als Erste anzukommen, um mir ein Bild vom Gebäude machen zu können und einen guten Eindruck zu hinterlassen.

Außerdem muss ich von hier verschwinden, ehe Mrs

Choi mit den Vollzugsbeamten auftaucht, um mich rausschmeißen zu lassen.

Ich renne nach oben ins Schlafzimmer, wo ich mir
schnell die Zähne putze, das Gesicht wasche und etwas
anderes anziehe. Ich schmeiße alles, was Mrs Choi gestern auf Bügel gehängt und in Schubladen verstaut hat,
zurück in meinen Koffer. Keine Zeit, ordentlich zu packen. Ich muss los.

Ich verschwende keinen Gedanken an mein Make-up.
Ich binde mein Haar einfach zu einem lockeren Knoten,
schnappe mir meine Sachen und mache mich auf den
Weg zur Haustür. Ein letzter Umweg in die Küche, wo ich
einen Apfel und eine Orange in meine Handtasche stopfe. Wie schnell meine Moral doch ins Wanken geraten ist.

Bevor ich das Haus verlasse, sehe ich mich ein letztes
Mal um. So lebt also die »andere Hälfte«, denke ich. Es
ist wunderschön, aber ich kann nicht umhin, die Leere,
den Mangel an Leben zu spüren. Es ist ein Haus, kein
Zuhause.

Was für eine Verschwendung.

Wer auch immer diese andere Hälfte ist, es sind keine Menschen, die ich jemals verstehen oder mit denen
ich auskommen würde. Mein Neid würde das niemals zulassen.

6. Kapitel

Jessica

Ich beschließe, an diesem ersten Tag zu Fuß zur Arbeit zu gehen. Ich hatte noch keine Gelegenheit, mir die U-Bahn anzusehen und meine Route zu planen. Ich wollte ein paar Probefahrten machen und herausfinden, wie lange ich für den Weg ins Büro brauche. Ach ja, und dann ist da noch die Tatsache, dass ich nie wieder aus Richtung der Upper East Side kommen werde.

Ich ziehe meinen Koffer hinter mir her, wobei sich die billigen Rollen ständig verdrehen und in jeder Ritze im Gehweg stecken bleiben. Diese Tasche ist älter als ich … wortwörtlich. Meine Eltern waren mit ihr in den Flitterwochen.

Die Straßen sind voller Menschen, und niemand ist besonders erfreut darüber, dass ich mit meinem Rollkoffer einen Weg durch die Menge pflüge.

»Verpiss dich einfach«, sagt jemand hinter mir.

»Verschwinde!«, ruft jemand anderes.

»Das ist ja wohl nicht dein scheiß Ernst«, meint ein Bauarbeiter, der mir entgegenkommt.

Nachdem ich etwa fünf Blocks weit gekommen bin, sind die Kommentare schon zu einer Art Hintergrundmusik geworden, und mir wird klar, dass die New Yorker sich so »Guten Morgen« wünschen. Zumindest rede ich mir das ein, damit ich, die es immer allen recht machen und sich für alles entschuldigen möchte, nicht in Tränen ausbreche.

Doch so aufgeregt ich auch bin, fühle ich mich doch ein wenig wie Alice in ihrem eigenen Großstadt-Wunderland. Die Mischung aus Neuem und Altem, Backsteinwohnungen mit klapprigen Feuerleitern, die zwischen gläsernen Wolkenkratzern und ihren Drehkreuztüren eingeklemmt sind: Das alles verschlägt mir den Atem. Und das ist auch gut so, denn die Gerüche der Stadt sind zu dieser frühen Stunde schon erschreckend penetrant. Trotzdem rümpft niemand die Nase. Gewöhnt man sich einfach an diesen Geruch?

Jedes Geräusch, das Hupen eines Taxis, die Essensverkäufer, die ihre Wagen schieben, die Müllwagen, die die auf den Bordsteinen abgestellten Säcke aufsammeln, die Menschen, die sich gegenseitig anschreien und beschimpfen, die Bauarbeiten und Gerüste an jedem Block, alles hat seinen eigenen Einsatz in dieser Symphonie. Aber zusammen ergeben sie das Meisterwerk namens »Stadt«.

Ich bin fasziniert.

»Verdammt noch mal, bist du neu hier oder was?«, schreit mich jemand an, ohne mich auch nur eines Blickes zu würdigen.

Ich zerre mein Gepäck zur Seite und überlasse den schmalen Bürgersteig dem entgegenkommenden Fußgängerverkehr. »Sorry«, sage ich zu der Masse aus Hinterköpfen, die sich in meine Richtung bewegt, allerdings dreimal so schnell. Auf dem ganzen Weg zur Arbeit habe ich mich bisher erst ein einziges Mal entschuldigt – das ist weit unter meinem üblichen Standard. Ich werde schneller zur New Yorkerin als erwartet.

Als ich das Gebäude erreiche, in dem sich Haneul befindet, bin ich ein wenig erledigt, aber überraschenderweise auch unglaublich energiegeladen. Ist es das, was das Stadtleben mit einem macht?

Ich bleibe stehen und sehe, wie hoch das Gebäude reicht. Von meinem Standort auf dem Gehweg aus kann ich kaum die Spitze des Wolkenkratzers erkennen. »Mach den Mund zu, Jessica, du bist kein Fliegenfänger«, hat meine Mom immer dann zu mir gesagt, wenn ich mich so verhielt, als wäre mir eine Sache neu oder würde mich in Staunen versetzen, wodurch ich unerfahren oder unkultiviert wirkte. Obwohl wir nicht reich sind, wurde in meinem koreanischen Haushalt auf Benehmen und Verhalten immer geachtet.

Verhalte dich so, als gehörtest du hierher, rede ich mir ein. Ich richte mich auf, hebe das Kinn und gehe durch die Türen.

»Woah«, entfährt es mir, als ich die Lobby betrete. Mein Versuch, nicht wie eine Anfängerin zu wirken, ist dahin.

Sie ist fantastisch, diese Lobby, ein vollkommen offener Raum mit Fenstern, die vom Boden bis in den Himmel reichen. Und die Art, wie die Sonnenstrahlen durch das Glas scheinen und einen Lichteffekt erzeugen, ist unglaublich. Ich könnte den ganzen Tag hierbleiben und die großen und kleinen architektonischen Entscheidungen bestaunen, die beim Entwurf dieses Gebäudes getroffen wurden.

Aber ich muss zur Arbeit.

Ich mache mir im Geiste die Notiz, in meinen morgendlichen Puffer zehn zusätzliche Minuten einzuplanen, damit ich morgen vielleicht in der Lobby sitzen, einen Kaffee trinken und den Kontrast von hell und dunkel, die harten und weichen Kanten des Eingangsbereiches bewundern kann. In einer Zusatznotiz füge ich hinzu, dass ich nicht weiß, von wo ich morgen kommen werde, weswegen ich zu meinem morgendlichen Puffer zehn weitere Minuten zu den zehn weiteren Minuten hinzufügen muss. In meinem Kopf ergibt das alles Sinn, versprochen.

Ich trete an den Empfangstresen und lächle dem Mann in Anzug und Headset zu.

»Kann ich Ihnen helfen?«, fragt er.

»Heute ist mein erster Tag bei Haneul«, sage ich, wobei ich versuche, Selbstbewusstsein auszustrahlen. Ich will ihm erzählen, dass der Weg zur Arbeit länger war als erwartet, dass ein Häuserblock auf einer Allee doppelt so groß ist wie auf einer Straße, und dass dieser Koffer, obwohl er Rollen hat, überhaupt nicht fürs Rollen gemacht zu sein scheint, und dass es in der Sonne zwar heiß ist, aber es in bestimmten Straßen, wo die Gebäude die Sonne blockieren und sich tatsächlich eine Art Windkanal bildet, doch ziemlich kühl, und dass ich mir wünsche, ich hätte eine Jacke getragen, es aber mühsam gewesen wäre, sie jedes Mal wieder an- und auszuziehen.

Aber ich beiße mir auf die Zunge und behalte das alles für mich.

Ja, ein Fortschritt.

Sein mitleidiges Lächeln macht deutlich, dass mein

Versuch, so zu tun, als wüsste ich, was ich tue, gescheitert ist. Ich meine, wenn ich wüsste, was ich tue, würde ich vermutlich nicht anhalten und ihn um Hilfe bitten, oder? Er weiß, dass ich eine Hochstaplerin bin.

»Erster Tag. Gut für Sie. Dann mal los. Name und Ausweis bitte.«

»Yoo-Jin Lee«, sage ich. Die meisten Dokumente hier scheinen meinen koreanischen Namen zu benutzen.

»Mhm«, macht er, während er mit gerunzelter Stirn auf den Bildschirm blickt. Er wirft mir einen Blick zu und sieht dann wieder auf seinen Computer.

Ich warte geduldig, obwohl mein Herz schneller schlägt, während ich mich frage, ob er mir gleich sagt, dass das alles ein großer Fehler war, ich nicht im System bin und sofort zurück nach L. A. fliegen muss.

»Ich schätze, das hier sind Sie.« Er prüft noch einmal meinen Ausweis und nickt. »Ja. 43. Stock. Bitte schauen Sie in die Kamera, dann erstellen wir Ihnen einen vorläufigen Zugangsausweis für heute, bis Sie Ihren endgültigen bekommen.«

Ich tue wie geheißen und warte, bis mein wenig schmeichelhaftes Schwarz-Weiß-Foto auf ein selbstklebendes Namensschild gedruckt wurde. Dann zeigt er mir, wo ich den Eingang zu den Aufzügen finde, und ein unsichtbarer Scanner piepst, als ich hindurchtrete.

Ich weiß, ich bin früh dran, wenn auch nicht so früh, wie ich zu sein gehofft habe, nachdem ich die Länge des Wegs wirklich ganz falsch eingeschätzt hatte. Aber wo sind die anderen Praktikanten? Hatte sonst niemand aus dieser Gruppe koreanisch-amerikanischer Streber die

Idee, ein wenig früher zu erscheinen, als von uns verlangt wird?

Ich trete aus dem Aufzug und werde sofort von einer wunderschönen jungen Frau begrüßt. Ihre Haare und ihr Pony sind sorgfältig frisiert, ihr Make-up ist perfekt und sie trägt ein marineblaues Kostüm, wobei der Rock die genau richtige Länge hat, um gleichzeitig professionell und ein wenig sexy zu sein.

»Lee Yoo-Jin?«, fragt sie.

Ich verbeuge mich zur Begrüßung. »*Annyeonghaseyo*«, sage ich. »Sie müssen Mira Im sein. Freut mich, Sie kennenzulernen.«

Die Frau lächelt, schüttelt aber den Kopf. »Nein, ich bin Sunny Cho.«

Mir wird sofort ganz heiß. »Oh, Entschuldigung. Ich dachte, ich würde Mira Im treffen. Es tut mir leid.«

»Nein, Sie müssen sich nicht entschuldigen. Ich werde Ihnen helfen, sich zurechtzufinden, und kümmere mich um Ihre Bedürfnisse, solange Sie diesen Sommer über bei uns sind«, erklärt sie.

Oh, das ist also meine Managerin. Irgendwie hatte ich nicht erwartet, direkt meine Chefin kennenzulernen. Außerdem dachte ich, dass wir sie als Gruppe gemeinsam kennenlernen würden.

»Ich freue mich darauf, für Sie zu arbeiten«, sage ich.

Sie sieht mich ein wenig verwirrt an, nickt aber und führt uns durch eine Glastür hindurch. Als sie die Tür zu einem Zimmer öffnet, das wie ein Konferenzraum wirkt, folge ich ihr und versuche, meinen Koffer unauffällig in einer Ecke zu platzieren.

»Wegen des Fehlers ...«, fängt sie an.

Gott sei Dank. Ich bin so froh, dass ich jetzt endlich alles aussprechen kann. Ich werde jede Strafe akzeptieren, die sie für angemessen halten – eine Gehaltskürzung, uninteressante Projekte, ein Schreibtisch im Keller, was auch immer. Ich habe nichts falsch gemacht. Aber ich möchte wirklich lieber aufhören, auf Eierschalen zu laufen und darauf zu warten, dass man mich zur Rede stellt, und einfach weitermachen.

»Ja, es tut mir so leid. Das war alles meine Schuld. Ich hätte von Anfang an ehrlich sein sollen«, sage ich.

»Nein, nein, es war unser Fehler. Wir erhalten nie viele Informationen, wenn wir einem VIP zugeordnet werden. Aber in der Vergangenheit waren das immer Männer. Wir sind davon ausgegangen, dass Lee Yoo-Jin ein junger Mann ist, nachdem ›Elijah‹ dabeistand – egal, das spielt keine Rolle. Es war ein Irrtum. Wir haben einfach versucht, das meiste aus dem bisschen, was wir über Sie wussten, herauszuholen. Aber diese Art Fehler wird nie wieder passieren. Wenn es für Sie nicht allzu viele Umstände bereitet hat, wäre ich dankbar, wenn Sie es ihm nicht weitertragen würden ...« Sie beugt sich zu mir und wirft mir einen vielsagenden Blick zu.

Ich schaue ziemlich verdutzt zurück.

»Ihm?«, frage ich. Ich bin mir nicht sicher, ob ich sie richtig verstehe.

»Ich nehme an, Ihr Vater hat eine wichtige Position im Unternehmen inne. Oder ist es vielleicht Ihr Großvater? Manchmal hilft es, wenn wir wissen, für und mit wem wir zusammenarbeiten.«

»Oh, machen Sie sich keine Sorgen. Mein Dad würde nicht wollen, dass ich bevorzugt werde«, versuche ich zu erklären. Ich erwähne nicht, wie sehr er sich über die Führungskräfte, die ihre Kinder dank ihrer Beziehungen in diese Programme schleusen, ärgert. Mein Vater hält Privilegien für unglaublich ungerecht.

Sunny Cho zieht die Augenbrauen zusammen, wodurch eine kaum sichtbare Falte auf ihrer ansonsten makellosen Haut entsteht. »In Ordnung. Wie es aussieht, haben wir bereits sämtliche Fehler, die das Missverständnis verursacht hat, behoben. Wenn Sie nach Hause kommen, werden Sie eine neue Garderobe vorfinden.« Sie mustert mich von Kopf bis Fuß. »Und für heute habe ich angemessenere Kleidung bestellt, die jeden Moment hier sein sollte. Es tut mir leid, ich hatte nicht damit gerechnet, dass heute auch Haare und Make-up auf dem Programm stehen würden, aber ich werde mich darum kümmern.« Sie hält sich ihr Handy ans Ohr und beginnt, jemandem auf Koreanisch Befehle zu erteilen.

Ich fahre mir mit den Händen über den Kopf. Ich meine, ich bin nicht durchgestylt wie Sunny Cho, aber ich musste mich heute Morgen ein bisschen beeilen, um dem Luxus zu entkommen. Okay, ich habe meinen Pony letzte Woche nicht ganz gerade geschnitten. Aber das fällt kaum auf. Wenn ich mir Mühe gebe, kann ich mich ziemlich gut in Szene setzen, wenn ich das mal so sagen darf. Und ich werde auf keinen Fall Geld für eine Glamour-Truppe ausgeben, die sich um meine Haare und mein Make-up kümmert. Ich bin Praktikantin, um Himmels willen. Die wissen doch wohl, wie gering das Einstiegsgehalt ist, oder?

»Ich brauche wirklich kein …«, setze ich an.

Aber Sunny ist im Schadensbegrenzungs-Modus, hört mir nicht zu und fragt auch nicht nach meinen Bedürfnissen. Ich möchte meine Vorgesetzte nicht infrage stellen, nicht schon am ersten Tag. Aber ich möchte auch nicht in eine Situation gebracht werden, mit der ich nicht umgehen kann, zum Beispiel dazu gebracht zu werden, Geld auszugeben, um einer optischen Erwartung zu entsprechen, mit der ich nicht einverstanden bin. Sie hat mich nicht einmal gefragt, welche Größe ich trage.

Ich denke, ich werde warten, bis die anderen für ihren ersten Praktikumstag eintreffen, sehen, wie sie gekleidet sind, und vielleicht können wir das Thema gemeinsam mit Sunny Cho als Gruppe angehen. Jetzt halte ich den Mund. Seit dieses ganze Schlamassel begonnen hat, werde ich jedes Mal, wenn ich versuche zu hinterfragen, was passiert ist, einfach abgewürgt, als hätte ich keine Ahnung, wovon ich rede. Und vielleicht habe ich das auch nicht. Aber ich kann doch nicht die Einzige sein, die sieht, dass hier irgendetwas nicht stimmt.

»Von deinem Büro aus überblickst du den Park«, sagt Sunny. »Dein Laptop steht hier für dich bereit. Uns wurde gesagt, dass du lieber mit einem MacBook statt mit einem Microsoft-Computer arbeitest, richtig?«

Ich nicke, denn es stimmt. Aber woher wissen sie das alles? Ich kann mich nicht daran erinnern, dass es dazu eine Frage in der Bewerbung oder in den Unterlagen für neue Mitarbeitende gab, die ich ausfüllen sollte.

»Ähm, Ms Cho? Wo sind die anderen Praktikanten?«, frage ich. Mein Herz klopft so heftig, dass ich es in meinen Ohren spüren kann. Wie soll ich diesen Sommer über erfolgreich sein, wenn es mir solche Angst macht, meiner Managerin eine einfache Frage zu stellen? Reiß dich zusammen, Jessica.

»Die Praktikanten? Nun, ich nehme an, dass sie in einem Konferenzraum auf einem der unteren Stockwerke eine Einführung bekommen.«

»Oh mein Gott, bin ich zu spät für die Einführung? Sollten wir uns nicht beeilen? Oder wollten Sie, dass ich einfach allein nach unten gehe? Tut mir leid, ich war verwirrt. Ich hätte nicht erwarten sollen, dass Sie mir Anweisungen geben. Ich finde es selbst heraus«, stammle ich. Ich bin panisch, zu spät und unvorbereitet. So habe ich mir den Tag nicht ausgemalt.

»Yoo-Jin-ssi, du wirst nicht mit den anderen Praktikanten zusammenarbeiten. Dein Praktikum findet im Rahmen des Führungskräftetrainings statt. Das ist eine Rolle, die jemandem vorbehalten ist, der zu einem VIP des Unternehmens gehört, so wie du.«

VIP? Spricht sie von meinem Dad? Hat er seine Rolle bei Haneul die ganze Zeit heruntergespielt? Er hat es immer so wirken lassen, als wäre er unwichtig, unbedeutend. Ich verstehe es nicht. Das ergibt einfach alles keinen Sinn.

»Wenn du so weit bist, zeige ich dir das Büro. Normalerweise würde ich warten, bis deine neuen Sachen da sind, um dich so gut wie möglich vorzustellen. Aber da noch keiner der leitenden Angestellten, sondern nur das Hilfspersonal hier ist, ist es in Ordnung.« Ms Cho lächelt mich an, als wären all diese Worte nicht als Seitenhiebe gegen mein Aussehen und mein Auftreten gemeint. Und vielleicht sind sie das auch nicht. Aber sie fühlen sich so an.

Ich werde durch den 43. Stock geführt. Ich bin tief beeindruckt, und obwohl alle, die ich treffe, neugierig sind, wer ich bin und was ich in diesem Führungskräftetraining machen werde, lächeln sie vor allem freundlich und kümmern sich dann wieder um ihre Arbeit.

»Auf dem 10. Stockwerk befindet sich die Cafeteria. Sie ist für alle Angestellten offen, dort gibt es Mittag- und ein leichtes Abendessen. Vor allem koreanische Speisen, aber auch einige westliche Optionen«, erklärt mir Ms Cho, als wir zusammen zurück zu den Fahrstühlen gehen. »Ich zeige sie dir jetzt, ehe es voll wird.«

»Besitzt Haneul alle Stockwerke in diesem Gebäude?«, frage ich.

»Nein, im 10. befindet sich die Cafeteria und das Fitnessstudio, und dann belegen wir die Stockwerke von der 32. bis zur 43. Etage.«

Der Lift hält auf dem 32. Stockwerk an. Die Tür öffnet sich, und davor wartet eine Gruppe junger Leute.

Sie drängen sich in den großen Lift. Als sie uns sehen und bemerken, dass wir zusammen im Aufzug sein werden, wird es merklich stiller. Ms Chos Haltung, ihr Aussehen strahlt Autorität aus. Niemand sagt ein Wort. Ich muss wie ihre zerzauste Assistentin wirken, oder wie jemand, der sich eindeutig im falschen Aufzug befindet.

Und ... in genau diesem Moment erinnert mich mein Magen daran, dass ich nicht gefrühstückt habe. Laut. Ich halte mir den Bauch und flehe ihn an, still zu sein und mit dem Knurren aufzuhören.

Aber es ist zu spät. Ich kann das Kichern hören.

»Zum Glück gehen wir alle in die Cafeteria«, sagt eine Stimme hinter mir. Diese Stimme.

Ich werfe einen Blick über meine Schulter, und meine Augen werden groß, als ich ihn erkenne. Er erkennt mich ebenfalls und sieht mich genauso überrascht an. Das ist der Typ, mit dem ich am Flughafen zusammengestoßen bin. Er ist auch hier.

Ohne die Kappe, die Maske und die teuren Klamotten wirkt er jünger. Vorher sah er auf eine geheimnisvolle, verwegene Art gut aus. Hier, in diesem Aufzug voller Menschen, in dem es völlig unangebracht wäre, diese sanftere, niedlichere Version von Kopf bis Fuß zu mustern, ist es genau das, was ich tun will.

Vor meinem Gesicht taucht eine Banane auf. Der große, dünne Junge neben dem Flughafentyp reicht sie mir. »Hier.«

Ich schüttle den Kopf. »Oh, ähm … nein, danke«, sage ich. Ich kann die Banane wohl schlecht hier und jetzt, im Aufzug, vor meiner Vorgesetzten, schälen und essen. Das wäre unangebracht.

Er zuckt eine Schulter und zieht sein Angebot zurück.

Mein Magen protestiert erneut laut.

Er unterbricht das Schweigen. »Also, wie ich schon sagte, normalerweise sind sie viel besser organisiert als dieses Jahr. Elijah, es ist scheiße, dass deine Sachen nicht angekommen sind. Aber es ist extrem witzig, dass sie dich als Jessica eingetragen haben. Seltsam. Ich werde dich den Sommer über Jess nennen.«

Ich erstarre. Was hat er gerade gesagt?

Ich drehe mich wieder zu dem großen Typen um und sehe, dass er sich dem Jungen vom Flughafen zugewandt hat.

»Ich wünschte, das würdest du nicht tun«, antwortet er.

»Also gut, *Yoo-Jin*«, sagt der Große.

»Ich hab dir doch gesagt, dass ich lieber Elijah genannt werden möchte.«

Wie bitte? Hat er gerade gesagt, sein Name sei Elijah? Hat Ms Cho nicht vorhin einen Elijah erwähnt?

Ich halte es nicht länger aus. In diesem Gespräch, an dem ich wohlgemerkt nicht beteiligt bin, wird mit Namen um sich geworfen, und einige davon sind sogar *meine* Namen! Und einen anderen dieser Namen habe ich jetzt schon mehrmals beiläufig gehört. Es ist, als läge die Antwort auf diese Verwechslung direkt vor mir, aber ich kann sie nicht ganz begreifen.

»Ich würde dich Elijah nennen, wenn es nicht so klänge, als hättest du dir diesen Namen einfach so ausgedacht.«

»Elijah ist eine Person in der Bibel«, schaltet sich ein Mädchen ein.

»Das weiß ich. Aber kennst du irgendwelche Koreaner, die Elijah heißen?«, fragt der Große.

»In meinem ersten Semester war in meinem Chemiekurs ein Typ namens Elijah Kim«, sagt jemand.

»Ich kenne einen Elijah Song«, wirft jemand anderes ein.

»Okay, okay, also liege ich falsch. Anscheinend gibt es viele koreanische Elijahs. Meine Schuld. Ich werde dich Elijah nennen, und du kannst einfach ein gewöhnlicher Typ unter vielen sein.«

Alle fangen an zu lachen, und die Geselligkeit sorgt dafür, dass mir ein wenig wärmer wird. Ich hoffe, dass ich mit ihnen zusammenarbeiten und sie auch kennenlernen kann. Ich sehne mich nach dieser Art von Umgebung, einer Gruppe von Menschen, die durch die Umstände zusammengewürfelt wurden.

Aber ich bin verwirrt über meinen Platz in diesem Puzzle. Ob ich ein fehlgeleitetes Teil bin, das hier nichts zu suchen hat?

»Tut mir leid«, sage ich, »aber meintest du gerade, dein Name sei Elijah? Lautet dein Nachname zufällig Lee?«

Seine Augen werden schmal.

Der Aufzug klingelt und Ms Cho macht sich, ohne zu zögern, auf den Weg. Ich will sie bitten zu warten, aber sie würdigt mich nicht einmal eines Blickes. Ich muss dem auf den Grund gehen, und dieser Elijah kann mir eindeutig Antworten liefern.

Aber was, wenn ich ihn nie wiedersehe?

Ohne nachzudenken, schnappe ich mir Elijahs Hand, ziehe meinen schicken neuen Kugelschreiber von Haneul hervor und schreibe meine Telefonnummer auf seine Handfläche, ehe ich aus dem Aufzug eile.

»Bitte, das ist sehr wichtig«, sage ich zu ihm, als sich die Türen schließen. »Seltsam, aber wichtig. Du musst mich anrufen, wenn du später Feierabend hast. Bitte.«

Und mit diesen Worten haste ich Ms Cho hinterher und lasse Elijah mit den Antworten zurück.

7. Kapitel

Elijah

Ich betrachte die Telefonnummer, die sie mir hastig auf die Handfläche gekritzelt hat. Mein erster Gedanke ist, dass meine Manikeurin einen Heidenspaß hätte, wenn sie meine mit Tinte beschmierten Hände sehen könnte. Der zweite Gedanke: Was für ein Zufall, dass ich ausgerechnet hier bei Haneul wieder auf das hübsche Mädchen vom Flughafen treffe.

»Wow, was war das denn? Hat dir das Mädchen gerade in diesem vollen Aufzug die Telefonnummer gegeben?«, fragt Jason. »Verdammt, das ist ja wie in einem K-Drama oder so. Und ich habe versucht, ihre Aufmerksamkeit mit einer Banane zu bekommen.«

»Ich bin mir nicht sicher«, sage ich. Aber natürlich steht hier eine Nummer auf meiner Haut.

Außer mir waren noch zwölf andere Menschen in diesem Aufzug, und sie hat einfach meine Hand genommen und mir ihre Nummer gegeben. Das erfordert Mut. Aber ich habe das Gefühl, dass sie nicht mit mir geflirtet hat. Ich meine, irgendwie ist es komisch, dass wir uns bereits zum zweiten Mal treffen. Und als sie mich bat, sie zu kontaktieren, hatte sie diesen wilden, verzweifelten Blick, der mir nicht gefallen hat. Die Situation ist nicht so, wie sie scheint.

»Manchmal wünsche ich mir, ich wäre auch so draufgängerisch«, sagt Grace.

»Geht mir genauso«, stimmt Roy zu.

»So draufgängerisch wie unser Mann Elijah hier, der an seinem ersten Tag in New York bereits eine Nummer abgestaubt hat?«, fragt Jason. »Oder so draufgängerisch wie das Mädchen, das sie ihm gegeben hat, ohne sich auch nur zu verabschieden?«

Ich werde den Gedanken an ihren Gesichtsausdruck nicht los, als sich die Türen des Aufzugs zwischen uns schlossen.

Sie wirkte nicht draufgängerisch oder selbstbewusst.

Nein. Sie wirkte verstört.

Außerdem schien es, als wäre sie genau wie ich auf der Suche nach Antworten – nach allem, was gestern passiert ist. Etwas ... alles, ist eindeutig nicht in Ordnung.

Aber ich hatte einfach zu viel Spaß, um mir darüber Gedanken zu machen.

Diese Fremden haben mich unter ihre Fittiche genommen. Sie scheinen mich gerne dabeizuhaben, und ich bin gerne dabei. So gern, dass ich mit dem gewöhnlichen T-Shirt eines mir völlig unbekannten Typen bekleidet in einem Hochbett geschlafen habe. Ich bin heute Morgen zu einer unchristlichen Zeit aufgestanden und mit der U-Bahn ins Büro gefahren, wobei ich neben jemandem saß, der möglicherweise in der U-Bahn zu Hause ist. Und ich habe mich herumschubsen lassen und habe, ohne auch nur zweimal zu blinzeln, Kaffee für die

Praktikumskoordinatorin geholt, als ich darum gebeten wurde.

Wenn ich höre, wie sich Leute in meinem Alter darüber unterhalten, wie dieses Praktikum ihr Leben verändern könnte, wie sie Jahre im Voraus planen und sich anstrengen, um ihre Träume zu verwirklichen – es ist alles so anders als das, was ich bisher gekannt habe. Ich hingegen tue alles dafür, meine Privilegien zu verbergen und keinerlei Verantwortung zu übernehmen, während ich hoffe, dass ich nicht auffliege, damit ich den Sommer noch ein bisschen länger genießen kann.

Und ich interessiere mich null für die Firma meines Vaters.

Ich dachte wirklich, es wäre vorbei, als unsere Praktikumskoordinatorin bei der Begrüßung nach Jessica Lee fragte. Mir war klar, dass es in unserer Gruppe keine Jessica Lee gibt. Und dass auf ihrer Liste kein Elijah Ri auftauchen würde. Also habe ich die Hand gehoben und alles auf eine Karte gesetzt, indem ich gefragt habe, ob sie vielleicht Yoo-Jin Lee meint. Ich habe meine Lüge ein weiteres Mal als den Fehler von jemand anderem getarnt. Sie hat sich sogar dafür entschuldigt. Sie hat versucht, es mit einem Fehler in der Liste zu erklären.

Ich lasse zu, dass mich alle zum Spaß Jessica nennen.

Um wie viel wollen wir wetten, dass das Mädchen aus dem Aufzug Jessica Lee ist? Ich setze doppelt darauf, dass ihr koreanischer Name Yoo-Jin Lee ist.

Genau wie meiner.

Ich weiß nicht genau, wie das passieren konnte, aber ich wäre nicht überrascht, wenn sie heute Morgen in einer

Brownstone-Villa auf der Upper East Side aufgewacht ist und genau wie ich Angst hat, entdeckt zu werden.

Was auch immer hier los ist, ich werde diesen Tag überstehen, sie nach der Arbeit anrufen, dem Ganzen auf den Grund gehen und einen Plan aushecken, wie wir es allen erklären, die wir heute getroffen haben.

Ich weiß nur, dass ich, wenn das Leben hier in New York auch nur annähernd so ist, wie ich es bisher erlebt habe, glücklich wäre, wenn ich diesen Sommer eine Rolle wie die von Jessica spielen könnte.

Ich schreibe eine Nachricht an die Nummer, die Jessica auf meiner Hand hinterlassen hat, und schlage vor, uns auf einen Kaffee um die Ecke vom Büro zu treffen.

»Ich habe gehört, dass dieser Halal-Imbiss der beste in der Stadt ist. Bist du sicher, dass du nicht mit uns zu Abend essen willst?«, fragt Jason.

Die Art, wie Jason und die anderen mich in die Pläne einbeziehen, sodass wir uns gemeinsam als Gruppe bewegen, ist ganz neu für mich. Ich habe so was wie Freunde in Seoul. Aber nicht solche. Ich bin mir nicht sicher, ob ich mich dabei unwohl fühle, weil ich es mag oder weil es mir Angst macht.

»Danke, Mann. Aber heute Abend muss ich mich um etwas Wichtiges kümmern«, sage ich. Jason wirft einen Blick auf meine Hand, wo ich gedankenlos über die Nummer streiche, die ich bereits in meinem Handy gespeichert habe.

»Aha. Ich bin mir sicher, dass du dich heute Abend um etwas Wichtiges kümmern musst.« Er grinst und klopft mir auf die Schulter, aber noch ehe ich versuchen kann, seine Vermutung abzustreiten, macht er sich mit den anderen auf den Weg. »Viel Spaß, Yoo-Jin-ah, ich meine Elijah«, ruft er mir spielerisch über seine Schulter zu.

Ich sehe der Gruppe hinterher und denke nicht einmal darüber nach, welche Marken sie tragen oder welche Berufe ihre Eltern haben.

Ich gehe zum Café um die Ecke und erkenne durchs Fenster, dass Jessica bereits drinnen sitzt. Ihr Haar ist nicht mehr wie vorhin zu einem unordentlichen Pferdeschwanz zurückgebunden, sondern fällt ihr in langen Wellen über den Rücken. Wenn ich mich nicht irre, sieht sie auch so aus, als hätte sie sich geschminkt. Gestern im Flughafen und vorhin im Aufzug hatte sie einen gewissen Charme, der von ihrer Schlichtheit und natürlichen Schönheit ausging. Klar ist sie so zurechtgemacht hübsch, aber sie sieht den koreanischen Mädchen zu Hause zu ähnlich.

Sie hat die Hände vor sich verschränkt, ihr Rücken ist kerzengerade, sie wirkt kompetent und selbstbewusst. Aber an dem Knie, das unter dem Tisch unkontrolliert auf und ab hüpft, erkenne ich, wie nervös sie wirklich ist.

Es überrascht mich, dass auch mein Herz rast. Ich habe keine Designerklamotten, hinter denen ich mich verstecken kann. Ich trage das T-Shirt, das mir Jason geliehen hat, und ganz normale Unterwäsche, die ich in einem Laden namens Duane Reade gekauft habe, während ich zu ignorieren versuchte, dass meine Freunde im gleichen Laden Essen, Putzmittel und Klopapier besorgt haben.

Ich habe keinen Namen, den ich für eine begehrte Reservierung nennen könnte. Wir sind in einem leeren Café, das aussieht, als klebte der Dreck von zwanzig Jahren an den Tischen.

Ich weiß nicht einmal, warum ich versuche, ein Mädchen zu beeindrucken, das mir nichts bedeuten sollte. Ich brauche nur ein paar Antworten, muss herausfinden, was für eine Identitätsverwechslung hier vorliegt, um dann wieder frohen Mutes meiner Wege zu gehen.

»Hey«, sage ich, als ich mir am Tisch einen Stuhl heranziehe und mich setze.

Sie sieht zu mir auf und beißt sich nervös auf die Unterlippe. Ihre Augen sind groß und rund, und in diesem Moment wird mir klar, egal was für Auswirkungen es geben wird, falls es welche geben wird, ich werde nicht zulassen, dass Jessica Lee für irgendetwas von dem, was hier gerade passiert, die Schuld gegeben wird. Es ist allein meine Verantwortung.

Diese Gedanken überraschen mich. Normalerweise bin ich ein egoistisches Arschloch. Aber dieses Mädchen hat etwas an sich.

»Elijah Lee?«, fragt sie.

»Eigentlich Ri. Lange Geschichte. Ich glaube, es ist wichtiger, dass mein koreanischer Name Lee Yoo-Jin lautet.«

Sie schließt die Augen und nickt langsam, während sich ein Ausdruck des Verstehens auf ihrem Gesicht ausbreitet.

»Was für ein Zufall«, flüstert sie und öffnet die Augen wieder. Sie sieht mich direkt an. »Ich heiße auch Yoo-Jin Lee.«

»Oder auch Jessica?«, frage ich.

Sie nickt erneut.

Ich weiß nicht, wie ich mir dieses Gespräch vorgestellt habe, aber ich hatte gehofft, dass wir über die ganze Sache lachen und sie hinter uns lassen könnten. Aber Jessica sieht regelrecht traumatisiert aus. Ich frage mich, ob sie jemals in ihrem Leben einen Fehler gemacht oder eine Vorschrift gebrochen hat.

»Unser gemeinsamer Name scheint für uns beide wie ein Magnet zu wirken«, sage ich. »Ich habe mich schon gewundert, warum ich dich immer wieder treffe. Ich dachte, es hätte das Zeug zu einer Sommerromanze oder so.«

Damit wollte ich sie eigentlich zum Lachen bringen und das Eis zwischen uns brechen. Sie versteht den Witz nicht. Meine Wangen glühen. *Überhaupt nicht smooth, Elijah.*

»Ich denke mal, ich habe irgendwie gehofft, es wäre wirklich alles für mich ...« Sie unterbricht sich, als wäre ihr in diesem Moment aufgefallen, dass sie mit der falschen Person spricht. »Egal. Hör mal, ich weiß, dass ich nicht am richtigen Ort bin, und ich nehme an, das hast du auch schon herausgefunden«, sagt sie. »Aber ich werde für alles, was ich gestern Abend benutzt habe, bezahlen. Das war ein ehrlicher Fehler. Ich würde mein Praktikum bei Haneul wirklich gern fortsetzen.«

»Hey, hey«, sage ich und hebe rasch die Hände, um ihr zu signalisieren, dass ich friedliche Absichten habe. »Das macht mir nichts aus, ehrlich. Niemand muss von letzter Nacht erfahren. Und du musst nichts bezahlen.«

»Ich glaube, die haben mir eine neue Garderobe gekauft«, murmelt sie.

»Ach ja, lass mich raten, im Haus gab es nur Männerkleidung?« Ich lächle. »Nicht, dass ich glaube, dass dir dieser Look nicht stehen würde. Androgyne Mode ist gerade sehr angesagt.«

Da war es. Ein erstes kleines Lächeln auf ihrem Gesicht. »Ich kann nicht einmal die Namen der Designer aussprechen, die diese Sachen entworfen haben. Ich weiß nicht, was gerade im Trend ist, außer, es wird in der Klamottenabteilung bei Target verkündet.«

»Ich trage Unterwäsche, die ich gestern Abend in einem Drogeriemarkt gekauft habe. Ich habe sie zwischen den Haarbürsten und den Büroartikeln gefunden«, gestehe ich.

Sie lacht leise, und dabei hellt sich ihr ganzes Gesicht auf. Vorher dachte ich, sie wäre niedlich, aber das stimmt nicht. Scheiße, ist sie umwerfend. Es fühlt sich an, als wäre zwischen uns ein Eisberg zerbrochen, und ich stoße einen Seufzer der Erleichterung aus.

Aber das Lächeln auf ihrem Gesicht erlischt schnell. »Wenn ich an gestern denke, dann war schon am Flughafen in Los Angeles alles verdächtig. Aber das hier hätte ich mir niemals ausmalen können.«

»Oder? Ich meine, sollte die Fluggesellschaft nicht sorgfältiger sein, wenn sie Leute für ihre Flüge eincheckt? So können gefährliche Dinge passieren.« Wenn wir irgendjemandem die Schuld geben wollen, sollten wir den ganzen Weg zurück zum Anfang gehen.

»Niemand ist wirklich schuld. Oder zumindest nicht

eine einzelne Person. Vielleicht sind wir alle schuld«, sagt sie in einem Tonfall, der viel sanfter ist als meiner.

Vielleicht hätte ich also schon früher Alarm schlagen sollen, als ich gemerkt habe, dass etwas nicht stimmt. Aber hier weiß niemand, wer ich bin, oder zumindest interessiert es niemanden. Sie sehen nur einen Teenager und denken, ich hätte keine Ahnung, was richtig oder falsch ist.

»Wie ist die Wohnung? Wie ist das Praktikum? Sind die Leute nett?«, fragt Jessica.

»Ja, alle sind echt cool. Die Wohnung, na ja, sie ist klein für eine Person, also kannst du dir vorstellen, wie eng es mit zehn von uns ist. Ähm, von euch. Aber es ist nicht schlecht.«

»Also die Villa ist riesig. Drei Stockwerke. Nur, ähm, für dich allein«, sagt sie.

»Ja, mein Dad hat die Brownstone und ein Haus in den Hamptons gekauft, als er letztes Jahr Geld in den USA anlegen musste«, gestehe ich.

»Dein Vater ist reich?«, fragt sie, wobei sie sofort errötet und sich die Hand vor den Mund schlägt. »Tut mir leid, das war unhöflich. Vergiss es.«

»Mein Dad ist Lee Jung-Hyun, Vorsitzender und CEO von Haneul.« Dann kann ich auch gleich mit der Wahrheit rausrücken.

»Was? Oh mein Gott, ich habe mich für den Sohn des CEOs ausgegeben?«, quietscht Jessica. »Komme ich dafür ins Gefängnis? Oh Gott, ich brauche einen Anwalt. Ich muss meinen Dad anrufen. Ich …«

Ich lege meine Hand auf ihre. Ich hoffe, sie merkt nicht,

wie klamm meine Hand ist. »Jessica, es ist okay. Wir können den Fehler erklären. Du hast nichts falsch gemacht. Wenn überhaupt, können wir dem Fahrer, Mira Im, dem Security-Typ, der unsere Ausweise ausgestellt hat, die Schuld geben. Auch sie haben Fehler gemacht. Und es ist ihr *Job*, diese Sache in Ordnung zu bringen.«

»Das können wir nicht machen. Sie befolgen nur Anweisungen. Sie könnten ihre Jobs verlieren, wenn wir ihnen die Schuld geben. Auf keinen Fall«, beharrt sie.

Warum versucht sie, Leute zu beschützen, die sie gar nicht kennt? Wobei auch ich hier versuche, sie, eine völlig Fremde, zu beschützen.

»Okay, gut. Dann sage ich ihnen einfach, dass ich das alles geplant habe. Vertrau mir, mein Dad glaubt mir das sofort. Er hält mich sowieso für einen totalen Versager. Ich nehme es auf mich«, sage ich. »Ich werde keinen Ärger mit Haneul bekommen, da ich die Firma eines Tages leiten werde.«

»Aber dein Dad …«

»Solange wir kein Geld verloren oder seinen Ruf beschmutzt haben, wird es ihm egal sein, was ich getan habe«, erkläre ich.

Da bin ich mir sicher.

Sie nickt, wirkt aber nicht überzeugt, während sie weiter an ihrer Unterlippe knabbert.

»Also, ich weiß nicht viel über diese Praktikumswelt und auch nicht über Haneul. Aber ich kenne Lee Jung-Hyun. Ich kenne meinen Vater seit neunzehn Jahren. Er interessiert sich nur für das, was ihn direkt betrifft.«

Das kann ich mit hundertprozentiger Gewissheit sagen. Denn genau so sind mein Leben und die Beziehung zu meinem Vater bis jetzt verlaufen.

Und ich glaube nicht, dass sich das in nächster Zeit ändern wird.

8. Kapitel

Elijah

Fürs Abendessen wechseln wir aus dem Café in das italienische Restaurant nebenan. Es ist schummrig beleuchtet, und die dunklen Holznischen lassen es abgeschieden und privat wirken, als wäre dieser Ort Mafiosi und kriminellen Machenschaften vorbehalten. Es ist cool, wie jeder Teil von New York, egal ob alt oder neu, eine Geschichte zu erzählen scheint.

Während ich Jessica betrachte, frage ich mich, wie *ihre* Geschichte aussieht. Seltsamerweise will ich jedes Detail hören. Ich glaube, ich habe mich noch nie für das Leben einer anderen Person interessiert.

Jessica studiert aufmerksam die Speisekarte und liest dabei leise die Preise vor.

»Darf ich Ihre Bestellung aufnehmen?«, fragt der Kellner, der einen starken italienischen Akzent hat und ein sauberes weißes Hemd mit einer schwarzen Fliege trägt.

Ich bedeute Jessica, zuerst zu bestellen.

»Ich, ähm … ich nehme bitte den Beilagensalat mit Ranch-Dressing. Und einmal die italienische Hochzeitssuppe. Ist da Brot dabei?«

»Ja, ich kann Ihnen einen Brotkorb bringen«, antwortet der Kellner.

»Danke.« Jessica reicht ihm die Speisekarte. Er scheint verwirrt darüber, dass sie kein Hauptgericht bestellt hat.

Ich tue so, als hätte ich es nicht bemerkt, und ändere im Kopf schnell meine eigene Bestellung.

»Ich hätte gern das Hähnchenschnitzel mit Parmesan und ... auch die vegetarische Lasagne. Und könnten wir als Vorspeise die Calamari in Marinara-Sauce bekommen?« Ich denke, wenn ich zu viel bestelle, ist Jessica gezwungen, mit mir zu teilen, ohne sich Gedanken um die Bezahlung machen zu müssen. »Hilfst du mir, wenn das zu viel sein sollte?«, frage ich sie.

Ihre Augen leuchten. »Ja, na klar. Natürlich nur, wenn es wirklich zu viel Essen sein sollte.«

Ich nicke, reiche dem Kellner meine Karte und er verschwindet.

»Okay, erzähl mir alles. Wie war dein erster Tag? War es schrecklich? Sind sie auf Eierschalen um dich herumgelaufen, haben dich wie eine Prinzessin behandelt und so getan, als würde deine Scheiße nicht stinken?«, frage ich.

Jessica rümpft die Nase. Süß.

»Könnte sein, dass sie denken, dass meine, ähm, Exkremente nicht stinken. Aber sie dachten auf jeden Fall, dass meine Klamotten und meine Frisur und mein ganzes Aussehen eine Beleidigung für die Menschheit sind. Abgesehen davon, dass ich ohne mein Einverständnis geputzt, gepikt und herumgeschubst wurde, war es eigentlich ein toller Tag. Du hast so ein Glück, dass du an diesem Führungskräftetraining teilnehmen darfst. Klingt, als könnte es echt cool werden. Du wirst mit der Marketingabteilung an der bevorstehenden Sky High Convention arbeiten und anscheinend für ein ziemlich wichtiges Projekt verantwortlich sein. Das werden sie noch mit mir, ich meine mit *dir* besprechen.« Jessicas Verhalten ändert sich sofort, als sie über die Arbeit spricht. Sie klingt aufrichtig begeistert.

»Und du hast Sunny Cho im Aufzug getroffen. Sie wird deine Managerin sein«, fährt sie fort.

»Ähm, Jessica? Sunny ist nicht deine Vorgesetzte«, werfe ich ein.

»Doch, ist sie. Na ja, nein, du hast recht. Sie ist nicht *meine* Vorgesetzte. Sie ist deine«, sagt sie, senkt den Kopf und versteckt sich hinter ihren Ponyfransen.

»Nein, ich meine, ich bin mir ziemlich sicher, dass es ihr Job ist, deine Managerin zu sein, also dass sie *für* dich arbeitet, dass sie sich um alles kümmert, was du willst oder brauchst. Wie eine Assistentin. Sie ist keine Managerin im Sinne von Chefin.«

»Was? Warum sollte ich eine Assistentin brauchen? Ich bin nur … Ich meine, ich bin nur eine Praktikantin. Allerdings denke ich, dass du in deiner Position eine Assistentin gebrauchen könntest.«

»Wenn ich ehrlich bin, klingt nichts von dem, was du mir bisher über deine Zeit hier erzählt hast, aufregend. Ich hasse es, wenn man mir folgt, mich kontrolliert und Dinge für mich erledigt werden, weil jemand meine Bedürfnisse vorhersieht. Das erstickt mich. Und diese Projekte klingen … nach viel Arbeit.« Ich lache. Jessicas

Traumposition entspricht tatsächlich genau der Misere, für die ich dieses Führungskräftetraining gehalten habe. Wir könnten uns beide nichts Unterschiedlicheres wünschen.

»Na ja, es wird wohl besser gewesen sein als das, was ihr gemacht habt, oder?«, fragt sie.

»Kein bisschen. Wir sind herumgelaufen und waren in Greenwich Village und im Washington Square Park. Wusstest du, dass die NYU genau *dort* ist, mitten in der Stadt, nicht hinter irgendwelchen Zäunen oder auf einem perfekt gepflegten Campus versteckt? Dann waren wir ungefähr eine Stunde lang bei Duane Reade einkaufen. Ich habe noch nie so viele verschiedene Süßigkeiten gesehen. Heute Morgen waren wir in so einem winzigen, chaotischen Eckladen, der »Bodega« genannt wird, und haben uns Bagels zum Frühstück geholt. Der Typ hat uns angeschrien, weil wir uns nicht entscheiden konnten, das war witzig. Und im Büro haben wir einfach nur rumgehangen, ein paar Unterlagen unterschrieben und uns ein paar langweilige Präsentationen angesehen. Aber irgendwie war das alles ganz cool, weißt du? Ich wusste nicht, wie schwierig es ist, in dieses Programm reinzukommen. Die anderen Praktikantinnen und Praktikanten sind also ziemlich beeindruckende Leute, die hier sind, um eine Menge Scheiß zu lernen. Aber sie sind auch bereit, nichts zu tun und das Praktikum einfach nur in ihrem Lebenslauf stehen zu haben.«

Ich beende die Aufzählung meiner Erlebnisse der ersten zwei Tage in New York und bemerke, wie still es am Tisch geworden ist. Ich blicke zu Jessica hinüber, und sie sieht mich mit einem kleinen Lächeln auf den Lippen und einem Funkeln in den Augen an.

»Die meisten Leute kommen nach New York, um die Freiheitsstatue zu sehen, oder den Central Park. Aber du gehst zu einer Bodega und zu Duane Reade und es klingt, als hättest du unglaublich viel Spaß.«

Meine Wangen werden heiß und ich bete, dass ich nicht rot anlaufe. Es muss lächerlich klingen, wenn ich nur über Orte spreche, an die ein ganz normaler Mensch keinen weiteren Gedanken verschwendet.

Zum Glück redet sie weiter, und ihre Stimme klingt warm und freundlich. »Bei dir hört es sich richtig toll an. Und es ist super, dass ihr neben der Arbeit und dem gemeinsamen Wohnen auch noch zusammen abhängen könnt.«

»Ich hatte noch nie einen Job. Oder Mitbewohner. Und hier schlafe ich im unteren Bett eines Hochbetts im Wohnzimmer einer Wohnung, in der zehn Menschen leben. Ich denke mal, ich habe das einfach alles aufgesogen«, sage ich.

In Jessicas Blick liegt ein Lächeln, und ich kann erkennen, dass sie mir wirklich zuhört. In meiner Brust macht sich ein Gefühl der Beklemmung breit, als mir klar wird, dass ich noch nie jemandem von meinen Gefühlen und diesem ganzen Scheiß erzählt habe, geschweige denn einer völlig fremden Person. Und jetzt bin ich hier und schütte Jessica mein Herz aus. Mein Vater hält Dinge gern hinter verschlossenen Türen, weg von allen, die nicht zu unserem inneren Kreis gehören oder durch eine Geheimhaltungsvereinbarung geschützt sind.

»Das klingt alles nach so viel Spaß. Außer das mit den zehn Menschen in der Wohnung und dass ihr den ganzen Tag herumsitzt und nichts tut«, witzelt Jessica. »Aber es freut mich, dass du einen guten Tag hattest. Für mich ist es so, dass ich, also … ich werde nie wieder so eine Chance bekommen. Und obwohl mir irgendwie klar war, dass das eine Art Fehler war, wollte ich es einfach einen Tag lang genießen, verstehst du? Um zu erleben, wie die andere Hälfte lebt.«

»Ja«, sage ich. »Ich weiß genau, wie du dich fühlst.«

Meine Gedanken rasen. Wie könnte ein Sommer allein in New York für mich aussehen? Nicht als der reiche Sprössling einer Jaebeol-Familie. Ohne, dass Haneuls Zukunft über mir schwebt. Einfach mit Freunden bei Zehn-Dollar-Mahlzeiten lachen. Normale Kleidung zu tragen, die ich mir selbst ausgesucht habe, und zu lernen, wie ich meine eigene Wäsche wasche. Mit Leuten in meinem Alter zusammen zu sein, statt mit uralten Führungskräften, die mich hassen, weil ich bin, wer ich bin.

»Ich habe eine Idee«, sage ich, ohne noch einmal darüber nachzudenken.

Jessicas Augenbrauen heben sich hinter ihrem Wasserglas, als sie einen Schluck nimmt.

»Was, wenn wir einfach niemandem erzählen, was los ist? Was, wenn wir den ganzen Sommer lang tun, was wir diesen ersten Tag über getan haben? Ich glaube, heute lief es ziemlich gut. Abgesehen von ein paar kleinen Zwischenfällen schien niemand auch nur einen Gedanken daran zu verschwenden. In diesem Büro gibt es niemanden, der mich oder dich kennt«, deute ich an.

»Was willst du damit sagen? Wie sollen wir damit durchkommen? Auf keinen Fall.« Ihre Worte drücken ein klares Nein aus, aber sie beugt sich zu mir. Sie hört zu. Sie ist interessiert.

Sie riecht gut. Nicht nach den teuren, aufdringlichen Parfums, die meine Mom und meine Schwester tragen. Einfach, aber sauber. Ist es die Möglichkeit, etwas Unerlaubtes zu tun und Jessica dabei als meine Komplizin zu haben, die dafür sorgt, dass ich mich so sehr zu ihr hingezogen fühle?

Sie entspricht überhaupt nicht meinem Typ. Erstens ist sie eindeutig nicht Jaebeol. Zweitens sieht sie trotz der Kleidung, der Haare und des Make-ups, das ihr Sunny Cho heute verpasst hat, so aus, als würde sie sich in Dior unwohl fühlen. Das hätte ich nie für möglich gehalten. Gucci vielleicht. Aber Dior sollte allen gefallen. Und drittens, nun … mein Dad würde das nie erlauben. Obwohl er *vielleicht* anders denken würde, wenn er wüsste, wie sehr sich Jessica Lee bemüht, gute Arbeit für Haneul zu leisten. Wobei ich das bezweifle. Er würde sie als Assistentin für einen mittelmäßigen Typen anstellen, aber er würde niemals zulassen, dass ich sie date.

Ich schüttle den Kopf. Jetzt denke ich schon darüber nach, sie zu daten? Unsere Welten sind viel zu verschieden. Konzentrier dich, Elijah.

»Sieh mal, es ist doch ganz einfach. Du bist einfach du selbst, aber an meiner Stelle. Ich bin ich selbst, aber in deiner Position. Es denken ja schon alle, dass sie in der Planung und Organisation verkackt haben. Sie haben zu viel Angst, dass noch mehr schiefgeht und irgendwas davon rauskommt. Wir haben uns sozusagen ein goldenes Ticket für einen Sommer gekauft, den wir ganz frei gestalten können. Mach so weiter wie bisher, und ich tue das Gleiche«, sage ich.

»Du bist der Sohn des Geschäftsführers und ich bin ... niemand. Irgendjemandem wird es auffallen. Und ich muss mich regelmäßig bei meinem Dad melden. Er ist in der Hinsicht ganz schön ... beschützerisch und neugierig. Er wird mich nach dem Praktikum fragen und merken, dass ich lüge, weil ich oft rot anlaufe und anfange zu schwitzen. Und wenn ich nervös bin, rede ich zu viel, und er wird den Braten sofort wittern, weil er das von mir kennt, seit ich meinen ersten ganzen Satz gesagt habe, was zufälligerweise in einer Kirche passiert ist, wo ich vor versammelter Gemeinde, mitten in der Predigt laut und dramatisch verkündet habe, dass ich mich zu Tode langweile.«

Mir hat es die Sprache verschlagen. Aber dann kann ich nicht anders und breche in lautes Lachen aus.

»Mach dich nicht über mich lustig. Oversharing ist meine nervöse Angewohnheit. Siehst du? Ich werde meinen Dad niemals täuschen können. Ich kenne nicht einmal die täglichen Aufgaben, die in dem Job, den ich eigentlich machen sollte, anfallen.«

»Okay, das kann ich dir sagen. Wir können alle relevanten Details über unsere Aufgaben austauschen und uns mit den Informationen ausstatten, die wir brauchen, um unsere Väter auf den neuesten Stand zu bringen«, dränge ich.

»Das schaffe ich auf keinen Fall«, sagt sie.

»Doch, das schaffst du. Ich weiß es. Ich werde dir helfen. Wir werden einander helfen. Vertrau mir.«

Sie sieht mich an und hält meinem Blick stand. Sie sucht nach Antworten, nach Sicherheit. Sie ist davon überzeugt, dass es funktionieren kann, dass ich es schaffen kann. Sie vertraut mir, das weiß ich.

»Ja gut, das wird niemals klappen. Es wird nicht funktionieren«, sagt sie.

Oder auch nicht.

»Sieh mal, mein Dad weiß, dass ich das nicht will. Genau deshalb zwingt er mich dazu. Er denkt, ein Sommer im Führungskräftetraining sorgt dafür, dass ich die Firma doch eines Tages übernehmen will.«

»Du sollst die Firma übernehmen?«, ruft Jessica mit großen Augen. Sie sieht sich um, um sich zu vergewissern, dass ihr Ausruf uns nicht zu viel Aufmerksamkeit eingehandelt hat. Sie tut so, als planten wir einen Überfall oder einen Mord oder so. Irgendjemand muss diesem Mädchen mal Beruhigungstropfen verschreiben.

»Mein Urgroßvater hat Haneul gegründet. Mein Großvater war der nächste CEO, und darauf folgte mein Vater. Dad hat große Pläne, wie er das Unternehmen ins 21. Jahrhundert befördern will. Diese ganzen Ideen stammen von meiner brillanten Schwester. Sie ist das Hirn und die Vision hinter dem, was Haneul heute ist. Außerdem hat sie, laut meinem Dad und dem Vorstand, das falsche Geschlecht. Also denken sie, dass ich ganz einfach in diese Fußstapfen treten kann. Aber erstens habe ich keine Lust, das Aushängeschild eines Unternehmens zu sein, das mir scheißegal ist, und zweitens, wie beschissen wäre es, wenn ich die Lorbeeren einheimsen und meine Schwester die ganze Arbeit machen lassen würde?«

Ich halte inne und hole tief Luft. Diesmal schaue ich mich um, um zu sehen, ob ich das Interesse der anderen Gäste erregt habe. Wir sind nicht weit vom Büro entfernt. Ich muss vorsichtiger sein mit dem, was ich sage. Das ist etwas, was man mir beigebracht hat, dass sich alle Aufmerksamkeit immer auf die Reichen und Mächtigen richtet und alle darauf warten, dass sie verkacken.

»Was willst du tun, wenn du Haneul nicht übernehmen willst?«, fragt Jessica.

Das hat mich noch niemand gefragt. Niemals.

Und um ehrlich zu sein, habe ich keine Ahnung.

»Ich will den ganzen Tag nur Videospiele spielen und vom Geld meiner Familie leben«, sage ich. Aber das leichte Zittern in meiner Stimme verrät mich. Diese Unterhaltung hat mich aufgewühlt.

»Ich verstehe einfach nicht, wie wir in unserem Alter schon wissen sollen, was wir mit unserem Leben anfangen wollen, und wie wir so wichtige Entscheidungen wie die Wahl der Uni und des Studienfachs treffen sollen«, sagt Jessica. »Und selbst wenn wir eine Vorstellung davon haben, was wir wollen, macht es das System den meisten von uns unmöglich, das auch zu bekommen.«

Ich bin mir nicht sicher, von welchem System sie spricht. Aber Jessicas Worte geben mir das Gefühl, mir eine echte, riesige Last von den Schultern zu nehmen. Jemand versteht es. Selbst jemand, der so zielstrebig und ehrgeizig ist wie Jessica, stimmt zu und versteht es. Versteht vielleicht sogar mich. Sie verdient das alles mehr als ich. Und sie will es. Ich muss sie nur davon überzeugen, das Risiko einzugehen und es zu versuchen.

»Jessica, niemand in der Firma weiß, wer ich bin. Das habe ich sichergestellt, bevor ich hierherkam. Wir haben den ›Fehler‹ bereits aufgeklärt. Also mach es einfach. Mein Dad erwartet, dass ich versage. Jede Arbeit, die du in dieses Praktikum steckst, ist also eine angenehme Überraschung für ihn.«

»Jemand wird es herausfinden, und wenn das passiert, bist nicht du derjenige, der in Schwierigkeiten steckt. Denn du hast mir nichts weggenommen. In den Augen aller werde ich diejenige sein, die von diesem Schwindel profitiert hat, die sich für jemanden ausgegeben hat, der sie nicht ist, der sie niemals sein kann. Niemand interessiert sich für einen Klassenabstieg. Aber wer sich traut, einen Aufstieg vorzutäuschen … Ich meine, sieh dir die ganzen Dokus über Hochstapler und Betrügerinnen auf Netflix an. Die Leute sind sauer, weil die so getan haben, als wären sie reich und berühmt. Sie fühlen sich betrogen. Für dich ist es leicht, dich zu verstellen. Aber ich muss doppelt so hart dafür arbeiten und am Ende den Kopf hinhalten. Und überhaupt, warum solltest du das tun? Was hast du davon?«

»Ich kann den Sommer hier in New York verbringen. Ich kann Freunde finden. Ich kann entscheiden, was ich esse und wie ich mich anziehen will, ohne dass mir jemand sagt, dass ich das nicht darf. Ich kann ich selbst sein, wer auch immer das ist, ohne dass das Familienwappen der Lees über mir schwebt. Ich werde mich anstrengen.

Ich werde dich nicht blamieren. Ich werde tun, was von mir in deiner Position erwartet wird«, sage ich. Ich weiß nicht, ob ich sie oder mich selbst davon zu überzeugen versuche. Ich habe noch nie in meinem Leben auch nur einen Tag gearbeitet. Aber ich bin bereit, es zu versuchen, wenn ich Jessica so überzeugen kann.

»Darum mache ich mir keine Sorgen. Ich weiß, dass du das tun wirst«, sagt sie gedankenversunken.

Dieses Mädchen kennt mich nicht einmal, aber sie scheint sich so sicher zu sein, dass ich es nicht in den Sand setzen werde. Warum? Wie? Und warum bekomme ich das Gefühl, dass ich mich ihr gegenüber deswegen noch mehr beweisen will?

»Es ist nur so, dass mein Dad für dieses Unternehmen arbeitet. Und ich weiß, dass es dir egal ist, was dein Dad von dir hält, aber mir ist es leider nicht egal, was mein Dad über mich denkt. Es ist mir wichtig, dass er sieht, dass ich es schaffen kann. Er hasst seinen Job und dieses Unternehmen.« Sie hält inne. »Äh, nimm das bitte nicht persönlich.«

Ich zucke mit den Schultern. »Alle hassen ihre Jobs und Haneul. Anscheinend ist das Unternehmen ein schrecklicher Arbeitgeber. Hast du die Gesichter der Leute nicht gesehen, die wir heute in den Gängen gesehen haben? Die armen Trottel.« Diesmal halte ich inne. »Dein Dad ausgenommen.«

Sie lächelt. »Ich will ihn trotzdem nicht in Schwierigkeiten bringen.«

»Hör zu, ich weiß, du kennst mich nicht. Und irgendwie bin ich auch froh darüber, denn mein Ruf würde mir dabei wohl nicht gerade helfen. Aber ich schwöre, ich werde keine Scheiße bauen.«

»Warum willst du mich davon überzeugen? Wie kannst du dir so sicher sein, dass nicht ich diejenige sein werde, die ›Scheiße baut‹?« Sie malt tatsächlich mit den Fingern Anführungszeichen in die Luft, als sie umgangssprachlich spricht.

Verdammt süß.

»Weil du schon bewiesen hast, dass es dir nicht scheißegal ist«, sage ich.

»Nun ja, du auch. Nur mit viel mehr schlimmen Wörtern«, sagt sie, aber auf ihrem Gesicht breitet sich ein Lächeln aus. Ich weiß nicht, wie ernst sie die Bemerkung meint, aber ich nehme es nicht persönlich. Allerdings nehme ich mir vor, nicht mehr so viel zu fluchen.

Mein Gott, normalerweise ist es mir scheißegal – ähm, völlig egal? –, was andere Leute von mir denken. Aber wenn ich Jessica von meinem Plan überzeugen und wenn ich es schaffen will, dass dieser Tausch funktioniert, muss ich mich konzentrieren und bemühen oder zumindest so tun, als ob.

»Und was sagen wir den anderen? Was erzählen wir Mrs Choi, der Haushälterin?«, fragt Jessica.

»Warum müssen wir ihnen irgendetwas sagen?«, entgegne ich.

»Ähm, glaub mir, wenn wir in unsere richtigen Wohnungen ziehen, wird auffallen, dass ich nicht ... du bin.«

»Was redest du da? Warum sollten wir umziehen? Gefällt dir das Haus nicht?«

»Machst du Witze? Ich liebe es! Der ganze Marmor,

oh mein Gott. Und die Details der Holzarbeiten. Die Bögen!« Sie faltet die Hände vor der Brust und hebt die Schultern, als wäre sie Cinderella, die gerade auf magische Weise für den Ball fertig gemacht wird. Ich schiebe die Lasagne in ihre Richtung, und sie nimmt einen Bissen. »Und die Kunst. Ganz zu schweigen von der hochmodernen Küche und den ganzen anderen Smart-Home-Funktionen. Und dann ist da noch Mrs Choi, die sich anscheinend um alle meine Bedürfnisse kümmert. Essen, Kleidung, Wäsche …«

Sie schaut nach unten, als ob sie die Lasagne gerade erst bemerkt hätte. »Das ist unglaublich«, sagt sie und sieht mit staunendem Blick zu mir auf.

»Die Lasagne oder das Haus?«, necke ich.

»Also, beides ist super.«

»Okay, dann gehört dir beides. Gib dir einen Ruck. Du und Mrs Choi könnt die besten Freundinnen sein. Und du und Sunny Cho auch. Du kannst es genießen, wie dir alle in der Firma den ganzen Tag den Arsch küssen.«

»Und du …?«

»Ich werde ein- und ausstechen, die Arbeit machen, niemand wird Erwartungen an mich stellen. Ich werde mit Leuten in meinem Alter zusammen sein und die Stadt erkunden. Ein Traum wird wahr.« Das meine ich ernst. Ein Traum, von dem ich nicht wusste, dass ich ihn habe, aber den zu leben ich kaum erwarten kann. »Jessica, nutze die Chance, lerne daraus, mach dir einen Namen, hau sie von den Socken. Und am Ende lassen wir uns, wenn es sein muss, eine Ausrede einfallen, wie das passieren konnte. Ich werde sagen, dass ich dich dazu gezwungen habe. Ich habe dich erpresst oder so. Oder wir stellen uns dumm und sagen, dass wir von nichts wussten, den Fehler überhaupt nicht bemerkt haben.«

»Das glaubt uns niemand«, bemerkt Jessica und verdreht die Augen.

»Die Leute glauben alles, wenn es junge Menschen dumm dastehen lässt. Es ist ihr Normalzustand, zu denken, dass wir zu nichts in der Lage sind.«

Ich kann sehen, wie sich die Rädchen in ihrem Kopf drehen. Und ihr Nicken wird mit jedem Argument, das ich liefere, schneller. Sie gibt nach.

»Und wie ich schon sagte, wir machen das zusammen. Wenn ich mich bei meinem Vater melden muss, kannst du mir vorher erzählen, was du jeden Tag lernst …«

»… und wenn ich mich bei meinem Vater melden muss, erzählst du mir alles, was du Tag für Tag machst.«

»Ganz genau. Kinderleicht.«

Die Gelegenheit ist zu verlockend, als dass Jessica sie sich entgehen lassen könnte. Das ist ihr genauso klar wie mir … Sie wird nie wieder die Chance bekommen, sich auf diesem Level zu engagieren, in unmittelbarer Nähe zu den Führungskräften eines großen und erfolgreichen Unternehmens.

Und das wird meine einzige Chance sein, einen freien Sommer zu haben. Denn am Ende des Ganzen müssen wir wahrscheinlich reinen Tisch machen. Und ich werde die Schuld ganz und gar auf mich nehmen, wie ich es ihr versprochen habe. Wenn das passiert, wird mein Vater mich einsperren und jeden Schritt meines restlichen Lebens kontrollieren. Und er wird nicht zulassen, dass ich auch nur eine Sekunde lang meine familiären Verpflichtungen vergesse.

Also muss ich dafür sorgen, dass sich dieser Sommer lohnt.

»Was sagst du? Bist du dabei? Bist du bereit, in die Rolle der neuesten Führungskräftepraktikantin von Haneul zu schlüpfen?«, frage ich sie.

Sie beißt sich auf die Unterlippe, knabbert, denkt nach, überlegt.

Mein Blick ist auf ihre Lippen gerichtet, und ich halte den Atem an, während ich auf ihre Antwort warte.

»Okay. Ich bin dabei. Auf geht's«, sagt sie, und ihre Augen werden groß, als hätte sie sich selbst mit ihrer Antwort überrumpelt. »Oh mein Gott, ich kann nicht glauben, dass ich das gerade gesagt habe.« Sie bedeckt ihr Gesicht mit den Händen. Aber an den Seiten blitzt ihr Lächeln hervor. Vielleicht ist Jessica Lee doch nicht so verklemmt, wie ich gedacht habe. Sieht so aus, als steckte jemand in ihr, der das Risiko liebt.

»Und du bist dir sicher mit dem Haus? Ich bin durchaus bereit, mich von diesem Teil der Vereinbarung zu trennen«, sagt sie.

»Der Hoffnungsschimmer in deinen Augen, dass du dort bleiben darfst, sagt etwas anderes«, lache ich. »Und dieses Drecksloch auf der Lower East Side ist ein Teil dessen, worauf ich mich diesen Sommer freue. Seltsam, ich weiß. Aber es ist wahr. Oh, aber ich sollte mir vielleicht doch ein paar saubere Klamotten aus dem Schrank holen. Ich habe sonst nichts mitgebracht.«

»Ähm, okay, es ist so, dass sie irgendwie gekommen

sind und alles wieder mitgenommen haben, als sie dachten, sie hätten einen Fehler gemacht. Anscheinend wartet zu Hause eine komplett neue Garderobe auf mich.« Ich kann hören, wie sie versucht, das Quietschen in ihrer Stimme zu verbergen.

»Okay. Es ist wahrscheinlich ohnehin besser, wenn ich keine Aufmerksamkeit auf mich ziehe, indem ich die neuesten Kollektionen direkt von den Mailänder Laufstegen trage. Sag mal, wo bekomme ich T-Shirts und Jeans und Sachen, um mich anzupassen?«

»Ich bin mir sicher, es gibt in der Stadt irgendwo einen Gap?«

»Gap?« Noch nie gehört.

»Ja, da gibt es alles, was du brauchst. Schau nur nicht auf die Labels. Bei Gap findest du keine Luxusmarken«, erklärt Jessica.

»Das brauche ich gar nicht. Ich will einfach nur nicht stinken oder mir noch mal Jasons T-Shirts ausleihen müssen. Oder jemals wieder irgendetwas bei Duane Reade kaufen.«

Wir lachen beide.

»Ich bin nervös«, sagt sie.

»Alles wird gut. Wenn irgendwann jemand Verdacht schöpft, droppe einfach den Namen«, schlage ich vor.

»Den Namen droppen?«, fragt sie.

»Lee Yoo-Jin. *Unseren* Namen«, sage ich und deute auf uns beide. »Das ist der einfachste Weg, um zu bestätigen, dass wir sind, wer wir zu sein vorgeben. Oder um eine sichere Ausrede zu haben, warum wir nicht sind, wer wir sein sollten.«

»Gut. Klingt, als hätte Operation Name Drop begonnen«, sagt sie.

Das wird ein Abenteuer. Ich kann es kaum erwarten.

Operation Name Drop beginnt genau jetzt.

9. Kapitel

Jessica

»Sag mir, dass das die bescheuertste Idee aller Zeiten ist«, sage ich ins Telefon. Ich habe Ella in einem der hundert Panikmomente angerufen, die ich durchmache, seit Elijah und ich uns gestern verabschiedet haben, und ihr den ganzen Plan geschildert.

Dann habe ich sie heute Morgen von meinem Schreibtisch aus wieder angerufen, obwohl es in Kalifornien noch viel zu früh ist. Aber sie muss mich jetzt beruhigen. Ich sehe mich nach allen Seiten um, um sicherzugehen, dass niemand in meiner Nähe ist, und flüstere hektisch in mein Handy. Aber ich schätze, auf der Verbrechensskala überwiegt Identitätsbetrug einen persönlichen Anruf während der Arbeitszeit bei weitem.

»Da hast du recht. Alles, was du mir gerade erzählt hast, klingt total bescheuert«, sagt Ella verschlafen.

Ich weiß nicht, ob mich ihre Zustimmung erleichtert oder enttäuscht.

»... und total brillant«, beendet sie ihren Satz.

»Ella, du musst meine Stimme der Vernunft sein«, flehe ich.

»Deine eigene Stimme der Vernunft ist schon laut genug. Ich bin die Stimme der unbegrenzten Möglichkeiten. Ich bin diejenige, die dir sagt, dass das eine Chance ist, die sich dir sonst nie geboten hätte, und sie wird dir auf einem Silbertablett serviert, von einem sehr reichen und hoffentlich sehr heißen Typ, obwohl die Bestätigung dafür noch aussteht, nachdem du keine meiner Fragen beantworten willst. Greif zu und genieße es, Jessica. Wenn du mich nachher zu einer normalen Uhrzeit anrufst, hältst du besser ein paar unangemessene Details über besagten reichen Jungen bereit, um dafür zu büßen, dass du mich aufgeweckt hast.«

»Warte«, sage ich, aber am anderen Ende ist es schon still und kalt.

Nun, ich schätze, das reicht an Überzeugungsarbeit, um mich wenigstens bis zum Nachmittag durchzubringen.

Ich lege mein Handy beiseite und öffne die Kalenderapp auf meinem Laptop. Ich sollte einen festen Termin mit Elijah einplanen, damit wir uns über unsere Arbeit austauschen können.

»Jessica, kommen Sie bitte mit?«

Ich blicke auf, kann aber niemanden erkennen, der meine Antwort abwartet. Ich sehe nur den Rücken eines kleinen Mannes in einem zerknitterten Anzug, der an meinem Büro vorbeiläuft. Ich stehe auf und beeile mich, dem Mann, von dem ich denke, dass er mir gestern als Mr Song, Leiter der Kommunikationsabteilung, vorgestellt wurde, in den Konferenzraum zu folgen. Dort sitzen viele besonders wichtige und ernst dreinblickende Menschen um einen Tisch herum. Mein Herz beginnt sofort zu rasen. Sie wissen es. Sie haben herausgefunden, was Elijah und ich treiben, und jeden Moment kommt die Polizei, um mich mit nach Downtown zu nehmen, oder wohin auch immer sie Kriminelle bringen.

»Wir brauchen jemanden, der während des Meetings Protokoll schreibt«, sagt Mr Song und reicht mir Stift und Notizblock.

Oh, okay, na gut. Ich meine, Protokoll zu führen scheint mir doch ein bisschen unter dem Niveau des Führungskräftetrainings zu liegen, und außerdem wäre es sinnvoller, wenn ich dafür meinen Laptop benutzen würde.

Ich will keine Probleme machen. Aber ich will auch kein Fußabtreter oder eine Ja-Sagerin sein, die allem zustimmt. Ich kann mich nur von der Masse abheben, indem ich sicherstelle, dass ich mich durch meine Arbeitsmoral, aber auch durch mein Selbstbewusstsein und meine Führungsqualitäten auszeichne. Trotzdem ist das erst mein zweiter Tag. Vielleicht ist das nicht, noch nicht, der richtige Zeitpunkt, um die »Das ist nicht mein Job«-Karte zu spielen und jemand anderen dazu aufzufordern, Protokoll zu führen.

»Bitte nutzen Sie feminine Schreibschrift, damit es für uns später schön und angenehm zu lesen ist«, fügt Mr Song hinzu.

»Wie bitte?« Ängstlich sehe ich mich um, aber zum Glück interessiert sich niemand für mich. Generell versuche ich, nicht infrage zu stellen, wie Menschen Sachen gern erledigt hätten, vor allem dann nicht, wenn sie die Experten sind. Aber das hier scheint mir einfach nur seltsam, altmodisch, sogar frauenfeindlich.

Meine Wangen werden heiß, als mich der Ärger durchströmt, und ich beiße mir auf die Zunge, um still zu bleiben. *Mach es einfach*, sage ich mir. Zum Glück habe ich eine ziemlich schöne Handschrift. Obwohl ich mich nicht daran erinnern kann, wann ich das letzte Mal mehr als eine dahingekritzelte Notiz auf einer Serviette von Hand geschrieben habe.

Ich setze mich mit Stift und Papier in eine Ecke. Das gesamte Meeting über wird ein Mix aus Englisch und Koreanisch gesprochen, obwohl nicht nur Koreaner und Koreanerinnen am Tisch sitzen. Ich frage mich, ob Koreanisch eine Einstellungsvoraussetzung ist, und mache mir eine mentale Notiz, um später Sunny danach zu fragen.

Ich bemühe mich mitzuhalten, aber mir ist nicht klar, welche Punkte wichtig sind. Außerdem bereitet mir meine koreanische Rechtschreibung Sorge, weil mir das fachsprachliche Niveau neu ist.

Wäre Elijah hier, wäre er dann gebeten worden, Protokoll in »femininer Schrift« zu führen? Ich bezweifle es stark. Ich versuche, die Wut, die in mir aufsteigt, zu unterdrücken.

Am Ende des Meetings, als sich die Gruppe zu zerstreuen beginnt, gehe ich zu Mr Song und halte ihm den Notizblock hin. »Bitte sehr. Ich denke, ich habe alles, was besprochen wurde, mitgeschrieben«, sage ich.

Er sieht mich an, als würde ich ihm Müll anbieten. Er hebt sein Kinn in Ms Kangs Richtung, die, wenn ich mir das Organigramm der Firma richtig eingeprägt habe, Marketingleiterin und damit in einer höheren Position als er ist. Aber sie eilt zu uns herüber und nimmt die Notizen an sich. »Die nehme ich«, sagt sie und klingt fast entschuldigend. »Warum sammelst du nicht die Papiere ein, die noch auf dem Tisch liegen, und schredderst sie?«

Ich nicke und tue, wie man mir sagt. Ich werde nie verstehen, warum so viele Informationen ausgedruckt werden, wenn sie später ohnehin liegen bleiben und geschreddert werden müssen. Wie viele Bäume könnten gerettet werden, wenn wir alle einfach digitale Notizen nutzen würden?

Ich bemerke, dass alle Seiten den Stempel »Vertraulich« tragen. Darunter steht »Haneul Gaming: Herbst-Titel«. Dann folgt eine Liste mit zehn neuen Videospielen, kurzen Beschreibungen und den Namen der Entwickler. Der letzte Punkt lautet »Noch zu bestimmen, männlich, 13+". Es ist seltsam, heutzutage noch ein Videospiel nach einem binären Geschlechtssystem zu kategorisieren. Meine Cousine Jasmine hat vom E-Sport-Team der UC Irvine ein Vollstipendium erhalten. Videospiele sind schon lange nicht mehr nur für diejenigen, die sich als »männlich« identifizieren. Aber damit wirkt Haneul nicht zum ersten Mal veraltet und realitätsfern. Dabei bin ich erst zwei Tage hier.

Mr Song dreht sich zum Gehen um, aber vorher sieht er mich noch über die Schulter hinweg an. »Oh, und Miss Lee. So, wie Ihr Haar und Make-up gestern aussah, erfüllt es den Standard, den wir bei Haneul für angemessen halten und erwarten. Bitte achten Sie darauf, am Arbeitsplatz gut auszusehen.« Und damit verlässt er den Raum.

Ich bin wie erstarrt. Gestern waren meine Haare offen und gewellt. Außer beim Abschlussball habe ich noch nie so viel Make-up getragen. Oh, und für beides war ein ganzer professioneller Glam-Trupp verantwortlich. Wie kann es für einen Arbeitsplatz angemessen sein, derart zu übertreiben?

»Koreanische Schönheitsstandards sind uns in unserem Büro in New York genauso wichtig wie in Seoul«, sagt Ms Kang. »Solltest du irgendwelche Fragen haben, kannst du sie mir stellen. Oder du wendest dich an Sunny, sie wird dir helfen.« Ich will ihr widersprechen oder sie zumindest infrage stellen, aber ich erinnere mich an das, was Elijah gestern Abend gesagt hat. Dass sich niemand dafür interessiert, was Leute in unserem Alter zu sagen haben.

Zwar bin ich nicht ganz so pessimistisch wie er, aber ich suche mir aus, welche Kämpfe ich kämpfe. Vor allem, da ich versuche, mich unauffällig zu verhalten und keine Schwierigkeiten zu machen. Ich werde nicht schon an meinem zweiten Tag zur Personalabteilung gehen und mich beschweren. Ich will alle beeindrucken und am Ende des Sommers ein Empfehlungsschreiben in den Händen halten.

Aber bin ich dafür wirklich bereit, mich so behandeln zu lassen?

»Jessica?«, reißt mich Ms Kang aus meinen Gedanken.

»Ja?«

»Wenn du kurz Zeit hast …« Sie betritt den Aufzug und signalisiert mir, ihr zu folgen. Die Türen schließen sich und sie beginnt, leise mit mir zu sprechen, obwohl ihr Blick immer noch geradeaus gerichtet ist. »Ich möchte mit dir über das Projekt sprechen, das dir zugewiesen wurde.« Sie dreht ihren Kopf ein wenig, sodass wir uns in die Augen sehen. »Sie wollten es einem der jüngeren Führungskräfte geben, einem Mann ohne Ehrgeiz und Erfahrung, aber ich habe darauf bestanden, dass du besser geeignet bist. Wir Frauen bekommen hier nur so selten eine Chance, also mach das Beste daraus.«

Mir steht der Mund offen. Ein großes Projekt. Es wurde mir zugewiesen statt einem der Männer. Das ist alles ganz schön viel. »Auf jeden Fall. Ich freue mich darauf, über die Details zu sprechen und mit der Arbeit zu beginnen, Ms Kang«, sage ich.

Ich klinge wie eine Heuchlerin, aber das ist mir egal. Alles, was ich sage, ist wahr. Ich kann es kaum erwarten, zu beweisen, was ich kann.

Wenn mich nicht alles täuscht, kann ich auf ihrem Gesicht den Anflug eines Lächelns erkennen. Ich amüsiere sie. Na super.

Als sich die Aufzugtüren öffnen, ist jeder Anflug eines Lächelns aus ihrem Gesicht verschwunden. Sie schreitet energisch den Flur entlang zu ihrem Büro. Ich eile ihr hinterher, in dem Versuch, Schritt zu halten.

»Du wirst für das sogenannte AIP verantwortlich sein, das Annual Internship Project.« Als sie die Tür schließt und sich in ihrem eleganten Ledersessel hinter dem gläsernen Schreibtisch niederlässt, lässt sie die Bombe platzen. Ich möchte leise pfeifen – wenn ich wüsste, wie man pfeift oder wie man irgendetwas leise tut. Und dann wird mir klar, was sie gerade gesagt hat.

»Das Annual Internship Project? Was ist das genau?«, frage ich.

»Nun ja, du kannst daraus alles machen, was du willst.

Letztes Jahr haben sie eine Benefizgala für alle Führungskräfte geplant, deren Erlös in Computer an irgendeine Schule gespendet wurde. Im Jahr davor war das Projekt, glaube ich, die eintägige Parkreinigung entlang des Flusses. Es hängt von dir ab, du wirst die Praktikumskohorte leiten, um das Ganze auf die Beine zu stellen.«

»Eine Benefizgala? Eine Reinigungsaktion im Park? Das sind Dinge, die die AGs meiner Schule organisieren könnten. Haneul ist ein riesiges Technologieunternehmen. Sicherlich können wir größere Ziele setzen.« Ich schlage mir die Hand vor den Mund. Das hätte ich nicht laut aussprechen sollen.

Ms Kang hebt eine Augenbraue, aber dann schüttelt sie den Kopf und lächelt. »Gut, Jessica, ich bin gespannt, was du dir einfallen lässt. Was die Details angeht, ist hier der Businessplan aus dem letzten Jahr als Beispiel. Wie du gesagt hast, gibt es viel Potenzial, um größere Ziele zu erreichen und es besser zu machen. Im Plan findest du auch Informationen zum Budget und zum zeitlichen Ablauf, die nützlich sein könnten.« Ms Kang schiebt einen sehr dünnen Ordner in meine Richtung.

Ich stehe immer noch, habe aber auf einmal das Gefühl, meine Beine könnten jeden Moment nachgeben. Für einen Menschen, der seit zwei Tagen unter falscher Identität lebt, ist das ganz schön viel Verantwortung. Aber genau von so einem Projekt, bei dem ich beweisen kann, wozu ich fähig bin, habe ich geträumt.

Ich nehme die Mappe, öffne sie und fahre mit den Fingern über die Registerkarten – viel ist es nicht.

Ms Kang fährt fort: »Der letzte Führungskräftepraktikant hat den Plan geschrieben. Ihm waren sowohl seine Position als auch das Projekt völlig egal. Er wollte einfach nur einen Sommer in New York verbringen, weg von seinem VIP-Vater, wer auch immer das war. Das scheint jedes Jahr der Fall zu sein. Ich hoffe, dass du diejenige bist, die dieses Muster endlich durchbricht, die versucht, etwas Frisches, Lebendiges, Kreatives zu entwickeln. Zeig uns, wie die nächste Generation von Haneul aussehen könnte.«

Meine Augen weiten sich angesichts des leeren Blattes vor mir, angesichts all der Möglichkeiten, die sich mir bieten. Was könnten wir tun, um Haneul etwas Neues zu liefern? Mir fällt sofort das Meeting von heute Morgen ein. Digitale Protokolle vielleicht, inklusive viel weniger Frauenfeindlichkeit. Aber darum geht es hier nicht.

»Ich erwarte Großes von dir. Ich werde tun, was ich kann, um dir zu helfen, aber den Rest musst du allein machen. Mira Im, die Praktikumskoordinatorin, wird dich bei allem unterstützen, genau wie die diesjährige Gruppe an Praktikanten. Benutze sie und nutze sie aus. Deswegen sind sie hier. Wenn es das Haneul-Praktikumsprogramm nicht gäbe, würden die meisten dieser Jugendlichen wohl auf eine ziemlich unauffällige Karriere und auf ein unauffälliges Leben zusteuern.«

Unbehagen macht sich in meiner Brust breit und setzt sich in meiner Kehle fest, während sie über die Praktikanten spricht, als wären sie Bürger zweiter Klasse und das Unternehmen eine Art Rettung für ihr trauriges Leben. Ich rufe mir ins Gedächtnis, dass ich eine dieser Praktikantinnen hätte sein sollen.

»Ich will ehrlich sein. Niemand erwartet irgendetwas

von diesem Projekt. Aber wenn du deine Sache gut machst –«, Ms Kang unterbricht sich und sieht mir direkt in die Augen, woraufhin ich ihren Blick erwidere und deutlich mache, dass ich ihren Worten folge, »und es jemandem auffällt, könnte das für die Person, die für das Ganze verantwortlich ist, für dich also, den großen Durchbruch bedeuten.«

Ich nicke langsam und nehme die Bedeutung ihrer Worte in mich auf. Sie erwarten vielleicht nicht viel, aber wenn ich etwas Besonderes abliefere, etwas, das in Erinnerung bleibt, kann ich direkt auf dem Radar von jemandem landen, der die Macht und die Beziehungen hat, mir den Weg in meine Zukunft zu ebnen. Und das ist alles, was ich will. Das ist alles, was ich brauche.

Denn dann wird sich die schwierige Entscheidung, dieses Jahr aufs Junior College zu gehen, gelohnt haben. Es wird sich gelohnt haben, dass ich mich gegen den Willen meines Vaters bei Haneul beworben habe. Es wird sich gelohnt haben, das Risiko eingegangen zu sein und den Platz mit Elijah getauscht zu haben.

»Ich werde mir diese Informationen ansehen und mich bei Fragen bei Ihnen melden«, sage ich.

»Nein, für Fragen stehe ich nicht zur Verfügung. Mein Terminkalender ist voll mit anderen Projekten, die vor der Sky High Convention erledigt werden müssen.«

»Was ist die Sky High Convention? Das hat mir niemand wirklich erklärt«, sage ich.

»Nun, es ist nur die größte jährliche Tech-Konferenz, die von einem koreanischen Unternehmen veranstaltet wird. Du musst sie dir wie die E3, die Apple Developers

Conference und die Dreamforce vorstellen – alles zusammen, aber mit dem Besten, was Korea in den Bereichen Biotechnologie, Telekommunikation und Gaming zu bieten hat. Es ist ein anspruchsvolles Unterfangen für unser Unternehmen, damit es sich weiterhin als führendes Unternehmen in der Technologiebranche beweisen kann. Hier kündigen wir auch unsere neuen Spieletitel für das kommende Jahr an. Es hängt also viel davon ab. Ich möchte, dass du diese Informationen mitnimmst«, sagt sie und deutet auf den Ordner in meinen Händen, »und dir den Rest selbst erarbeitest. Melde dich nächste Woche bei mir, wenn du einen Zeitplan und ein Budget hast.« Mit diesen Worten wendet sich Ms Kang ihrem Computer zu und beginnt, in rasendem Tempo zu tippen. Das ist eindeutig das Signal für mich, zu gehen.

Auf dem Weg zurück zu meinem Schreibtisch spüre ich, wie mein Puls steigt. Ja, ich habe darauf gewartet, mich beweisen zu können, aber wie soll ich das tatsächlich anstellen? Wo fange ich überhaupt an? Denn trotz meines ganzen Geredes darüber, dass Haneul zu Größerem fähig ist, habe ich so etwas noch nie gemacht, schon gar nicht in diesem Ausmaß. Sollte man einer Achtzehnjährigen, deren einzige Berufserfahrung darin besteht, Schichtleiterin in ihrer örtlichen »Scoops de Loop«-Eisdiele zu sein, so viel Verantwortung übertragen?

Wie lautete mein Motto noch mal? Fake it till I make it? Wohl eher fake it, bis ich total auf die Nase falle und mich in einem Loch verkrieche.

Das ist deine Chance, erinnere ich mich. Du schaffst das. Du musst.

10. Kapitel

Jessica

Anstatt an meinen Schreibtisch zurückzukehren, drehe ich mich auf der Stelle um und gehe zu den Aufzügen. Ich fahre ins »Erdgeschoss« hinunter, wie es von allen in Haneul bezeichnet wird. Eigentlich der 32. Stock des Gebäudes, wo, wie ich mich erinnere, die Praktikanten ihren Arbeitsbereich haben.

Ich klopfe sachte und öffne eine Tür, hinter der zehn Personen um einen langen Gemeinschaftstisch sitzen. Es ist laut und etwas, das wie ein M&M aussieht, fliegt durchs Zimmer und trifft einen der Jungs an der Stirn. Ich sehe mich nach Mira Im um, kann sie aber nirgendwo entdecken.

»Dafür wirst du büßen, du Arschloch. Deinetwegen habe ich mein letztes Leben verloren«, ruft einer von ihnen, während seine ganze Konzentration auf den Nintendo Switch in seinen Händen gerichtet ist.

»Gib einfach auf. Meinen Highscore brichst du niemals«, erwidert ein anderer.

»Ich habe den ganzen Sommer, um ihn zu knacken.«

Ich stehe wie angewurzelt da. Wenn sie ihre Tage so verbringen, haben sie niemals Lust, sich den Hintern für ein Projekt aufzureißen, das keinen der Vorgesetzten auch nur interessiert.

»Hey, du bist Jessica, oder?«, ruft der große Junge, den ich gestern im Aufzug getroffen habe. Woher kennt er meinen Namen? Elijah steht neben ihm. Er dreht den Kopf und ist eindeutig genauso überrascht wie ich.

»Jason, ähm, nennst du jetzt einfach alle Jessica?«, fragt er.

»Nein. Ich habe Sunny Cho gefragt, für wen sie diesen Sommer arbeitet. Ich wollte wissen, wie das Mädchen heißt, das dir die Telefonnummer gegeben hat«, sagt der große Junge – Jason – und zwinkert mir zu. »Bitte seid Sunny nicht böse. Wir haben letztes Jahr das Praktikum zusammen gemacht und nachdem sie mit der Uni fertig war, hat sie den heißbegehrten Job als Assistentin einer neuen erstklassigen Führungskräftepraktikantin bekommen. Jessica Lee. Das musst du sein.«

Ich habe Angst, mich zu bewegen und noch mehr Aufmerksamkeit auf mich zu ziehen, also bleibe ich stocksteif stehen. Ich bemerke, dass sich Elijah ein wenig aufrichtet. Warum interessiert sich Jason für mich und das Führungskräftetraining? Wenn er zu genau hinsieht, stellt er mit Sicherheit fest, dass ich nicht diejenige bin, die in dieser Position sein sollte.

Das Spiel ist aus. Wir sind am Ende.

»Die Personalabteilung hat einen Fehler gemacht, und deswegen stand Jessicas Name auf der Liste der Praktikumsgruppe, und Sunny dachte, Elijah wäre ihr Boss«, erklärt Jason. Er klopft Elijah auf den Rücken, und der zuckt nervös zusammen. Er muss genauso angespannt sein wie ich. »Sie haben die beiden Namen vertauscht. Der Typ hier weiß nicht mal, wie man Toast macht. Als ob er der diesjährige Führungskräftepraktikant sein könnte.«

»Danke, Jason. Ich weiß dein Vertrauen in meine Fähigkeiten zu schätzen«, sagt Elijah. Wir lassen beide erleichtert die Schultern sinken.

Elijah hatte recht. Wenn wir einfach abwarten und so tun, als hätten wir keine Ahnung, was vor sich geht, werden andere Leute die Schuld auf sich nehmen oder eher der Personalabteilung die Schuld geben.

Ich mag den bitteren Nachgeschmack nicht, den dieser Gedanke bei mir hinterlässt. Unschuldige Menschen, die versuchen, bei der Arbeit ihr Bestes zu geben, werden zu Sündenböcken gemacht. Ich hoffe wirklich, dass niemand unseretwegen großen Ärger bekommt.

Aber ich schätze, jetzt, wo wir hier sind, habe ich einen Job zu erledigen.

»Hey, ihr alle, könnt ihr mir kurz zuhören?« Ich versuche, ruhig, klar und bestimmt, aber nicht fordernd zu klingen. Ich will, dass sie sich für mich interessieren und mich respektieren, nicht, dass sie mich auslachen. »Ich bin Jessica Lee. Ich bin Teil des Führungskräftetrainings hier bei Haneul. Mir wurde die Organisation des Annual Internship Project zugeteilt. Ich … Viel mehr weiß ich darüber noch nicht, aber das können wir uns gemeinsam erarbeiten. Und Jason, nachdem du letztes Jahr schon Teil des Programms warst, kannst du uns vielleicht helfen, diese Notizen zu entziffern?«, frage ich und halte den Ordner in die Höhe. »Wäre es nicht cool, wenn wir etwas wirklich Beeindruckendes auf die Beine stellen könnten, eine Idee entwickeln, die wirklich bahnbrechend ist?«

Gute Arbeit, Jessica. Begeistere das Team, zeig ihnen, dass sie Teil von etwas Großem sind.

»Routinearbeit«, sagt einer von ihnen.

»Haneul hat seit Jahren nichts Bahnbrechendes mehr entwickelt. Ich wette, sie suchen verzweifelt nach neuen Ideen«, spottet jemand anderes.

Ich sehe, wie Elijah ein wenig in sich zusammensinkt. Ich merke, dass es ihm unangenehm ist, über das Unternehmen zu sprechen, oder dass über das Unternehmen gesprochen wird. Was für ein seltsames Dilemma, wenn es einem egal ist, aber gleichzeitig auch überhaupt nicht egal ist.

»Ich weiß, es wirkt, als wäre das nur ein weiteres Wegwerfprojekt für sie. Aber ich möchte ihnen gern das Gegenteil beweisen. Ich weiß, dass es nicht leicht ist, an das Praktikum bei Haneul zu kommen. Also lasst uns ihnen zeigen, warum wir – ich meine, ähm, *ihr* die Besten seid«, sage ich.

Niemand bewegt sich, niemand spricht. Das ist entweder ein gutes oder ein sehr schlechtes Zeichen.

»Wie wär's mit einem Hackathon?«, schlägt Elijah vor. Im Raum ist es ganz still. Ich kann nicht sagen, ob sie die Idee für abwegig halten, es ihnen die Sprache verschlagen hat oder ob ihr Interesse geweckt ist.

Ich selbst bin von Elijahs Stimme und seinem selbstbewussten Auftreten angetan. Ich meine, ich bin, ähm, beeindruckt von seiner mutigen Idee, auch wenn ich keine Ahnung habe, was das bedeutet. »Ein Hackathon?«

»Man versammelt eine Gruppe von Programmierern und Programmiererinnen in einem Raum und gibt ihnen ein Problem, das sie lösen, oder eine Aufgabe, die sie erfüllen müssen. Sie arbeiten rund um die Uhr für eine bestimmte Zeit und präsentieren dann ihre Ergebnisse«, erklärt Elijah. »Das könnte super werden. Damit könnten wir sie umhauen und einigen jungen Programmierenden die Chance geben, etwas Cooles zu entwickeln. Vielleicht konzentrieren wir uns auf Spiele und lassen sie ein neues Konzept entwerfen. Und vielleicht könnten die Gewinner das Spiel bei Haneul produzieren lassen.« Elijahs Stimme wird lauter und seine lebhaften Gesten verraten, wie sehr ihn die Idee begeistert. Er wirft mir einen Blick zu, als hätte er plötzlich gemerkt, dass alle Augen auf ihn gerichtet sind, und als wäre er besorgt, was wir von seiner Idee halten. Ich lächle ihm zu und hoffe, dass er weiß, wie sehr ich seine Begeisterung schätze.

»Ich habe gerade erfahren, dass die Spieletitel für das nächste Jahr auf der Sky High Convention bekannt gegeben werden. Vielleicht können wir das Team, das den Hackathon gewinnt, auf diese Liste setzen«, füge ich hinzu.

Noch zu bestimmen. Männlich. 13+. Was, wenn der Hackathon helfen könnte, diesen Titel zu bestimmen? Abgesehen von der Beschränkung auf »männlich«, denn ich habe nicht vor, ein Programm auf die Beine zu stellen, das nicht jeder einzelnen Person eine Chance gibt.

»Elijah hat recht«, sagt Jason. Natürlich, wenn ein *Typ* einen Vorschlag macht, ist er ein Genie und hat recht. Als ich als Mädchen vorgeschlagen habe, etwas Bahnbrechendes auf die Beine zu stellen, war niemand so begeistert. Erklärt sich von selbst.

Aber ehrlich gesagt ist jetzt schon klar, dass Elijah ein geborener Anführer ist. Die Leute hören ihm zu.

Ich meine, sogar ich habe seiner durchgedrehten Idee, Plätze zu tauschen, zugestimmt.

»Okay, lasst uns das machen«, sage ich und will mich auf den einzigen noch freien Platz setzen. Elijah, der am Kopfende des Tisches sitzt, steht auf, räumt seine Sachen zusammen und setzt sich auf den Platz, den ich gerade angesteuert habe. Er reckt das Kinn in Richtung seines jetzt leeren Stuhls. Ich will ablehnen, schließlich bin ich nicht hier, um mich irgendwem als Anführerin aufzudrängen, aber ich weiß die Geste zu schätzen.

»Die Informationen in diesem Ordner sind alles, was wir für den Anfang haben, und sie sind ziemlich dürftig. Das heißt, wir haben freie Hand, um zu tun, was wir wollen. Ich habe noch nie einen Hackathon geplant. Aber …« Ich werfe einen Blick in die Runde. »Wenn wir das schaffen, wird es auf unseren Lebensläufen sehr gut aussehen, es ist ein beeindruckendes Thema bei Vorstellungsgesprächen, und wir werden an etwas gearbeitet haben, das größer ist als alles, was wir bisher getan haben, nehme ich an. Und auch für Haneul wird es ein großer Gewinn sein.«

Ich hatte gehofft, dass alle am Ende meiner kleinen aufmunternden Rede jubeln würden, aber ich begnüge mich mit den wenigen nickenden Köpfen und lächelnden Blicken, die ich aus der Runde bekomme.

Mir fällt auf, dass ich nur Elijahs Namen und den seines Freunds Jason kenne. »Oh, und nur der Form halber: Ich bin Jessica, wie schon gesagt. Ich komme aus Cerritos in Kalifornien, und nächstes Jahr werde ich das Cerritos Community College besuchen, bevor ich mich entscheide, auf welche Uni ich wechsle.«

Diese kleine Rede wird eines Tages einfacher werden, oder?

»Die ist reich«, flüstert jemand laut genug, damit ich es hören kann. Diese Anschuldigung lässt mich erstarren. Hitze steigt in mir auf und ich spüre, wie ich rot werde.

Sie denken, ich gehe aufs Junior College, weil es eine Art einfacher Ausweg ist. Dass mir Geld diese Möglichkeit eröffnet. Aber das Gegenteil ist der Fall. Ich will allen in diesem Raum sagen, dass ich nicht reich bin. Ich habe mir diese Position nicht erkauft. Okay, also genau genommen habe ich mich reingelogen. Aber ich brauche das genauso sehr wie alle anderen, wenn nicht noch mehr. Ich muss härter arbeiten als alle anderen, um auch nur die *Chance* zu haben, wahrgenommen zu werden, und selbst dann musste ich noch lügen, um es schaffen zu können.

Ich sehe Elijah an. Er hält den Kopf gesenkt, die Schultern hochgezogen, als wolle er sich verstecken. Ich weiß nicht, warum ich dachte, er würde etwas sagen, mich vielleicht sogar verteidigen. Aber ich verstehe, dass der Kommentar zwar gegen mich gerichtet war, eigentlich aber ihm gilt. *Er* ist wirklich reich. Und vielleicht bedeutet das zum ersten Mal in seinem Leben nichts Gutes.

Jemand räuspert sich und durchbricht die Stille. »Ja, okay, also ich bin Jason. Ich komme auch aus SoCal«, sagt er. Ich stelle fest, dass er zu der Art Mensch gehört, die jeden beruhigt. Seine Worte lösen die Anspannung, die mir im Nacken sitzt. »Wir müssen im selben Flugzeug gewesen sein.«

Ich lächle schwach und nicke ihm zu, wobei ich hoffe, dass er mir die Dankbarkeit anmerkt. Er nickt mir kaum merklich zu.

Ich sehe zu Elijah hinüber, und er beobachtet Jasons und meinen wortlosen Austausch. Seine Lippen sind schmal, die Augen zusammengekniffen.

»Ich bin Grace«, sagt das Mädchen, das neben Jason sitzt, und so stellen sich alle der Reihe nach vor. Ich wiederhole jeden Namen dreimal im Kopf, zusammen mit den dazugehörigen Informationen, um sicherzugehen, dass ich mir alles merke. *Grace, Grace, Grace, studiert Jura. Roy, Roy, Roy, aus Iowa, wo es überraschend viele Koreaner gibt.* Und so weiter.

»Ich bin Elijah. Ich bin den Sommer über aus Korea hier.« Mehr sagt er nicht.

Ich lächle in seine Richtung, aber er hält den Kopf immer noch gesenkt und sieht mich nicht an.

»Schön, euch alle kennenzulernen. Also, in diesem Ordner finden sich nicht besonders viele hilfreiche Infos, das kann entweder gut oder schlecht sein. Am besten teilen wir es zwischen uns auf und bereiten kurze Präsentationen vor, damit wir alle auf dem gleichen Stand sind. Wie lauten die Erwartungen, Kosten, Kennzahlen? Das präsentieren wir dann der ganzen Gruppe, damit wir zusammen eine Strategie für die weitere Planung und Ausführung entwickeln können.«

Wir teilen die Themen nach Interesse und Fachwissen auf: Soobin, die spicy Romance auf TikTok rezensiert und über eine Million Follower hat, kümmert sich ums Marketing. Henry, der in seiner Freizeit Websites für kleinere Unternehmen baut, macht das Design. Die Finanzen gehen an Jason, der anscheinend eine Affäre mit Excel-Tabellen hat, und so weiter.

»Das heißt, ich kümmere mich um die Logistik«, sage ich.

»Ich habe keinen Bereich«, murmelt Elijah.

»Na ja, was kannst du?«, fragt Jason.

»Nichts«, antwortet Elijah.

Ich will ihn packen und schütteln, ihm sagen, dass er aufhören soll, so zu sein, so zu tun, als sei er faul und desinteressiert, obwohl er ganz offensichtlich danach hungert, herauszufinden, wer er ist und was er will. Außerdem haben wir eine Abmachung. Es ist seine Aufgabe, mich wirken zu lassen, als würde ich das Praktikum nicht in den Sand setzen.

»Das ist nicht wahr«, sage ich, anstatt zu körperlicher Gewalt zu greifen. »Ich weiß, dass das nicht stimmt.«

»Na gut, egal. Dann helfe ich dir mit der Logistik«, sagt er.

Hunderte Schmetterlinge flattern in meinem Bauch. Was zur Hölle? Wir reden gerade über Logistik. Ich weiß nicht einmal genau, was das beinhaltet, aber vermutlich ist es der langweiligste und am wenigsten aufregende Teil des ganzen Projekts. Und das hier ist Elijah, mein Verbündeter … in einem echten Verbrechen. Was genau ist daran aufregend?

Nicht diese sanfte Stimme, die dafür sorgt, dass sich meine Haut jedes Mal ganz klamm anfühlt, wenn er mit mir spricht. Daran ist gar nichts aufregend.

Oder diese verdammten, kilometerlangen Wimpern, unter denen er immer aufzuschauen scheint. Nein, das ist ÜBERHAUPT NICHT aufregend.

Verschwindet, ihr Schmetterlinge, sage ich innerlich und starre meinen Bauch an, ehe ich mich wieder der Arbeit zuwende.

»Okay, vielleicht verteilen wir uns alle, suchen uns einen ruhigen Ort, um das Material zu sichten, und dann treffen wir uns wieder hier um … vier Uhr? Reichen euch ein paar Stunden, um erste Gedanken, Fragen und Ideen zu sammeln?«

Alle Blicke richten sich auf mich.

»Wir dürfen das Erdgeschoss verlassen?«, fragt Sarah.

»Ähm, also, es gibt einige ungenutzte Konferenzräume, und ich nehme an, sie sind für diese Art Arbeit gedacht. Und wir brauchen getrennte Orte, um uns zu besprechen, oder? Oder wenn ihr lieber rausgehen und euch von der Stadt inspirieren lassen wollt, ist das für mich auch in Ordnung.«

»Mira hat uns nicht mal gezeigt, was über diesem Stockwerk liegt«, bemerkt Roy.

»Ihr habt Jessica gehört«, sagt Elijah. »Geht raus. Verteilt euch. Findet einen Raum oder verlasst das Gebäude. Wenn euch irgendjemand komisch anschaut, schaut noch komischer zurück. Auch wir sind hier angestellt, und wir arbeiten für diese Firma.«

Ich kann verstehen, warum sie um Erlaubnis bitten

und Angst haben, Ärger zu bekommen. Wir haben etwas zu verlieren. Aber Elijah ist anders mit seinem ganzen Selbstbewusstsein. Vielleicht liegt es daran, dass er von Geburt an privilegiert ist. Er verhält sich, als gehörte ihm das Unternehmen. Und das tut es ja auch.

»Wir treffen uns hier um vier Uhr«, wiederhole ich. Und mit diesen Worten zerstreuen sich alle. Ich wende mich Elijah zu. »Das klingt jetzt total ätzend, aber wir können in meinem Büro arbeiten, wenn du willst. Da oben ist es ziemlich ruhig.«

Er legt die Stirn in Falten. »Lass uns einen anderen Ort finden. Wenn es nicht unbedingt sein muss, würde ich mich gern von den oberen Stockwerken fernhalten. Wie wär's, wenn wir einen Spaziergang machen?«

»Gute Idee.« Ich weiß nicht genau, was Elijah gerade durchmacht, und warum. Aber ich will seine Grenzen respektieren. Irgendwie will ich auch sicherstellen, dass es ihm diesen Sommer über gut geht. Dass ihm diese Erfahrung gibt, was er braucht und will. Das ist das Mindeste, was ich tun kann, nachdem es genau das zu sein scheint, was er für mich tut.

In dem Moment, in dem wir das Gebäude verlassen, verändert sich Elijahs gesamte Haltung. Energie durchströmt ihn, als er nach links, dann nach rechts und dann wieder nach links schaut. Er nickt ein paar Mal, als würde er still diskutieren, wohin wir gehen sollten.

»Lass uns da langgehen«, sagt er. Ich laufe schneller, um mit ihm Schritt zu halten. »Hattest du schon Gelegenheit, dir die Stadt anzusehen?«

»Nicht wirklich. Gestern war ganz schön anstrengend,

deswegen bin ich nach unserem Gespräch direkt nach Hause gefahren. Ich habe ein bisschen herumgeschnüffelt«, gebe ich zu. Mir wird warm, als ich bemerke, wie seltsam das klingt. »Tschuldigung.«

Er zuckt mit den Schultern. »Es ist nicht mein Haus. Es ist mir egal. Ich wette, mein Vater hat es mit Dingen dekoriert, die aussehen, als würden sie hierher passen, aber er hat keine Ahnung, was das alles ist oder woher es kommt. Du hast nichts falsch gemacht.«

»Es ist groß. Es ist komisch, dass ich laut mit mir selbst reden kann, weil ich allein bin, aber gleichzeitig habe ich auch das Gefühl, dass ich keinen Ton von mir geben sollte.«

»Hm, so habe ich noch nie darüber nachgedacht, aber ich verstehe total, was du meinst.«

Wir biegen um die Ecke und ich bleibe wie angewurzelt stehen. Die Person hinter mir rempelt mich an und beschimpft mich, aber ich bin zu abgelenkt, um mich zu entschuldigen.

Mir steht der Mund offen. Vor mir liegt der belebteste Ort, den ich je gesehen habe. Die Farben aller Flaggen sämtlicher Nationen. Sträucher, Bäume und Blumen neben gelben Taxis. Das legendäre rot-blaue Schild mit der Aufschrift »Radio City Music Hall«. Das Rockefeller Center kannte ich bisher nur aus dem Fernsehen. Ich war nicht darauf vorbereitet, es mit eigenen Augen zu sehen.

»Jessica, du bist gerade in ein Kaugummi getreten. Und diese neuen Hermès-Loafer, die du trägst, sind teuer«, lässt mich Elijah wissen.

Ich drehe mich zu ihm um, und er zieht mich sanft zur Seite, um den Weg für die geschäftigen Stadtbewohner freizumachen, die es alle eilig zu haben scheinen.

»Das ist wunderschön«, sage ich, während ich den Anblick in mich aufnehme. Sogar Kaugummi an meiner Schuhsohle kann diesen Moment nicht trüben.

»Ja, es ist ziemlich cool«, stimmt er zu, und ein Lächeln breitet sich auf seinem Gesicht aus. »New York ist nur eine Stadt, aber sie ist unvergleichlich. Ich meine, in Seoul fühlt es sich so an, als würde alles nach außen strahlen. Hier scheint alles anders zu leuchten, als ob die Stadt nach innen scheint. Jeder dieser Häuserblocks, jedes Gebäude und sogar diese belebte Ecke hat ein Geheimnis. Und alle haben einen anderen Ort, an dem sie sein könnten als der, an dem sie sich gerade befinden. Ich liebe diese Energie.«

Ich lasse den Blick von den Sehenswürdigkeiten zu Elijah wandern. Wenn er spricht, fühle ich mich zu ihm hingezogen, sogar noch mehr als zu dem Anblick, der sich uns bietet. Und ich weiß genau, was er meint. Ich liebe diese Energie auch.

»Wenn ich dir verspreche, dass wir später über Logistik sprechen, kommst du mit mir mit? Ich will dir etwas zeigen.« Seine Augen sind vor Staunen ganz groß, und ich kann nicht anders, als wissen zu wollen, was er vorhat.

»Vertrau mir«, sagt er und hält mir die Hand hin.

Mit dir würde ich überall hingehen. Wow, Tiger, mach mal halblang. Woher kam denn *dieser* Gedanke? Elijah ist nett und alles. Und wenn ich mir überlege, wie es gerade läuft, ist er vermutlich der einzige Mensch, mit dem ich mich in diesem Sommer anfreunden werde. Aber ich muss aufpassen, dass ich mich nicht zu sehr auf ihn einlasse. Ich muss das Ziel im Blick behalten … und das Ziel ist *nicht* dieser reiche, gutaussehende Koreaner, der *weit* außerhalb meiner Liga ist.

»Ich denke schon«, sage ich stattdessen. Die Frage bejahen, ohne zu viel Enthusiasmus zu zeigen. Gut gemacht.

Aber Elijah zögert keinen Moment. Er schnappt meine Hand und geht mit mir die Straße entlang. Ich versuche, nicht daran zu denken, dass wir Händchen halten … oder daran, dass meine Hände peinlich feucht sind. Zu meiner Verteidigung, es ist heiß und schwül.

Wir bleiben vor einem Gebäude stehen, vor dem eine Menschenschlange wartet. Er lässt meine Hand los, legt sie mir stattdessen auf den Rücken und führt mich an der Schlange vorbei, direkt auf einen asiatisch aussehenden Mann zu, der vor der Tür steht. Elijah gibt ihm die Hand, woraufhin der Mann auf seine Handfläche hinabsieht und lächelt. Er öffnet das Absperrband, und wir gehen an den anderen Wartenden vorbei.

»Wow, diesen Trick habe ich noch nie in echt gesehen«, sage ich. »Wie viel hast du ihm gegeben?«

»Hundert.«

»Einhundert Dollar?«, will ich flüstern, schaffe es aber nicht.

Elijah reißt die Augen auf und legt einen Finger auf die Lippen. »Das ist nichts.«

»Sag mir nicht, wann ich sprechen darf«, sage ich. »Und es *ist* definitiv *etwas*. Ich würde einhundert Dollar lieber für etwas Sinnvolleres sparen und mich wie alle anderen auch in die Schlange stellen. Wer wirft schon so mit Geld um sich?«

Ich möchte weiterreden, aber wir werden in einen Aufzug geschoben, in dem sich Menschen, die vermutlich alle gewartet haben, bereits dicht aneinanderdrängen. Im Aufzug läuft ein Informationsvideo über die Geschichte von New York, aber mich lenkt der Gedanke ab, dass ich eine ganze Schicht in der Eisdiele arbeiten müsste, um einhundert Dollar zu verdienen. Und Elijah gibt sie einfach so einem Fremden, um nicht ein paar Minuten warten zu müssen.

Der Aufzug hält an und die Türen öffnen sich. Ich bin bereit, Elijah meine Meinung zum Thema Geldverschwendung zu sagen – oh, der Apfel fällt nicht weit vom Stamm. Aber als ich aus dem Aufzug steige, kann ich keinen klaren Gedanken mehr fassen. Ich sehe nur noch Himmel, Wasser und die Spitzen der tausend Gebäude, aus denen New York City besteht. Meine Füße tragen mich an den Rand der Aussichtsplattform, wo mich Glaswände schützen, ohne dass sie die Aussicht behindern.

»Wow«, flüstere ich voller Ehrfurcht.

»Top of the Rock«, sagt Elijah, der hinter mir steht. »Alle fahren aufs Empire State Building, um ganz New York überblicken zu können. Aber vom Top of the Rock hat man die bessere Aussicht. Von hier aus kann man ganz New York *und* das Empire State Building sehen.« Ich folge seinem ausgestreckten Finger und sehe das majestätische Gebäude, das ich bisher nur von Bildern kenne.

»Das ist unglaublich«, sage ich.

»Klar, das ist nur die Skyline einer Stadt. Aber es hat etwas Magisches«, sagt Elijah. Ich spüre seinen Atem sanft an meinem Ohr.

»Es ist, als ob Vergangenheit, Gegenwart und Zukunft gleichzeitig an diesem Ort existieren«, sage ich.

»Genau. Ich denke, deswegen fühlt es sich so an, als wäre alles möglich. Als ob wir unsere Leben neu erfinden und so gestalten können, wie sie sein sollten«, sagt er.

Seine Worte klingen tief in mir nach. Ich weiß, dass er über sich selbst spricht. Aber mir geht es genauso. Als ich nach New York kam, habe ich mir Sorgen um meine Zukunft gemacht. Und jetzt, nur ein paar Tage später, stehe ich hier, und die Stadt breitet sich vor mir aus und es ist, als hätte ich tatsächlich die Chance auf ein besseres Leben.

Vor zwei Tagen kannte ich diesen Typ noch nicht mal. Und jetzt sind wir ein Team. Wir sind in dieser Stadt, in diesem Unternehmen, in diesem Plan, den wir gesponnen haben … zusammen. Wir haben kein Wort über Logistik oder den Hackathon gewechselt, und trotzdem fühlt es sich an, als wären wir produktiv gewesen. Einfach indem wir spazieren gehen, uns umschauen, existieren.

Ehe ich mich davon abhalten kann, ehe ich zu viel darüber nachdenke, lehne ich mich ein winziges bisschen zurück, nur ein paar Zentimeter, und unsere Körper berühren sich. Er legt seine Hand sanft auf meine Taille und stützt mich. Es fühlt sich warm, stark, sicher an.

Ich habe keine Ahnung, was ich tue. Aber für diesen kurzen Moment spielt das keine Rolle. Wir stehen über der großartigsten Stadt der Welt, und alles scheint möglich.

Ich spüre ein vertrautes Flattern im Bauch, und diesmal halte ich mich nicht zurück.

Lasst die Schmetterlinge frei.

11. Kapitel

Jessica

Seit wir die Arbeit geschwänzt haben, um auf die Spitze des Rockefeller Center zu fahren, sind ein paar Tage vergangen. Aber ich hatte seitdem kaum die Gelegenheit, mit den anderen über den Hackathon zu sprechen. Ich war so beschäftigt damit, unnütze Notizen und verschwenderische Kopien zur Vorbereitung der Sky High Convention zu machen. Ich gehe Elijah und diesen nervigen Gefühlen, die der Gedanke an ihn in mir auslöst, nicht absichtlich aus dem Weg, das schwöre ich.

Aber das Ende unserer ersten Woche bei Haneul naht, und ich habe meinem Vater versprochen, ihn anzurufen, um ihm alles zu erzählen. Das bedeutet, dass ich zuerst mit Elijah sprechen muss.

Ich bin okay.

Es ist okay.

Alles ist okay.

Elijah und ich wollen uns um sieben Uhr, nach der Arbeit, in der Brownstone treffen. Bis dahin wird Mrs Choi verschwunden sein. Er hat sie noch nie getroffen, und sie hat keine Ahnung, wer er wirklich ist. Aber ich mache mir trotzdem Sorgen. Elijah meinte, er denkt nicht, dass wir herumschleichen müssen, als würden wir etwas Verbotenes tun. Woraufhin ich ihn daran erinnert habe, dass mein Identitätswechsel von einer schnöden Praktikantin zum ultrareichen Sprössling des Geschäftsführers im Führungskräftetraining tatsächlich ziemlich ruchlos ist. Tatsächlich sogar genauso ruchlos, wie eine haarsträubende Idee nur sein kann.

Warum schwitze ich so stark?

Und warum ist Elijah vier Minuten zu spät? Wurde er erwischt und in Handschellen auf die nächste Polizeiwache gebracht? Oder noch schlimmer, von der koreanischen Mafia gekidnappt?

Um sieben Uhr fünf klopft es an der Tür.

Ich beeile mich, zu öffnen, und erstarre, als ich Elijahs Gesicht sehe. Er ist hier. Er ist in Sicherheit.

Und das beruhigt mich seltsamerweise. Ich lehne mich gegen den Türrahmen und stoße einen Seufzer der Erleichterung aus.

Seine Augen werden groß. »Ist alles in Ordnung?«, fragt er.

Ich fahre mir mit dem Handrücken über die Stirn und wische den Schweiß dann an meiner Hose ab. Es sind Momente wie dieser, in denen ich verstehe, warum Leute früher Stofftaschentücher dabeihatten. »Ich schwitze schnell. Ist was Genetisches. Wenn ich einmal anfange, höre ich so schnell nicht wieder auf. Und ich will die Klimaanlage im Haus nicht benutzen, weil die Stromrechnung sonst explodiert, wodurch die Aufmerksamkeit auf mich gelenkt wird, die hier als Eindringling lebt.«

Er spitzt die Lippen, als müsste er sich daran hindern,

in Lachen auszubrechen, und nickt kurz, als würde das alles Sinn ergeben, ehe er eintritt.

»Ich habe Pizza mitgebracht. Hat nur einen Dollar pro Stück gekostet, kannst du dir das vorstellen? Einen Dollar für ein ganzes Stück Pizza. Jason hat gesagt, wir sollen ein bisschen Öl abtupfen, aber nicht so viel, dass es zu trocken wird. Wo sind Servietten?« Er schiebt sich an mir vorbei.

Ich warte auf die *Ohs* und *Ahs*, während er das riesige Haus in Augenschein nimmt.

Stille.

Ich drehe mich um und sehe, wie er mit einem Apfel in der Hand aus der Küche kommt.

»Ich habe die Pizza auf die Theke gestellt. Hey, kannst du mir einen Gefallen tun und die Haushälterin fragen, ob sie Nashi kauft, damit du sie mir dann mitbringst? Ich war in einem Laden namens Whole Foods, und die haben dort fünf Dollar pro Stück von mir verlangt. Ist dir klar, dass ich im Praktikum nur fünfzehn Dollar pro Stunde verdiene? Das heißt, ich muss für eine Birne zwanzig Minuten arbeiten.«

»Vielleicht solltest du Wachmännern dann keine Hundert-Dollar-Scheine zustecken«, erinnere ich ihn.

»Daran denkst du noch? War es das nicht wert?«, fragt er, und ein übermütiges Lächeln umspielt seinen Mund.

Wir starren einander an. Es ist fast so, als würde die Erinnerung ausreichen, um mich die Hitze dieser Nacht spüren zu lassen, mein Rücken an ihn gepresst, seine Hand an meiner Taille.

Ich antworte nicht, denn ehrlich gesagt war es das völlig wert.

»Daran werde ich mich wohl gewöhnen müssen«, sagt er schließlich. »Ich habe den Großteil der US-Dollars, die ich nach New York mitgebracht habe, bereits ausgegeben. Und ich bin mir ziemlich sicher, dass mein armseliger Lohn nicht für meinen üblichen Lebensstil reichen wird.«

Ich nicke zustimmend.

»Aber ganz im Ernst, du kannst die Klimaanlage benutzen. Bitte mach dir keine Sorgen um die Stromkosten. Fühl dich ganz wie zu Hause«, beruhigt er mich.

»Zu Hause benutzen wir unsere Klimaanlage auch nicht, weil wir uns Sorgen um die Stromkosten machen«, gebe ich zu.

»Na gut, versprich mir, dass du wenigstens versuchst, es dir hier *gemütlich* zu machen. Ich meine, wenn ich plötzlich anfange, über Preise nachzudenken, dann kannst du diesen Sommer auch von allen finanziellen Belangen verschont bleiben.«

Es wäre schön, mir einmal keine Gedanken ums Geld machen zu müssen. Aber das ist leichter gesagt als getan. Ich fühle mich immer noch wie Cinderella, die darauf wartet, dass die Uhr Mitternacht schlägt und sie plötzlich wieder von Ratten umgeben ist. Schließlich sind wir in New York.

Aber dieses eine Mal gebe ich nach, gehe zum Thermostat hinüber und stelle eine niedrigere Temperatur ein, damit die Klimaanlage anspringt.

Himmlisch.

»Also, wie ist es dir bisher ergangen?«, frage ich Elijah. Er hat es sich auf dem schneeweißen Sofa im Wohnzimmer bequem gemacht, das ich bisher gemieden habe, aus Angst, einen Mittelklassefleck zu hinterlassen.

Elijah macht sich darüber eindeutig keine Gedanken. Er hat sich zurückgelehnt und so lässig wie möglich einen Arm über die Lehne gelegt. Alles, woran ich denken kann, ist, dass seine Hand mit der Handfläche nach unten auf dem luxuriösen Stoff liegt und der Schmutz der Stadt so auf das weiße Leinensofa gelangt. Wie viel es wohl kostet, diesen Stoff zu reinigen?

»Okay, denke ich. Ich meine, heute stand nichts auf der To-do-Liste für den Hackathon, also bin ich losgezogen und in der Stadt herumgelaufen. Ich war ausgerechnet in der New York Public Library. Sie ist wunderschön. Alles wirkt so alt und historisch, nicht so wie die vielen neuen und modernen Gebäude, die in Korea aus dem Boden schießen. Und dann habe ich auf der Straße ein Hotdog mit Sauerkraut gegessen, das hat mich ein bisschen an Kimchi erinnert.«

»Ähm, das hast du gemacht, während du eigentlich arbeiten solltest?«, frage ich.

Sein Augenrollen ist nicht zu übersehen.

»Ich will dir ja nicht den Spaß verderben, aber du machst gerade ein renommiertes Praktikum. Und du wirst dafür bezahlt, zu arbeiten«, erinnere ich ihn.

»Ach, apropos. Hast du wirklich einen Job angenommen, bei dem du fünfzehn Dollar pro Stunde verdienst? Einer der anderen Praktikanten meinte, dass sogar McDonald's besser bezahlt. Wie soll man sich so irgendetwas leisten können? Ich müsste hundert Stunden arbeiten, um mir die neue Bomberjacke von Celine leisten zu können.«

Ich bringe es nicht übers Herz, dieser naiven, privilegierten Seele etwas über Steuern zu erzählen.

»Wie ich schon sagte, das ist ein prestigeträchtiges Praktikum. Wir haben Glück, überhaupt irgendetwas zu verdienen. Viele Praktika sind unbezahlt. Und du bist der zukünftige CEO. Jetzt, wo du weißt, wie wenig ihr bezahlt, kannst du etwas daran ändern. Erzähl deinem Dad davon.«

»Als ob ihn das interessiert. Ihr alle habt den fünfzehn Dollar zugestimmt, warum sollte er euch also mehr zahlen?«

Nicht zum ersten Mal wird mir klar, dass die Welten, aus denen wir kommen, nicht unterschiedlicher sein könnten. Wir teilen nicht mal die gleiche Einstellung, wenn es um Verpflichtungen und Werte geht.

Anstatt ihm zu antworten, lasse ich mich in den Lederstuhl sinken, der zusammen mit dem antiken Schreibtisch aus Eichenholz in der Zimmerecke steht. Ich liebe diesen Schreibtisch. Ich wünschte, ich könnte ihn mit nach Hause nehmen und in mein Zimmer stellen, auch wenn allein der Versand mehr kosten würde, als meine gesamten Ersparnisse hergeben. Und der Tisch selbst ist wahrscheinlich mehr wert als das Haus meiner Familie.

»Können wir nicht über Geld sprechen?«, bittet Elijah.

»Du hast leicht reden. Wenn man Geld hat, kann man sich entscheiden, nicht darüber zu reden, nicht daran zu denken. Wenn man kein Geld hat, na ja, dann denkt man praktisch an nichts anderes«, sage ich.

Elijah nickt gedankenverloren.

Mein Handy klingelt, und ich springe auf, als ich den Anrufer erkenne.

»Oh mein Gott, das ist mein Vater«, rufe ich panisch. »Schnell, versteck dich!«

»Was?«

»Runter! Beeil dich! Hier, unter den Schreibtisch«, flüstere ich und deute auf den Boden unter dem Tisch.

»Warum?«

»Das ist mein Dad! Er würde nicht verstehen, warum ich um diese Uhrzeit mit einem Jungen zusammen bin«, erkläre ich aufgeregt.

»Äh, aber er ist am Telefon. Es ist nicht so, als würde er gleich durch die Tür kommen. Ich gehe einfach aus dem Bild. Er wird mich nicht sehen.« Elijah ist zu ruhig für diesen Moment.

Ich bin ganz und gar nicht ruhig.

Mein Dad ist ein traditioneller Mann. Und er ist extrem beschützerisch. Er wäre mit Sicherheit nicht glücklich, wenn er wüsste, dass seine Tochter nach Sonnenuntergang mit einem Jungen allein ist.

»Aber *ich* werde dich sehen. Und das macht mich nervös. Ich laufe rot an, und zwar nicht vor Hitze, weil ich schließlich die Klimaanlage eingeschaltet habe, die wahrscheinlich die Stromrechnung in die Höhe treibt, von der ich nicht einmal weiß, wer sie bezahlt. Sondern vor Panik. Und dann mache ich irgendeinen Fehler, und wenn mein Vater auch nur eine Augenbraue hebt, gestehe ich alles und …«

»Na gut. NA GUT!«, sagt er und hebt die Hände. Er krabbelt unter den Tisch. Ich drücke seinen Kopf noch weiter nach unten und stelle meinen Fuß auf seinen Rücken, ehe ich den Anruf annehme.

Das Gesicht meines Vaters erscheint auf meinem Handybildschirm. Da sind seine Augen mit den vertrauten Falten und den dunklen Ringen. Sein Haar, das dringend geschnitten werden muss, scheinen weitere graue Strähnen zu zieren. Ist es wirklich erst eine Woche her, dass ich ihn zuletzt gesehen habe?

»Hi, Dad«, begrüße ich ihn ein wenig außer Atem.

»Hi, Jessica. Ist das ein schlechter Zeitpunkt? Machst du gerade Sport?«

»Nein, nein, es ist alles in Ordnung. Wie geht's dir? Wie geht's Mom?« Ich möchte ihn fragen, warum er so müde aussieht. Fragen, wie es mit der Arbeit läuft. Fragen, ob er nachts nicht schlafen kann, weil er sich Sorgen macht, wenn ich nicht zu Hause bin. Aber so sehr ich meinen Dad auch liebe, er ist nicht der Typ, der Gefühle zeigt.

»Oh, uns geht's gut. Wie läuft es im Praktikum? Strengst du dich an? Sprichst du nur, wenn du gefragt wirst? Hebst du die Hand, ehe du etwas sagst? Übernimmst du die Aufgaben, die sonst niemand machen will? Machst du dir auf gute Art und Weise einen Namen?«

»Dad, ich bin gerade erst angekommen.«

»Du hast keine Zeit zu verlieren, Jessica. Ich weiß, wie es bei Haneul läuft. Der Wettbewerb ist sehr hart, und sie werden nicht zögern, dich zu ignorieren. Ein schlechter Eindruck bleibt lange bestehen. Du musst immer dein Bestes geben. Du weißt, dass ich dich niemals zu dieser Firma geschickt hätte, aber es ist deine Entscheidung und ich will nur, dass du erfolgreich bist.«

Die Schuldgefühle setzen sofort ein.

»Dad, ich verspreche dir, ich werde dich nicht enttäuschen«, murmle ich.

»Jessica, sprich deutlich«, ermahnt er mich.

»Mach dir keine Sorgen um mich, Dad. Ich werde es diesen Sommer weit bringen. Du wirst schon sehen.« Dieses Mal spreche ich deutlich und sorge dafür, dass wir beide meinen Worten auch wirklich glauben.

»Nun, ich hoffe, es lohnt sich am Ende. Und jetzt erzähl mir, was du bisher gemacht hast«, fordert er.

Mein Puls geht erneut durch die Decke. Ich kann ihm nicht sagen, dass ich damit beauftragt wurde, den Hackathon zu organisieren. Ich kann ihm nicht erzählen, dass ich während der Vorstandssitzungen Protokoll geführt habe. Er würde sich wundern, warum ich mit derart wichtigen Angelegenheiten beauftragt werde.

Was meinte Elijah, was er in der letzten Woche gemacht hat? »Äh, ich war in der New York Public Library. Um zu ... recherchieren. Es ist sehr geschichtsträchtig dort, nicht wie diese modernen Gebäude in Korea«, sage ich und wiederhole einfach Elijahs Worte. Aber ich spüre die Lüge schmerzhaft auf meiner Zunge.

»Wofür hast du dort recherchiert?«, will mein Dad wissen.

»Für eine Veranstaltung, die Haneul plant. Ich suche nach geeigneten Orten.« Ich spüre, wie mein Gesicht heiß wird. Ich hasse das.

Aber dann fällt es mir wie Schuppen von den Augen: Die New York Public Library wäre der perfekte Ort für den Hackathon. Irgendetwas daran ergibt einfach Sinn.

Die Mischung aus alter Architektur und Geschichte, gepaart mit neuen Ideen und Innovationen. Ob man die Bibliothek für Veranstaltungen mieten kann? Wie viel würde das kosten? Läge es in unserem Budget?

»Das klingt nach Zeitverschwendung«, sagt er. »Aber hoffentlich waren sie beeindruckt von deiner Bereitschaft, die Herausforderung anzunehmen. Ich bin froh, dass es gut läuft. Streng dich an, Jessica. Mach keinen Fehler.« Mein Vater sagt das zu mir, seit ich laufen gelernt habe. Als wäre ich jemand, der in Schwierigkeiten gerät. Ich gehe nicht einmal bei Rot über die Straße.

»Ich passe auf mich auf, Dad. Grüß Mom von mir. Bis dann«, gebe ich zurück.

»Oh, Jessica, eins noch«, sagt er. »Für dich ist ein Brief von der Universität San Diego angekommen. Letztendlich war es nur Werbung, aber es hat mich daran erinnert, dass du dich jetzt schon um finanzielle Unterstützung und Stipendien für nächstes Jahr kümmern solltest. Ich glaube, du hast bessere Chancen, wenn du dieses Mal viel früher damit anfängst.«

Das Timing war nicht das Problem. Aber das werde ich ihm nicht sagen. Ohne Empfehlungsschreiben, für die ich Beziehungen brauche, bekomme ich keine Stipendien. Und was immer ich an finanzieller Unterstützung erhalte, wird meine Familie mehr kosten, als wir uns leisten können.

»Okay«, sage ich, um ihn zufriedenzustellen. Wenn ich mich auf diese Unterhaltung einlasse, muss ich all meine nicht existenten Optionen darlegen, und das führt normalerweise dazu, dass ich mich in einer Spirale der Verzweiflung verfange. Das Beste ist, nicht darüber zu reden.

»Wenn du dieses Jahr früher angefangen hättest, hättest du das Angebot der Universität San Diego vielleicht annehmen können ...«

»Ich habe dir doch gesagt, dass ich zuerst aufs Junior College gehe, um Geld zu sparen und meinen Lebenslauf aufzubessern, bevor ich mich dann an größeren Unis bewerbe. Dieses Praktikum ist der erste Schritt. Ich bereue es nicht.«

»Jessica ...«

»Dad, ich will die Familie nicht finanziell belasten und uns jahrelang Schulden aufbürden. Ich habe kein Problem mit dieser Entscheidung. Ich bin sogar erleichtert. Es ist die richtige Wahl«, sage ich und schaue ihm direkt in die Augen, damit er sieht, dass ich die Wahrheit sage.

Aber mein Dad wendet den Blick zuerst ab.

Es ist nicht deine Schuld, will ich zu ihm sagen. Das Letzte, was ich will, ist, dass mein Vater glaubt, er habe mich irgendwie im Stich gelassen. Er arbeitet auch so schon hart genug. Es gibt nichts, was er anders machen könnte. Jetzt liegt es an mir.

»Lass mich ein paar Zahlen durchgehen, und wir besprechen das bei unserem nächsten Telefonat«, sagt er. Dads Lösung für alles sind Zahlen. Aber die Zahlen lügen nicht.

»Okay«, sage ich. »Hab dich lieb, Dad.« Ich lege auf. Kurz und bündig, wie ich erwartet habe. Ich nehme ein Blatt Papier aus der Schreibtischschublade und beginne, Notizen über die Bibliothek darauf zu kritzeln, wobei ich jeden Gedanken an Geld und Finanzen in den Hintergrund dränge.

»Äh, könntest du von mir runtergehen und mich wieder rauslassen?«

Ich werfe einen Blick unter den Schreibtisch, und meine Augen werden groß.

»Oh verdammt, ich habe ganz vergessen, dass du da unten steckst«, sage ich.

Ich schiebe den Stuhl zurück und mache Platz, damit Elijah hervorkriechen und aufstehen kann.

»Das mit der Bibliothek hast du vor deinem Vater gut gerettet. Ich würde nicht wollen, dass er denkt, du würdest nicht hart arbeiten und dich nur in den Straßen New Yorks herumtreiben, während du dafür ganze fünfzehn Dollar die Stunde bekommst«, sagt er mit einem zufriedenen Grinsen auf dem Gesicht.

»Diese Ausrede war nötig. Und sind die Treffen zwischen uns nicht genau dafür da? Um an die Infos über unsere angeblichen Tagesabläufe zu kommen, die wir unseren Vätern dann liefern können?«

»Ich dachte, ich bin nur hier, um deinen Kühlschrank auszuräumen und alles mit in meine Wohnung zu nehmen.« Elijah verrenkt einen Arm, um sich den Rücken zu massieren. »Oh, und du solltest an dieser nervösen Angewohnheit arbeiten. Du weißt schon, dieses Getrommel mit dem Fuß, der mittig auf meinem Rücken stand.«

»Oh mein Gott, das tut mir so leid. Ja, meine Mom hasst es auch, wenn ich das mache. Sie sagt, eine Dame macht das nicht.«

»Da bin ich mir nicht so sicher. Aber es ist brutal, so viel steht fest.«

Ich gehe zu Elijah hinüber, lege die Hände an seine Schultern und drehe ihn so, dass er mit dem Rücken zu mir steht. Dann beginne ich, ihn mit den Daumen zu massieren.

»Au«, sagt er und zuckt unter meinen Berührungen zusammen.

»Halt still«, sage ich und ziehe ihn wieder zu mir heran.

Ich mache weiter und drücke noch fester zu, aber dann setze ich meine Handfläche ein und reibe kreisförmig über seine Muskeln.

Warum ist mein Mund so trocken?

Elijah lässt den Kopf sinken und stöhnt. »Oh Gott, das fühlt sich fantastisch an. Fast so gut wie die Massagen, die mir diese gnadenlose Ajumma in meinem Lieblings-Jjimjilbang in Korea verpasst.«

Ich kann mir kaum vorstellen, dass der extrem reiche Elijah Ri die extrem bescheidenen Badehäuser Koreas besucht. Ich kann nicht anders, als einen ungläubigen Laut auszustoßen.

Er dreht den Kopf, um mich über seine Schulter hinweg anzusehen. »Es gibt ein altes in einer Seitengasse in Sinsa-dong, das ich vor ein paar Sommern entdeckt habe. Das ist so etwas wie mein Rückzugsort geworden.« Seine Stimme klingt fast entschuldigend, als würde er etwas zugeben, was er nicht darf. Sofort habe ich ein schlechtes Gewissen.

Die Stille zieht sich, und die Luft um uns herum wird schwer. Da ist etwas Intimes zwischen Elijah, der seine

Mauern fallen lässt, und mir, die das permanent denkende Gehirn ausschaltet und ihm in diesem Haus, das nicht mir gehört, eine Rückenmassage gibt. Ich bemerke nicht, dass meine Hände aufhören, sich zu bewegen, und sich stattdessen um Elijahs Taille legen. Nur ein paar Zentimeter trennen unsere Körper noch voneinander.

Er atmet langsam und schwer aus. Ich auch.

Wir zucken beide zusammen, als die riesige Standuhr hinter uns plötzlich schlägt.

Dong. Oh verdammt, was ist gerade passiert?

Dong. Warum ist es hier drin so heiß?

Dong. Ist Elijahs Taille schmaler als meine?

Er windet sich rasch aus meinem Griff und räuspert sich. »Ähm, also dein Dad hasst Haneul wirklich, was?« Er geht zum Thermostat hinüber und drückt den Knopf mit dem Pfeil, der nach unten zeigt, ein paarmal, um die Klimaanlage aufzudrehen.

»Oh, tut mir leid. Er beschwert sich viel über seinen Beruf.« Ich erschaudere ein wenig beim Gedanken daran, dass Elijah, der zukünftige CEO dieses Unternehmens, meinem verärgerten Vater zugehört hat. Vor allem, weil Dad nicht wusste, dass ihm außer mir noch jemand zuhört.

»Schon gut. Ich nehm's nicht persönlich. Was ist seine Position bei Haneul?«, fragt er.

»Er ist Finanzchef. Viel mehr weiß ich nicht, außer dass er sagt, dass er für das, was er tut, nicht annähernd genug verdient.«

»Ja, das kann ich nachvollziehen«, meint Elijah, und ein kleines Schmunzeln umspielt seinen Mund. »Und deswegen kannst du nicht auf die Uni gehen, auf die du willst?«

»Es gibt viele Gründe, warum ich nicht auf die Uni gehen kann, auf die ich möchte. Wir haben nicht genug Geld, damit ich studieren kann, ohne meine Familie und mich zu verschulden. Das ist es mir einfach nicht wert. Ich muss einen anderen Weg zu meinem Ziel finden.« Das rede ich mir so lange ein, bis ich es selbst glaube.

»So wie *Operation Name Drop*, zum Beispiel?«, fragt er. Ich nicke. »Ja, zum Beispiel. Um Empfehlungsschreiben zu bekommen, brauche ich Beziehungen.«

»Übrigens, der Job deines Vaters klingt irgendwie schrecklich.« Elijah sagt das so nüchtern. Ich weiß, dass er sich über meinen Vater lustig macht. Ich schätze es sogar, dass Elijah seine Gedanken selten zurückhält. Ich neige dazu, mich mit Leuten zu umgeben, die sehr vorsichtig sind, was sie sagen, je nachdem, wer zuhört. Eines der Dinge, das meine Eltern an mir stört, ist, dass ich nicht vorsichtig genug mit meinen Worten bin. Ich sage fast immer meine Meinung, außer wenn ich mich rechtzeitig daran erinnere, dass es meinen Eltern lieber ist, wenn ich es nicht tue. Vielleicht kann man das mit Geld kaufen – die Fähigkeit, sich keine Sorgen zu machen.

»Früher hat er bei Microsoft gearbeitet. Als er dann zu Haneul gewechselt ist, dachte er wohl, dort wäre es viel organisierter. Aber es scheint irgendwie ganz schön chaotisch zu sein. Das frustriert ihn.« Ich werfe Elijah einen Blick zu, ganz der alten Angewohnheit folgend, mir zu viele Gedanken darüber zu machen, was er von dem, was ich gerade gesagt habe, halten könnte.

»Warum siehst du mich so an?«, fragt er.

»Na ja, du übernimmst die Firma eines Tages, oder nicht? Willst du nicht wissen, was du ändern kannst? Das sind Insider-Infos. Wenn ich du wäre, würde ich zuhören und mir überlegen, wie ich es besser machen kann«, sage ich.

»Nein, ich werde nichts davon tun«, sagt er. Er lässt sich zurück aufs Sofa fallen und legt die Füße auf den Couchtisch, wobei er den dort sorgfältig arrangierten Bücherstapel umwirft. »Dafür stelle ich Leute ein«, fügt er mit hinter dem Kopf verschränkten Armen hinzu.

Ich verdrehe die Augen. Das muss ein schönes Leben sein.

»Dann stell mich ein.« Ich spreche die Worte aus, ehe ich über sie nachdenken kann. Aber ganz ehrlich, Elijah und ich sind inzwischen im Grunde genommen Partner, definitiv Kollegen, und ich weiß nicht, vielleicht sogar Freunde. Warum sollte ich ihn nicht bitten, mich einzustellen? Und warum sollte er mir nach meinem Abschluss keinen Job geben?

Bevor ich anfangen kann, all die Gründe aufzuzählen, die meine Bitte rechtfertigen, sagt er, ohne zu zögern: »Klar, warum nicht?«

»Ernsthaft? Du würdest mich einstellen? Aber ich habe keinerlei Erfahrung.«

»Ganz offensichtlich hat niemand von uns Erfahrung, und trotzdem hast du alle dazu gebracht, an der Organisation eines verdammt genialen Hackathon zu arbeiten.« Er lächelt mich an, und mein Herz beschließt in diesem Moment, das Tempo zu erhöhen. Ich werfe einen kurzen

Blick auf die von Haneul zur Verfügung gestellte Apple Watch an meinem Handgelenk, um sicherzugehen, dass mein Puls nicht auf dem Display angezeigt wird.

»Du bist schlau. Du arbeitest hart. Du lässt dir nicht jeden Scheiß gefallen. Die Leute respektieren dich. Ich bin gern mit dir zusammen. Warum würde ich dich nicht einstellen? Du bist genau der Typ Mensch, der bei einem großen Unternehmen arbeiten sollte«, sagt er. Und für einen Augenblick glaube ich ihm. Ich glaube daran, dass er an mich glaubt und dass es keine Rolle spielt, dass ich aufs Junior College gehen werde, der Mittelschicht angehöre und keinerlei Beziehungen habe. Und zum vielleicht ersten Mal sehe auch ich etwas in Elijah. Ich sehe jemanden, der sein ganzes Leben lang dazu erzogen wurde, das Kommando zu übernehmen. Dazu, Entscheidungen ohne Angst zu treffen und ohne sich um den Lebenslauf von jemandem zu kümmern, der auf einer Internetseite aufgeführt ist.

»Danke. Das ist nett. Diese Chancen bieten sich mir nicht so oft, also nehme ich dich beim Wort.« Das sage ich scherzhaft, aber dieses Gespräch speichere ich in meinem Kopf. Ich werde auf jeden Fall einen Weg finden, Elijah an dieses Jobangebot zu erinnern, egal wie verfrüht es ist.

»Und ...« Ich zögere, nehme dann aber all meinen Mut zusammen. »Ich bin auch gern mit dir zusammen.« Ich kann nicht zulassen, dass er das zugibt, ohne mit meinem eigenen Geständnis zu kontern.

»Ja, ich habe das Gefühl, dass ich bei der ganzen Sache der Glückliche sein werde. Oder, ähm, ich meine, Haneul wird es sein.« Er räuspert sich. »Jedenfalls ist es angenehmer, als ich erwartet habe. Diese ganze Sache, die wir zusammen machen.«

»Finde ich auch. Es ist schön. Ich meine, der Job und so«, sage ich und mache eine Geste, die zeigen soll, wie fantastisch ich diese Villa finde, wobei ich versuche, mir nicht anmerken zu lassen, dass ich die Zeit, die ich mit Elijah verbringe, am allermeisten genieße. Ich muss vorsichtig sein. Denn mir wird jetzt schon klar, dass ich in diesem Sommer Elijah nicht nur brauche, sondern auch bei mir haben will.

»Jedenfalls, ich habe eine Idee«, sage ich. Ich schiebe jeden Gedanken an Elijah weg, um später darüber nachzudenken, genau wie über die hundert anderen Dinge, die allein heute passiert sind. Gerade kann ich nur an die Bibliothek denken.

»Will ich sie hören?«, fragt er und hebt eine Augenbraue.

»Ja. Denn, Mr Team Logistik, sie ist der Hammer, und es liegt an dir, sie Wirklichkeit werden zu lassen.«

Er glaubt genug an mich, um mich einzustellen? Gut, denn ich glaube daran, dass er es schafft, uns die New York Public Library für den Hackathon zu sichern.

12. Kapitel

Elijah

Ich sehe von meinem Handy auf und lasse den Blick durch den Raum schweifen. Alle sitzen mit gesenkten Köpfen vor ihren Computern oder unterhalten sich leise. In der Luft liegt ein Summen. Die Gruppe ist davon begeistert, den Hackathon zu organisieren.

Was ich jedoch nicht verstehe, ist ... woran arbeiten sie eigentlich? Meine To-do-Liste ist heute völlig leer. Acht Stunden sind eine Qual, wenn es nichts zu tun gibt. Ich frage mich, ob ich mich rausschleichen und ein Internetcafé finden kann, um ein bisschen *League of Legends* zu spielen.

Aber warum haben alle so viel mehr zu tun als ich? Womit verbringen motivierte und ehrgeizige Menschen ihre Zeit?

Wenn ich zu Hause in Korea wäre, würde ich wahrscheinlich shoppen gehen oder mir von einer persönlichen Stylistin eine Auswahl zeigen lassen. Vielleicht würde ich auch in ein Museum gehen und mich dort fotografieren lassen? Oder eine wichtige Person mit einem wichtigen Namen und einem wichtigen Bankkonto in einem coolen Café treffen?

Dieses Leben fühlt sich so weit weg an. Und so … unwichtig, wenn ich darüber nachdenke.

»Braucht jemand Hilfe?«

Die Worte sprudeln hervor, bevor ich darüber nachdenken kann, was ich da eigentlich sage. Es fühlt sich an, als würde ich eine fremde Sprache sprechen, als ob mein Mund diesen Satz noch nie geformt hätte. Habe ich in meinen neunzehn Jahren jemals jemandem meine Hilfe angeboten?

Mich überkommt die Erinnerung daran, wie ich neben meiner Mutter auf einem Küchenstuhl stehe. Ich kann nicht älter als fünf sein. Sie bereitet etwas vor … vielleicht Mandu? Ich bin zu klein, um über die Kochinsel zu sehen, deshalb darf ich auf den Stuhl klettern.

»Elijah, du wolltest mir doch helfen. Lass mich dir zeigen, wie es geht. Du bestreichst die Teigränder mit der Eimischung und drückst sie zusammen. Das wirkt wie ein Kleber, der die Füllung daran hindert, auszulaufen«, erklärt sie. Ihre zarten Hände machen es einmal vor, ehe ich es mit meinen ungeschickten kleinen Fingern selbst versuche.

»Was macht ihr hier? Wo ist der Koch?«

Unwillkürlich fange ich an zu zittern, als ich die laute, gebieterische Stimme meines Vaters höre. Ich lasse die Schüssel fallen, und sie zerbricht, Scherben und Eier spritzen über den ganzen Boden. Ich habe zu viel Angst davor, in das zornige Gesicht meines Vaters zu blicken. Ich schlucke die Tränen runter.

»Dangshin, ich habe dem Personal heute Abend freigegeben. Elijah hatte Appetit auf Mandu, und ich wollte gern kochen. Darf ich nicht für meinen eigenen Sohn kochen?«

Ich habe noch nie gehört, dass meine Mutter meinem Vater widerspricht.

»Sag ihnen, dass sie herkommen, diese Schweinerei aufräumen und Abendessen kochen sollen, bevor ich sie alle feuere«, bellt mein Vater. Seine Worte sind unmissverständlich. Er dreht sich um und verlässt die Küche, während meine Mutter seufzt.

»Eigentlich mag dein Appa Mandu«, sagt sie leise.

Sie bückt sich, um die Scherben der zerbrochenen Schüssel aufzuheben. Ich sehe, wie sich Rot mit den gelben Eiern und dem Weiß der gesplitterten Keramikschüssel mischt, ehe sie es überhaupt bemerkt.

»Eomma«, sage ich ängstlich, »dein Finger blutet.«

Es ist, als würde ich sie aus einer fernen Erinnerung zurückholen. Sie betrachtet ihren blutenden Finger und wickelt ihn dann in ihre Schürze. Sie hebt mich hoch und trägt mich auf die andere Seite der Küche. »Elijah, geh in dein Zimmer. Hier ist es nicht sicher«, sagt sie.

Ich will mich bei ihr dafür entschuldigen, dass ich die Schüssel zerbrochen habe. Ich will ein Pflaster für ihren Finger holen. Aber stattdessen lasse ich den Kopf hängen und gehe langsam aus der Küche.

»Elijah?«, höre ich meine Mutter sanft nach mir rufen.

»Ja, Eomma?«, antworte ich und sehe mich über die Schulter nach ihr um.

»Danke, dass du mir geholfen hast. Ich wünschte, wir hätten es fertig machen können. Nächstes Mal warten wir, bis Appa auf Geschäftsreise ist, und dann machen wir ohne ihn Mandu, okay?« Sie lächelt, aber ich kann sehen, wie traurig sie ist.

»Okay«, sage ich. Ich gehe in mein Zimmer und weiß dabei, dass es kein nächstes Mal geben wird.

»Mann, hat mir mein Retter gerade seine Hilfe angeboten? Ich gehe in Arbeit unter«, sagt Jason und holt mich aus der Erinnerung zurück.

Ich sehe mich um, und alle Augen sind auf mich gerichtet. Vielleicht hat sie mein Angebot genauso überrascht wie mich. Oder vielleicht glaubt niemand daran, dass ich in der Lage bin zu helfen.

Und dann reden plötzlich alle gleichzeitig auf mich ein.

»Kannst du die Telefonnummer der Druckerei herausfinden?«

»Kannst du die IT-Abteilung kontaktieren und um Hilfe bei der Einrichtung des externen Netzwerks bitten?«

»Kannst du Ann aus der Reiseabteilung fragen, wer für die Hacker als Ansprechpartner bereitsteht?«

Ich schnappe mein Handy und notiere mir alle Fragen. Mir war nicht klar, dass es so viel zu tun gibt und sich die anderen um ein zusätzliches paar Hände reißen. Und nichts von dem klingt schrecklich. Nachdem ich also damit fertig bin, alles aufzuschreiben, mache ich mich an die Arbeit.

Allein für die erste Aufgabe brauche ich den ganzen Vormittag, aber die Zeit vergeht viel schneller, als ich erwartet habe. Ich strecke die Arme aus und dehne meine verspannten Schultern.

»Du tust so, als hättest du noch nie in deinem Leben gearbeitet«, sagt Jason und klopft mir auf den Rücken. Ich gebe ein Geräusch von mir, das eher nach einem schmerzhaften Schnaufen als nach einem Lachen klingt. Aber ich sage nichts, denn ich weiß, dass ich mich in dieser Hinsicht nicht verstellen kann. Wenn jemand nach meinen Nebenjobs fragen würde, wüsste ich darauf keine Antwort.

»Elijah, wenn es okay ist, arbeiten wir heute Nachmittag zusammen?« Jessica steht auf, klappt ihren Laptop zu und packt ihre Sachen ein. Fragend hebt sie die Augenbrauen.

»Äh, ja, klar«, sage ich und versuche, die Vorfreude zu unterdrücken, die in mir aufsteigt. Ich weiß nicht, was wir vorhaben, aber die Aussicht, den ganzen Nachmittag mit Jessica zu verbringen, treibt meinen Puls in die Höhe. Ich wollte heute eigentlich die High Line erkunden. Vielleicht will sie mitkommen, und wir entdecken zusammen die Stadt. Ich bekomme den Ausdruck des Staunens auf ihrem Gesicht nicht aus dem Kopf, als ich mit ihr auf dem Rockefeller Center war. Ich denke die ganze Zeit darüber nach, welche Dinge ich Jessica noch zeigen kann, die die gleiche Verzauberung bei ihr auslösen könnten.

Am besten, ich schlage als Nächstes noch farblich passende Pärchenoutfits und Schlüsselanhänger vor. Reiß dich zusammen, Elijah.

»Ihr anderen denkt bitte daran, Mittagspause zu machen und nicht zu lange im Büro zu bleiben. Wir sind den Rest des Tages unterwegs«, sagt sie. »Jason, du übernimmst das Kommando, während ich weg bin.«

Jason hebt das Kinn und nickt kurz, während sich ein übermütiges Grinsen auf seinem Gesicht ausbreitet. Ich schwöre, ich kann sehen, wie Jessica rot wird. Typen wie Jason sind offensichtlich die bessere Wahl. Groß, witzig, charmant, schlau. Was auch immer.

Ich stecke mein Handy in eine der hinteren Hosentaschen, vergrabe die Hände in den vorderen und warte darauf, dass Jessica die Richtung vorgibt. Ich schmolle ganz sicher nicht.

Als wir die Aufzüge erreichen, frage ich schließlich: »Also, wohin gehen wir?«

»Ich hab's dir doch gesagt. Wir beide sind im Team Logistik. Heute klären wir die New York Public Library als unseren Veranstaltungsort. Ich kann an nichts anderes denken als an diese ganzen Möglichkeiten. Ich habe mir sogar online Bilder angeschaut und überlegt, wie wir den Raum für den Hackathon nutzen könnten. Kannst du dir das vorstellen? Die besten Nachwuchsprogrammierer und -programmiererinnen zu Gast zu haben, um in einem der ältesten und majestätischsten Orte der Stadt etwas Neues zu entwickeln?«

Na gut, wenn Jessica es so formuliert, werde ich neugierig. Der Kontrast. Ich stelle mir vor, wie ich an einem Arbeitsplatz in der großen Halle mit den warmen, knarrenden Holzböden sitze, während ich den Code für ein neues Echtzeitstrategiespiel schreibe. Supercool. Ein Teil von mir wünscht sich, ich könnte am Hackathon teilnehmen, anstatt ihn mitzuorganisieren.

»Sie, ähm, hatten heute keine Termine frei«, sie zögert, senkt die Stimme und atmet kurz aus. »Also müssen wir einfach hingehen und sie davon überzeugen, mit uns zu sprechen.«

Ich höre das vorgespielte Selbstvertrauen in ihrer Stimme. Ich weiß, wie es klingt, wenn unsere Angestellten so tun, als kümmerten sie sich liebend gern um alles, wonach wir fragen. Oder wenn Dads Geschäftspartner mit ihm reden, als hätten sie den größten Respekt davor, dass er sie gebeten hat, ihm den Hintern abzuwischen. Sie ist sich nicht sicher, ob sie das wirklich tun will. Oder sie ist sich nicht sicher, ob sie es kann.

Aber in Jessicas Stimme schwingt noch etwas anderes mit. Entschlossenheit? Hartnäckigkeit? Ein Bedürfnis, sich zu beweisen? Vielleicht ein bisschen von allem. Ihr Rücken ist kerzengerade und ihr Kinn ein bisschen zu sehr in die Höhe gereckt. Eine einstudierte Haltung.

Ich bin mir nicht sicher, warum ihr dieser Ort so viel bedeutet. Sollte es nichts werden, gibt es noch viele andere Orte in der Stadt, die wir mieten können. Aber wie es scheint, bereitet sich Jessica auf einen Kampf vor, und diese Show will ich mir nicht entgehen lassen. »Alles klar, Boss«, sage ich. »Auf geht's.« Ich zwinkere ihr zu, und sie verdreht die Augen. Aber ihre Mundwinkel zucken ein wenig.

Es wird bestimmt lustig, dabei zuzusehen. Ich denke, die High Line kann ein paar Stunden warten.

»Lass mich reden, okay?«, weist mich Jessica an.

Wir stehen oben auf der Treppe vor dem Eingang der Bibliothek.

»Und was ist meine Aufgabe?«, frage ich.

Sie schüttelt den Kopf, aber ihre Augen sind auf die Eingangstür und auf alles, was dahinter liegt, gerichtet.

Ihre Lippen bewegen sich kaum merklich, aber der Rest ihres Körpers ist auf der Stelle erstarrt.

»Machen wir das jetzt oder willst du den Rest des Nachmittags deine Rede üben? Die Bibliothek schließt um sechs.« Ich tue so, als würde ich nach unten schauen und auf meine nicht vorhandene Uhr tippen. »Das heißt, dass dir weniger als sieben Stunden bleiben, um dir selbst gut zuzureden.«

Jessica dreht sich langsam um, und unsere Blicke treffen sich. Ihrer könnte töten. Gut, jetzt lodert in ihr das Feuer. Ich unterdrücke ein Lächeln und öffne ihr stattdessen die Tür. »Nach dir«, sage ich und bedeute ihr, hindurchzugehen.

»Blödmann«, murmelt sie. »Ich wollte sowieso gerade reingehen ...«

»Hallo«, sage ich, als ich auf die Frau hinterm Empfangstresen zugehe. »Mit wem müssen wir reden, wenn wir hier eine Veranstaltung organisieren wollen?« Ich kann spüren, wie sich Jessicas Blick in meinen Hinterkopf bohrt. Ich weiß, sie hat mich gebeten, still zu sein, aber wenn wir in der Geschwindigkeit weitermachen, sind wir morgen noch hier. Ich fange einfach schon mal an. Wenn ich etwas kann, ist es, die Leute mit meinem Charme dazu zu bringen, mir zu geben, was ich will.

Die Frau mustert mich, was mich an die Art erinnert, wie mich die Frau am Flughafenschalter angesehen hat: als würde sie mich bewerten, als würde sie mich nach Alter, Herkunft und sozialem Status kategorisieren. So gern ich ihr diesen Ausdruck aus dem Gesicht wischen und erklären würde, wer ich bin, wer mein Vater ist, was meine

Familie besitzt, erinnere ich mich doch daran, dass ich diesen Sommer über inkognito bin. Und wenn alle anderen, die dieses Praktikum machen, Jessica eingeschlossen, ihre Aufgaben ohne Stammbaum und einer schwarzen American Express regeln können, dann schaffe ich das auch.

»Das hängt davon ab, wie viele Leute kommen, an welchem Tag die Veranstaltung stattfindet und um welche Art von Veranstaltung es sich handelt. Wir hosten hier keine Schülerclubs oder Abschlussbälle«, sagt sie mit ausdrucksloser Miene. Ihre Stimme trieft vor »Ich habe keine Zeit für euch«. Ich sehe sie mit zusammengekniffenen Augen an und beiße die Zähne zusammen. Die Hitze steigt mir vom Nacken ins Gesicht. Ich kann nicht anders – ich greife in meine Hosentasche, um den Geldbeutel hervorzuholen. Sein Inhalt ist alles, was ich brauche, um zu beweisen, wer ich bin, dass ich besser bin als sie und dass sie vor mir im Staub zu kriechen hat, weil sie meinem Wunsch nicht augenblicklich nachkommt.

»Hallo, mein Name ist Yoo-Jin Lee, und wir arbeiten für die Haneul Corporation.« Jessica macht einen Schritt nach vorn und streckt die Hand in Richtung dieser verfickt unhöflichen Frau aus. Da ist wieder dieser Tonfall und das angehobene Kinn.

Sie lehnt sich leicht zurück und dringt auf diese Weise in meinen Bereich ein. Eine Warnung, mich zurückzuziehen.

Gut, dann soll sie es allein machen. Viel Spaß.

Ich trete einen Schritt zurück, behalte die Frau über Jessicas Kopf hinweg aber weiterhin im Blick.

»Haben Sie einen Termin?«, fragt sie Jessica.

»Nein, aber wir würden gerne mit der Person sprechen, die für die Vermietung von Veranstaltungsräumen zuständig ist. Wir haben eine sehr große Veranstaltung, die wir gerne in der Bibliothek durchführen würden. Es ist der perfekte Ort dafür …«

»Sie können einen Termin über das Kontaktformular auf unserer Website vereinbaren.« Sie schaut wieder auf ihren Computer, als hätte sie keine Zeit und keine Geduld mehr für uns. »Wir sind für den Rest des Sommers ausgebucht …«

Das war's. Ich trete näher heran und versuche, mich der Frau am Schreibtisch entgegenzustellen und Jessica vor ihrer Unhöflichkeit zu schützen. Aber Jessica kommt mir zuvor, stellt sich vor mich und hebt ihr Kinn noch höher in Richtung des erhöhten Tischs.

»Wollen Sie damit sagen, dass Sie die Person sind, mit der ich sprechen sollte? Oder sind Sie gerade dabei, mich auf irgendeine diskriminierende Art vorzuverurteilen? Denn wenn ich mich recht erinnere, habe ich gefragt, ob es jemanden gibt, mit dem ich über die Ausrichtung einer Veranstaltung hier sprechen kann, und es gefällt mir nicht, abgewiesen zu werden.«

Ihr Tonfall ist nicht länger gespielt. Das ist nicht länger dieser einstudierte, höfliche, aber bestimmte Ton. Jessica ist wütend. Ich erhasche einen Blick auf ihr Gesicht, dem man ansieht, dass sie keine Gefangenen macht. Wären wir nicht gerade in einem Kampf darum, ernst genommen zu werden, würde ich mein Handy zücken und ein Foto machen. Um ihr zu zeigen, dass sie sich nicht verstellen muss – sie hat es die ganze Zeit schon in sich.

»Was ich damit sagen will, ist, dass Sie eine Anfrage über unser Kontaktformular auf der Website stellen können und sich jemand bei Ihnen melden wird, obwohl wir bereits für den Rest des Sommers ausgebucht sind.«

Jessica lässt geschlagen die Schultern sinken. Das Feuer in ihren Augen ist erloschen. Sie hat sich mit einer routinierten Bibliothekarin angelegt und verloren. Dann dreht sie sich um und geht auf den Ausgang zu.

Das war's? Ist das alles, was sie an Kampfgeist hat?

Ich werfe einen letzten Blick auf die Mitarbeiterin an der Rezeption, die uns bereits vergessen hat und telefoniert. Ich nehme mir eine Visitenkarte und folge Jessica zur Tür hinaus.

Irgendwie hatte ich gehofft, es würde einfacher sein. Aber wenn ich die To-do-Liste von heute Morgen als Hinweis verstehe, dann ist nichts daran einfach. Jede einzelne Aufgabe erfordert zehn Anrufe, gefolgt von zwei E-Mails, wobei zwanzig Leute CC gesetzt werden müssen. An Tagen wie diesen habe ich wirklich Respekt vor meiner Schwester und meinem Vater und vor dem Erfolg, den sie im Unternehmen haben. Obwohl ich bezweifle, dass mein Vater auch nur einmal in seinem Leben selbst eine E-Mail geschrieben hat.

»Hey, gib mir eine Sekunde. Ich muss kurz telefonieren«, sage ich. Jessica nickt abwesend, ihr Blick ist auf die Straße gerichtet. Sie sagt kein Wort, und die Enttäuschung steht ihr ins Gesicht geschrieben.

Ich hole mein Telefon heraus und rufe die Nummer auf der Karte an. Es meldet sich die Mailbox von Rebecca Jenkins, der Eventmanagerin der New York Public

Library. Ihre Stimme ist professionell, nüchtern und sachlich. Sie ist nicht so zuvorkommend wie die Mitarbeiter, die für mich arbeiten, aber sie klingt auch nicht so schleimig wie die Leute, die wegen meines Familiennamens und meiner Position etwas von mir wollen. Und nicht so voreingenommen wie die meines Vaters.

Aber was nützt es, der Sohn von Lee Jung-Hyun und der zukünftige Geschäftsführer von Haneul zu sein, wenn ich meinen Status nicht bei Bedarf einsetzen kann? Vielleicht tue ich diesen Sommer so, als wäre ich ein anderer, aber das muss niemand wissen.

Es ist ein kleiner Schritt, ein Telefonanruf, die Erwähnung eines Namens, um etwas für Jessica in Ordnung zu bringen. Um einen Fuß in die Tür zu bekommen, braucht sie Beziehungen. Das hat sie selbst gesagt. Und das ist das Einzige, was ich kann – mit meinem Namen und meinem Geld um mich werfen, damit ich bekomme, was ich will.

In dem Sekundenbruchteil, in dem der Piepton der Mailbox ertönt und ich den Mund öffne, um eine Nachricht zu hinterlassen, treffe ich eine Entscheidung. Ich stelle mir das Gesicht meines Vaters vor und übernehme seine autoritäre Ausstrahlung.

»Hallo Ms Jenkins, hier ist Elijah Lee, Personalchef der Haneul Corporation. Ich rufe im Namen des Geschäftsführers, Mr Lee, an. Wir würden gerne die Bibliothek für eine unserer Veranstaltungen mieten. Geld spielt keine Rolle, und um es klarzustellen, wir können kein Nein akzeptieren. Bitte rufen Sie mich so schnell wie möglich unter dieser Nummer zurück.«

Ich lege auf und schlucke meine Zweifel herunter. Das

ist nur eine Nachricht. Und obwohl mein ganzer Körper kribbelt, als ob die Haut, in der er steckt, nicht richtig sitzt, werde ich damit leben. Ich habe eine Entscheidung getroffen. Eine, von der ich hoffe, dass sie Jessica und dem Hackathon hilft.

Eine, von der ich nicht ahnen konnte, dass sie uns alle später in den Hintern beißen würde.

Ich stecke das Handy ein und schließe zu Jessica auf, wobei ich sie sanft mit der Schulter anstoße.

»Hey, mach dir keine Sorgen. Es wird alles gut werden. Da bin ich mir sicher.« Dafür werde ich sorgen.

Sie sieht mich nicht an, sie reagiert nicht sofort. Aber dann nickt sie ein paarmal, als würde sie diesen Moment abschütteln, um an einem anderen Tag weiterzukämpfen. Sie wendet sich mir zu. »Du hast recht. Wir finden einen Weg. Und wenn er nicht hier in der Bibliothek stattfinden kann, finden wir einen anderen Ort für den Hackathon. Keine große Sache.«

Ich sehe aber, wie sich die Frustration und Enttäuschung in ihren Augen spiegelt.

Es juckt mich in den Fingern, sie an mich zu ziehen, ihr in diese Augen zu sehen und ihr zu sagen, dass ich uns den Ort sichere, komme, was wolle. Aber wenn ich ihr sage, was ich getan habe und noch tun werde, würde sie niemals zustimmen. Sie war schon wütend, als ich Kleingeld dafür ausgegeben habe, die Schlange vor dem Top of the Rock überspringen zu können. Wie sauer sie wohl sein würde, wenn sie wüsste, dass ich ernsthaft Geld für dieses Problem ausgebe?

»Hey, was hältst du von einem Hotdog zum Mittagessen?«, frage ich. Alles, um sie von dem abzulenken, was heute in der Bibliothek passiert ist. Und um mich von dem Anruf abzulenken, den ich gerade getätigt habe. »Ich habe Lust auf noch mehr Sauerkraut.«

Ihre nach unten gezogenen Mundwinkel heben sich – und das betrachte ich als Sieg. »Ja, das klingt perfekt. Die Hotdogs will ich probieren, seit du das erste Mal von ihnen geschwärmt hast.« Sie dreht sich um und geht in Richtung des nächstgelegenen Stands an der Straßenecke.

Ich folge ihr, ohne zu zögern.

13. Kapitel

Jessica

»Ich kann nicht glauben, dass du hier bist«, quietsche ich, während ich die Arme um meine emotionale Stütze schlinge.

»Ich hab dir doch gesagt, dass du nicht den ganzen Weg zum Flughafen hättest fahren müssen, um mich abzuholen«, sagt Ella. Ursprünglich hatten wir darüber nachgedacht, dass Ella mich vielleicht am Ende des Sommers besuchen könnte, nach dem Ende des Praktikums, um gemeinsam eine Woche in der Stadt zu verbringen, bevor wir nach Kalifornien zurückfliegen. Aber irgendein Drama zu Hause hat dafür gesorgt, dass Ella ihre Großmutter angefleht hat, sie diesen spontanen Wochenendtrip machen zu lassen – obwohl sie mir kaum erzählt hat, was passiert ist. Ich habe also erstens vor, so viel wie möglich von ihrer Beste-Freundin-Energie aufzusaugen, und zweitens muss ich herausfinden, was los ist, und ihr etwas von dieser Freundinnenliebe zurückgeben.

»Als ob ich dich diese Reise allein machen lassen würde. Du kannst dir ja kaum merken, wo du dein Auto im Parkhaus abstellst«, stichle ich. »Unser Fahrer ist gleich hier. Er holt gerade das Auto.«

»Oooh, schick, ein Fahrer«, trällert Ella.

Ich verdrehe die Augen. »Der Job hat seine Vorzüge, denke ich mal.«

»Und dein neuer Style ist ein weiterer Vorzug, der dir *sehr* gut steht. Zeig mir alles.« Sie schiebt mich von sich und bedeutet mir, mich im Kreis zu drehen, sodass sie mich von Kopf bis Fuß mustern kann. Dabei nickt sie und pfeift anerkennend. »Sehr schön. Ist das Givenchy?«

Ich zucke die Schultern. »Ich habe keine Ahnung. Was steht auf dem Etikett?« Ich ziehe an meinem Kragen und versuche zu lesen, was auf dem Schild steht.

Sie verscheucht meine Hand wie eine lästige Fliege. »So geht man nicht mit Givenchy um, Jessica.«

Ella und ich kennen uns, seit wir als Kinder zusammen in der gleichen kirchlichen Jugendgruppe waren. Im Sommer vor der Highschool sind Ellas Eltern zurück nach Korea gezogen, aber sie konnte zum Glück bei ihrer Oma in Kalifornien bleiben, um hier weiterhin zur Schule zu gehen.

Ihre Familie ist nicht so reich wie Elijahs, aber trotzdem hat sie genug Geld, um einfach so nach New York zu fliegen. Und obwohl sie keinen Kleiderschrank voller Designerteile hat, ist ihr mein Outfit offenbar vertraut genug, um die Marke zu erkennen.

Unsere schwarze Limousine fährt vor, und wir setzen uns zusammen auf die Rückbank.

»Also, erzählst du mir jetzt, was los ist? Warum musstest du plötzlich nach New York fliehen?«, frage ich.

»Was? Kann ich dich nicht einfach besuchen kommen? Ich will nicht bis zum Ende des Sommers warten, um dieses Haus mit eigenen Augen zu sehen. Bis dahin kann noch so viel schiefgehen.«

»Ähm, danke für dein Vertrauen in mich«, sage ich. »Aber du weichst meiner Frage aus. Was ist los?«

Sie seufzt. »Okay, die Kurzfassung ist, dass ich herausgefunden habe, dass Scott mich betrogen hat. Und nein«, sagt sie und deutet auf meinen offenen Mund. »Ich akzeptiere weder Fragen noch Beileidsbekundungen. Ich hatte ohnehin vor, mit ihm Schluss zu machen. Es war nie mehr als eine Sommerromanze. Du weißt, ich mag klare Grenzen. Ich muss etwas beenden, ehe ich etwas Neues anfangen kann. Spätestens im Herbst, wenn ich an der USC studiere, wäre das Ganze ohnehin vorbei gewesen.«

Ich nehme ihre Hand und drücke sie. Sie drückt zurück. Sie gibt sich stark. Egal, ob sie vorhatte, es zu beenden, oder nicht, hat sie die Situation doch genug verletzt, um nach New York zu fliehen. Und aus ganz eigennützigen Gründen bin ich froh, dass sie hier ist.

»Na gut, ich freue mich, dich dieses Wochenende ablenken zu dürfen. Willst du etwas Bestimmtes in der Stadt sehen? One World Trade? Die Brooklyn Bridge?«, frage ich.

»Ich habe nur einen Punkt auf meiner Must-do-Liste«, sagt sie.

»Ach ja? Und was ist das?«

Auf ihrem Gesicht breitet sich ein sehr breites Grinsen aus, wobei ein Hauch Hinterhältigkeit hervorblitzt.

Oh nein.

»Elijah Ri treffen«, sagt sie langsam.

Genau das habe ich befürchtet. Sie hat viel zu viel Spaß an der Romanze, die sie sich zusammengesponnen hat.

»Ähm, okay, dein Wunsch ist mir Befehl. Ich habe die anderen eingeladen, mit uns eine Wassertaxifahrt zur Freiheitsstatue zu machen. Wir haben oft davon gesprochen und hatten noch keine Gelegenheit, es tatsächlich zu tun. Das wird heute unser erster Halt.«

»Toll. Ich freue mich darauf, ihn kennenzulernen.«

»*Sie*, Ella. Du triffst mehr als eine Person«, sage ich leicht panisch.

Ihre hinterhältige Miene verwandelt sich in reine Schadenfreude.

»Bitte, bitte, bitte, bitte, bitte blamier mich nicht. Du bist meine beste Freundin. Du solltest hinter mir stehen«, flehe ich.

»Oh, mach dir keine Sorgen. Ich stehe hundert Prozent hinter dir. Das heißt, ich will nur das Beste für dich. Und ich kann mir beim besten Willen nicht vorstellen, warum ein sehr reicher, sehr süßer koreanischer Junge nicht genau das ist.«

»Ich habe nie behauptet, er wäre süß«, sage ich.

»Ich sehe doch deinen Gesichtsausdruck, wenn du über ihn redest. Da musst du es gar nicht aussprechen«, meint Ella.

»Was auch immer. Elijah und ich haben eine professionelle Beziehung. Wir sind Partner. Diesen Sommer brauchen wir einander.« *Und das bedeutet: Mach es nicht kompliziert, Jessica.*

»Jaha«, sagt Ella betont langsam. »Sieh mal, es gibt

nichts, worüber du dir Sorgen machen musst. Ich bleibe cool.«

Ella ist noch nie in ihrem Leben cool geblieben. Deswegen liebe ich sie so. Sie ist viel extrovertierter und überschwänglicher und vorlauter als ich.

Ja, natürlich. Ich muss mir keine Sorgen machen. Überhaupt keine.

Wir kommen in der Nähe des Battery Parks ganz im Süden von Manhattan an und halten vor der langen Menschenschlange, die alle darauf warten, das Wassertaxi zu besteigen. Zuerst entdecke ich Jason, der die anderen überragt. Elijah steht neben ihm, zusammen mit Roy und Soobin. Ich bin erleichtert, dass einige von ihnen es tatsächlich so kurzfristig geschafft haben.

Jason winkt, als er uns erblickt. Ich winke zurück, aber mein Blick landet sofort auf Elijah. Er lächelt kurz und hebt die Hand.

»Hey, ihr alle, das ist meine beste Freundin Ella. Sie ist das Wochenende über zu Besuch.«

Ella gibt ihnen der Reihe nach die Hand. Jason, Roy, Soobin und schließlich …

»Und du musst Elijah Ri sein«, sagt sie. Sie schließt ihn in die Arme wie einen lang verlorenen Bruder. Er erstarrt und klopft ihr unbeholfen auf den Rücken.

So viel zum Thema cool bleiben.

Ich möchte auf der Stelle sterben.

»Jessica hat mir viel von dir erzählt –« Ich räuspere mich laut. »Du weißt schon, weil ihr beide im Team Logistik seid.« Gerettet. Aber auf furchtbare Weise.

»Äh, ja, das bin ich. Mr Logistik«, stottert er.

Wenn mir das nicht alles so peinlich wäre, würde ich vermutlich darüber lachen, wie sehr Ella den sonst so coolen Elijah aus der Fassung bringt.

»Ich habe unsere Tickets bereits online bestellt, also müssen wir nicht in der Schlange warten. Lasst uns an Bord gehen«, sage ich. Ich will diese Folter einfach nur hinter mich bringen.

»Ich habe kein Bargeld dabei, kann ich es dir per Venmo schicken?«, fragt Soobin.

»Oh, macht euch keine Gedanken. Die Fahrt geht auf mich«, sage ich.

Alle versuchen, meine Einladung abzulehnen, aber das lasse ich nicht zu.

Ella hebt fragend die Augenbraue. Ich tue so, als würde ich es nicht bemerke. Ich verstehe ihre Verwirrung. Normalerweise bin ich sehr sparsam. Aber seit ich nach New York gekommen bin, musste ich meine Ersparnisse noch kein einziges Mal anfassen – es ist für alles gesorgt. Das ist das Mindeste, was ich tun kann. Es ist nur nichts, worüber ich hier reden möchte.

Wie meine Mutter immer sagt: Sprich niemals öffentlich über Religion, Politik oder Geld.

»Na gut, danke für das Ticket, Jessica. Ich freue mich sehr«, sagt Roy. »Ich frage mich, wie die Statue aus der Nähe aussieht, denn von hier aus wirkt sie so klein.«

»Total! Aber das ist wirklich das Coolste überhaupt. Sie sieht winzig aus, bis zur letzten Minute, wenn man ganz nah herankommt, und dann steht man genau vor ihr und schaut nach oben, und die Erhabenheit des Ganzen haut einen einfach um.« Jasons Augen leuchten und spiegeln die Bewunderung in seiner Stimme. »Ich glaub, als wir letztes Jahr hier waren, war ich noch nicht bereit dafür. Egal, wie beschissen das Leben in den USA heutzutage manchmal ist, ist es doch überwältigend, die Freiheitsstatue zu sehen und alles, wofür sie steht, und an die Entbehrungen erinnert zu werden, die unsere Familien auf sich genommen haben, um hier dauerhaft leben zu dürfen.«

Wir nicken stumm, gedankenverloren.

Ich drehe mich zu Ella um, aber ihre Augen sind schmal, und ihr Blick ist auf etwas in der Ferne gerichtet. Ich folge ihm und erkenne, dass sie versucht, Jason einzuordnen. Er ist nicht ihr Typ – normalerweise steht sie auf Bad Boys. Also diejenigen, die sie am Ende betrügen, denke ich mal. Das könnte spannend werden.

Wir suchen uns alle einen Platz an der Reling. Ich stelle mich neben Elijah.

»Bist du aufgeregt?«, frage ich.

Er zuckt eine Schulter. »Ich habe nie wirklich darüber nachgedacht, weißt du? In Korea bedeutet uns diese Statue nichts. Wir lernen in der Schule nichts darüber. Sie ist kein Symbol für irgendetwas. Deshalb überrascht es mich, dich so begeistert zu sehen«, erklärt er.

»Hm. Ich habe nie darüber nachgedacht, wie fremd das alles für dich hier in Amerika sein muss«, sage ich.

»Es ist gar nicht so anders, wenn ich ehrlich bin. Ich bin mir sicher, dass du auch mit einigen Einflüssen aus der koreanischen Kultur aufgewachsen bist. Aber manche Dinge erstaunen mich doch. Wenn zum Beispiel jemand vom ›Koreanisch-Sein‹ redet, weiß ich nicht genau, was damit gemeint ist. Das ist etwas, was wir in Korea einfach *sind*. Ich weiß nicht, ob das überhaupt Sinn ergibt.« Er schüttelt den Kopf, wie um sich für das Gesagte zu entschuldigen.

»Nein, nein, das verstehe ich völlig. ›Koreanisch-Sein‹, wie du es gerade genannt hast, ist etwas, worüber wir hier in den USA ständig nachdenken, weil wir uns dadurch unterscheiden, denke ich. Aber ich kann mir vorstellen, dass es ganz anders ist, wenn man tatsächlich *in* Korea ist«, erwidere ich. »Ich war zuletzt als kleines Kind in Korea. Aber ich erinnere mich an den Kulturschock, selbst bei ganz kleinen Dingen. Am Anfang hat es mich überrascht. Ich dachte, wir wären alle gleich.«

»Oh, im Mutterland geht es viel traditioneller zu«, sagt Soobin, die sich zu uns gestellt hat.

»Total. Und Dinge wie Respekt vor Älteren und eine angemessene Sprache sind ein Muss«, fügt Jason hinzu. »Ich wünschte, das wäre hier in den USA auch mehr so.«

»Stimmt es, dass es in Korea immer noch arrangierte Ehen gibt?«, fragt Roy.

»Wir reden über Korea, nicht die Joseon-Dynastie«, entgegnet Ella.

»So schockierend es auch sein mag, es gibt sie immer noch«, erklärt Elijah. »Ich kenne viele Leute, die von ihren Eltern offiziell verkuppelt wurden.« Er vergräbt die Hände in den Hosentaschen. Offensichtlich ist ihm das Thema unangenehm. »Und du hast recht, Jason. Es ist nicht erlaubt, jemandem zu widersprechen, der älter ist als du. Völlig Fremde weisen dich auf der Straße zurecht, wenn du keinen Respekt zeigst. Und das ist noch gar nichts im

Vergleich zu dem, was von jungen Leuten innerhalb der eigenen Familie erwartet wird.« Er wendet den Blick ab und lässt ihn übers Wasser schweifen.

Ich denke daran, wie Elijah seinen Vater beschrieben hat, wie der Ablauf seines Lebens und seiner Zukunft nicht verhandelbar scheint. Ich glaube, es überrascht mich, dass er seinem Dad nicht einfach erzählt, was er empfindet. Aber jetzt verstehe ich, warum er es nicht tut. Warum er das Gefühl hat, es nicht tun zu können.

Das finde ich nicht fair. Ich meine, es ist auch nicht immer einfach, mit meinem Dad zu sprechen. Aber ich weiß, dass er mir zuhören würde, wenn ich etwas Wichtiges zu sagen hätte, und wenigstens *versuchen* würde, zu verstehen, was ich empfinde.

Ich lehne mich gegen die Reling und stoße Elijah kurz mit der Hüfte an. »Na ja, zumindest ist heute ein guter Tag für eine Bootsfahrt«, sage ich.

»Willkommen zu Hause, Yoo-Jin-ssi.« Mrs Choi empfängt uns an der Haustür und nimmt uns unsere Jacken ab.

Wir sind zurück in der Villa und bereit für Pyjamas, Snacks und einen Mädelsabend.

Es hat sich herausgestellt, dass es tatsächlich ein guter Tag für eine Bootsfahrt war. Alle hatten viel Spaß, und Ella hat sich gut mit meinen Freunden verstanden. Freunde. Ich bin mir nicht sicher, wann ich aufgehört habe, sie als Kollegen zu betrachten, und angefangen habe, sie als mehr als das zu sehen. Aber jetzt ist es so.

»Ella-ssi, ich habe mir die Freiheit genommen, deine

Tasche im ersten Gästezimmer auszupacken. Die Handtuchwärmer sind auch schon eingeschaltet, falls du duschen möchtest.« Mrs Choi wendet sich wieder mir zu. Ich versuche die überraschte Ella zu ignorieren, die hinter Mrs Chois Rücken »Machst du Witze?« flüstert.

»Soll ich euch das Abendessen im Speisezimmer, im Frühstücksraum oder auf Tabletts in euren jeweiligen Schlafzimmern servieren?«, fragt Mrs Choi.

»Wir würden gern im Frühstücksraum essen, bitte«, antworte ich. Sie nickt und eilt in die Küche, um alles vorzubereiten.

»Frühstücksraum? Du hast ein separates Zimmer. Fürs Frühstück.« Ella nickt beeindruckt.

»Es ist nicht nur fürs Frühstück«, sage ich. Aber es ist ein wenig abgeschiedener. In Anbetracht des Verhörs, das mich erwartet, möchte ich so weit wie möglich von Mrs Choi entfernt sein.

»Ich komme nicht damit klar, dass du Bedienstete hast«, sagt Ella, deren Blick Mrs Choi folgt, die sich daranmacht, den Tisch im Frühstücksraum zu decken.

»Nur diese eine. Aber ich betrachte Mrs Choi nicht wirklich als Bedienstete.«

»Sie wird dafür bezahlt, dich zu bedienen.«

»Okay, Ella, ich verstehe ja. Dieses Leben ist ganz anders als das in Kalifornien. Du musst nicht dauernd darauf herumreiten.« Schuldgefühle beschleichen mich und drohen sich in meiner Kehle festzusetzen. Vielleicht sollte ich das alles nicht so sehr genießen. Schon gar nicht, während Elijah und die anderen in einer winzigen Wohnung eingepfercht sind.

Ella hebt die Hand. »Hey, hey, ich verurteile dich gar nicht. Ich unterstütze es total, dass du einen märchenhaften Sommer erlebst. Das hast du verdient.«

»Alles, was ich wollte, war die Möglichkeit, etwas Großes zu tun. Der Rest ist nur eine Zugabe, die mir von einer großzügigen Seele angeboten wurde«, sage ich.

»Ich mag ihn«, sagt Ella.

Ich weiß, wen sie meint, also versuche ich, schnell das Thema zu wechseln.

»Ja, das habe ich gemerkt«, necke ich sie. »Und offensichtlich mag Jason dich auch ganz gern. Euer Duett war legendär.« Den ganzen Tag über habe ich beobachtet, wie Ella und Jason ins Gespräch vertieft waren, sowohl auf dem Boot als auch hinterher, als wir für Cannoli nach Little Italy gefahren sind. Sie haben sogar »Spring Day« zusammen gesungen, als wir am Ende des Abends in einer Karaokebar waren. Sie kannten nicht nur die Gesangseinlagen, sondern auch alle Rap-Teile auswendig. Die beiden waren im siebten BTS-ARMY-Himmel.

Ellas Wangen röten sich.

»Ich meinte Elijah«, sagt sie, streitet aber nicht ab, dass ich zwischen ihr und Jason Funken habe sprühen sehen. »Er redet zwar nicht viel, aber ich stehe auf diese geheimnisvolle Ausstrahlung. Außerdem konnte er die Augen kaum von dir abwenden.«

»Wovon redest du?« Ella ist jetzt nicht mehr die Einzige, die errötet.

»Komm schon, Jess. Mir kannst du nichts vormachen. Ich bin deine beste Freundin, erinnerst du dich? Er mag dich. Du magst ihn. Das ist süß. Und er passt in diese ganze märchenhafte Ästhetik. Ich habe ihn übrigens gegoogelt, und er ist definitiv stinkreich.«

»Das hast du nicht«, sage ich und schüttle den Kopf über ihre Unverfrorenheit. Ich selbst hätte viel zu viel Angst davor, dass mein Suchverlauf überwacht wird.

Ich stoße einen tiefen Seufzer aus und mit ihm all die verwirrenden Gefühle, von denen ich dachte, dass ich sie vor allen, auch vor mir selbst, geheim halten könnte. »Ich werde es nicht leugnen. Ich mag ihn sehr. Aber ich werde es nicht tun. Das kann ich nicht. Wir sind viel zu verschieden. Außerdem muss ich mich wirklich konzentrieren. Es gibt viel zu tun, und wenn alles so läuft, wie ich es geplant habe, könnte es mein Leben verändern. Ich bin nicht bereit, das Risiko einzugehen, mich ablenken zu lassen, nur weil ein Typ nett zu mir ist und mich zum Lachen bringt.«

»Und heiß ist …«, fügt Ella hinzu.

»Okay, ja, er ist heiß«, gebe ich zu.

»Und er hat diese ruhige Art, aber ein Herz aus Gold …«, macht sie weiter.

»Ja, das natürlich auch«, stimme ich zu.

»Und diese Jeans stehen ihm einfach unverschämt gut …«

»Ist ja gut, ist ja gut«, lache ich.

Mrs Choi kommt mit einem großen Tablett herein und stellt zwei Schüsseln mit Bibimbap auf den Tisch, gefolgt von einigen kleineren Schüsseln voll verschiedener Banchan. Ella und ich setzen uns und beginnen zu essen.

Während des Abendessens schweigen wir, was Ella gar nicht ähnlich sieht. Sie füllt jede Stille gern mit Worten.

»Alles in Ordnung?«, frage ich.

Sie nickt, legt den Löffel beiseite und hebt langsam den Kopf.

»Ich meinte es ernst, als ich gesagt habe, dass du das alles hier verdienst, Jess. Aber sei vorsichtig, okay? Geh da rein und dann wieder raus. Mach diesen Sommer dein Ding, hinterlasse einen guten Eindruck und knüpfe Kontakte. Aber lass dich nicht zu sehr von dem Ganzen vereinnahmen«, sagt sie.

»Was meinst du damit?«

»Ich meine, dass du dich daran erinnern sollst, wer du bist und woher du kommst. Es ist sicher leicht, sich in ein Leben mit persönlichen Fahrern, Luxusmarken, einer Haushälterin und Köchin zu stürzen. Diese Villa.« Sie breitet die Arme aus, als wollte sie das alles einfangen.

»Ich weiß genau, dass meine Zeit begrenzt ist«, sage ich. Das klingt abwehrender, als ich es gemeint habe. Aber glaubt Ella wirklich, ich würde mir selbst etwas vormachen? Ich weiß, dass mir nichts hiervon gehört.

Aber heißt das, dass ich es nicht genießen darf, solange es geht?

»Ich will nicht zu streng klingen. Wirklich nicht. Ich bin voll und ganz für den Tausch, den Elijah und du vereinbart habt. Du brauchst diese Chance. Und ehrlich gesagt scheint er definitiv jemand zu sein, der eine Pause gebrauchen könnte. Ich habe einfach zu viele von diesen Cinderella-Filmen gesehen, und deshalb weiß ich, dass, wenn du dich mitreißen lässt, die Uhr Mitternacht schlägt, ehe du bereit bist, und dann bleiben dir nur ein Kürbis und ein paar Ratten.«

»Das wird mir nicht passieren. Wenn es an der Zeit ist, das alles zu beenden, bin ich bereit, es aufzugeben. Ganz sicher«, sage ich. Das muss ich sein. Denn welche Wahl bleibt mir am Ende schon?

14. Kapitel

Elijah

»Zwei Minuten«, sagt jemand, begleitet von einem Klopfen an der Badezimmertür.

Wir leben zu zehnt in dieser Wohnung, in der es ein einziges Badezimmer gibt. Um Verwirrung oder Streit zu vermeiden, haben wir einen strengen Ablaufplan entwickelt. Morgens haben wir jeweils zwölf Minuten, um im Bad zu tun, was wir tun müssen, bevor wir uns auf den Weg ins Büro machen.

In unserem Haus in Korea habe ich in meinem Wohnbereich drei Badezimmer für mich allein. Bis zu diesem Sommer habe ich mich, glaube ich, noch nie beeilen müssen, um fertig zu werden, oder mir die Zeit unter der Dusche eingeteilt. Aber hier geht es darum, Prioritäten zu setzen.

Ich betrachte mich im Spiegel und überprüfe mein Kinn und meine Wangen. Das Rasieren kann ich in den nächsten Tagen vermutlich ausfallen lassen. Das gibt mir Zeit, um mich um das herausgewachsene Chaos auf meinem Kopf zu kümmern. Ich benutze Deo, verreibe etwas Gel in den Händen und fahre mit den Fingern durch mein feuchtes Haar. Das muss reichen. Ich werfe einen letzten Blick in den Spiegel, schnappe mir meinen Kulturbeutel und öffne die Tür.

Jason wartet darauf, dass er an der Reihe ist. Er pfeift das Lied, das er gestern in der Karaokebar gesungen hat, irgendeine Ballade vom Soundtrack eines K-Dramas.

»Da hat aber jemand gute Laune«, bemerke ich.

»Ich hatte gestern Spaß. Ich will auf jeden Fall wieder mit ihr rumhängen. Du musst dann bald wieder nach Kalifornien kommen. Vielleicht können wir zusammen auf ein Doppeldate gehen, nachdem der Rest von uns dort wohnt.«

Dieser Vorschlag trifft mich unvorbereitet. Ein Doppeldate? Und wie genau stellt er sich die Pärchenkonstellationen vor? Bestimmt meint Jason, dass er mit Ella und ich mit Jessica zusammen wäre. Oder? Denn wenn nicht, muss ich ihn vielleicht im Schlaf von der oberen Matratze des Hochbetts schubsen. Er würde sich vermutlich nur eine Rippe oder den Arm brechen oder so.

Ich muss mich dringend entspannen.

Vielleicht war es ein Fehler zu denken, ich könne viel Zeit mit Jessica zu verbringen, ohne mich in sie zu verlieben. Ohne mich zu jemandem hingezogen zu fühlen, der so klug und engagiert und verdammt liebenswert ist. Ich will die ganze Zeit in ihrer Nähe sein.

Ich bin so am Arsch.

»Mann, aus dem Weg. Jetzt bleiben mir nur noch elf Minuten«, sagt Jason und drückt sich an mir vorbei ins Bad. »Oh, und ich habe deine Milch aufgebraucht. Meine war abgelaufen.«

So viel zum Thema Cornflakes vor der Arbeit.

Ich lasse meine Sachen aufs Bett fallen und hole mein Handy hervor.

Ich: Hast du noch einen dieser Müsliriegel bei dir zu Hause?

Ich warte darauf, dass Jessica auf meine Bitte nach ein paar zuckrigen Kohlenhydraten am Morgen reagiert, und zum Glück schreibt sie sofort zurück.

Jessica: Jap. Reichen drei?:)
Ich: Perfekt. Und danke.
Jessica: Bis später

Es ist alles so einfach. Fast schon häuslich. Ich muss keine Mauern hochziehen oder mir Sorgen machen, was als Gegenleistung von mir gefordert wird, wenn man mir etwas anbietet. Wir haben das alles schon von Anfang an offengelegt, als wir diese Vereinbarung getroffen haben. Vielleicht ist das der Grund, warum ich mich bei Jessica so sicher fühle. Ich unterdrücke ein Lächeln, bevor mich noch jemand erwischt.

Ja, ich muss jedes weitere Gespräch und jeden weiteren Gedanken an Dates vermeiden. Das wird nicht passieren.

Und trotzdem ertappe ich mich in der U-Bahn auf dem Weg zur Arbeit dabei, wie ich nach Orten suche, an die ich mit Jessica gehen, und nach Dingen, die ich mit ihr tun könnte, um ihr mehr von der Stadt zu zeigen.

Kurz vor neun kommen wir alle im Büro an und begeben uns direkt in unseren Hackathon-Kriegsraum. Dort, auf dem Tisch, an dem ich normalerweise sitze, warten drei Müsliriegel auf mich. Natürlich war Jessica früh genug hier, um sie für mich bereitzulegen.

Ich ziehe den Klebezettel von einem der Riegel ab.

Für Elijah, wie gewünscht.:)

Es ist nur eine stupide Zeile, ohne tiefere Bedeutung. Aber mein Magen beschließt, dass das ein Flattern wert ist. Mein Magen ist ein Arschloch.

Ich ziehe meinen Geldbeutel aus der Hosentasche, falte den Zettel sorgfältig zusammen und stecke ihn ein. Ich habe keine Ahnung, warum ich ihn aufhebe.

Ich schüttle den Kopf und lächle vor mich hin, während ich meinen Laptop aufklappe und mein Frühstück aus der Verpackung schäle.

Die Zeit vergeht wie im Flug, während wir uns alle auf unsere heutigen Aufgaben konzentrieren. Als ich auf die Uhr schaue, bin ich schockiert, dass es schon fünf Uhr ist. Jessica sorgt dafür, dass ich härter arbeite, als ich es je zuvor getan habe.

Und es macht Spaß. Unglaublich.

Ich sage nicht, dass ich auf ein Leben mit Komfort und Hilfe auf Knopfdruck verzichten würde. Aber am Ende des Tages, wenn man sich den Arsch aufgerissen und etwas geschafft hat, fühlt man sich doch ganz gut.

Mir kommt der Gedanke, dass mein Vater vielleicht, nur vielleicht, stolz auf mich wäre für das, was ich in diesem Sommer geleistet habe. Aber dann erinnere ich mich daran, dass man meinen Vater mit harter Arbeit nicht beeindrucken kann. Er ist eher der Typ Mann, der mit so wenig Aufwand wie möglich die meisten Lorbeeren erntet. Und außerdem war er noch keinen Tag in meinem Leben stolz auf mich. Es nützt nichts, auf irgendeine Art Bestätigung von ihm zu hoffen.

Jessica steht auf und geht zum Whiteboard, auf dem all unsere Pläne für den Hackathon aufgezeichnet sind. Sie sieht das Whiteboard bestimmt hundert Mal am Tag an. »Hackt, bis es knackt«, steht dort als Überschrift. Zuerst fand ich den Namen, den wir uns für die Veranstaltung überlegt haben, ein bisschen billig. Aber jetzt gefällt er mir immer besser.

Es ist mir wirklich egal, was das für Haneul bedeutet. Für mich zählt nur, dass es etwas ist, an dem diese Gruppe verdammter Genies sonst nie die Gelegenheit hätte, teilzunehmen.

»Sieht gut aus«, sage ich und stelle mich neben Jessica ans Whiteboard.

»Stimmt. Ein solider Plan«, fügt Jason hinzu.

Ich erhasche einen Blick auf uns drei, wie wir Schulter an Schulter dastehen und die Details besprechen. Muss er so groß sein? Wenn ich neben ihm stehe, fühle ich mich wie der kleine Bruder. Ich möchte mich am liebsten verstecken. Ich weiß nicht genau, warum ich mir immer wieder einrede, dass ich in dieser Gruppe zu kurz komme – im wörtlichen und übertragenen Sinne. Ich hatte noch nie ein Problem mit meinem Selbstbewusstsein. Oder vielleicht ist es tatsächlich Arroganz, an der es mir noch nie gemangelt hat. Der Glaube an mich selbst? Nein, das ist ein ganz anderes Thema.

Ich vermute, Jessica würde mir sagen, dass es nur daran liegt, dass ich noch nichts gefunden habe, wofür ich mich begeistern kann, oder so. Vielleicht hat sie ja recht.

»Ich habe es heute dem Management vorgestellt, und sie sind einverstanden. Das ist also ein Erfolg«, sagt Jessica. »Obwohl niemand wirklich zugehört hat. Einer von euch Jungs hätte es tun sollen. Ich wette, dann hätten sie sich viel mehr für unsere Arbeit interessiert.«

Es ist nicht das erste Mal, dass Jessica eine Bemerkung macht, die verdammt stark danach klingt, als würde sie sich der im Unternehmen herrschenden Frauenfeindlichkeit geschlagen geben. Haneul ist ein koreanisches Unternehmen, und es ist in vielerlei Hinsicht altmodisch. Sie ist eine Frau, und sie ist jung. Beides spricht gegen sie. Ich habe schon erlebt, wie sie meine Schwester in Situationen behandelt haben, in denen sie eindeutig im Recht war oder besser über das, was vor sich ging, Bescheid wusste.

»Aber wenn wir alles so zusammenbringen und durchführen, wie wir es geplant haben, wird dieser Hackathon für viele Menschen ein Erfolg sein«, sagt Jessica.

»Das schaffen wir«, sage ich, mehr zu mir selbst als zu den anderen.

»Fuck yeah, das werden wir«, ruft Jason.

Jessica nickt Jason zu und wendet sich mir dann mit einem kleinen Lächeln zu. Über ihre Schulter hinweg blickt sie zu den anderen hinüber, die am Konferenztisch fleißig arbeiten.

»Danke, dass ihr alle so lange geblieben seid. Das Abendessen geht auf mich«, verkündet sie. »Na ja, es geht auf die Firma.« Dann setzt sie sich wieder vor den aufge-klappten Laptop.

Noch vor ein paar Wochen hatte Jessica Angst, irgend-welche Entscheidungen zu treffen. Aber jetzt hat sie uns alle organisiert, die Arbeit läuft ziemlich reibungslos, und sie kümmert sich auch um uns. Nach allem, was ich über ihren Vater weiß, wäre er ganz bestimmt stolz auf sie.

Ich versuche mir vorzustellen, wie es wäre, wenn Jessica und ich in den für uns vorgesehenen Positionen arbeiten würden. Ich würde mich wahrscheinlich in meinem Büro verstecken und Sunny Cho herumkommandieren, damit sie die ganze Arbeit für mich erledigt. Aber mit Jessica als leitende Praktikantin kann Sunny zu einer vernünftigen Zeit zu ihrem Freund und ihrer Katze nach Hause ge-hen, weil Jessica ihren Job im Griff hat. Und wenn Jessica diese Chance nicht bekommen hätte, hätte sie vielleicht nicht dieses neue Selbstbewusstsein entwickelt, das ihr so gut steht.

»Danke, Jessica. Was haltet ihr von thailändischem Es-sen?«, fragt Jason. Er geht zu Jessica hinüber und beugt sich über ihre Schulter, um auf ihrem Laptop die Home-page von Grubhub zu studieren.

Meine Nackenhaare richten sich auf. *Zu nah, zu ver-dammt nah.*

Ich bin nur so beschützerisch, weil ich sie in diese Rolle gedrängt und an die Wölfe bei Haneul verfüttert habe. Wenn *Operation Name Drop* schiefgeht, hat das für sie schwerwiegendere Konsequenzen als für mich. Ich müss-te nur mit meinem Dad klarkommen. Und er würde mit allen Mitteln versuchen, meinen … unseren Ruf zu wahren. Aber ich bin der Einzige, der Jessica beschützen kann …

Genau, ich bin so was wie ihr Bodyguard, deshalb führe ich mich auf wie ein Höhlenmensch. Na klar.

Außer, dass ich genau weiß, wie es sich anfühlt, Jessica so nah zu sein, wie es Jason gerade ist. Es ist, als wäre sie ein Magnet, der mich anzieht, und als würde mein Körper jedes Mal, wenn sie in der Nähe ist, beschließen, dass es zwischen uns keinen Abstand gibt. Ich denke daran, wie ich ihre Taille ganz leicht berührt habe, als wir auf der Spitze des Rockefeller Center standen. Oder wie wir uns auf dem Wassertaxi zur Freiheitsstatue aneinander gelehnt haben. Ich würde alles tun, um derjenige zu sein, der ihr gerade so nahe ist. Aber trotzdem werde ich Jason nicht wegschubsen, das passiert hier nicht.

»Elijah?« Jessica reißt mich aus den Gedanken. »Bist du mit thailändischem Essen einverstanden?«

»Ja, ich bin mit allem einverstanden«, sage ich.

»Ich kümmere mich um die Bestellung«, bietet Jason an und greift um Jessicas Körper herum nach dem Laptop.

Hitze kriecht meinen Rücken hinauf. *Jeongsin charyeo*, sage ich zu mir selbst. Ich muss mich zusammenreißen. Schluss jetzt mit diesem eifersüchtigen grünen Biest, das die Dinge zu etwas macht, was sie nicht sind. All diese Gefühle verwirren mich. Ich brauche Luft.

Ich drehe mich schnell um, schnappe mir meinen Rucksack und gehe zur Tür. Ich muss nur mal kurz raus. Ich brauche gerade ein bisschen Abstand. Mir ist dieses Leben immer noch nicht vertraut, nachdem ich isoliert aufgewachsen bin und jeder Schritt für mich geplant und mir jeder Wunsch von den Lippen abgelesen wurde. Es ist schwer, diese Gewohnheiten abzulegen. Aber am aufschlussreichsten war die Erkenntnis, dass ich wirklich ein introvertierter Mensch bin und tatsächlich etwas Zeit für mich brauche, um Dinge zu verarbeiten. Wenn man mit neun anderen Menschen zusammenlebt und -arbeitet, ist das ziemlich unmöglich.

Ich komme bis zum Aufzug, bevor ich höre, wie jemand meinen Namen ruft.

»Elijah?«

Ich bete, dass sich die Türen öffnen, aber die Anzeige sagt mir, dass der Lift immer noch zwanzig Stockwerke entfernt ist.

Ich hole tief Luft, dann drehe ich mich zu ihr um. Ich weiß nicht, warum ich mich auf einmal so verhalte. Ich muss mich dringend in den Griff kriegen.

»Wollten wir nicht zusammen in den Garment District fahren, um Stoff für die Stände und Tische beim Hackathon zu kaufen?«, fragt sie. »Weißt du noch, sie haben gesagt, dass die Auswahl vor dem Wochenende viel besser ist.«

»Das kann ich allein machen«, biete ich an. »Du solltest hierbleiben, falls jemand Fragen hat. Ich bin mir sicher, Jason fände es toll, wenn du dableibst.« Oh Gott, ich kann den eifersüchtigen Unterton in meiner Stimme hören, und ich hasse diesen Tonfall.

Sie presst die Lippen zusammen, schluckt langsam und nickt dann, als wäre ihr klar, dass ich versuche, wegzulaufen, und dass ich genau das jetzt brauche. Sie senkt den Blick, um mir nicht in die Augen sehen zu müssen.

Scheiße.

»Oh, ähm, okay. Ja, warum kümmerst du dich nicht einfach um das, was du gerade vorhattest? Ich kann den Stoff allein besorgen. Du musst nicht hierbleiben, wenn du andere Verpflichtungen hast«, sagt sie. Von dem Selbstvertrauen, das ich sonst von ihr kenne, ist nichts mehr zu hören.

Ich bin ein Arsch.

Der Aufzug klingelt, aber ich folge Jessica zurück zum Konferenzraum. »Warte«, rufe ich und greife nach ihrem Arm. »Ich lasse dich auf keinen Fall allein nach Midtown fahren«, bricht es aus mir hervor. Genauso gut hätte ich mir auf die Brust trommeln und einige Male grunzen können. Dem mörderischen Glitzern in Jessicas Augen nach habe ich genau das getan.

»Ich bin sehr wohl in der Lage …«, setzt sie an.

»Ich meinte nur, dass du recht hast. Es ist eine gute Idee, dass wir zusammen hinfahren, nachdem wir vermutlich ganz schön viel zu tragen haben werden«, stelle ich klar.

Sie sieht mich aus zusammengekniffenen Augen an, als wollte sie sichergehen, dass ich nicht an ihrer Fähigkeit zweifle, sich allein durch die Stadt zu bewegen. Ich frage mich, ob mir der wahre Grund ins Gesicht geschrieben steht: dass ich alles dafür tun würde, mehr Zeit mit ihr zu verbringen. Mit ihr allein.

»Gut. Wir treffen uns um sieben Uhr in der Lobby. Ich glaube, der Laden macht um neun zu«, schlägt sie vor.

»Ja, klingt gut.«

»Du, ähm, bleibst nicht zum Abendessen?«, fragt sie.

Genau in diesem Moment klingelt der Aufzug erneut, und die Türen öffnen sich. Ein verwirrter Grubhub-Lieferant kommt heraus. »Bestellung für Jessica Lee?«, fragt er und lässt seinen Blick von mir zu Jessica wandern.

»Das bin ich. Danke«, sagt sie. Sie greift nach der schweren Tüte, in der sich unser Abendessen befindet, aber ich komme ihr zuvor und nehme dem Lieferanten beide Tüten ab.

»Ich kann sie nehmen, wenn du irgendwo hinmusst«, sagt sie.

»Nein, ich habe sie«, sage ich. »Und ich muss nirgendwo hin.«

Und das meine ich ernst.

»Aber wir haben vorhin angerufen und meterweise Stoffreste zurücklegen lassen. Sie können sie nicht einfach an jemand anderen verkaufen.« Jessicas Stimme wird mit jedem Wort panischer.

Der Stoffladen ist brechend voll. Was komisch ist, denn in diesem Viertel säumen hunderte von ähnlich aussehenden Geschäften die Straßen. Wer sind die Menschen, die um diese Uhrzeit so viel Stoff brauchen?

Ein Teil von mir will sich einmischen und sagen, dass wir doppelt so viel bezahlen werden wie alle anderen. Ich bin mir ziemlich sicher, dass die Verkäuferin dieses Angebot nicht ablehnen kann.

Ich sehe, wie Jessica die Schultern durchdrückt und das Kinn vorstreckt. Da ist sie wieder. Ihre Kampfhaltung.

»Ich würde gerne mit dem Manager sprechen«, sagt sie.

»Ich bin die Managerin.«

»Super, dann wissen Sie ja sicher, dass das Ihr Fehler ist, nicht unserer. Ich würde vorschlagen, Sie finden fünfzig Meter Ersatzstoff für uns, in der gleichen Farbe und von gleicher oder besserer Qualität, zu dem Preis, der uns versprochen wurde. Und legen Sie bitte zwei Kopien der Quittung bei, eine in die Tüte, die andere nehme ich.«

Die Managerin starrt sie nur an.

»Warum suchen Sie uns nicht einen vergleichbaren Stoff?«, schlage ich ihr vor, während ich meinen Geldbeutel mit dem nicht besonders dezenten Gucci-Logo hervorhole. Geld regiert die Welt.

»Elijah, nein …« Jessica versucht, mir den Geldbeutel aus der Hand zu nehmen. »Kann ich kurz hier drüben mit dir reden?«, zischt sie und zieht mich in eine Ecke neben einen Stapel schreiend neonpinken Samts mit Leopardenmuster. »Wir müssen uns an ein Budget halten«, sagt sie und betont dabei jedes Wort.

»Okay, wir haben ein Budget. Aber wir brauchen auch den Stoff. Also, warum erweitern wir nicht einfach unser Budget um, sagen wir mal, ein paar hundert Dollar? Wo ist das Problem?«

»Das Problem ist, dass es so nicht läuft«, sagt Jessica.

»Scheiße, wie viel wird es schon kosten? So viel wie ein Abendessen bei Nobu?«

Ihre Augen werden riesengroß, als sie sich zu mir beugt. »Ein Abendessen bei Nobu kostet ein paar hundert Dollar?«, flüstert sie.

Niedlich. Schon wieder. Wie immer, eigentlich.

Ich beuge mich ebenfalls vor und flüstere ihr direkt ins Ohr. Sie riecht anders als damals, als ich sie am Flughafen getroffen habe. Daran sind die ganzen teuren Pflegeprodukte schuld. Ich mochte ihren einfachen Duft – schlicht und sauber, aber sehr anziehend. »Nein, wenn ich so darüber nachdenke, reicht das nicht einmal für den ersten Gang«, necke ich.

Mir entgeht nicht, wie sie erschaudert. Einen Moment lang schließt sie die Augen, und als sie sie wieder öffnet, schießen mir Blitze entgegen, das schwöre ich. »Elijah, wach auf. Das ist die echte Welt und nicht dein Elfenbeinturm. Du kannst nicht einfach Kosten, Geld und unser Budget ignorieren.«

Ich kann nicht leugnen, dass mich die Elfenbeinturm-Bemerkung ein bisschen verletzt. »Ich bin nicht so weltfremd, dass ich nicht wüsste, wie es läuft. Ich mag zwar eine andere Sichtweise auf Geld haben, aber ich wette, ich habe mehr Ahnung davon, was die Welt bewegt, als du. Ich bin gereist. Ich habe es mit eigenen Augen gesehen. Soweit ich weiß, hast du Südkalifornien kaum je verlassen.«

Ihre Nasenflügel blähen sich, und für einen Moment habe ich das Gefühl, eine Grenze überschritten zu haben. Es ist nicht das erste Mal, dass sie sich so über die Finanzplanung aufregt. Deshalb kann und will ich ihr mein Geheimnis nicht verraten … dass ich mit meiner persönlichen Kreditkarte eine Zahlung von zehntausend Dollar geleistet habe, um die Bibliothek für den Hackathon zu mieten. Um die Auswirkungen kümmere ich mich später, wenn die Veranstaltung vorbei ist.

Das sind alles nur weitere Gründe, warum zwischen uns niemals etwas laufen wird. Sie ist unglaublich verklemmt, wenn es um Geld geht, und das macht mich fertig. Unsere Welten sind einfach zu unterschiedlich, weiter voneinander entfernt als die zehntausend Kilometer, die zwischen Seoul und Kalifornien liegen.

Als sie schließlich spricht, klingt ihre Stimme eisig. »Vielleicht habe ich nicht das Privileg, die Welt zu bereisen. Vielleicht kann ich nicht einfach sorglos hunderte Dollar für ein Essen ausgeben. Ich muss mir das, was ich bekomme, verdienen, und das macht mich nicht weniger wertvoll als dich. Ich reiße mir bei der Planung dieses Hackathons den Hintern auf, und dazu gehört auch, dass wir uns an den Finanzplan halten. Dieser Job bedeutet mir etwas. Wie willst du eines Tages dieses Unternehmen leiten, wenn du die Bedeutung von Bilanzen nicht verstehst? Das hier ist kein Spiel, das du einfach so spielen kannst. Es geht um die Existenzgrundlage von Menschen.«

Sie hätte mich genauso gut ohrfeigen können. Denkt sie wirklich, dass ich glaube, ich sei besser als sie, weil ich in eine bestimmte Familie hineingeboren wurde? Wie erkläre ich ihr, dass ich mit Problemen nicht anders umzugehen weiß, als mit Geld um mich zu werfen? Wie mache ich ihr klar, dass ich ihre Arbeitsmoral bewundere, ihre Unermüdlichkeit, mit der sie ihre Vision für diese Veranstaltung in die Tat umsetzt?

Ich sage gar nichts. Ich schließe bloß die Augen, lege den Kopf in den Nacken und wünsche mir, ich wäre irgendwo anders. Ich wünschte, ich wäre so weit weg von Haneul wie möglich. Und ich dachte, ich hätte diesen Sommer wirklich Spaß daran, hier zu arbeiten.

Als ich die Augen öffne, ist Jessica bereits zur Kasse gegangen, um über den Preis zu verhandeln und die Menge des Stoffs zu reduzieren, damit wir im Budget bleiben. Und der Neid auf ihre Fähigkeiten schnürt mir den Magen zusammen. Ich habe ihr vorgeworfen, dass sie nicht weiß, wie die Welt funktioniert, aber in Wirklichkeit bin ich es, der ein erbärmliches, privilegiertes Arschloch ist und es nicht schafft, die einfachsten Aufgaben zu bewältigen.

Ich halte Abstand, bis Jessica den Kauf abgeschlossen hat. Dann schnappe ich mir die beiden Tüten mit den Stoffen und ohne ein Wort verlassen wir beide den Laden.

15. Kapitel

Elijah

Es ist acht Uhr abends, als wir im Stoffladen fertig sind und New Yorks andere Seite zum Vorschein kommt. Menschen, die vor den angesagtesten neuen Restaurants auf einen Tisch warten. Paare, die in extravaganten Outfits Hand in Hand durch die Straßen gehen und nicht so recht zur dreckigen Umgebung passen wollen. Wenn es Nacht wird, verändern sich die Geräusche und die Energie dieser Stadt.

Im Taxi ist es jedoch totenstill. Jessica sagt kein Wort.

Mein Handy klingelt, und ich werfe einen Blick auf den Bildschirm.

»Scheiße«, murmle ich.

Jessica wendet sich mir zu, als ich den Anruf ablehne.

Ich sehe sie an. »Mein Dad. Er hat versucht, mich über seine Assistentin zu erreichen. Aber ich habe alle Anfragen ignoriert. Ich denke mal, das macht ihn nicht besonders glücklich. Er ruft mich nie einfach so an.«

»Ist alles in Ordnung?«, fragt sie.

»Ja? Nein? Wer weiß? Mach dir keine Sorgen, ich bin mir sicher, dass es nicht um die Arbeit geht«, beruhige ich sie. Vielleicht ruft er an, weil die Kreditkarte belastet wurde, aber ich glaube nicht, dass er es bemerken oder es ihn auch nur kümmern würde. In seiner Welt sind zehn Riesen Kleingeld.

»Ich mache mir keine Sorgen um die Arbeit. Ich mache mir Sorgen um dich«, sagt Jessica.

Das verschlägt mir für einen Moment den Atem. Jedes Mal, wenn sie so etwas sagt, fühlt es sich an wie ein Schlag in die Magengrube. Und anscheinend fängt es an, mir zu gefallen.

»Danke, aber das musst du nicht. Mir geht's gut.«

»Hör mal, zuallererst tut es mir leid, dass wir uns im Laden gestritten haben. Ich habe ein paar Dinge aus Frust gesagt.«

Bei ihren Worten löst sich etwas in meiner Brust – Schuld, glaube ich. »Du musst dich nicht entschuldigen. Ich habe mich wie ein totaler Arsch verhalten. Ich will deine Autorität nicht infrage stellen. Und ich denke ganz bestimmt nicht, dass ich besser bin als du – ganz im Gegenteil.«

»Danke. Es ist schwer, nicht in diese gesellschaftliche Falle zu tappen und zu denken, Geld würde den eigenen Wert bestimmen und dass Menschen mit mehr Geld deswegen wertvoller sind. Vielleicht habe ich meine eigenen Unsicherheiten darauf übertragen. Ich weiß, dass ich wegen des Budgets superangespannt bin. So war ich schon immer. Dazu wurde ich erzogen. Mein Vater dreht jeden Cent zweimal um.«

»Das klingt, als wäre er genau die Art Person, die ein Unternehmen in der Finanzabteilung haben möchte«, sage ich.

Sie zuckt mit der Schulter und sieht aus dem Fenster. »Wenn du heute Abend nichts vorhast, könnten wir uns vielleicht treffen und alles, woran wir gearbeitet haben, genau besprechen? Ich habe das Gefühl, ich könnte emotionale Unterstützung gebrauchen, wenn mich mein Vater das nächste Mal über die Arbeit ausquetscht. Und vielleicht bist du besser vorbereitet, wenn dein Vater das nächste Mal anruft.«

»Ich habe nicht vor, ans Telefon zu gehen«, sage ich lachend. Allerdings finde ich nichts daran lustig. »Aber du hast recht, wir sollten uns wirklich auf dem Laufenden halten, damit unsere Väter uns das alles abnehmen.«

Sie nickt, sieht mich aber immer noch nicht an.

»Jessica?«, frage ich sanft. Was ich nicht sage: *Dreh dich um. Lass mich deinen Gesichtsausdruck sehen, wenn ich dich das frage. Lass mich sicher sein, dass du genauso gerne mit mir zusammen sein willst wie ich mit dir. Lass mich wissen, dass alles andere nur ein Vorwand für uns ist.*

Sie wendet sich langsam vom Fenster zu mir. Ihr Blick ist so weich, dass ich die Hände zu Fäusten ballen muss, um nicht ihre Wange zu berühren und mehr zu wagen.

Es ist schon zu lange still. Mit jedem Moment wird es noch unangenehmer.

»Möchtest du im Central Park spazieren gehen und reden?«, frage ich schließlich.

»Werden wir dort nicht ermordet?«, fragt sie sofort.

Der Taxifahrer lacht, und mir wird heiß beim Gedanken daran, dass er unsere ganze Unterhaltung gehört haben könnte. Er sagt: »Wenn ihr wollt, kann ich euch bei Little Island am Fluss absetzen. Ich habe gehört, dass es dort um diese Uhrzeit sehr romantisch sein soll, und die Wahrscheinlichkeit, dass ihr ermordet werdet, ist geringer.« Seine raue Stimme und der Geruch im Taxi verraten, dass er das Rauchen nie ganz aufgeben konnte.

»Oh nein, das haben Sie völlig falsch verstanden«, will Jessica klarstellen.

»Ja, ähm, wir arbeiten nur zusammen«, füge ich hinzu.

»Aha«, sagt er, lässt sich aber nicht beirren. »Also, wo soll ich euch hinbringen?«

»Fifty-Fifth, Ecke Seventh Avenue«, sage ich.

Jessica lässt die Schultern hängen, als sie hört, wie ich die Adresse des Büros nenne. Vielleicht will sie nicht nachts im Central Park sein, aber ich habe das Gefühl, dass sie trotzdem Zeit mit mir verbringen möchte. Zum Glück habe ich noch eine andere Idee.

»Lass uns die Tüten ins Büro bringen, und dann würde ich dir, wenn du möchtest, gern etwas zeigen. Wir können dort reden«, schlage ich vor.

Sie hebt fragend die Augenbrauen, aber ich lächle sie nur an. »Klar, das möchte ich gern«, sagt sie.

Ich öffne das Fenster des Taxis einen kleinen Spalt, um die kühle Nachtluft hereinzulassen. Und obwohl wir den Rest der Fahrt über schweigen, dienen die Klänge der Stadt als Soundtrack für unsere Vorfreude auf das, was noch kommt.

»Ich liebe es hier. Ich will niemals gehen«, sagt Jessica.

»Ich glaube, die Züge fahren nachts nicht durch, und der Bahnhof schließt irgendwann.« Jessica und ich sitzen auf einer der Treppen, die von der Haupthalle der Grand

Central Station abgehen. Hier wimmelt es nur so von Pendlern, die nach einem langen Arbeitstag nach Hause wollen, und von Leuten, die nach New York kommen, um einen Abend in der Stadt zu verbringen. Ursprünglich wollte ich hierherkommen, weil meine Mutter von einem Austernrestaurant geschwärmt hat. Aber jetzt, wo wir hier sind, will ich nur sitzen und die Leute beobachten.

»Ich will mich einfach hinlegen und stundenlang diese wunderbare Decke anschauen.« Jessica stößt einen tiefen, bewundernden Seufzer aus.

»Ich weiß. Und es ist krass, dass alle diese Menschen irgendwo hinmüssen, dass sie alle etwas zu tun haben. Das ist unglaublich«, sage ich.

»Ist der Bahnhof in Seoul genauso?«, fragt sie.

»Ich weiß es nicht. Ich bin noch nie mit dem Zug gefahren«, gebe ich zu. »Ich habe einen Fahrer, der mich überall hinbringt. Spaßeshalber nenne ich ihn meinen besten Freund. Wow, das klingt erbärmlicher als erwartet.«

Sie lacht und vertreibt damit meine momentane Verlegenheit. »Das verstehe ich total. Ich fange an, Mrs Choi als meine Sommer-BFF zu betrachten. Ich dachte, ich würde das Luxusleben und den ganzen Platz für mich allein lieben. Aber es ist auch ein bisschen abgeschieden.«

»Willkommen in meiner Welt«, sage ich.

»Ist deine Welt immer so einsam?«, fragt sie zögerlich.

»Denn irgendwie bin ich einsam. Sosehr ich mich auch darüber beschwere, dass ich bei meinen Eltern wohne und nicht genug Platz habe, glaube ich doch, dass mir das Alleinsein nicht so gut gefällt, wie ich dachte.«

»Um ehrlich zu sein, glaube ich nicht, dass ich mir jemals erlaubt habe, mein Leben als einsam zu empfinden. Denn das wäre ätzend. Und ich kann nicht viel dagegen tun. Aber ich muss zugeben, dass es ziemlich toll ist, diesen Sommer über mit anderen Menschen zusammen zu sein und Freunde zu finden. Ich kann nur nicht aufhören, daran zu denken, dass das alles … vorübergehend ist? Es ist ja nicht so, als ob noch irgendjemand mit mir befreundet sein will, wenn rauskommt, wer ich wirklich bin. Und mal ehrlich, wäre ich überhaupt in der Lage, ein Freund zu sein? Wenn ich wieder ich selbst bin, glaube ich nicht, dass es für mich eine Möglichkeit gibt, irgendetwas von diesem Sommer zu behalten, außer den Erinnerungen daran.«

Sie ist still. Denkt sie, was ich denke – dass ich nicht nur von den anderen im Praktikum geredet habe?

Plötzlich ist die Stimmung zwischen uns angespannt.

»Wollen wir … einfach in den nächsten Zug einsteigen und sehen, wohin er uns bringt?« Jessicas Stimme klingt hoch, lebhaft, aufgeregt beim Gedanken an eine Reise ohne Ziel. Es ist eine Seite von ihr, von der ich glaube, dass sie sie nicht oft zeigt: spontan, abenteuerlustig. Ich kann mich glücklich schätzen.

Ich betrachte die Fahrpläne, die über dem Schalter angezeigt werden. »Es ist spät. Ich glaube nicht, dass wir noch einen Zug nach Hause erwischen, wenn wir uns jetzt auf den Weg machen«, sage ich. Ich hasse es, die Stimme der Vernunft zu sein. Das kommt bei mir selten vor, aber ich werde Jessica auf keinen Fall in Gefahr bringen. Und an irgendeinem abgelegenen Bahnhof festzusitzen, ohne eine Mitfahrgelegenheit zurück in die Stadt, erscheint mir ziemlich riskant.

»Dann komm heute Abend vorbei«, schlägt sie vor. »Ich mache uns Erdnussbuttersandwiches mit Marmelade, und wir können einen Film anschauen und uns überlegen, was wir unseren Vätern erzählen, und wir denken nicht über die ganze Arbeit nach, die noch vor uns liegt, und an alles, was nach diesem Sommer auf uns wartet, all diese Dinge, an die wir nicht gern denken.«

Dazu kann ich unmöglich Nein sagen.

»Klingt gut«, stimme ich zu.

Aber wir bewegen uns nicht. Wir bleiben Schulter an Schulter sitzen. Und wie ich es immer tun möchte, wenn sie in der Nähe ist, lehne ich mich an sie und stupse sie an, zeige ihr mit einer wortlosen Geste, dass ich es genieße, hier bei ihr zu sein.

Sie stupst zurück.

Unsere Körper berühren sich jetzt von den Schultern über die Oberschenkel bis zu den Füßen. Wenn ich meinen Kopf nur ein wenig neige, könnten wir auch dort miteinander verbunden sein. Ich fahre mir mit der Zunge über die Unterlippe und frage mich, ob ich mich traue, diesen Schritt zu wagen.

»Elijah?« Jessicas Stimme ist kaum mehr als ein Flüstern. Aber wir sind einander so nah, dass ich sie trotzdem über das weiße Rauschen von Tausenden von Pendlern hören kann.

»Ja«, antworte ich.

»Ella hat mir von diesem echt coolen Ort im Park erzählt, aber wir waren nicht dort, als sie hier war. Es ist eine Bank mit Blick auf ein paar riesige Felsen, hinter denen man in der Ferne den perfekten Blick auf die Skyline der Stadt hat. Der Kontrast zwischen Natur und Industrie klingt so cool, und ich würde das wirklich gerne sehen. Willst du irgendwann mit mir dorthin gehen, wenn es nicht dunkel ist und wir nicht umgebracht werden?« Jessica wendet sich mir zu und lächelt mich an, bevor sie ihren Kopf auf meine Schulter legt. Das Atmen fällt mir ein wenig schwerer. »Nächstes Mal würde ich *dich* gern irgendwohin bringen, nächstes Mal will ich *dir* etwas Atemberaubendes zeigen.«

Ganz ehrlich, wo ist der ganze Sauerstoff, wenn man ihn braucht?

»Das klingt unglaublich. Dort müssen wir unbedingt hin.« Meine Stimme klingt tief und rau.

Sie hebt ihren Kopf von meiner Schulter, und ich vermisse die Berührung sofort. Sie nickt und ihre Miene wirkt zufrieden, ehe sie sich wieder dem geschäftigen Treiben in der Grand Central Station zuwendet. »Und Elijah, ganz egal, was du auch sagst, du sollst wissen, dass ich hoffe, dass wir auch nach dem Sommer befreundet sein können. Niemand sonst würde das alles verstehen. Und obwohl wir diese Last tragen, gefällt es mir irgendwie auch, dass es unser Geheimnis ist.«

Ihre Ehrlichkeit überrascht und berührt mich. Aber ich weiß nicht, was ich damit anfangen soll. Also antworte ich einfach mit einer gewissen Ehrlichkeit meinerseits.

»Mir auch«, sage ich und lasse den Blick auch wieder über die Pendler schweifen. Ich glaube, es fällt uns leichter, diese Dinge zuzugeben, wenn wir einander dabei nicht anschauen. »Alles daran.«

16. Kapitel

Jessica

»Allein am ersten Tag haben wir über tausend Bewerbungen erhalten«, verkündet Roy.

Alle jubeln und ich verteile High-Fives. »Das mit der Werbung ist super gelaufen«, sage ich zu Soobin.

»Dank der Designs, die Henry entworfen hat. Die waren ein echter Hingucker«, erwidert sie.

Es ist toll zu sehen, wie die Teammitglieder sich gegenseitig die Anerkennung schenken, die sie verdienen. Bis zum Hackathon sind es nur noch ein paar Wochen, und wir arbeiten so hart wie noch nie. Die Stimmung ist super. Wie zu erwarten, ist dem Rest des Unternehmens gar nicht aufgefallen, woran wir arbeiten. Für sie sind wir nur ein paar Kinder, die an einem dummen außerschulischen Freizeitprojekt arbeiten.

Aber das war nicht unsere Herangehensweise. Die Spezifikationen für den Hackathon sind unglaublich. Wir können zwanzig Teams aufnehmen und sie für zwei Tage in einem einfachen Hotel unterbringen. Für die Transportkosten können wir nicht aufkommen, was schade ist, denn ich möchte nicht, dass Menschen aus finanziellen Gründen von der Teilnahme ausgeschlossen werden. Aber dank Jasons kluger Buchhaltung waren wir dazu in der Lage, ein beeindruckendes Preisgeld für das Siegerteam festzulegen. Er hat es geschafft, die Kosten zu reduzieren, während er gleichzeitig Wege gefunden hat, Einsparungen aufzuzeigen, um so unsere Argumente für die Investitionsrendite zu untermauern.

Das alles haben »ein paar Kinder« geschafft.

»Ms Lee?« Sunny Cho schaut zur Tür herein. Ich bin mir nicht sicher, wann Sunny angefangen hat, mich »Ms« zu nennen, aber jedes Mal, wenn sie es tut, zucke ich vor Scham zusammen. »Sie werden gebeten, in den Konferenzraum der Geschäftsführung zu kommen.«

In ihrer Stimme liegt ein nervöser Unterton, den ich noch nie von ihr gehört habe, nicht einmal am ersten Tag, als sie dachte, sie hätte sich in der Annahme, wer ich bin, geirrt. Sunny ist normalerweise ruhig und entspannt und strahlt eine solche Selbstsicherheit aus, dass ich ursprünglich dachte, sie wäre meine Chefin.

Meine Handflächen beginnen zu schwitzen.

»Wer fragt nach mir?«

»Die Geschäftsführung.«

Wer ist damit gemeint? Und warum?

Mein Blick sucht sofort nach Elijah. Er sieht mich an und schüttelt kaum merklich den Kopf. Was soll das heißen? Geh nicht? Mach dir keine Sorgen? Renn aus dem Büro und komm nie wieder? Ich reiße die Augen auf und versuche, ihm so meine Panik zu vermitteln.

»Der Drucker hier hat einen Papierstau. Jessica, ist es in Ordnung, wenn ich den Drucker oben in deinem Büro verwende?«, fragt Elijah aus dem Nichts.

»Äh, klar?«, antworte ich.

»Cool, dann komme ich mit dir nach oben«, sagt er.

Ah, er will nicht zulassen, dass ich mich allein den Wölfen stellen muss. Nicht, wenn sie die Verwechslung bemerkt haben und drauf und dran sind, mich bloßzustellen und die Polizei zu rufen oder so.

Wir drei betreten den Aufzug, und ich spüre eine sanfte Berührung an der Hand. Ich sehe, dass Elijah seine Finger in meine Richtung ausstreckt. Er sagt mir, dass er da ist. Dass alles gut wird.

Ich lege meine Hand in seine. In jeder anderen Situation wäre mir das romantisch erschienen. Stattdessen fühlt es sich tragisch an. Als wäre ich auf dem Weg in mein Verderben und mein Geliebter sagt mir, dass ich tapfer sein soll, während ich meinem Untergang entgegensehe.

Ich weiß nicht, wann ich angefangen habe, Elijah als meinen »Geliebten« zu betrachten. Das muss an der Angst, der Panik, dem Druck, dem Stress liegen. Aber ehrlich gesagt sorgt seine Anwesenheit in diesem Aufzug dafür, dass ich mir weniger Sorgen mache. Weniger allein bin.

Das Klingeln des Aufzugs reißt mich aus den Gedanken, und ich folge Sunny wie ein Roboter, ohne zu denken oder zu fühlen. Taub. Wir biegen um die Ecke, und sie öffnet die Tür zum Konferenzraum für mich. Elijah bleibt im Flur, um keine Aufmerksamkeit zu erregen. Ich trete ein und sehe eine einzelne fremde Person, die von mir abgewandt aus dem Fenster sieht.

Sie ist schlank und trägt ein gelbes Kleid, dessen Stoff so zart ist, dass es wirkt, als würde er schon bei der kleinsten Brise davonfliegen. Ihr Haar ist hellbraun und fällt ihr in Wellen über den Rücken, fast bis zur Taille. Von ihr geht eine Aura der Schönheit und der Stärke aus. Als wäre sie sowohl eine Prinzessin als auch eine Kriegerin. Sie blickt über ihre Schulter, und ihr Profil zeigt eine perfekte kleine Nase und eine v-förmige Kieferkontur, die dem koreanischen Schönheitsideal vollkommen entspricht.

»Du kannst genauso gut ebenfalls hereinkommen«, sagt sie. Damit meint sie nicht mich, sondern jemanden, den ich nicht sehen kann.

Ich wende den Blick nicht von ihr ab, höre aber, wie Elijah hinter mir den Raum betritt. »Was tust du hier?«, fragt er.

Ich bin ganz schön verwirrt. Was passiert hier? Kennt er sie? Wer ist das?

»Jessica, oder?«, fragt sie.

»Ja, genau.«

»Es ist schön, dich endlich kennenzulernen. Ich habe viel über die großartige Arbeit gehört, die du diesen Sommer geleistet hast.«

Ihre Stimme ist selbstbewusst, aber melodisch, und plötzlich habe ich ein Déjà-vu. Es dauert einen Moment, bis ich darauf komme, aber dann erinnere ich mich daran, dass ich das gleiche Gefühl hatte, als ich am Flughafen zum ersten Mal Elijahs Stimme gehört habe.

Jemanden wie sie habe ich noch nie gesehen. Ich habe sie gerade erst kennengelernt, aber ich bin vollkommen verzaubert.

»Danke?«, sage ich. Das meine ich nicht als Frage, aber ich kann nicht aufhören, darüber nachzudenken, wer sie ist.

»Erzähl mir nicht, dass du den ganzen Sommer über nur Videospiele gespielt und gefaulenzt hast, Elijah. Das will ich nicht glauben.«

»Es war nicht seine Schuld«, sage ich sofort. »Und er hat wirklich unglaublich hart gearbeitet, obwohl er das eigentlich gar nicht müsste. Und sein umfangreiches Videospielwissen war für das Hackathon-Projekt von unschätzbarem Wert.«

Ein Lächeln breitet sich auf ihrem Gesicht aus. Es erhellt den ganzen Raum. Meine Augen werden groß, und mir steht der Mund offen – ihre Ausstrahlung ist unglaublich.

»Oh Gott, Jessica verneigt sich auch gleich in Ehrfurcht vor dir. War ja klar«, sagt Elijah, als wäre ich gar nicht anwesend. Und das, nachdem ich gerade seine Ehre verteidigt habe? Meine Güte. Männer. »Wann bist du angekommen? Und warum bist du überhaupt hier? Hat Dad dich geschickt? Oder war es Mom?«

Dad? Mom?

»Es tut mir leid, aber ich verstehe nicht genau, was hier vor sich geht«, melde ich mich zu Wort.

Die wunderschöne Frau geht auf mich zu – nein, eigentlich *gleitet* sie – und streckt die Hand aus. »Wie unhöflich von mir, mich nicht vorzustellen. Bitte verzeih mir, Jessica. Ich bin Lee Hee-Jin, Chief Operating Officer bei Haneul. Und ich bin auch die Nuna dieses Trottels hier.«

Ich schüttle ihr die Hand, sehe dabei aber Elijah an. »Deine Nuna? Die Schwester, von der du gesagt hast, dass sie im Grunde alles bei Haneul leitet?«

»Das hat Elijah gesagt? Na gut, scheint, als würdest du doch zuhören, Brüderchen. Und ich glaube, wir sollten den Familienstammbaum zusammen mit dem Organigramm aufmalen, damit Jessica versteht, wie verkorkst die ganze Sache ist, in die du sie hineingezogen hast«, sagt Hee-Jin.

»Es ist nicht verkorkst«, sagt Elijah. »Unkonventionell, ja. Aber so haben Jessica und ich uns diesen Sommer vorgestellt.«

»Ich bin auch hier«, sage ich. »Ich wäre wirklich dankbar, wenn mich jemand aufklären könnte, da ich, wie gesagt, anwesend bin.« Meine Frustration richtet sich gegen Elijah, weil ich mit diesem Engel niemals in diesem Ton sprechen könnte.

»Warum schreist du mich an?«, fragt er. Er wendet sich an seine Schwester. »Nuna, ich schwöre, ich werde nie verstehen, wie du es schaffst, alle so leicht für dich zu gewinnen. Ich meine, ja, du bist toll, aber es ist unfair, dass du Jessica auf deine Seite ziehst. Irgendwie hat es mir gefallen, dass wir bis jetzt ein Team waren«, sagt er und deutet zwischen uns hin und her. »Stell dich nicht auf ihre Seite, okay?«

Ich erblasse. Ich würde Elijah nie verraten. Aber sein kleines Grinsen bedeutet, dass er Witze macht ... oder?

»Wir sind alle auf derselben Seite. Also, du fängst an zu reden«, sagt sie und wirft ihrem Bruder einen wissenden Blick zu.

»Na ja, es hat alles mit Yoo-Jin Lee angefangen«, sagt er.

»Elijah«, warnt seine Schwester. »Hör auf, Spielchen zu spielen, und komm zum Punkt.«

»Nein, er hat recht. Es ist so, dass ich auch Yoo-Jin Lee bin«, ergänze ich.

Hee-Jin sieht erst mich und dann Elijah an. »Ihr beide habt den gleichen koreanischen Namen«, sagt sie langsam. Ich habe das Gefühl, sehen zu können, wie sich die Rädchen in ihrem Kopf drehen.

»Ja, und das hat für ganz schön viel Verwirrung gesorgt – am Flughafen, mit dem Fahrer, der Haushälterin, und an unserem ersten Arbeitstag hier, bei der guten alten Haneul Corporation«, erklärt Elijah.

»Du bist doch das Genie, das Dad gegenüber darauf bestanden hat, dass niemand erfährt, wer du bist, damit du diesen Sommer über keine unfairen Vorteile erfährst.«

»So wie ein First-Class-Flugticket, einen Chauffeur und eine verfickte dreistöckige Stadtvilla?«, fragt Elijah.

»Du weißt doch, wie sehr Dad auf seinen Ruf bedacht ist«, antwortet Hee-Jin.

»Lasst es mich erklären«, schalte ich mich ein. »Eigentlich hätte das nie ein Problem werden sollen. Als wir herausgefunden haben, wie der Fehler passiert ist, war ich bereit, die Verantwortung zu übernehmen.«

Hee-Jin wirft Elijah einen strengen Blick zu.

»Ich wollte für meinen Teil auch Verantwortung übernehmen. Du kennst mich doch besser«, sagt er abwehrend.

»Ich weiß auch, dass Dad versucht hat, uns beizubringen, die Schuld anderen zuzuschieben. Ich bin mir nicht immer sicher, wie gut du dich von seinem Beispiel abgrenzen konntest. Ich habe Hoffnung, aber du weißt ja. Es ist schwer«, sagt Hee-Jin.

Indem ich diese Interaktion beobachte, komme ich mir

ein bisschen vor wie ein Eindringling in diesem Raum. Ich gehöre nicht zur Familie und kann nicht so tun, als würde ich die Kämpfe verstehen, die sie trotz ihres Vermögens – oder gerade deswegen – durchgemacht haben.

Stille hängt in der Luft und befeuert das Monster, das in mir wohnt und immer zu viel reden will. Kämpfe dagegen, Jessica. Kämpfe!

»Es ist so, dass Elijah und ich beide andere Dinge wollten, als in diesem Sommer für uns vorgesehen war«, sage ich.

Oh nein, so fängt es an.

»Ich habe immer davon geträumt, etwas Großes zu tun, aber ich brauchte einfach die Gelegenheit, um zu beweisen, dass ich es kann. Und Elijah benötigte einfach etwas Zeit und Raum, um herauszufinden, was genau er mit seinem Leben anfangen will. Das ist keine schlechte Sache. Die Erwartungen lasten schwer auf ihm, und er hatte noch keine Chance, seine eigenen Entscheidungen zu treffen. Ich meine, mein Dad lässt mich auch nicht immer meine eigenen Entscheidungen treffen, und das ist total frustrierend. Wie dieses eine Mal, als ich ins Tenniscamp wollte –«

»Jessica?« Elijahs Stimme unterbricht meinen Redefluss.

»Ja?«

»Atme«, sagt er.

Er ist nicht mein Chef. Ich bin vollkommen in der Lage, selbst zu entscheiden, wann mein Körper Sauerstoff braucht.

Aber ich sehe es in seinen Augen. Er bringt mich zurück auf den Punkt. Als mir das klar wird, nicke ich ihm zu und atme tief und gleichmäßig ein.

»Jedenfalls, auf eine seltsame Art wollten wir beide«, ich deute von Elijah zu mir, »das, was für die andere Person vorgesehen war. Also dachten wir, wenn es niemandem wirklich schadet, könnten wir den Sommer über vielleicht mit den vertauschten Identitäten weitermachen. Es hat sich angefühlt, als ob es eine Win-win-Situation für alle sein könnte. Aber vielleicht haben wir uns geirrt.«

»Wir haben uns nicht geirrt«, sagt Elijah. »Es ist völlig egal. Niemand interessiert sich für uns. Zumindest hat sich niemand für uns interessiert, bis wir solchen Erfolg mit dem Hackathon-Projekt hatten. Anscheinend hat sogar meine Schwester davon gehört. Jessica, ich habe dir gesagt, dass du dich anstrengen sollst, aber musstest du dich gleich *so* anstrengen?« Er zwinkert mir zu, und sein Kompliment sorgt dafür, dass mir die Knie zittern. Ich bin so verdammt leicht rumzukriegen. Ugh.

»Es ist egal, warum ihr es getan habt und wie ihr damit durchgekommen seid. Es ist sogar egal, wie gut die Arbeit ist, die du leistest. Es ist eine Lüge. Und so arbeiten wir hier bei Haneul nicht«, sagt Hee-Jin. Ihre Stimme ist weiterhin sanft, aber ich kann eine Schärfe hören, die vorher nicht da war.

»Ich kann das Augenrollen von über zweihundert Angestellten allein in diesem Gebäude hören«, sagt Elijah. »Dads gesamte Arbeits- und Lebensphilosophie lautet, dass der Zweck die Mittel heiligt. Ich würde gerne glauben, dass er stolz auf mich wäre, weil ich das durchdacht habe, aber …«

»Aber stattdessen wirst du, sollte er es jemals herausfinden, in eine abgeschiedene Hütte auf dem Land verbannt und von jeglichem Familienvermögen abgeschnitten, Brüderchen. *Falls* er dich nicht vorher umbringt.«

»Dieses Gespräch ist mir unangenehm«, sage ich leise.

Hee-Jin räuspert sich, geht auf Elijah zu und zieht ihn sanft am Arm. »Kann ich dich einen Augenblick vor der Tür sprechen?«

Die beiden gehen aus dem Zimmer, und ich bleibe wie das unwillkommene, fremde fünfte Rad am Wagen zurück.

»Hör zu, die ganze Sache ist voll von deinen Fingerabdrücken, also fang an zu reden. Was zum Teufel geht in deinem Kopf vor, Elijah? Erkläre es mir. Jetzt.«

Ups. Ein fünftes Rad, das anscheinend immer noch jedes Wort hören kann.

Und wow, sogar wenn sie flucht, klingt sie hübsch.

»Ich weiß, was *du* denkst, und da liegst du falsch. Sie ist nicht mein Typ und das ist nicht der Grund, warum wir das tun«, sagt Elijah.

»Oh, da bin ich mir ja nicht so sicher. Sie wirkt, als wäre sie genau dein Typ – also das genaue Gegenteil von Dads Typ für dich.«

Warum stört es mich, dass Elijah denkt, ich wäre nicht sein Typ?

»Elijah, ich will gar nicht wissen, was zwischen dir und Jessica los ist. Ich will wissen, was dieses Verwechslungsspiel soll. Und soll das ein Witz sein, dass du nicht zu dem Treffen mit deinem Sponsor für die Universität Seoul erschienen bist? Du brauchst ihn, um dich anzumelden und für die Schule vorzubereiten. Ich verstehe, dass du rebellieren willst, aber Elijah, damit strapazierst du dein Glück. Dad hat schon an guten Tagen kaum Geduld. Es wäre typisch für ihn, wenn er aus Wut eine überstürzte Entscheidung träfe und dir den Geldhahn zudrehen würde.«

»Gut, dann könntest du CEO werden. So wie du es immer wolltest«, sagt Elijah. Er ist nicht so nonchalant, wie er zu klingen versucht.

»Das will ich vielleicht, aber ich werde es niemals sein. Du weißt, dass die Firma zuerst an unseren Cousin Seok-Jin gehen würde. Und dann wären wir beide am Arsch.«

»Irgendwie fühlt es sich an, als wäre ich bereits am Arsch«, murmelt Elijah.

»Vielleicht versuchst du mal, daran zu denken, dass auch andere Leute involviert sind. Ich, zum Beispiel. Mom auch. Hast du auch nur einmal darüber nachgedacht, wie viel sie von Dad abbekommt, weil sie dich beschützt? Und jetzt Jessica? Elijah, werd erwachsen und halte dich an die Spielregeln.«

»Was, wenn es nicht das ist, was ich will?«, fragt Elijah. Und zum ersten Mal wird mir klar, dass er genauso jung ist wie ich. Wie sollen wir in unserem Alter schon wissen, was wir für den Rest unseres Lebens wollen?

»Seit wann spielt es eine Rolle, was wir wollen?«, entgegnet Hee-Jin.

Die Stille zwischen ihnen wird immer länger, und ich bemerke, dass ich den Atem angehalten habe. Und ich habe eine ziemlich ernste und persönliche Unterhaltung belauscht …

Ich gehe zur Tür und strecke den Kopf durch den Spalt.

»Ich weiß, dass ich damit vielleicht ein wenig spät dran bin, aber, ähm, ich kann alles hören, was ihr beiden sagt.«

Sie drehen sich zu mir um, und die Ähnlichkeit ist verblüffend.

Elijah seufzt und sieht Hee-Jin erneut an. »Nuna«, sagt er sanft. »Jessica ist ein guter Mensch, und Scheiße, sie ist verdammt klug und arbeitet hart. Aber diese Möglichkeit hätte sie sonst niemals bekommen. Also lass sie uns nicht mit unserem Familiendrama traumatisieren. Kannst du bitte nichts sagen, was das Ganze ruinieren würde? Bitte?«

»Tut mir leid, aber es ist meine Verantwortung als Vorstandsvorsitzende – «

»Spar's dir«, unterbricht er sie laut.

»Elijah.« Ich weiß nicht genau, was ich sagen soll. Aber ich will nicht, dass er wütend wird, und ich will auch nicht, dass er die eine Person verärgert, die wir als Verbündete brauchen.

»Nuna, warum bist du überhaupt hier? Hat dich Dad geschickt, um mich auszuspionieren? Und kotzt es dich nicht an, dass du als Laufmädchen fungierst, anstatt die wichtige Arbeit zu machen, die du als COO machen solltest?«

»Ich bin hier, um die Durchführung von Sky High zu beaufsichtigen, du kleines Arschloch. Du weißt schon, die größte Sache, die das Unternehmen jedes Jahr in den Staaten veranstaltet? Mal ehrlich, weißt du überhaupt irgendetwas über die Firma?«

Sie schüttelt den Kopf, und Elijah antwortet nicht.

»Aber wenn ich nicht hier bin, um dich auszuspionieren,

solltest du sehr vorsichtig sein, wer es sein könnte. Ich weiß, ihr beiden denkt wahrscheinlich, dass das ein harmloses Spiel ist und sich niemand dafür interessiert. Aber ich kann nicht versprechen, dass das stimmt. Und die Arbeit, die ihr am Hackathon leistet – gute Arbeit, wirklich gute Arbeit, wird langsam von den Leuten wahrgenommen. Die Spannung ist groß. Wenn die Sache ein Erfolg wird, gibt es zwei Möglichkeiten: Entweder heimst Jessica die Lorbeeren ein, was Dad aufhorchen und fragen lassen würde, wer sie ist und woher sie kommt. Oder Elijah bekommt den ganzen Ruhm und Jessica bleibt nur, sich selbst auf die Schulter zu klopfen. Glaubt mir, ich habe das im Laufe meiner Karriere genau so schon hunderte Male erlebt.«

Sie klingt bitter, und obwohl ich sie gerade erst kennengelernt habe, hasse ich, was Hee-Jin erleben muss. Ich hasse es, dass Frauen immer noch um Chancen, Anerkennung, verdiente Erfolge und Aufstiegsmöglichkeiten kämpfen müssen.

Das ist nicht fair.

Aber sie hat recht.

Mir wird schwer ums Herz, wenn ich daran denke, was das Ende des Sommers bringen wird.

»Hey, Jessica, tut mir leid. Ich wollte nicht so hart klingen«, sagt Hee-Jin. Die Bitterkeit ist aus ihrer Stimme verschwunden. »Ich bin einfach müde vom Jetlag. Ich bin direkt vom Flughafen hierhergekommen. Hey, Brüderchen, kannst du mich in die Villa bringen? Ich werde bei dir wohnen.«

»Ähm ...« Elijah zögert.

»Stell dich nicht so an. Ich habe gehört, dass das Haus riesig ist. Wir werden uns nicht mal über den Weg laufen, du verwöhntes Balg.«

»Das ist es nicht. Du bist herzlich eingeladen, bei mir zu wohnen, wenn du Platz findest. Weißt du, ich, ähm, wohne in dem beschissenen Rattenloch, das unsere wohlwollende und großzügige Firma den zehn Praktikantinnen und Praktikanten diesen Sommer zur Verfügung stellt. Ich habe Jessica das Haus überlassen«, erklärt Elijah.

»Du, in einer weniger als luxuriösen Wohnung? Hm. Vielleicht wirst du tatsächlich erwachsen«, stichelt Hee-Jin. Sie wendet sich mir zu. »Na gut, Jessica, was hältst du davon, wenn wir Mitbewohnerinnen werden? Du wirst kaum merken, dass ich überhaupt da bin.«

»Klingt toll«, sage ich. Und ehrlich gesagt tut es das irgendwie wirklich. Ich muss in diesem riesigen Haus nicht mehr ganz allein sein. Und vielleicht kann ich Hee-Jin besser kennenlernen. Vielleicht könnte sie mir sogar Tipps geben. Und vielleicht kann sie mir ein paar lustige Geschichten über Elijah erzählen.

Vielleicht.

17. Kapitel

Elijah

Bis zum Hackathon bleibt uns weniger als eine Woche.

Heute habe ich die Pokale und den überdimensionalen Scheck für die Gewinner aus der Druckerei abgeholt. Ich bin von Chinatown zum Financial District gefahren, dann nach Midtown und weiter hoch bis zur Columbia University. Ich erkunde New York eingehender, als ich je gedacht hätte, und je mehr ich sehe, desto mehr möchte ich noch sehen. Dieser Sommer allein wird nicht ausreichen, und ich werde mir eine Ausrede überlegen müssen, um wiederzukommen.

Und obwohl ich dadurch weniger Zeit in der Stadt verbringen kann, hat sich herausgestellt, dass es mir irgendwie gefällt, hart zu arbeiten und Dinge möglich zu machen. Das überrascht wirklich niemanden mehr als mich selbst. Ich weiß noch nicht, was genau das mit meiner Zukunft zu tun hat, aber diese Erkenntnis sorgt dafür, dass alles weniger beängstigend wirkt. Ich wünschte nur, der Sommer ginge nicht so schnell vorbei. Es ist bereits Mitte Juli, und nach dem Hackathon bleiben mir nur noch wenige Wochen in New York.

Ich will noch so viel erleben. Jessica sprach davon, das

One World Trade und die Gedenkstätte besuchen zu wollen. Heute war ich in der Gegend, hatte aber keine Zeit, dort vorbeizufahren. Ich will mit Jessica dort hinfahren, wenn das alles erledigt ist.

Sie war in letzter Zeit immer besonders lange im Büro und es ist, als wollten die Führungskräfte ihr immer mehr aufbürden, um sie zum Aufgeben zu zwingen. Es würde all ihren Überzeugungen widersprechen, wenn ein Teenager, noch dazu ein Mädchen, etwas auf einem höheren Niveau erreicht als sie selbst. Aber ich weiß, dass sie dank ihrer Energie und Entschlossenheit damit zurechtkommt. Tagsüber behandeln sie sie wie ihren Lakaien und lassen sie Protokoll führen und Kaffee holen, während sie die Sky High Convention planen. Und Jessica hat recht, wäre sie kein Mädchen, oder wäre ich an ihrer Stelle, hätten sie mir das alles nicht aufgebürdet.

Hee-Jin hat Jessica unter ihre Fittiche genommen und versucht, sie so vor dem Schlimmsten zu schützen. Soweit ich das beurteilen kann, ist sie ein sehr guter Einfluss. Das Problem ist nur, dass Hee-Jin, obwohl sie die Tochter des Chefs und eigentlich seine Stellvertreterin im Unternehmen ist, trotzdem gegen eine Menge Scheiße ankämpfen muss. Sowohl als Frau als auch als junger Mensch, schließlich ist sie selbst erst vierundzwanzig.

Und wenn Jessica mit dem ganzen Unsinn im oberen Stockwerk fertig ist, kommt sie zu uns in die Kommandozentrale geeilt, um sich der Arbeit zu widmen, die noch ansteht.

Als ich mit meinen ganzen Besorgungen zurück ins Büro komme, sehe ich, wie Jessica aus dem Aufzug kommt.

Sie hat Augenringe und sieht müde aus. Aber sie lächelt, als sie den Raum betritt und in die Runde grüßt.

Sie ist wirklich eine Traumchefin. Und mit gerade mal achtzehn Jahren spiegelt sie genau die Art Führungsqualitäten wider, die wir bei Haneul haben sollten. Eigentlich sollte Jessica *ihnen* beibringen, wie es läuft, und nicht umgekehrt.

»Wie läuft's?«, fragt sie mich, während sie unseren Fortschritt auf dem Whiteboard begutachtet. »Danke, dass du dich heute um so viel gekümmert hast. Wow, damit hast du uns echt geholfen.« Sie lächelt mich an, und mein Herz vergisst eine Sekunde lang zu schlagen.

Ich habe mir nie Gedanken darüber gemacht, auf welche Art Mädchen ich stehe. Jahrelang habe ich mich nur daran orientiert, was mein Vater will. Eine gut vernetzte, anständige, *yamjeonhae* Frau, die so zurückhaltend ist, dass es deutlich wird, dass sie ihren Mann respektiert und ihm gehorcht – und natürlich reich muss sie sein. Das ist unglaublich peinlich und unangenehm, wenn ich so darüber nachdenke.

Aber diesen Sommer habe ich bemerkt, dass es nicht von Klasse, Status oder Bankkonto abhängt. Eher davon, ob ein Mensch gleichzeitig stark und weich sein kann. Eine Person, die sagt, was sie denkt, die sich für andere einsetzt, die integer ist.

Nein, ich beschreibe hier niemand Bestimmten …

Ich strahle innerlich immer noch über Jessicas Kompliment, als Jason herüberkommt und sie sanft mit dem Ellbogen anstupst.

»Heißt das, dass wir vielleicht zu einer vernünftigen

Zeit Feierabend machen können?«, fragt er. »Was meinst du, sollen wir heute Abend alle zusammen ausgehen? Ich will es nicht beschreien, aber wir könnten schon ein wenig feiern.«

Mein Körper verkrampft – wie immer, wenn ich die beiden bei ihren entspannten Interaktionen beobachte. Es ist schwer, jemanden zu beobachten, den du willst, aber nicht haben kannst. Dieser Spaß, jemanden ganz neu kennenzulernen … flirten. Mein erstes Date wird vermutlich mit einem Mädchen sein, das mein Vater ausgesucht hat. Wir werden mit unseren gesamten Familien im großen Speisezimmer unseres Hauses sitzen, ein Fünf-Gänge-Menü serviert bekommen und unseren verschwenderischen Wohlstand zur Schau stellen. Es wird eine Inszenierung, eine Show. Ich bin einfach nur froh, dass ich es bisher umgehen konnte, aber ich habe »The Heirs« gesehen. Ich weiß, wie diese Dinge laufen.

»Ich halte es für eine sehr gute Idee, heute früher Feierabend zu machen«, stimmt Jessica zu. »Ihr habt alle besonders hart gearbeitet, und wir sind auf die kommenden Tage gut vorbereitet. Ich wünschte, ich könnte heute Abend dabei sein, aber ich, ähm, habe schon etwas vor.« Mir wird flau im Magen bei dem Gedanken, dass sie Pläne hat, bei denen ich nicht dabei bin. Ich weiß, das geht mich nichts an. Aber trotzdem.

»Spaßverderberin«, neckt Jason. »Eines Tages kriege ich dich noch dazu, mit uns auszugehen und dich außerhalb der Arbeit auszutoben.«

»Abgemacht«, stimmt Jessica zu.

»Was hast du heute Abend vor?«, frage ich in einem

unglaublich lässigen Tonfall, der mich ganz natürlich wirken lässt und überhaupt nicht so, als wäre ich kurz davor, in Flammen aufzugehen.

»Hee-Jin hat Karten für *Hamilton* besorgt. Ich habe schon immer davon geträumt, dieses Musical zu sehen.« Jessicas Augen tanzen vor Freude.

Die Enttäuschung muss mir ins Gesicht geschrieben stehen, denn sie sieht mich überrascht an. »Hat sie dir das nicht erzählt?«

»Nein. Aber das ist cool. Echt cool, dass sie Karten gekauft hat.« Es ist überhaupt nicht cool. Denn meine Schwester sollte eigentlich *mich* mitnehmen, um *Hamilton* zu sehen. Wie gemein.

»Sie meinte, wir gehen alle zusammen, wir drei. Sie hat uns allen Karten gekauft. Ich dachte, das wüsstest du.«

Okay, ich bin ein egozentrischer Arsch.

»Wirklich, meinst du das ernst?« Plötzlich ist meine Stimme eine Oktave höher gerutscht. Ich sehe mich um, um sicherzugehen, dass es niemandem aufgefallen ist. Wie zu erwarten sind alle in Arbeit vertieft. Ich senke die Stimme. »Ich habe sie heute nicht gesehen«, ich hole mein Handy hervor, »und war zu beschäftigt, um meine Nachrichten zu checken.« Meine Schwester hat mir geschrieben.

Hamilton, heute Abend um sieben. Und ja, ein schickes Outfit ist ein Muss.

Meine Schwester mag zwar wissen, dass ich *Hamilton* für mein Leben gern sehen will, aber sie weiß nicht, dass ich alles dafür tun würde, noch etwas mehr Zeit mit Jessica zu verbringen.

Ich antworte mit einem Daumen-hoch-Emoji.

Plötzlich klingelt mein Handy und meine Schwester legt los, ehe ich sie überhaupt begrüßen kann.

»In der Villa wartet ein neues Outfit auf dich. Heute Abend trägst du keins dieser T-Shirts von der Stange«, sagt sie.

»Hör zu, ich bin dir wirklich dankbar. Aber ich lebe mit zehn anderen Leuten zusammen, wir tragen alle die gleichen Outfits, und alle scheinen damit ganz zufrieden zu sein. Warum spielt das überhaupt eine Rolle?«, frage ich.

»Warum das eine Rolle spielt? Entschuldigung, was hast du mit meinem Fashionista-Bruder gemacht, der sich niemals ohne ein riesiges Logo auf der Kleidung sehen lässt? Wir gehen ins Theater, Elijah. Du zeigst dich in der Öffentlichkeit. Komm einfach vorbei, wir machen uns zusammen fertig, und dann gehen wir gemeinsam ins Theater, okay? Ich habe Mrs Choi gebeten, uns vorher einen kleinen Snack zu machen, und fürs Abendessen habe ich uns danach einen Tisch reserviert.«

Und damit legt sie auf. Sie verabschiedet sich nicht einmal. Ich betrachte mein Handy und kann mir das Lächeln nicht verkneifen. Anscheinend hat Hee-Jin keine Zeit zu plaudern, wenn sie bei der Arbeit ist. Darüber muss ich später einen Witz machen.

Es wird lustig, den Abend mit Jessica und meiner Schwester zu verbringen.

»Elijah?« Jessica ruft mich zu sich herüber. Sie steht

hinter Jason, und die beiden sehen sich etwas auf seinem Laptop an.

»Ja«, antworte ich und gehe zu ihnen.

»Jason meinte gerade, dass uns die Bibliothek mitgeteilt hat, sie würden uns keine Miete für den Raum berechnen. Stimmt das?« Jessica sieht mich an und runzelt verwirrt die Stirn. Wenn sie es so formuliert, klingt es unglaublich. Ein gefragter öffentlicher Veranstaltungsort, der uns gratis zur Verfügung gestellt wird. Unvorstellbar.

Mir wird kalt, und mein Herz beginnt zu rasen. Jetzt kommt raus, dass ich mit meiner Kreditkarte für die Bibliothek bezahlt habe, Jessica hält mir einen Vortrag über die Finanzplanung, wahrscheinlich zieht sie die Einladung für *Hamilton* heute Abend zurück und schmeißt mich aus dem Hackathon-Projekt. Ich habe nicht damit gerechnet, dass mich die kleine Unwahrheit, die ich Jason auf die Frage erzählt habe, warum wir keinen Scheck für die Bibliothek beantragen mussten, einholen würde. Aber dieses Loch habe ich mir mit meiner Kreditkarte und einer Lüge selbst gegraben. Die Lüge war nicht einmal gut.

Den ganzen Sommer über habe ich Jessica und die anderen im Praktikum dabei beobachtet, Lösungen für Probleme zu finden, und glaubt mir, davon gab es viele. Niemand will es Menschen leicht machen, die er nicht ernst nimmt. Aber diese Gruppe hat nie aufgegeben. Wir waren hartnäckig und lösungsorientiert. Zu diesem Zeitpunkt dachte ich noch, es wäre eine einfache Lösung, den Namen meines Vaters zu droppen und bloße zehntausend Dollar von meiner Kreditkarte abbuchen zu lassen. Jetzt weiß ich, dass das keine Lösung war. Wenn die Wahrheit ans Licht kommt, könnte es alles noch schlimmer machen.

»Äh, na ja, sie hatten ein schlechtes Gewissen, weil sie damals so arrogant waren, als wir vorbeigekommen sind. Deswegen stellen sie uns den Veranstaltungsort kostenlos zur Verfügung. Ähm, ja, deswegen habe ich Jason gesagt, dass wir keinen Scheck brauchen.« Innerlich trete ich mich für diese unbeholfenen Worte.

Wenn Jessica mich für inkompetent und unehrlich halten wollen würde, wäre das ihre Chance. Aber wir hatten diese Unterhaltung bereits im Stoffladen. Das ist der Grund, warum ich ihr damals nicht sagen konnte, was ich getan habe.

Und es ist auch der Grund, warum ich es immer noch nicht kann.

Sie starrt mich eine Sekunde lang abschätzend an. Ich blinzle nicht. Ich schlucke nicht. Ich öffne meinen Mund nicht.

Ich bin so am Arsch.

Und dann breitet sich ein Lächeln auf ihrem Gesicht aus. »Meine Güte. Das heißt, wir bleiben weit unter unserem Budget. Vielleicht können wir dem zweitplatzierten Team auch einen Geldgewinn zusprechen!«, erklärt sie aufgeregt.

»Das ist super«, sagt Jason. Er klopft ihr auf den Rücken.

»Ja, äh, toll«, sage ich. Und ganz ehrlich, das ist es auch. Wir können ein anderes Team, das es verdient hat, finanziell unterstützen, und niemand muss wissen, woher das

Geld kommt. Nicht Jason. Auch nicht Jessica. Und nicht einmal mein Dad.

Dabei hasse ich meine Unehrlichkeit. Aber ich rede mir ein, dass der Zweck die Mittel heiligt. Ich bereue nichts. Offenbar werde ich richtig gut darin zu lügen … sogar mir selbst gegenüber.

»Es tut mir leid, aber ich kann es nicht ändern. Wir müssen uns noch heute Abend etwas für die Eröffnungsrede einfallen lassen. Wenn Bill Gates nicht mehr kommen kann, haben wir ein Problem. Außer, ich kann Ersatz herbeizaubern. Amüsiert euch ohne mich. Das nervt total. Sag Jessica, dass es mir leidtut. Und vergiss nicht, dass ich um zehn Uhr einen Tisch im La Masseria reserviert habe. Nimm das Schweinemedaillon mit Trüffelsauce und sag mir, wie es war. Es wurde sogar in Korea gelobt. Ich muss los.«

Meine Schwester legt auf, und ich betrachte mich im Spiegel in einem der Gästezimmer der Villa. Ich bin überhaupt nicht zu Wort gekommen. Ich trage dunkle Jeans von Louis Vuitton und ein schwarzes Button-down von Tom Ford. Beides ist maßgeschneidert, obwohl niemand meine Maße genommen hat. Manchmal ist Reichtum und was man damit erreichen kann, selbst für mich ein Rätsel.

Ich schlüpfe in meine Celine-Stiefel und gehe die Treppe hinunter.

Mrs Choi kommt aus der Küche. »Oh, Entschuldigung. Ich dachte, du wärst Jessica-ssi.« Sie betrachtet mich von Kopf bis Fuß und kneift die Augen zusammen. Ich glaube, es gefällt ihr nicht, dass ein fremder Junge aus einem der Schlafzimmer kommt. Aber die Tatsache, dass sie offensichtlich keine Ahnung hat, wer ich bin, beruhigt mich ein wenig. Ich bin mir ziemlich sicher, dass alle unsere Mitarbeiter eine Art Geheimhaltungserklärung unterschrieben haben, und Frau Choi scheint so an ihrem Job zu hängen, dass sie nichts ausplaudern würde, selbst wenn sie herausfinden sollten, dass ich das Kind des Geschäftsführers bin – und nicht Jessica. Aber trotzdem ist es einfacher, wenn sie nichts davon weiß.

»Ich habe euch beiden einen kleinen Snack vorbereitet, wie von der Dame des Hauses gewünscht«, sagt sie.

»Vielen Dank, das klingt fantastisch«, sage ich. Sie lächelt, und mir fällt auf, dass nicht viele der Leute, die für meine Familie arbeiten, so oft lächeln. Ich bedanke mich auch nicht besonders oft. Und das ist ätzend. Ich habe gelernt, dass es sich wirklich gut anfühlt, für seine Arbeit gewürdigt zu werden, ganz gleich, um welche Aufgabe es sich handelt.

Herrgott noch mal. Ich bin ein privilegiertes Arschloch. Es ist nicht schwer, ein freundlicher Mensch zu sein. Notiz an mich selbst: Du hast eine Menge Dankeschöns nachzuholen. Gehe großzügiger mit ihnen um.

Ein Geräusch aus dem oberen Stockwerk lässt mich aufschauen, und sofort schnappe ich nach Luft. Jessica kommt in einem taillierten roten Etuikleid die Treppe herunter. Es ist ärmellos und schlicht, maßgeschneidert und schmeichelt ihren Kurven an genau den richtigen Stellen. In der Mitte des Oberschenkels ist der Saum mit einer Rüsche versehen. Es ist klassisch, aber sexy. Sie trägt schlichte goldene Sandalen mit einem kleinen Absatz, und ihr Haar ist zu einem Pferdeschwanz zurückgebunden, dessen Spitzen sich wellen. Ich habe noch nie in meinem Leben einen Hals oder ein Schlüsselbein näher betrachtet, aber jetzt habe ich das Gefühl, als kämpften sie darum, mein Lieblingskörperteil zu werden. Ich nehme jedes einzelne Detail in mir auf. Aber als sie mir in die Augen sieht und lächelt, kann ich mich nur noch darauf konzentrieren.

Ich schlucke den Kloß in meinem Hals herunter. Ich weiß, ich sollte etwas sagen, ihr sagen, wie umwerfend sie aussieht, aber anscheinend bin ich nicht in der Lage, diese Worte zu finden.

»Wow, du siehst heiß aus«, sagt Jessica. Ich vermute, sie hat die Worte zuerst gefunden. »Also, *heiß*-heiß. Also, du bist ja schon in diesen Massenwaren-T-Shirts heiß, aber jetzt denke ich, dass mir vielleicht gar nicht klar war, wie heiß du sein kannst, bis ich dich in diesen sehr teuren Klamotten gesehen habe, die dir wie angegossen passen, die aussehen, als wären sie für dich gemacht, und vielleicht sind sie das ja auch, und es ist glasklar, dass heiß genau so aussehen soll.«

Mein Mundwinkel zuckt. Ihre Augen werden groß, und sie schlägt sich die Hand vor den Mund.

»Oh mein Gott«, flüstert sie. »Ich kann nicht glauben, dass ich das alles laut gesagt habe. Töte mich.«

»Nein, nein, ich habe es mit dem Handy aufgenommen. Du weißt schon, für Tage, an denen ich daran erinnert werden muss, dass ich *heiß*-heiß sein kann. Nicht nur heiß«, necke ich.

»Ich bin nervös und habe mich so sehr darauf konzentriert, in diesen Schuhen nicht die Treppe runterzufallen, dass ich vergessen habe, wie man sich zurückhält. Das ist so peinlich.«

»Falls es dir hilft – ich denke auch, dass du *heiß*-heiß aussiehst«, sage ich. Ihre Wangen röten sich ein wenig, und wenn die Hitze, die ich spüre, irgendetwas bedeutet, dann tun meine das wahrscheinlich auch gerade.

»Danke. Das ist Prada.«

Ich hebe beeindruckt die Augenbrauen. Vor ein paar Wochen schien Jessica noch keine Designernamen zu kennen. Jetzt lässt sie sie fallen, als trüge sie schon ihr ganzes Leben lang Designermode.

»Die Schuhe sind Jimmy Choo und die Tasche YSL«, sagt sie. Und kichert dann. »Ich wollte schon immer aufzählen, was ich trage, wie bei einer Preisverleihung auf dem roten Teppich.«

So. Verdammt. Niedlich.

»Sehr schön«, sage ich.

»Na ja, um ehrlich zu sein, hat mir deine Schwester bei der Auswahl geholfen. Sie hat mich sogar über FaceTime Sachen anprobieren lassen, während sie im Büro war. Das war mir so unangenehm, aber ich konnte nicht widersprechen. Sie hat sich vielleicht noch mehr darauf gefreut als ich, meinen perfekten Look für heute Abend zu finden.«

»Apropos Hee-Jin, hat sie dir gesagt, dass sie nicht mitkommen kann?«

Jessica nickt. »Es ist so schade, dass sie im Büro festsitzt.«

»Ja, sie ist ein Workaholic.«

»Das muss sie auch sein. Sie arbeitet doppelt so viel wie alle anderen bei Haneul, und trotzdem muss sie darum kämpfen, ernst genommen zu werden.«

Meine Brust ist wie zugeschnürt, als ich Jessica dabei zuhöre, wie sie sich für meine Schwester einsetzt. Normalerweise bin ich der Einzige, der sich darüber beschwert, wie schlecht Hee-Jin bei der Arbeit behandelt wird.

»Mir ist aufgefallen, dass du auch so eine Scheiße durchmachen musst«, sage ich.

Jessica sieht kurz zu mir auf. »Das hast du bemerkt? Ich bin niemand, der jammert oder sich beschwert. Ich will mich nur konzentrieren und meine Arbeit gut machen. Aber es ist ätzend, ich will nicht lügen. Ich dachte, für ein koreanisches Unternehmen zu arbeiten, würde die Sache erleichtern. Aber es ist schwerer als erwartet. Vielleicht ist es in allen Firmen so, wer weiß.«

»Du machst das absolut toll. Und meine Schwester erzählt immer, wie schlau du bist. Vielleicht würde es helfen, in der Zukunft für ein von Frauen geführtes Unternehmen zu arbeiten.«

»Es könnte auch helfen, von Männern geführte Unternehmen für Frauenfeindlichkeit am Arbeitsplatz zur Verantwortung zu ziehen«, entgegnet sie.

»Touché«, erwidere ich.

»Okay, wir haben genug über die Arbeit geredet. Wir sehen beide, ähm, *heiß*-heiß aus«, sagt sie kichernd. »Also lass uns ein bisschen Spaß haben.«

18. Kapitel

Elijah

Es ist ein unvergleichliches Gefühl, *Hamilton* zu sehen. Als sich der Vorhang schließt, bin ich sowohl begeistert als auch völlig am Ende. Meine Schwester hat uns die allerbesten Plätze im Parkett besorgt, und Jessica und ich waren die ganze Vorstellung über total fasziniert. Anders als sie habe ich keine Tränen vergossen. Aber ich war nah dran. Der Abend war bisher magisch.

Ich frage mich, ob ein Umzug nach New York eine Perspektive für mich wäre. Ich könnte hier zur Uni gehen. Verdammt, ich wäre sogar damit einverstanden, während des Semesters in Teilzeit für Haneul zu arbeiten, sollte mein Dad mit dem Umzug einverstanden sein. Die Stadt ist einfach voller Energie. Ich habe nicht das Gefühl, alle Antworten bereits kennen zu müssen. Ich habe nicht das Gefühl, mich verstellen zu müssen, weil ich hier einfach irgendjemand sein kann. Die Erwartungen, die an Elijah Ri – reicher Jaebeol, gefügiger Sohn, zukünftiger CEO – gestellt werden, gibt es in den Straßen von New York nicht so, wie sie in Seoul existieren.

»Ich habe überlegt, dass es echt cool sein könnte, in New York zu leben«, sagt Jessica. »Ich weiß, es ist unglaublich teuer, und das Leben hier kann hart sein. Aber irgendetwas an diesem Treiben macht süchtig. Vielleicht bewerbe ich mich nächstes Jahr an der NYU.«

Wir sind etwa zwei Straßenzüge vom Restaurant entfernt, und überall auf den Straßen sind Menschen, die aus den Theatern strömen. Ich muss mich an Jessica drücken, als jemand auf dem überfüllten Gehsteig an mir vorbeidrängt. Aber auch als wir weitergehen, bleibe ich dicht an ihrer Seite, wobei meine Schulter manchmal ihre streift.

»Du kannst meine Gedanken lesen«, erwidere ich.

»Wirklich? Willst du das auch? Oh mein Gott, es wäre so cool, wenn wir beide hier landen würden«, sagt sie und ihre Augen tanzen vor Aufregung.

Ohne nachzudenken, lege ich ihr die Hand auf den Rücken und ziehe sie sanft auf meine andere Seite, sodass ich näher am Bordstein und den vorbeifahrenden Autos gehen kann.

Sie sieht zu Boden und schiebt sich die Strähnen ihres langen Ponys, die dem Pferdeschwanz entkommen sind, hinter die Ohren, während ein kleines Lächeln ihre Lippen umspielt.

Wir erreichen das Restaurant und gerade, als ich die Tür für Jessica öffne, klingelt mein Handy. Die Nummer des Anrufers ist unterdrückt, wer würde mich um diese Uhrzeit schon anrufen? Ohne darüber nachzudenken, nehme ich ab.

»Hallo?«

»Elijah.«

Die Stimme ist kalt, ernst, ohne Emotionen, aber schwer.

Mein Blut gefriert.

Fuck. Mein Vater.

»Äh, Appa, ich kann gerade nicht reden«, setze ich an.

»Wie oft muss ich dir noch sagen, dass du deine Sätze nicht mit ›äh‹ anfangen sollst? Das lässt dich unsicher und schwach wirken.«

Ich will schreien, dass ich unsicher *bin*. Ich bin mir unsicher, warum er anruft. Ich bin mir unsicher, warum ich ihn an mich heranlasse. Ich bin mir über meine Zukunft unsicher, wer ich bin und wer ich sein will.

Äh, äh, äh.

»Entschuldigung, ich habe nicht aufgepasst. Dad, hör zu ...«

»Elijah, ich muss mit dir über diesen Hackathon reden, den du organisierst.«

Alle meine Nackenhaare sind in Alarmbereitschaft. Ich gebe Jessica mit einem Nicken zu verstehen, dass sie schon mal ohne mich hineingehen soll. »Ich komme gleich«, wispere ich. Sie lächelt angespannt, nickt aber und geht zum Empfangstresen.

»Was ist damit? Das ist keine große Sache. Nur etwas Kleines, woran ich mit den Praktikanten arbeite. Nichts, worüber du dir Gedanken machen müsstest.« Ich hasse es, die Veranstaltung und die ganze Arbeit, die wir leisten, kleinzureden, aber ich hoffe verzweifelt, dass er nicht versucht, es irgendwie zu sabotieren. Wie hat er überhaupt davon erfahren?

»Hör mir gut zu, Sohn.«

Oh Gott, ich hasse es, wenn er mich »Sohn« nennt. Es ist, als würde er mich auf eine Position in unserem Familienstammbaum und all die damit verbundenen Erwartungen reduzieren, statt tatsächlich mit mir, *Elijah*, zu reden.

»Pass auf, dass du nicht zu viel Zeit und Mühe in diesen Hackathon investierst. Das ist genau die Art nutzlose Arbeit, von der ich nicht will, dass du sie machst. Das sollte irgendein mittlerer Manager organisieren. Du bist der zukünftige CEO dieses Unternehmens. Du solltest nicht mit irgendwelchen unbedeutenden Praktikanten zusammenarbeiten. Hast du mich verstanden?« Seine Stimme klingt drohend.

Vielleicht hat es mich mutiger gemacht, weit von meinem Vater und seiner eisernen Faust entfernt zu sein. Oder vielleicht ist mir das, was er denkt, egal genug, um zu widersprechen. »Nein, Dad, *du* bist derjenige, der es nicht versteht. Jessica hat wirklich ganze Arbeit geleistet.«

»Jessica? Wer ist Jessica?«

»Sie ist …« Ich muss mir etwas ausdenken, und zwar schnell. Ich will nicht, dass mein Dad irgendetwas über Jessica weiß. Wenn er glaubt, dass sie, warum auch immer, hinter dem Erfolg des Hackathons steckt, könnte er ihre Bemühungen zunichtemachen. Er muss denken, dass ich dahinterstecke. Und sollte er jemals herausfinden, was ich für sie empfinde, ist die Kacke echt am Dampfen. »Sie ist nur eine Praktikantin. Zusammen mit den anderen hat sie stundenlang meine Anweisungen befolgt. Es wird toll. Du wirst beeindruckt sein.«

»Ich will nicht beeindruckt werden, Elijah. Ich will, dass du mir gehorchst. Hör auf, deine Zeit zu verschwenden. Sorg dafür, dass sich diese Jessica und die anderen

Praktikanten einen Tag lang wichtig fühlen. Sorg dafür, dass sie für ihren Stundenlohn schuften. Aber lass nicht zu, dass sie mehr wollen. Das Praktikumsprogramm ist eine Wohltätigkeitsveranstaltung, eine Möglichkeit für das Unternehmen, Steuern abzuschreiben. Wir können keine mögliche Aufmerksamkeit gebrauchen. Wir müssen uns auf Größeres konzentrieren. Ab morgen arbeitest du nicht mehr am Hackathon. Stattdessen will ich, dass du herausfindest, wie du bei der Sky High Convention helfen kannst.«

»Aber Dad, das kannst du nicht –«

»Elijah?«

Ich drehe mich um und sehe, wie Jessica mich von der Tür aus fragend ansieht.

Ich halte einen Finger empor und drehe ihr wieder den Rücken zu, sodass sie mich nicht hören kann.

»Dad, können wir später darüber reden?« Ich senke die Stimme. *So klingst du auf jeden Fall verdächtig, Elijah.* »Ich muss los, sorry«, sage ich.

»Wir müssen nicht später darüber reden. Ich habe meinen Wunsch klargemacht. Widersprich mir nicht, Elijah. Und du wirst früher als geplant nach Korea zurückkehren, in ein paar Wochen schon. Es gibt da eine junge Dame der Familie Baek, die du kennenlernen sollst.«

Wütend balle ich eine Hand zur Faust. Ich will mein Handy gegen die Mauer des Restaurants schleudern. Aber stattdessen lege ich auf, ohne mich zu verabschieden, und lasse den Kopf sinken. Dafür werde ich später büßen. Niemand würgt meinen Vater einfach so ab. Aber ich habe es nicht länger ertragen.

Ich spüre die sanfte Berührung einer Hand auf meinem Rücken und blicke über die Schulter.

»Ist alles in Ordnung?«, fragt Jessica besorgt.

Ich seufze und versuche, aus ihrer Berührung Kraft zu schöpfen – oder zumindest eine Perspektive.

Anstatt zu antworten, nehme ich ihre Hand und ziehe sie um das Gebäude herum, wo das Licht der Straßenlaternen kaum hinreicht. Ich will mich hier im Schatten verstecken und so tun, als wäre ich nicht der, der ich bin. Jessica lehnt mit dem Rücken an der Backsteinmauer, und ich strecke den Arm aus, stütze ihn an der Wand ab und beuge mich vor, um Jessica vor den Blicken der Menschen zu schützen, die an uns vorbeilaufen.

»Elijah, was ist los?«, flüstert sie. Sie legt eine Hand auf meine Brust, und sie kann ganz bestimmt spüren, wie mein Herz versucht, aus meiner Brust zu springen.

Ich komme näher, langsam, bis wir Stirn an Stirn dastehen. Ich schließe die Augen und verdränge jeden Gedanken an die Worte meines Vaters. Ich ignoriere die Angst vor diesem Mädchen mit dem Nachnamen Baek. Hier gibt es nur Jessica und mich. Mein Atem wird langsamer, und ich fühle mich tausend Mal ruhiger.

Ich öffne die Augen und löse mich ganz leicht von ihr. Wie sie mich ansieht ... besorgt, aber unendlich geduldig. Unglaublich freundlich. In ihren Augen versuche ich, die Person zu erkennen, die sie vor sich sieht – eine Version von mir, die selbst ich mögen und respektieren kann.

Ich schlucke die Flut an Gefühlen, das Verlangen herunter. Es fühlt sich an, als hätte ich mein ganzes Leben ohne jemanden verbracht, der sich dafür interessiert, was ich empfinde. Und mit nur einem Blick schafft es Jessica, dass ich mich genau nach dieser Person sehne.

Die Finger der Hand, die gerade noch flach auf meiner Brust lag, greifen nach dem Stoff meines Hemds und ziehen mich näher zu ihr heran. Sie neigt ihren Kopf und fordert mich auf, sie zu küssen. Ich zögere nicht. Ich beuge mich vor, und unsere Lippen berühren sich.

So warm. So weich.

»Jessica«, sage ich an ihren Lippen. Sie legt die Arme um meinen Hals und fährt mir mit den Fingern durchs Haar. Sie öffnet den Mund für mich, und meine Zunge findet ihren Weg. Ihr Körper ist warm und weich und schmiegt sich an mich.

Ich verlagere mein ganzes Gewicht auf den Arm, mit dem ich mich gegen die Mauer stütze, und schlinge den anderen Arm um ihre Taille, um keinerlei Abstand zwischen uns zu lassen. Ich hebe sie ein wenig hoch, um einen besseren Winkel zu finden, um ihr noch näher sein zu können. Jessica seufzt leicht, und ich kann nicht anders – ich antworte mit einem Stöhnen.

Sie holt kurz Luft. Ich will vorschlagen, dass wir einfach alles vergessen und uns weiter küssen. Aber das Gefühl ihres Atems, der über meine Wange streicht, ist so berauschend.

Sie sieht mir direkt in die Augen, als wäre sie auf der Suche nach etwas. »Rede mit mir. Wer hat dich angerufen? Ist alles in Ordnung? Wie kann ich helfen?« Sie stellt genau die richtigen Fragen, um so den Schaden zu mindern, den mein Vater angerichtet hat.

Ich will sie weiter küssen und jede Sorge aus ihrem

hübschen Gesicht wischen, anstatt ihr zu erzählen, dass mein Vater mit einem Anruf meinen ganzen Sommer ruiniert hat.

»Das war mein Dad«, gebe ich zu, weil ich weiß, dass sie die Schwere dieser Worte versteht. »Aber können wir jetzt nicht darüber reden?« Ich entferne mich einen Schritt von ihr, streiche ihr aber eine lose Haarsträhne hinters Ohr. Obwohl die Sommernacht warm und schwül ist, zittert Jessica.

»Lass uns reingehen. Ich habe Hunger«, sage ich. »Angeblich wartet hier das beste italienische Essen der Stadt auf uns.«

Sie sieht mich noch eine Sekunde länger an. Ich weiß nicht, was sie in meinem Gesicht sieht, aber sie wendet sich zum Gehen, wobei sie mir nicht von der Seite weicht. Als wir das Restaurant betreten, greift sie nach meiner Hand und verschränkt unsere Finger ineinander. Ich versuche, mir keine Sorgen darüber zu machen, was das alles bedeutet. In diesem Moment möchte ich mir einfach nur ihre Wärme und Stärke ausborgen.

Und ich versuche, das beharrliche Ticken der Uhr zu ignorieren, die das Ende des Sommers ankündigt, wenn Jessica nicht mehr an meiner Seite sein wird.

19. Kapitel

Jessica

Elijah: Hi

Ich sehe auf mein Handy hinunter und lächle. Zwei Buchstaben, ein Wort ... alles. Allein seinen Namen zu lesen, lässt mein Herz schneller schlagen.

Ich: Hi:)
Elijah: Hattest du Spaß?
Ich: Ja!!! Ich hatte viel Spaß!
Elijah: Ich habe die ganze Nacht nur an dich gedacht ...

Oh.
Mein.
Gott.

Er hat die ganze Nacht an mich gedacht. Obwohl ich hinter verschlossener Tür am Schreibtisch meines Büros sitze, sollte ich besser nicht anfangen, schwärmerisch zu seufzen. Das wäre am Arbeitsplatz nicht angebracht. Und trotzdem ... Ich kann mich nicht bremsen. Mir entkommt ein Seufzer, gefolgt von einem hohen Quietschen.

Ich drehe mich mit dem Stuhl im Kreis und veranstalte mit den Füßen dabei ein kleines Tänzchen. Nur so kann ich diese ganze Aufregung rauslassen.

Elijah: Ich kann dich immer noch auf meinen Lippen schmecken.

Ach du meine Güte. Wie soll ich denn darauf reagieren? Ich brauche sofort Ellas Hilfe. Sie ist die Königin des Handyflirts. Schnell tippe ich eine panische Nachricht.

Ich: OMG, Ella ... Elijah und ich haben gestern Abend rumgemacht und es war EINMALIG, und jetzt schreibt er mir und sagt, dass er mich immer noch schmecken kann, und ich will, dass er weiß, dass ich das UNBEDINGT wiederholen will, aber ohne zu begierig oder verzweifelt zu klingen, obwohl ich das EINDEUTIG bin! HILF MIR! Ich muss wie ein sexy Kätzchen klingen. Schnell. Bitte und danke.

Ich drücke mir das Handy an die Brust und warte auf Ellas Antwort. Ein Lächeln breitet sich auf meinem Gesicht aus, während ich darüber nachdenke, was sie mir wohl raten wird, was ich Elijah wohl schreiben sollte, damit er mich vielleicht nach einem Date fragt. Ich will nicht zu viel über das Ganze nachdenken. Ich will es einfach nur genießen.

Ich schrecke auf, als eine neue Nachricht mein Handy vibrieren lässt. Wow, Ella ist schnell!

Elijah: Ich glaube, du wolltest die letzte Nachricht an Ella schicken. Aber du sollst wissen, dass ich bei der Sexy-Kätzchen-Nummer voll dabei bin.

Ich: *facepalm*

Immer wieder lese ich die heutigen Nachrichten mit Elijah, wobei ich gleichzeitig Freude und Entsetzen empfinde. Ich stehe immer noch unter Schock und kann nicht verdauen, wie so viel in nur einer Nacht passieren konnte. Aber vielleicht ist das ja der Zauber von *Hamilton*.

Das Musical hat mir das Gefühl gegeben, dass die Welt voller Möglichkeiten ist, wenn ich nur um meinen Platz kämpfe. Es hat mir einen neuen Energieschub für die Arbeit gegeben, die noch vor uns liegt. Das ist meine Chance.

Es hat auch dafür gesorgt, dass ich glaube, dass Elijah und ich wirklich etwas Besonderes teilen könnten. Und ich denke, er spürt das auch.

Kurz taucht Elijah in diesen perfekt geschnittenen Jeans vor meinem inneren Auge auf. Ich unterdrücke den Drang, bei dieser Erinnerung zu sabbern. Ich habe nie wirklich Wert auf teure Kleidung gelegt, und außerdem konnte ich sie mir auch nie leisten. Es schien mir immer völlig sinnlos, so viel Geld für Luxusmarken auszugeben. Aber jetzt, wo ich diese guten Sachen an Elijah gesehen habe, weiß ich, wie sie einen ohnehin schon ziemlich perfekten Körper noch besser aussehen lassen können. Ich persönlich könnte leicht süchtig nach dem Gefühl werden, High-End-Marken tragen zu dürfen.

Und ... dann war da dieser *Kuss*. Elijah, der sich zu mir

beugt, gegen die Backsteinmauer gestützt. Seine Lippen auf meinen, seine Zunge, die Dinge tut …

»Jessica-ssi, wir brauchen Sie im Konferenzraum«, sagt Mr Song, der an meiner Bürotür vorbeikommt.

Ich springe auf und denke daran, wie sehr sich meine Mutter schämen würde, wenn sie wüsste, dass mich gerade eine ältere Person dabei erwischt hat, wie ich lüstern an einen Jungen gedacht habe. Nervös streiche ich meinen Rock glatt, schnappe mir Notizblock und Stift und eile zum Konferenzraum. Dort wird mir wieder einmal die Rolle der Protokollantin für die Vorstandssitzung zugewiesen.

Ich dehne meine Handgelenke, indem ich mit den Händen kreise, um mich so darauf vorzubereiten, all die Schnörkel und langen Enden in meine Buchstaben einzubauen und eine »schöne weibliche Schrift« zu liefern. Ich verzichte gerade noch darauf, meine i-Punkte mit Herzchen zu versehen.

Wenn der Preis für die Planung und Durchführung des Hackathons darin besteht, Demütigungen zu erdulden und mich darüber zu ärgern, dass eine Gruppe rückständiger Männer auf einem Egotrip meine Notizen und meine Schönschrift bewertet, dann soll es so sein.

Diese Chance lasse ich mir nicht entgehen.

Ich kämpfe gegen die Langeweile an, während jede Führungskraft die aktuelle Lage ihrer Abteilung vorstellt. Ich werde mich nie daran gewöhnen, dass die beiden Frauen im Raum, Ms Kang und Hee-Jin, immer erst sprechen dürfen, wenn alle Männer fertig sind, und auch nur dann, wenn noch Zeit ist. Mehr als einmal wollte ich

Hee-Jin fragen, wie sie diese unverhohlene Frauenfeindlichkeit, diese unbequeme Geringschätzung erträgt.

Wie meine Mutter sagen würde: »Stell nicht zu viele Fragen. Oft genug kommen die Antworten zu dir, ohne dass du unnötige Aufmerksamkeit auf dich ziehen musst.« Manchmal frage ich mich, ob ihre Ratschläge, die mich mein ganzes Leben lang begleitet haben, nur eine andere Form dieser überholten Werte sind.

»Uns bleiben nur noch wenige Minuten, aber könnten Sie, Ms Kang, uns etwas über das Marketing erzählen?«, fragt eine der männlichen Führungskräfte.

Ms Kang zögert keinen Moment. Sieht so aus, als hätte sie Übung darin, ihre Chance nicht verstreichen zu lassen. »Die Marketing-Planung für das kommende Jahr wird bis Freitag per Mail verschickt, physische Exemplare des Berichts liegen bis zum Mittag desselben Tages auf Ihren Schreibtischen. Zu den wichtigsten Punkten gehört die Einstellung eines Social-Media-Managers, um unsere Präsenz auf allen Plattformen zu stärken. Im Vergleich zu unseren Mitbewerbern auf dem Markt sind wir in diesem Bereich im Rückstand.«

Einige der Männer am Tisch beginnen, ihre Sachen zusammenzusuchen, und einer wagt es sogar aufzustehen, als wolle er gehen. Frau Kang scheint sich von dieser Unhöflichkeit nicht beeindrucken zu lassen. Nur an der Art, wie sie ihr iPad umklammert, erkennt man, dass sie gereizt ist. Das fällt aber nur denjenigen auf, die zuhören ... also vermutlich nur mir. Ich sehe kurz auf und erkenne, dass auch Hee-Jins Blick auf Ms Kangs iPad gerichtet ist. Okay, also nicht nur mir.

»Und zum Schluss«, macht sie weiter, wobei ihre Stimme ein wenig lauter wird, »möchte ich ein kurzes Update zum Hackathon und der unglaublichen Arbeit geben, die unsere diesjährigen Praktikanten und Praktikantinnen bei der Organisation leisten. Ich bin ziemlich beeindruckt, was sie erreicht haben, sowohl in Bezug auf den Zeitplan als auch auf das Budget. Die Veranstaltung wird ein …«

Mr Shin aus der Supply-Chain-Abteilung geht zur Tür, seine koreanische Zeitung unter den Arm geklemmt, die Kaffeetasse in der Hand. »Ms Kang, in diesen Treffen besprechen wir nur wichtige Angelegenheiten. Sie sind ohnehin lang genug. Ich habe kein Interesse an unserem Wohltätigkeitsprogramm.«

Das Wort lässt mich erstarren. *Wohltätigkeit.* Für wen halten sie uns? Offensichtlich ist ihnen nicht klar, dass sich einige der klügsten jungen Köpfe den Hintern für das Unternehmen abarbeiten. Nur weil sie nicht aus reichen und angesehenen Familien stammen, heißt das nicht, dass sie es nicht wert sind. Im Gegenteil … Ich öffne den Mund, um genau das auszusprechen, aber Hee-Jin wirft mir einen warnenden Blick zu. Ihre zusammengepressten Lippen und das leichte Kopfschütteln bedeuten »*Nein. Mach das nicht*«.

Wie kann es sein, dass dieses Verhalten in Ordnung ist?

»Ich verstehe nicht, warum wir auf Lee Jung-Woo hören«, sagt der Mann neben mir zu der Person, die neben ihm sitzt. Ich schreibe diesen Namen besonders elegant auf meinen Notizblock, weil ich mich gerade besonders frech fühle.

Lee, geschweifte Es.

Jung, mit einem zusätzlichen Schwung im G.

Woo ...

Ich betrachte den Namen, den ich gerade ausgeschrieben habe. Es dauert einen Moment, bis ich ihn erkenne und die Verbindung herstellen kann. Das ist der Name meines Vaters. Schnell hebe ich den Kopf.

»Er versucht ständig, Firmengelder für sinnlose Projekte wie dieses Praktikum auszugeben. Wissen wir überhaupt, ob er die Wahrheit über die Steuervorteile für das Unternehmen sagt? Klingt schon wieder nach Zeit- und Mittelverschwendung.«

»Die Steuervorteile sind nur eine Ausrede. Er setzt sich für diese Projekte ein, damit arme Kinder wie er Chancen bekommen. Warum arbeiten sie nicht einfach härter, um ihrem Schicksal zu entkommen, anstatt Almosen anzunehmen?«

Ich betrachte die Männer mit zusammengekniffenen Augen, während mein Herz rast. Mein Vater ist ein freundlicher, großzügiger Mensch, aber er hat in seinem Leben noch nie Zeit oder Mittel verschwendet. Dazu ist er viel zu geizig. Aber zu wissen, dass er das Praktikumsprogramm von Anfang an unterstützt hat – und deswegen offensichtlich einen harten Kampf geführt hat ... Ich schlucke den Kloß in meinem Hals hinunter.

Der Rest der Versammlung erhebt sich und verlässt, in Gespräche vertieft, den Raum, als wäre Ms Kang nicht gerade mitten in einer wichtigen Präsentation gewesen und als hätte Mr Arschloch nicht gerade über meinen Vater hergezogen. Ich bin stinksauer, in mir brennt eine Wut, die ich noch nie zuvor gespürt habe. Ich will aus dem Zimmer stürmen, zum Aufzug und aus dem Gebäude, so weit weg von all dem wie nur möglich.

Ich spüre eine sanfte Berührung an der Schulter.

»Hey, was hältst du von einem Mädelsabend heute? Eine Pyjamaparty, okay? Tuchmasken, Instantnudeln, Kult-Dokus. Was meinst du?«

Hee-Jins Miene ist sanft, entschuldigend. Ich versuche, darin zu lesen, was sie nicht ausspricht, aber ich verstehe immer noch nicht ganz, wie sie das alles hier erträgt. Sie ist sogar in einer Machtposition. Warum lässt sie es zu?

»Klar, klingt toll«, sage ich, aber meine Stimme klingt flach. Ich kann meine Enttäuschung, die Frustration und jetzt auch die Sorgen um meinen Vater nicht verbergen. Es klang nicht so, als wäre er bei diesen mächtigen Männern besonders beliebt.

Sobald das Zimmer leer ist, räume ich wie immer das Chaos auf, das alle anderen auf den Tischen hinterlassen haben, und schreddere beim Rausgehen meine hübschen Notizen, die niemand liest.

Zurück in meinem Büro hole ich mein Handy hervor und wähle die Nummer meines Vaters. Ich will seine Stimme hören. Wenn es stimmt, dass er die ganze Zeit derjenige war, der sich für das Praktikumsprogramm eingesetzt hat, und dass er daran interessiert ist, dass es ein Erfolg wird, warum hat er mir das nie gesagt? Und was noch wichtiger ist, warum war er so dagegen, dass ich diesen Sommer daran teilnehme? Ich wünschte, ich könnte ihm erzählen, was ich alles erreicht habe. Ich möchte ihm zeigen, wie wichtig dieses Praktikum ist und dass er stolz sein sollte, nicht nur auf mich, sondern auch auf sich selbst.

»Jessica, ich wollte dich heute Abend zur vereinbarten Zeit anrufen. Ist alles in Ordnung?« Seine Stimme tröstet mich trotz ihres üblichen, fordernden Tons. Denn was auch immer passiert, ich weiß, dass mein Vater es zumindest auf seine Weise in Ordnung bringen wird.

»Na ja, ich habe gerade etwas Interessantes herausgefunden«, sage ich.

»Etwas Interessantes? Meinst du, etwas, was du eigentlich nicht wissen solltest? Bist du in Schwierigkeiten? Geh sofort zur Polizei, aber gib ihnen keine Auskunft. Ich rufe deinen Onkel in New Jersey an, damit er sich auf den Weg macht, um dich dort zu treffen ...«

»Dad, Dad, warte. Ich stecke nicht in Schwierigkeiten, meine Güte«, sage ich. »Es ist nur ... Ich war bei der Vorstandssitzung, und sie haben über das Praktikumsprogramm gesprochen, und dein Name ist gefallen.«

»Jessica.« Sofort klingt seine Stimme nicht mehr panisch, sondern drängend. »Warum warst du bei der Vorstandssitzung?« Er stellt diese Frage langsam, seine Worte sind voll von Misstrauen und einer Art Vorwurf. Er hat mir gesagt, ich solle mich den Sommer über bedeckt halten. Und das ist das Gegenteil von dem, was ich tatsächlich tue.

Ich suche nach den richtigen Worten. Nach einer Erklärung.

»Äh, jemand sollte Protokoll führen. Und sie wollten, dass das jemand mit weiblicher Handschrift übernimmt. Und wir wissen beide, dass ich besonders schön schreiben kann. Du hast von Anfang an darauf bestanden, dass ich in der Schule gut aufpasse. Und ich bin sehr froh, auf dich gehört zu haben, weil ich Schreibschrift schon in der Grundschule gemeistert habe und das jetzt wirklich nützlich ist. Du solltest sehen, wie ich mein J verziere ...«

Er hat kein Wort gesagt, aber ich kann hören, wie seine Nase leise pfeift, während er schwer atmet. Der Ärger, der mir droht ...

»Jessica Yoo-Jin Lee«, sagt er.

Oh nein. Nicht der volle Name.

»Ich habe dir gesagt, dass du einfach deine Arbeit machen und dich zurückhalten sollst. Du sollst nicht in diesen Vorstandssitzungen sein. Du sollst niemandem auffallen. Wenn sie herausfinden, dass ich dein Vater bin, bringt das den Erhalt des ganzen Praktikumsprogramms in Gefahr – genauso wie meinen Ruf und deinen. Ich war immer dagegen, Beziehungen zum eigenen Vorteil zu nutzen, und ich habe immer den Standpunkt vertreten, dass Privilegien zu ungleichen Bedingungen führen. Wenn jemand erfährt, dass du meine Tochter bist, wird er annehmen, dass ich dir geholfen habe, diese Stelle zu bekommen. Die Leute dürfen sich nicht für deine Herkunft interessieren. Verstehst du mich?«

Wenn mein Dad nur begreifen würde, dass Beziehungen tatsächlich der *einzige* Weg sind, um voranzukommen. Gute Noten und harte Arbeit leisten dabei nur einen kleinen Beitrag.

Es ist eine unmögliche Situation, und ehrlich gesagt bin ich ein wenig verärgert, dass er das von mir verlangt. Natürlich muss ich mich abheben. Ich muss jede Gelegenheit nutzen, als ob es meine letzte wäre. Denn das könnte sie sehr wohl sein.

Also ignoriere ich die leise Stimme in meinem Hinterkopf, die sich fragt, warum mein Vater so unangemessen beschützerisch ist. Sogar noch mehr als sonst.

Hätte ich in diesem Moment doch nur auf diese Stimme gehört und getan, was mein Vater von mir verlangte – dann hätte ich uns allen viel Kopf- und Herzschmerz erspart.

Wenn doch nur.

»Das ist der schönste Pyjama, den ich je in meinem Leben getragen habe. Wenn es ums Schlafen geht, gehöre ich normalerweise zum Typ ›altes T-Shirt aus dem Kirchenjugendlager und Shorts‹. Meine beste Freundin Ella sagt immer, dass man besser träumt, wenn man einen schönen Schlafanzug trägt.«

»Du hast Ella schon ein paar Mal erwähnt. Seid ihr schon lange befreundet?«, fragt Hee-Jin.

»Ja, sie ist seit der Junior High meine beste Freundin. Sie ist toll. Nach dem Hackathon kommt sie wieder nach New York, um mich zu besuchen. Wenn du Zeit hast, können wir vielleicht alle zusammen zu Mittag essen. Sie würde sich freuen, dich kennenzulernen.«

Hee-Jin nickt höflich, wirkt aber nicht begeistert. Ich bekomme das Gefühl, dass es nicht zu ihren Lieblingsbeschäftigungen gehört, neue Leute kennenzulernen. Sie scheint kein Snob zu sein, deswegen frage ich mich, ob sie eigentlich ziemlich schüchtern ist. Ein bisschen wie ihr Bruder.

Hee-Jin befühlt den Stoff meines Schlafanzugärmels. »Oh ja, der ist sehr schön«, sagt sie und lenkt das Gespräch so wieder auf etwas, das ihr mehr zu entsprechen scheint. Materielle Dinge. »So weich. Ich habe mich erst vor kurzem an Pyjamas aus Seide gewöhnt. Bis dahin fühlte sich das zu extravagant an. Versteh mich nicht falsch, ich hatte schon immer die schönsten, hochwertigsten Pyjamas, aber Seide war eine Offenbarung. Fühlst du dich nicht auch wie in Luxus gehüllt, wenn du darin schläfst?« Sie lacht kurz auf. »Oh Gott, ich kann nicht glauben, dass ich das gerade gesagt habe. Ich klinge sicher wie eine total nervige, reiche Person, oder? Ekelhaft.«

Ich lächle Hee-Jin aufmunternd an. In diesem Moment ist sie nicht länger die mächtige, selbstbewusste Führungskraft. Sie wirkt jünger, entspannter.

»Seit ich dich und Elijah kenne, habe ich gelernt, dass unsere Leben zwar unterschiedlich sein mögen, wir aber mit denselben Problemen zu kämpfen haben. Unsere anspruchsvollen Eltern zu beeindrucken, zum Beispiel, und aus der Masse hervorzustechen und ernst genommen zu werden. Wir kämpfen darum, tun zu können, was wir wollen, und nicht das tun zu müssen, was jemand anderes von uns verlangt«, gestehe ich.

Hee-Jin mustert mich sorgfältig. Ihr Blick ist sanft, aber prüfend. »Du kennst ihn wirklich gut«, sagt sie.

»Wie bitte?« Ich bin mir nicht sicher, was sie meint.

»Elijah. Niemand scheint je sein wahres Ich kennenzulernen. Er wird oft einfach als verwöhnt, faul und unfähig abgestempelt. Mein Dad hat ihn oft angeschrien, dass er aufhören soll, den ganzen Tag Videospiele zu spielen, und anfangen muss, sich um das Familienunternehmen zu kümmern. Mom hat ihn angefleht, sich mehr anzustrengen. Niemand hat ihn je gefragt, was er will. Niemand hat versucht, zu sehen, wozu er in der Lage ist.«

»Aber er ist zu so vielem in der Lage. Er ist superschlau. Diese Games, die er spielt – er weiß genau, wie ihr Backend-Code funktioniert. Und ich glaube nicht, dass es ein Problem gibt, für das er nicht eine Lösung finden könnte. Und er hat natürliche Führungsqualitäten. Die Leute vertrauen ihm einfach und folgen ihm. Und er ist so großzügig, und damit meine ich nicht nur Geld. Er ist großzügig mit seiner Zeit und seinen Bemühungen. Wenn er jemanden sieht, der Hilfe braucht, und wenn die Person es zulässt, springt er ein und tut, was er kann. Nicht, um als Retter in der Not aufzutreten oder die ganzen Lorbeeren zu ernten. Sondern um andere wirklich in ihrem Tun zu unterstützen. Ich sage nicht, dass er nicht manchmal nervt. Und er tut so, als würde er es hassen, hart zu arbeiten, aber man merkt, dass es ihm Spaß macht, dass er eine gewisse Befriedigung darin findet, Dinge zu erledigen. Und …«

Plötzlich fällt mir auf, wie leise es im Zimmer geworden ist. Hee-Jin und ich wollten uns heute Abend im Wohnzimmer Kult-Dokus ansehen. Wir sind beide im Schlafanzug, die Haare zurückgebunden, Shin Ramyun aufgewärmt, Popcorn in der Hand. Aber der Fernseher ist aus. Und hier sitzen wir nun und reden über Elijah. Und ich bin zu weit gegangen.

»Es tut mir leid, ich wollte nicht so wirken, als würde ich ihn besser kennen als du. Ich meine, ich habe nur …«

»Entschuldige dich nicht dafür, dass du aufmerksam bist und ein Talent dafür hast, Menschen zu lesen. Bitte nicht um Verzeihung, weil jemand anderes auf dein Wissen reagiert«, sagt sie. »Du musst mit deinen Entschuldigungen sehr sparsam sein. Wir Frauen entschuldigen uns zu oft für Dinge, die überhaupt nicht unsere Schuld sind. Das haben wir uns so angewöhnt.«

Ich nicke und mache mir im Geiste eine Notiz. Es ist beeindruckend, wie schnell Hee-Jin in ihre Führungsrolle schlüpfen kann. Ich will sie nach der heutigen Vorstandssitzung fragen, wie sie damit umgeht, wenn sie bei der Arbeit zurückgewiesen oder unterschätzt wird. Ich habe das Gefühl, dass sie dazu gezwungen ist, sich für die Kämpfe zu entscheiden, die sie kämpft.

»Und entschuldige dich niemals bei mir dafür, dass du meinen Bruder kennst. Ich bin sehr dankbar, dass es jemanden gibt, die sich die Zeit genommen und die Chance genutzt hat, ihn kennenzulernen. Jemanden, der er genug vertraut, um ihr diese Seiten an sich selbst zu zeigen. Jemanden, die ihn akzeptiert. Das passiert ihm nicht oft.«

Plötzlich fühle ich mich schuldig, weil ich über Elijah rede, obwohl er nicht hier ist. Aber es wärmt mir das Herz, dass Hee-Jin zu glauben scheint, ich wäre ihm wichtig. Es ist traurig, dass es solche Menschen nur selten gibt. Wieder einmal bin ich erstaunt, wie einsam Elijahs Leben sein muss.

Hee-Jin drückt meine Hand, ehe sie sich zurücklehnt und nach der Fernbedienung greift. Sie lächelt ein wenig, und es fasziniert mich, wie sehr sie und Elijah sich ähneln. Und er ist nicht der Einzige in der Familie, dem eine lebenslange Bürde auf den Schultern lastet.

Vielleicht tut die Zeit in New York, weit weg von Seoul, ihnen beiden gut.

Ein Teil von mir, ein Teil, der mit jedem Tag zu wachsen scheint, will nicht, dass dieser Sommer endet.

»Okay, sag mir Bescheid, wenn ich mich um meinen eigenen Kram kümmern soll, aber …« Ich wechsle schnell das Thema, bevor die aufkommenden Gefühle unserem Abend einen Dämpfer verpassen. »Ich glaube, der junge, gutaussehende Typ in dem grauen Anzug, der im Meeting neben Mr Kim saß, steht auf dich. Er hat dich immer wieder angesehen, aber nicht auf eine gruselige Art. Und als du meintest, dass es helfen könnte, die Prognosen anstatt vierteljährlich einmal im Monat zu besprechen, war er wirklich beeindruckt. Ich meine, es ist vielleicht völlig unangebracht, wenn ich das sage, aber ich habe so etwas noch nie gesehen. Es war nicht offensichtlich oder so. Aber es könnte direkt aus einem Liebesroman stammen.«

Ein schüchternes Lächeln breitet sich auf Hee-Jins Gesicht aus. Ich habe sie immer sehr selbstbewusst und souverän erlebt, aber diese Bemerkung scheint sie zu entwaffnen.

»Danke, aber ich kann mir nicht vorstellen, dass das stimmt«, sagt sie und errötet leicht. Wenn ich darüber nachdenke, wie einsam Elijahs Leben sein muss, wird mir klar, dass es Hee-Jin wahrscheinlich genauso geht. Hat sie die Möglichkeit, Pyjamapartys zu veranstalten oder mit ihren Freundinnen über Schwärmereien zu reden?

Sie räuspert sich und setzt einen neutralen Gesichtsausdruck auf. »Außerdem wäre es am Arbeitsplatz nicht angebracht«, sagt sie.

Die plötzliche Veränderung in ihrem Verhalten überrascht mich, und schnell entschuldige ich mich. »Es tut mir leid, ich wollte nicht ...«

»Nein, nein, mir tut es leid. Ich wollte dich nicht abwimmeln oder dir ein schlechtes Gewissen machen. Es ist nur ... Ich bin verlobt und werde heiraten.«

Mein Blick wandert sofort zu ihrer linken Hand. Kein Diamant, kein Ring. Nichts.

»Es ist alles noch nicht ganz sicher. Wir planen gerade die Verlobungsfeier. Seinem Vater gehört ein sehr großes Vertriebsunternehmen, und es war praktisch von Anfang an klar, dass wir heiraten werden.« Langsam wendet sie sich mir zu. »Ich weiß, das klingt total antiquiert und rückständig.«

»Liebst du ihn?« Sofort halte ich mir den Mund zu. Ich kann nicht glauben, dass ich sie das einfach so gefragt habe. Wir kennen uns kaum.

»Würdest du mich weniger respektieren, wenn ich es nicht täte?«, fragt sie.

Ich schlucke den Kloß in meinem Hals herunter, der aus Traurigkeit und Scham besteht. »Ich weiß nicht, ob es mich etwas angeht, darüber zu urteilen. Wer bin ich, dass ich mir eine Meinung über dein Leben bilden kann? Ich verspreche, ich bin nicht hier, um dich zu verurteilen.«

»Ich weiß natürlich, wie altmodisch es klingt, aber es ist nicht so komisch, wie es scheint. Unsere Familien sind der Grund, warum wir uns kennengelernt haben, aber zum Glück mögen wir uns auch. Es gibt definitiv eine Anziehung zwischen uns. Aber unter anderen Umständen wäre das alles viel einfacher gewesen. Auf uns beiden lastet ein enormer Druck, denn unsere Unternehmen müssen unbedingt gut miteinander auskommen.«

Ich will ihr sagen, dass ich sie verstehe, und ihr so die Anerkennung geben, die sie anscheinend von irgendjemandem braucht, egal von wem. Aber ich schätze, es schockiert mich doch, dass so etwas immer noch passiert, auch wenn Elijah davon erzählt hat. Es ist besonders seltsam, das von einer Person zu hören, die ich respektiere und die ich für ihr Auftreten als erfolgreiche Geschäftsfrau bewundere.

Plötzlich läuft mir ein Schauer über den Rücken, während mein Verstand das alles durchspielt.

»Warte mal. Wird Elijah auch mit jemandem verkuppelt?« Meine Stimme klingt klein und ich habe vergessen, wie man atmet.

Sie sieht nicht weg, aber die Stille dauert zu lang. Ich kenne die Antwort.

»Oh … ja, ich meine, natürlich ist er das wahrscheinlich, aber das geht mich nichts an, genauso wenig, wie es mich etwas angeht, dass du für die Firma und nicht für dich selbst heiratest. Nicht, dass daran etwas falsch wäre. Und noch besser ist es, wenn ihr euch mögt, und, du weißt schon, Liebe kann wachsen …« Meine Lippen bewegen sich, während die Stimme in meinem Kopf mich anschreit, still zu sein, wegzurennen, niemals zurückzublicken zu diesen Menschen und ihrer Welt, die ich nicht verstehe.

Ich denke an meinen und Elijahs Kuss. Die kleinen Berührungen und Geheimnisse, die seit unserer ersten Woche hier nur zwischen uns beiden bestehen. Dass wir uns gegenseitig unterstützen und diesen Sommer gemeinsam durchmachen. Ich dachte ... ich dachte ... Es ist nicht wichtig, was ich dachte. Es gibt eine Andere, die diese Dinge für den Rest seines Lebens mit ihm teilen soll. Nicht ich.

Hee-Jin drückt sanft meine Hand.

»Er hat sie noch nicht einmal getroffen. Das ist alles nur eine Erwartung, eine Art Vertrag. Aber Gefühle spielen dabei keine Rolle. Und vielleicht wird es für Elijah anders als für mich. Wer weiß? Aber Elijah zu betrachten, wie er mit dir den Sommer verbringt – so habe ich ihn noch nie gesehen. Noch nie hat jemand so an ihn geglaubt, wie du es tust, und das hilft ihm dabei, an sich selbst zu glauben.« Ihr Lächeln ist freundlich, aber auch ein bisschen traurig.

Auch in mir breitet sich eine Traurigkeit aus und ich frage mich, ob ich mich immer so fühlen werde, wenn ich in Zukunft an Elijah denke – in einer Zukunft, die ich nicht mit ihm teilen werde.

»Mach dir darüber jetzt keine Sorgen«, sagt Hee-Jin, als könnte sie meine Gedanken lesen. »Genieß den Sommer und lass Elijah ihn auch genießen.«

Ich nicke nur, schnappe mir die Fernbedienung und schalte die Doku ein. Während ich mich auf den Bildschirm konzentriere, tue ich das, was ich schon den ganzen Sommer lang tue, worin ich richtig gut geworden bin ...

Ich tue so, als ob.

20. Kapitel

Elijah

Ich weiß nicht, wie Jason es geschafft hat, mich dazu zu überreden, vor der Arbeit joggen zu gehen.

Aber ganz ehrlich, obwohl meine Lungen brennen, meine Beine Wackelpudding sind und der Wahnsinnskörper dieses Typs mich wie ein dürres Kind im Sportunterricht aussehen lässt, ist es einfach himmlisch, neben dem West Side Highway entlang des Hudson Rivers zu laufen. Würde ich nicht nach Luft schnappen, würde ich jetzt wahrscheinlich lächeln.

»Hey, lass uns eine kurze Pause machen. Ich habe Schmerzen«, keuche ich.

Jason nickt und wird langsamer. Er geht zur nächsten Grünfläche an einem der Piers hinüber und beginnt sich zu dehnen. Ich weiß, dass er ein guter Kerl ist, aber ich habe auch keinen Zweifel daran, dass ihm die Blicke der Passanten gefallen. Neulich, als wir vor diesem neuen Nudelrestaurant anstanden, hat ihn jemand gefragt, ob er ein K-Pop-Idol sei.

Ich bin es gewohnt, in Korea viel Aufmerksamkeit zu bekommen. Jaebeol-Familien sind auf ihre eigene Art berühmt, und alle wollen wissen, wo wir essen und einkaufen, auf welchen Veranstaltungen wir auftauchen und mit wem wir ausgehen. Hier in New York, ohne diese Identität, bin ich genau wie alle anderen.

»Wenn wir pünktlich zur Arbeit kommen wollen, sollten wir besser zurück. Ich muss duschen und habe meine Zeit im Bad mit Roy getauscht«, sage ich. Dabei beobachte ich, wie sich eine Möwe an ein Baby heranpirscht, das einen halb aufgegessenen Bagel in der Hand hält. Die Mutter chattet eifrig auf ihrem Handy, aber der Hundebruder, eine französische Bulldogge in einem stacheligen Geschirr, hat seinen Blick fest auf den Vogel gerichtet. Das dürfte einen heftigen Kampf geben.

»Oder wir laufen in diese Richtung weiter und duschen im Fitnessstudio der Firma«, schlägt Jason vor. »Ich habe gehört, dass die Duschen komplett mit Körper- und Hautpflegeprodukten von Laneige ausgestattet sind. Das wollte ich schon immer mal ausprobieren.«

Ich werfe ihm einen wissenden Blick zu, begleitet von einem Schnaufen. Das machen wir auf keinen Fall. Wir sind nur Praktikanten. Und obwohl uns niemand gesagt hat, dass wir das Firmenfitnessstudio nicht nutzen dürfen, tun es nur die ganz hohen Tiere. Männer, die die neuesten Hightech-Workout-Klamotten tragen und sich dann in maßgeschneiderte, handgefertigte Anzüge hüllen. Es würde mich nicht wundern, wenn diese Arschlöcher uns rausschmeißen ließen, weil wir versuchen, die gleiche Luft zu atmen wie sie.

In Korea gehöre ich zu diesen Arschlöchern.

Ich schüttle den Kopf. »Ich weiß nicht, wie du das siehst, aber ich stehe nicht darauf, mich schlecht behandeln und zum Gespött machen zu lassen. Da warte ich lieber, bis ich in unserem gemeinsamen Bad an der Reihe bin.«

»Manchmal mache ich mir Sorgen, dass du zu sehr auf deinen Status fixiert bist, und zwar darauf, dass du keinen hast. Du brauchst mehr Selbstvertrauen, Mann. Du arbeitest bei Haneul. Du hast die gleichen Vergünstigungen wie alle anderen. Niemand sieht auf dich herab.« Er klopft mir auf die Schulter. Nette, aufmunternde Worte.

Ich hasse es, Jason erklären zu müssen, dass sie tatsächlich auf uns herabblicken. Das weiß ich, weil ich in der Vergangenheit auf Menschen herabgesehen habe, die meiner Meinung nach nicht zu uns gepasst haben.

»Komm schon. Wir haben beide erlebt, dass wir dort im Grunde genommen nicht beachtet werden. Hast du es je über das Erdgeschoss der Firma hinausgeschafft?«, frage ich ihn.

Er schüttelt den Kopf und zuckt mit den Schultern. »Vielleicht hast du recht. Aber wenn das stimmt, ist es total ätzend. Ich verstehe wirklich nicht, wie so eine Scheiße heutzutage noch ablaufen kann. Wir entschuldigen sie immer damit, dass Haneul ein koreanisches Unternehmen ist, als ob das ein Grund wäre, warum sich nie etwas ändert. Damit diese überholte Art der Unternehmenskultur beibehalten werden kann. Misogynie, Klassismus, Rassismus, Belästigung am Arbeitsplatz … Weißt du, dass das alles in den meisten Unternehmen illegal ist? Zumindest sollte es das sein«, sagt Jason.

»Es ist wirklich beschissen«, stimme ich zu. »Aber ich frage mich, warum überhaupt jemand dableibt.«

Er starrt mich an, als wolle er direkt ins Gehirn schauen, und ich werde aus seinem Gesichtsausdruck nicht schlau. »Hör zu, ich weiß, dass du ziemlich zurückhaltend bist – es ist in Ordnung, dass du dein Privatleben sehr gut unter Verschluss hältst. Aber es ist offensichtlich, dass du in Korea sehr behütet lebst. In den USA wachsen wir in der Überzeugung auf, dass es nicht leicht ist, Arbeit zu finden. Und viele Menschen haben Angst davor, arbeitslos zu sein. Ein schlechter Job ist besser als gar keiner. Und Haneul hat, obwohl der Arbeitsalltag furchtbar ist, einen guten Ruf in der Branche. Oder zumindest hatte Haneul das. Wenn sich das Unternehmen nicht bemüht, seine Arbeit weiterzuentwickeln, wird es in kürzester Zeit abgehängt.«

Ich stimme Jason in allen Punkten zu. Weil er recht hat.

Alles, was ich diesen Sommer gelernt habe, hat bestätigt, was ich ohnehin schon wusste. Dass der Weg, der für mich vorgesehen ist, keine Zukunft ist, die mich interessiert. CEO von Haneul zu werden, ist nichts, was ich tun will. Ich wollte es nicht, als man von mir erwartet hat, dass ich dieses Erbe übernehme. Und ich will es erst recht nicht, nachdem ich diese scheiß Unternehmenskultur erlebt habe. Ich bin kein Unternehmensmessias. Selbst wenn ich die Verantwortung übernehmen wollen würde, kann ich keine Wunder vollbringen.

Aber ich will unbedingt sicherstellen, dass Jessica für all das, was sie in diesem Sommer getan hat, genug Anerkennung bekommt, um für ihre Zukunft gerüstet zu sein. Sei es bei Haneul oder hoffentlich an einem noch besseren Ort.

Jessica.

Wie oft ich an unseren Kuss gedacht habe. Wie ihre Berührungen mich nach dem Gespräch mit meinem Vater vom Rand der Hoffnungslosigkeit und dem Abgrund der Frustration zurückgeholt haben. In dieser Nacht habe ich mir ausnahmsweise gewünscht, allein in der Stadtvilla zu wohnen. Mit neun Mitbewohnern – darunter einer, mit dem man das Hochbett teilt – kann sich ein Kerl nicht um seine Bedürfnisse kümmern, während er dabei an ein bestimmtes feuriges Mädchen mit den weichsten Lippen der Welt denkt.

Jason und ich machen uns auf den Weg zurück zu unserer Wohnung, und die Morgenluft ist frisch genug, um meine Gedanken abzukühlen. In ein paar Stunden ist die Julihitze erdrückend und die Luftfeuchtigkeit unerträglich.

»Hey, ich wollte dich etwas fragen«, setzt er an. Wir gehen nebeneinander, und ich versuche, mit Jasons langen, selbstbewussten Schritten mitzuhalten. Er schaut geradeaus, vermeidet Blickkontakt.

Angespannt warte ich darauf, was als Nächstes kommt. Denn ich bin mir ziemlich sicher, dass ich weiß, was er fragen wird, und darüber will ich nicht einmal nachdenken.

»Wegen Jessica …«, fängt er an.

Fuck. Ich hasse es, recht zu haben.

Ich halte an. »Was ist mit ihr?«

Jason geht ein paar Schritte weiter, ehe er bemerkt, dass ich nicht mehr an seiner Seite bin. Er dreht sich um, zögert, geht dann aber zu mir zurück. »Na ja, ich weiß, dass ihr beide diese filmreife Kennenlernszene hattet, als sie dir an unserem ersten Tag im Aufzug ihre Nummer gegeben hat. Und mir ist aufgefallen, dass ihr euch anscheinend nähergekommen seid. Läuft da was zwischen euch beiden?«

Ich könnte mit Ja antworten und damit das Gespräch beenden. Mit einem einzigen Wort könnte ich meinem Freund zu verstehen geben, nicht weiterzufragen. Ich könnte mein Revier abstecken und zu meinen Gefühlen stehen. Ich könnte die eifersüchtige Bestie loswerden, die jedes Mal zum Vorschein kommt, wenn ich sehe, wie die beiden miteinander reden. Jason ist ein guter Typ. Er würde sich zurückhalten, würde er glauben, dass Jessica und ich etwas am Laufen haben.

Und irgendwie haben wir das auch, oder nicht? Ich meine, unser Kuss neulich sollte Beweis genug sein. Ich fahre mit der Zunge über meine Unterlippe, als könnte ich sie dort immer noch schmecken.

Aber eine Stimme der Vernunft, die verdächtig nach meinem Vater klingt, übertönt jeden anderen Gedanken. Mein Vater wird Jessica niemals akzeptieren. Ich kann mich in vielen Bereichen meines Lebens gegen seine Wünsche auflehnen, aber hier geht es nicht nur um mich. Er könnte der Person, die ich liebe, das Leben wirklich schwer machen. Und das wünsche ich Jessica nicht. Das weiß ich schon die ganze Zeit. Wir sind in einer unmöglichen Situation, und ich muss es beenden, bevor noch mehr passiert, bevor es zu schwer wird, sie zu verlassen. Auch wenn ich die Vorstellung verdammt noch mal hasse, nicht mit ihr zusammen zu sein.

»Nein«, zwinge ich mich zu sagen. »Da ist nichts zwischen uns.« Die Worte kratzen messerscharf in meiner Kehle. Diese Lüge ist so falsch, aber sie muss meine Wahrheit sein.

»Wirklich? Hm, das überrascht mich. Na ja, du stehst ihr definitiv näher als ich, also … könntest du mir einen Gefallen tun?«

Scheiße. Ich glaube nicht, dass mein Herz es erträgt, wenn ich Jessica bitte, Jason zu daten. »Äh, ich denke, es ist besser, wenn du es ihr selbst sagst. Mädchen mögen es, wenn ein Typ direkt ist.« Ich hasse es, meinem Freund Ratschläge über das Mädchen zu geben, das *ich* mag.

»Ich weiß nicht. Sie scheint Ella gegenüber wirklich beschützerisch zu sein, was cool ist. Ich will nur nicht, dass Jessica mich hasst, weil ich ihre beste Freundin nach einem Date frage. Ich weiß, dass ich Jessica nicht um Erlaubnis bitten muss, aber sie ist meine Freundin und ich respektiere sie, also will ich sichergehen, dass sie damit einverstanden ist, weißt du?«, erklärt Jason.

Ella. Ella?

»Warte, du willst mit Ella ausgehen?«, frage ich.

»Äh, ja. Was dachtest du, worüber ich rede? Oh Scheiße. Du hast doch nicht gedacht, dass ich so ein Arsch bin und dich frage, ob ich mit Jessica ausgehen darf, oder? Dir ist schon klar, dass wir Freunde sind? Das ist doch ätzend.«

»Tut mir leid. Diese ganze Sache mit Freundschaften ist neu für mich«, gebe ich zu. »Dieses Missverständnis sagt mehr über mich aus als über dich. Und falls du mich fragst, ich glaube, Jessica respektiert dich und mag dich auch sehr. Als wir alle auf dem Boot waren, schien sie sehr daran interessiert zu sein, dass du und Ella euch kennenlernt.«

Jason nickt und das lockere Lächeln taucht wieder auf seinem Gesicht auf. Ohne es zu merken, versuche ich sein Grinsen zu imitieren, aber es fällt mir nicht leicht. Ich weiß, dass es nicht so schwer sein sollte, Gefühle zu zeigen. Wenn ich nicht so emotional blockiert wäre, könnte ich Jason vielleicht sagen, dass ich froh bin, dass wir Freunde sind. Ich könnte meinem Vater sagen, dass ich das Geschäft nicht übernehmen will. Ich könnte Jessica gegenüber zugeben, dass ich Gefühle für sie habe und mir das eine Heidenangst macht.

»Mann, hast du einen Krampf? Du siehst aus, als hättest du Schmerzen«, bemerkt Jason. Er lächelt nicht mehr, sondern wirkt besorgt.

So viel zum Trainieren meiner Gesichtsmuskeln.

»Nein, mir geht's gut.« Ich verberge meine Lüge, indem ich mich umdrehe und aufs Wasser hinausblicke.

Jason stellt sich neben mich und genießt ebenfalls die Aussicht. »Also zwischen dir und Jessica ist gar nichts? Das überrascht mich. Warum, ist sie nicht dein Typ?«, fragt er.

Die Morgensonne glitzert auf dem Hudson River, nur ein schmaler Streifen Wasser trennt New York und New Jersey voneinander. Aber so wie die Leute darüber reden, könnte die Kluft zwischen den beiden Staaten nicht größer sein, das Leben derer, die hier und dort leben, könnte nicht unterschiedlicher sein. So ist es auch zwischen Jessica und mir.

Ich überlege einen Moment, wie viel ich bereit bin, zu teilen.

»Ehrlich gesagt, ist sie genau mein Typ. Sie ist klug und

witzig. Sie ist ein bisschen schüchtern, aber auch temperamentvoll. Weißt du, was ich meine? Ich respektiere sie sehr, genau wie du, und ich mag es, dass sie sich gegen jeden behaupten kann. Und sie lässt mich nicht mit meiner Scheiße davonkommen«, sage ich. »Aber letzten Endes verdient sie jemand Besseres als mich.«

Was ich nicht sage, ist, dass sie jemanden verdient, der keine Familie hat, die harte Realitäten und unerfüllbare Erwartungen mit sich bringt – und ein großes Arschloch von einem Patriarchen. Meine Familie steht für all das, was Jessica an Haneul hasst. Wir *sind* Haneul.

»Das ist Bullshit. Du bist ein toller Typ. Verkauf dich nicht unter Wert«, sagt Jason und stupst mich mit der Schulter an. Wenn er wüsste, wie viel ich wirklich wert bin.

»Vielleicht nicht jemanden, der *besser* ist als ich, sondern jemanden, der besser zu ihr passt, als ich es tue. Unsere Leben sind einfach sehr verschieden«, gebe ich zu.

»Da muss ich widersprechen. Jessica braucht niemanden, der so ist wie sie. Sie und ich und viele andere Praktikanten haben einen ähnlichen Hintergrund. Wir haben uns unser ganzes Leben lang abgemüht, um einen Fuß in die Tür bekommen zu können. Wir brauchen die besten Noten und die besten Praktika nur für die *Chance* auf etwas Besseres. Wie ich schon sagte, weiß ich nicht viel über dein Leben. Aber du hast erwähnt, dass du noch nie gearbeitet hast. Und so wie du dich in der Wohnung und im Büro und jedes Mal, wenn wir ausgehen, verhältst – wie ein Fisch auf dem Trockenen nämlich –, schätze ich, dass das alles neu ist für dich. Ich habe irgendwie das Gefühl, dass Jessica von jemandem profitieren könnte, der niemandem etwas beweisen will. Jemand, der ihr einfach zur Seite steht und sie unterstützt.« Er lässt das Gesagte ein paar Augenblicke in der Luft hängen, bevor er hinzufügt: »Nur meine unbedeutende Meinung.«

Scheiße, die Wahrheit, die Jason gerade ausgesprochen hat, erscheint mir gar nicht so unbedeutend. Ich will ihm alles sagen. Ich möchte diese Freundschaft erwidern. Aber ich kann nicht verraten, wer ich bin, wer mein Vater ist. Ich kann nicht riskieren, dass dieses Geheimnis herauskommt und Jessica in Gefahr bringt. Ich wünschte, ich könnte Jason Ehrlichkeit bieten. Ich bin mir nur nicht sicher, ob ich sie im Moment irgendjemandem bieten kann. Ich weiß nicht einmal, ob ich sie Jessica vollständig bieten kann.

Und so viel hat sie zumindest verdient.

»Danke, Mann. Ich weiß deine Perspektive zu schätzen. Ich weiß nur nicht, ob es für mich der richtige Zeitpunkt ist, um zu daten. Und ich möchte nicht riskieren, es mit jemandem wie Jessica zu verkacken.« Gott, ist dieses Gespräch düster geworden. Ich versuche ein weiteres Mal, ein leichtes Lächeln aufzusetzen, und stoße Jason mit der Schulter an. »Aber gut zu wissen, dass du mich für einen guten Fang hältst. Bist du dir sicher, dass du nicht auf mich stehst? So viele Nächte im oberen Stockbett, allein mit den Gedanken daran, dass ich direkt unter dir liege?«

Jason lacht laut auf. »Jetzt, wo du es sagst …«

Ich schubse ihn ein wenig und grinse – diesmal wirklich. »Für Jessica bin ich vielleicht nicht gut genug, aber für dich bin ich es allemal.«

Ich stoße mich vom Geländer ab und mache mich auf den Weg nach Hause, denn ich weiß, dass die langen Beine meines Freundes mich in ein paar Sekunden eingeholt haben werden.

Nach Hause. Freund.

Ich bin nach New York gekommen, weil ich gehofft habe, mich einen Sommer lang verlieren zu können, bevor ich den Verpflichtungen nachkommen muss, die mir auferlegt werden. Stattdessen finde ich hier Dinge, von denen ich nie wusste, dass ich sie brauche oder will.

Ein Zuhause. Freunde.

Mich.

21. Kapitel

Jessica

Der große Tag ist da. Der Startschuss für den Hackathon, an dem wir den ganzen Sommer über so hart gearbeitet haben. Das ganze Team ist früh am Morgen in die Bibliothek gefahren, um dort letzte Vorbereitungen zu treffen. Ich verlasse das Büro als Letzte, wobei ich die herumliegenden Sachen einsammele. Meine Hände sind voll mit zusätzlichen Schachteln mit Stiften, Ladegeräten für Laptops, ein paar Tüten Sour Patch Kids (für die Nerven) und meinem Klemmbrett mit dem Ablaufplan.

Einer der SUVs von Haneul wartet vor der Lobby an der Straße auf mich. Ich erkenne den Fahrer, es ist derjenige, der mich zum Flughafen gefahren hat, um Ella abzuholen. Ich verbeuge mich lächelnd, als er mir die Sachen abnimmt und in den Kofferraum legt. Ich steige ins Auto und lasse mich von der Klimaanlage abkühlen. Nicht nur die Hitze sorgt dafür, dass ich schwitze, dafür sind auch meine Nerven verantwortlich.

Ich brauche eine Aufmunterung, ein virtuelles Schulterklopfen, eine gereckte Faust und ein »hwaiting«. In Kalifornien ist es noch früh, aber ich wähle trotzdem Ellas Nummer.

»Hallo?«, antwortet sie mit verschlafener Stimme.

»Ich drehe noch durch, und du musst mir sagen, dass alles gut wird«, sage ich.

»Liebe Freundin, besteht die Möglichkeit, dass du deine Krise auf später verschiebst? Ich habe noch nicht mal Kaffee getrunken«, jammert sie.

»Es tut mir leid, dass ich dich so früh anrufe. Ich muss nur …«

Aus dem Hörer dringen Klatschgeräusche, gefolgt von ein paar Gurglern und Schnäuzern und dem unverkennbaren Geräusch prustender Lippen. »Okay, ich bin wach und bereit. Los geht's«, sagt Ella.

Ich habe keine Ahnung, was Ella getan hat, um aufzuwachen, aber ich könnte sie dafür umarmen, dass sie sich Zeit für mich nimmt. »Ähm, okay, also erstens, kennst du die rosafarbene Strickjacke mit den Dreiviertelärmeln aus der McQueen-Frühjahrskollektion? Meinst du, sie passt zum Hackathon heute?«, frage ich.

»Stilvoll, aber dezent. Lädt dazu ein, dass du ernst genommen wirst, ist aber trotzdem charmant. Sehr gute Wahl«, antwortet sie. »Und dein wachsender Sinn für Mode beeindruckt mich. Du hast dich diesen Sommer wirklich verändert.«

Sie meint es nicht böse, aber aus irgendeinem Grund sträube ich mich gegen diese Bemerkung und will mich verteidigen. Ich musste mich verändern, um in diese Position zu passen. Aber innerlich habe ich mich nicht verändert. Oder?

»Ella? Bin ich der Sache überhaupt gewachsen? Habe ich mir mehr zugemutet, als ich leiten kann? Werde ich als totale Versagerin enttarnt werden?« Ich spucke all die Ängste aus, die mir im Moment durch den Kopf gehen.

»Jessica, hör mir zu. Diesen Sommer hast du erfahren, wie das gute Leben schmeckt. Schicke Klamotten, unglaubliches Essen, *Hamilton*-Tickets, eine Übernachtungsparty mit der Führungsebene, sogar ein Kuss mit einem Jaebeol-Prinzen. Es wirkt so, als würdest du in einem Märchen leben. Aber unter all dem Glanz und Glamour bist du immer noch du selbst. Vergiss das nicht. Du hast hart gearbeitet, ein absolut krasses Team geleitet, jedes einzelne Detail durchdacht. Das wird toll. Alles wird gut.«

Ich lasse Ellas Worte auf mich wirken. Sie hat recht. Ich habe nicht irgendeinen Stellvertreter die Arbeit für mich machen lassen. Das war ich selbst. Und ich vertraue mir. Ich vertraue den anderen Praktikanten und Praktikantinnen. Ich atme tief durch, um meine Nerven zu beruhigen.

»Okay. Genau das habe ich gebraucht. Danke. Ich hab dich lieb.«

»Zeig's ihnen, Tiger«, sagt sie. »Ich gehe jetzt wieder ins Bett.«

Ich lächle, obwohl sie mich nicht sehen kann. »Ich rufe dich später an«, sage ich.

»Ich werde da sein«, sagt sie.

Das ist sie immer.

Ich steige hunderte Treppenstufen hinauf, die die New York Public Library sowohl majestätisch als auch ätzend macht, was die Begehbarkeit angeht. Mir rinnt ein Tropfen über den Rücken und bahnt so einen Weg für die Sintflut an Schweiß, die höchstwahrscheinlich folgen wird. Es ist ein besonders schwüler Tag, und die Hitze ist unerträglich. Außerdem sind die Klimaanlagen in diesen alten Gebäuden oft unzuverlässig. New York ist diese seltsame Mischung aus viel Geld für die schönsten Dinge, aber einem fast sturen Festhalten an Geschichte und Tradition.

Genau so fühlt sich der Hackathon für mich an. Haneul hat schon lange nichts Innovatives oder Neues mehr entwickelt, obwohl das Unternehmen so viel Geld hat. Aber heute werden wir das ändern.

Ich trete durch die Tür des Celeste Bartos Forums, des wichtigsten Veranstaltungsortes der Bibliothek, und mir steht vor Staunen der Mund offen. Vor mir breitet sich ein riesiger und offener Raum aus mit verschlungenen antiken Lampen, die die Rundbögen einrahmen. Es sieht so aus, als wären die Wände mit Gold tapeziert, und das Highlight ist die Kuppel aus Mattglas, die viel natürliches Licht in den Raum lässt. Die Arbeitsplätze sind in Reihen unterteilt, wobei die Tische, die wir gemietet haben, mit Stoff bespannt sind. Jeder Tisch ist mit dem notwendigen elektrischen Zubehör ausgestattet: externe Monitore, Stromkabel, Festplatten und Laptops. Jedes Hackathon-Team ist verpflichtet, Geräte von Haneul zu benutzen, um das geistige Eigentum nicht zu verletzen.

Auf beiden Seiten des Raums stehen Snackstationen und Sitzgelegenheiten für die Teilnehmer, damit sie Pausen machen können. Sie werden hier zwei ganze Tage lang an ihren Projekten arbeiten und so die Grundlage für neue Titel schaffen, die von Haneuls Spieleabteilung produziert werden könnten.

Alles ist genauso akribisch arrangiert, wie wir geplant haben. Aber es ist etwas ganz anderes, das alles in der Realität zu sehen, nachdem ich es mir wochenlang auf einem Whiteboard ausgemalt habe. Ich bin überwältigt. Und unglaublich stolz. Wir haben es geschafft. Unser Praktikumsteam, das niemand ernst genommen hat, hat es geschafft.

Ich spüre, dass sich jemand neben mich stellt. Aber ich muss mich nicht einmal umdrehen, um zu wissen, wer es ist. Es ist sein Geruch – er riecht immer so gut, als würde man direkt nach einem Regenschauer durch den Wald laufen. Mein ganzer Körper ist angespannt, und das Verlangen, das Bedürfnis, ihm nahe zu sein, zieht ihn wie ein Magnet an.

Er gehört nicht zu dir. Er hat eine ganz andere Zukunft mit einem anderen Menschen vor sich. Die Erinnerung an das, was Hee-Jin mir erzählt hat, bricht durch den Nebel der Verlockung und ersetzt diese durch Entrüstung. Er hat mich geküsst. Und mich den ganzen Sommer über mit sanften Berührungen auf meinem Rücken, meinem Arm, meiner Schulter bedeckt, als könnten seine Hände nicht anders. Was hatte *das* zu bedeuten? Und das Schlimmste ist, dass er an mich geglaubt hat. Er hat mich dazu gebracht, an mich selbst zu glauben. Wie hätte ich mich da nicht in ihn verlieben sollen?

Selbst wenn diejenige, mit der er verkuppelt wird, niemand ist, die Elijah sich selbst ausgesucht hat, ist es nicht in Ordnung, dass er es mir nicht erzählt, sondern mir etwas vormacht.

Er stellt sich neben mich und lässt den Blick durch den Raum wandern. Genau wie ich nimmt er alles in sich auf.

»Sieht gut aus, oder?«, fragt er.

»Ja, tut es.« Ich versuche, leicht und unbekümmert zu klingen.

»Bekümmert dich etwas?«, fragt er.

So viel dazu.

Ich schließe die Augen, hole tief Luft und versuche, alle Gefühle zu verdrängen, die in mir umherschwirren. Eigentlich gehört Elijah zu jemand anderem. Ich kann nicht zulassen, in so eine Situation verwickelt zu werden. Bis er sich entschieden hat, muss ich verhindern, dass zwischen uns beiden noch etwas passiert. Auch wenn mein Herz das Gegenteil will.

In meinem Leben ist kein Platz für romantisches Drama. Ich muss mich darauf konzentrieren, warum ich überhaupt hier bin. Der Hackathon. Das Sommerprojekt. Meine einzige Chance.

Ich öffne die Augen. Ich bin bereit.

»Ich bin einfach verblüfft. Ich kann nicht glauben, wie toll es aussieht. Es ist nicht so, als hätte ich nicht daran geglaubt, dass wir das durchziehen können. Aber, oh mein Gott, wir haben es tatsächlich geschafft!«

»Ehrlich gesagt war ich vielleicht etwas weniger zuversichtlich, dass wir es schaffen können. Aber jetzt haben wir alles hinbekommen«, sagt er. Was höre ich da in seiner Stimme? Ist es Stolz? Ich weiß, dass Elijah gern so tut, als würde es ihn nicht interessieren, als ob er an der Sache nicht beteiligt oder involviert wäre. Aber die Wahrheit ist, dass er der Klebstoff ist, der alle Teile zusammenhält. Jede einzelne Phase der Eventplanung wurde schließlich von ihm genehmigt, und er hat bewiesen, dass er ein Auge für die Details hat, die für die gesamte Logistik erforderlich sind. Indem ich ihn die letzten Wochen über beobachtet habe, konnte ich erkennen, welche Art von Führungskraft er für dieses Unternehmen sein könnte.

Ich möchte ihm all das sagen. Ich möchte mich mit ihm zusammensetzen, bis er versteht, dass er so viel mehr zu bieten hat, als er sich selbst zutraut. Ich möchte, dass er an eine Zukunft voller Möglichkeiten glaubt. Und was ich wirklich will, ist, dass Elijah weiß, wie sehr er mir ans Herz gewachsen ist.

Aber ich sage nichts davon.

Das Stimmengewirr wird lauter, und ich drehe mich um, um zu sehen, wie die Teilnehmenden langsam eintreffen. Viele von ihnen sehen genauso verblüfft aus wie ich, als sie den Raum betreten. Sie nehmen alles in sich auf, diese Veranstaltung, bei der sie versuchen sollen, in zwei Tagen ein aufregendes neues Videospiel zu entwickeln und zu präsentieren.

»Zeit zu spielen«, sagt Elijah unironisch. Er zwinkert mir zu, nimmt mir das Klemmbrett aus der Hand und geht auf die Gruppe zu. »Wenn ihr am Hackathon teilnehmt, meldet euch hier drüben an der Registration an. Bitte holt euch eure Namensschilder und lasst euch euren Tisch zuweisen. Nehmt euch etwas zu essen und zu trinken. In etwa dreißig Minuten beginnen wir mit der Veranstaltung.«

Die Energie im Raum verändert sich ein wenig, als eine Gruppe von Very Important People mit ihrer Very-

Important-Haltung und ihren Very-Important-Mienen eintritt. Die Juroren für den Hackathon. Ich wusste, dass uns die Führungskräfte des Unternehmens keine Zeit oder Aufmerksamkeit schenken würden (außer Hee-Jin natürlich), aber ich bin froh, dass das Team es geschafft hat, einige Manager aus dem Ingenieurs- und Entwicklerteam für uns zu gewinnen. Auch Ms Kang aus dem Marketing, die mir diese Aufgabe überhaupt erst übertragen hat und die mir als Erste, abgesehen vielleicht von Elijah, zugetraut hat, dass ich es schaffen kann, ist hier.

»Wow, ich bin beeindruckt. Das sieht toll aus«, sagt Hee-Jin, die lächelnd auf uns zukommt. Ich erkenne ihr Arbeitslächeln, ein Lächeln, das nicht zu viele Emotionen offenbart, aber gerade genug, um ihre Botschaft zu vermitteln. Ich mache mir im Geiste eine Notiz – wie immer in ihrer Gegenwart achte ich auf Hinweise, wie ich mich verhalten muss, um die Rolle der erfolgreichen, ernst zu nehmenden und dennoch beliebten Person zu spielen.

»Danke, unser Team hat wirklich hart gearbeitet, um das alles zu schaffen«, sage ich. Ich kann den Ausdruck in ihrem Gesicht nicht genau einordnen. Aber es ist einer, den ich schon einmal auf einem Gesicht gesehen habe, das dem ihren so ähnlich ist. Elijah hat mich in den letzten Wochen bei der Arbeit manchmal so angesehen. Ist es der Unglaube, dass jemand wie ich etwas zustande bringen könnte? Ist es die Sorge, dass das nicht funktionieren kann, weil ich das Team so führe, wie ich es tue? Sodbrennen von den sehr scharfen Shanghai-Nudeln, die wir fast schon zu oft essen?

Oder ist es vielleicht Respekt?

»Du hast hier unglaubliche Arbeit geleistet, Jessica«, sagt Hee-Jin. »Mit sehr wenig Unterstützung und geringen Mitteln habt du und die anderen Praktikanten etwas geschafft, wozu Haneul seit Jahren nicht mehr in der Lage war: Ihr habt Energie und Begeisterung in etwas Neues gesteckt. Ich bin wirklich dankbar, und ich hoffe, du gestattest mir das zu sagen, sehr stolz.«

Ich schlucke die Emotionen hinunter, die in mir aufsteigen. Außer meinen Eltern war noch nie jemand stolz auf mich. Einen Moment lang wünsche ich mir, mein Vater wäre hier, um das alles zu sehen, auch wenn er nie erfahren wird, welch bedeutende Rolle ich dabei gespielt habe.

Hee-Jin blickt über ihre Schulter zur Registration hinüber, wo Elijah Grace und Roy dabei hilft, die Teilnehmenden einzuchecken. Dieses Mal breitet sich ein ganz anderes Lächeln auf ihrem Gesicht aus – unbekümmert, als hätte sie vergessen, wo sie ist und welche Position sie in der Firma innehat. Als wäre sie einfach eine große Schwester, die ihren Bruder bei etwas beobachtet, was sie noch nie zuvor gesehen hat.

Und in diesem Moment wird mir klar, dass niemand mehr an ihn glaubt als sie. Sie hat immer gewusst, wozu er fähig ist. Und ich bin so dankbar, dass er jemanden wie sie an seiner Seite hat.

Gerade als Hee-Jin den Blick abwendet, sieht Elijah auf. Ich bin zu langsam. Ich starre ihn immer noch an, vermutlich mit offenem Mund. Anscheinend sind fähige, kompetente und hartarbeitende Männer genau mein Typ. Als ob ich das nicht schon immer gewusst hätte.

Er sieht mich an und schenkt mir ein kleines Lächeln, dann neigt er den Kopf in Richtung Bühne. Richtig, wir arbeiten hier und spielen nicht in irgendeiner Netflix-RomCom mit. Er hebt eine Augenbraue und fragt mich damit, ob ich bereit bin.

Ich halte seinem Blick noch eine Sekunde stand, dann nicke ich.

Es ist an der Zeit, dass ich diesen Hackathon eröffne. Es ist an der Zeit, dass sich unsere harte Arbeit auszahlt. Und es ist an der Zeit, alles zu beenden, was ich mit diesen gläsernen Schuhen und der falschen Identität begonnen habe. Es war wunderbar, Lee Yoo-Jin zu sein, die Führungskräftepraktikantin bei Haneul. Also werde ich die letzten Momente in dieser Position auskosten, ganz egal, was danach passiert.

Ich werde diesen Sommer immer in Erinnerung behalten, diesen Eindruck davon, was Privilegien und Chancen bieten können. Und hoffentlich reicht es aus, um mir den Weg zu ebnen, damit ich es mir eines Tages selbst verdienen kann.

Hee-Jin steht auf dem Podium und greift nach dem Mikrofon. »Darf ich um Ihre Aufmerksamkeit bitten?« Die VIPs von Haneul, die nichts für diesen Hackathon getan haben, aber anscheinend bereit sind, alle Lorbeeren für den Erfolg einzuheimsen, stellen sich direkt neben ihr auf.

Ich wende mich Elijah zu. »Was glaubst du, wer gewinnt?«, flüstere ich.

Er zuckt mit den Schultern. »Die beiden aus Japan sollten gewinnen. Aber so, wie ich diese Ingenieure und die

Juroren kenne, werden es die Typen aus Kanada. Beide Projekte sind gut. Aber das Spiel der Jungs ist sicherer.«

Ich nicke. Ich bin mir nicht sicher, ob ich verstehe, was er in den beiden Präsentationen gesehen hat, sodass er eine Meinung über sie haben kann. Aber Elijah ist ein Gamer, und ich vertraue seinen Instinkten. Ich weiß nur, dass ich es gut fände, wenn das weibliche Team aus Japan gewinnen würde. Vor allem, weil es in der Spielewelt nicht so viele weibliche Ingenieure gibt.

»Ich möchte euch allen für die Zeit und Mühe danken, die ihr in den letzten zwei Tagen hier investiert habt«, verkündet Hee-Jin. »Mein besonderer Dank gilt unserer Haneul-Praktikumsgruppe für die unglaubliche Arbeit, die sie bei der Planung und Durchführung dieses Hackathons geleistet hat.«

Ich unterdrücke das Bedürfnis, wie eine Cheerleaderin auf und ab zu hüpfen, und kämpfe gegen den Drang, mich wie ein Pfau zur Schau zu stellen. Stattdessen klatsche ich wie ein Seehund in die Hände und lächle wie verrückt.

»Und nun ist es mir eine Ehre und ein Vergnügen, den Gewinner des ersten Hackathons der Haneul Corporation zu verkünden ... Team OverAppleWatch, Ben Lim und Enoch Song aus Kanada!«

Der Raum bricht in Beifall aus. Die Teilnehmenden gehen herum und beglückwünschen das Siegerteam und einander.

Nachdem Hee-Jin den Gewinnern den großen, unechten Scheck überreicht und eine Reihe von Pressefotos gemacht hat, kommt sie zu Elijah und mir herüber.

»Ihr habt es geschafft! Ihr alle habt es geschafft. Ich kann euch gar nicht sagen, wie beeindruckend diese ganze Sache war. Die vorherigen Praktikumsgruppen bei Haneul haben nie etwas in dieser Größenordnung auf die Beine gestellt«, sagt sie.

Ich hebe das Kinn und werde ein wenig größer. Dieses Mal habe ich nicht das Gefühl, dass ich mich verstellen muss. Ich bin stolz auf mich. Ganz aufrichtig.

»Das haben wir unserer furchtlosen Anführerin zu verdanken«, sagt Elijah und grinst mich an. Hee-Jin betrachtet ihn, als wüsste sie genau, dass es nicht mein Verdienst ist. Es war Elijahs Idee, und das ganze Team hat zusammengearbeitet, um sie zu verwirklichen.

Jason kommt zu uns und reicht Elijah und mir Gläser mit Apfelsaft und Hee-Jin eines mit Champagner. »Ich kann nicht glauben, dass wir es geschafft haben«, sagt er. »Das war super!«

»Auf einen erfolgreichen ersten Hackathon! Auf dass es in Zukunft viele weitere gibt, und somit weitere Gelegenheiten für euch alle, auf eure eigene Art zu glänzen«, sagt Hee-Jin, während wir unsere Gläser erheben. Ich fühle mich wie im siebten Himmel, nichts kann dieses wunderbare Gefühl trüben.

»Jessica?«

Ich drehe mich auf der Stelle um, als ich die vertraute Stimme höre.

»Dad? Was machst du denn hier?«

Sein Anzug ist zerknittert, und seine Haare sind zerzaust. Er sieht sich um, ob jemand unsere Begrüßung gehört hat, und als klar ist, dass alle anderen mit ihrer eigenen Begeisterung beschäftigt sind, kommt er auf mich zu. Das Lächeln auf seinem Gesicht ist wie eine warme Umarmung, und mir war nicht klar, dass ich genau das gerade brauche. Ich will mich an ihn drücken, aber er schüttelt nur leicht den Kopf. »Nicht bei der Arbeit. Niemand weiß, dass du meine Tochter bist. Ich will nicht, dass dir jemand einen unfairen Vorteil unterstellt.« Er streckt die Hand aus, und einen Augenblick starre ich sie an, ehe ich sie schüttle.

»Ich bin gekommen, weil ich sehen wollte, wie dieser Hackathon verläuft. Ich wäre gestern schon gekommen, aber es war billiger, Donnerstagnacht zu fliegen«, erklärt er. Typisch Dad. »Das hier ist ziemlich beeindruckend«, sagt er und lässt den Blick durch den Raum und über all das, was ich und die anderen geplant haben, wandern. »Dieses Programm hatte immer unglaubliches Potenzial. Es wurde nur bis zu diesem Jahr nie ganz ausgeschöpft.«

»Ja, Dad, deswegen …« Ich möchte ihn fragen, warum er mir nicht gesagt hat, wie sehr er in das Programm involviert ist. Und warum er mich nicht dabeihaben wollte. Ich verstehe seine Ansichten zum Thema Vetternwirtschaft und unfaire Vorteile und so weiter. Aber er muss wissen, dass, wenn jemand diesen Platz verdient, ich das bin.

»Nein, nein, wir können später über alles reden. Ich bin einfach stolz, dass du dabei sein konntest. Ich hoffe, du hast dich dem Verantwortlichen gegenüber als hilfreich erwiesen.« Er sucht den Raum ab, und sein Blick bleibt an Jason und Elijah hängen, die beide beschäftigt aussehen, wichtig aussehen und sehr männlich aussehen.

Sofort lösen sich meine Freude und das Gefühl des Erfolgs in Luft auf. Ich will schreien, dass ich die Verantwortliche war. Ich habe mehr getan, als nur zu helfen. Ich habe das Team angeführt, das diese ganze Sache organisiert hat. Aber das würde alles verderben. Dann würde er wissen, dass ich ihn den ganzen Sommer über belogen habe. Und der stolze Ausdruck in seinem Gesicht, der zumindest besagt, dass er weiß, dass ich Teil eines Programms war, für das er sich in der Firma einsetzt, würde verschwinden.

Dad wendet sich Elijahs Schwester zu. »Hee-Jin, ich nehme an, als Executive Sponsor ist das alles hier Ihnen zu verdanken? Gut gemacht, und vielen Dank, dass Sie sich immer für das Praktikumsprogramm eingesetzt haben.«

»Nun, Janet Kang vom Marketing ist Executive Sponsor. Aber eigentlich gebührt die ganze Anerkennung Jessi–«

»Mr Lee? Hallo, mein Name ist Elijah. Ich bin mit Jessica befreundet und habe auch am Hackathon gearbeitet.« Schnell unterbricht Elijah seine Schwester, bevor sie zu viel verrät. Er streckt die Hand aus, und mein Dad mustert sie misstrauisch, ehe er sie schüttelt.

»Ein Freund von Jessica, sagen Sie?«, fragt er.

Oh-oh.

Ich schreite ein, bevor mein Vater komplett in den Alle-Verehrer-verscheuchen-Modus übergehen kann.

Aber gerade als ich das tue, wird es plötzlich kühler im Raum und die Aufregung verfliegt in Sekunden. Ich werfe einen Blick über meine Schulter, als eine Gruppe kleiner, einschüchternder koreanischer Männer in Anzügen den Raum betritt.

»Scheiße«, flüstert Hee-Jin.

»Was zum Teufel macht er hier?«, fragt Elijah.

Mein Blut gefriert, und ich erstarre auf der Stelle. An der Spitze geht ein Mann, dessen Gesicht mir seltsam vertraut vorkommt. Er bewegt sich mit einer gewissen Bedeutsamkeit, und die Leute treten zurück, verbeugen sich und machen ihm den Weg frei. Als er sich nähert, wird mir klar, wo ich ihn schon einmal gesehen habe. Seine Kinder sehen genauso aus wie er.

Lee Jung-Hyun, CEO von Haneul.

Und seine Augen sind genau auf mich gerichtet.

»Hwe-jangnim.« Mein Vater stellt sich vor mich, um ihn abzufangen. Er verbeugt sich und begrüßt seinen Chef.

»Ich hätte wissen müssen, dass Sie etwas damit zu tun haben«, sagt Mr Lee zu meinem Vater.

Ihre Stimmen klingen professionell, sogar herzlich, aber ich kenne die verschiedenen Ausdrucksweisen meines Dads. Dieser Satz, gepaart mit den zusammengebissenen Zähnen und seiner starren Körperhaltung, wirkt angespannt und gezwungen.

»Ich bin nur hier, um der Praktikumsgruppe zu ihrem erfolgreichen Hackathon-Projekt zu gratulieren«, antwortet mein Dad.

»Stimmt, war Ihre Tochter nicht eine der Praktikantinnen, die am Programm teilgenommen hat? Sie waren immer so dagegen, dass jemand einen unfairen Vorteil erhält, und doch stehen wir jetzt hier. Wenn es sich um einen persönlichen Vorteil handelt, scheint es, als sprächen Sie eine andere Sprache«, sagt Präsident Lee.

»Wir wissen beide, dass das so nicht passiert ist«, erwidert mein Vater. Er dreht sich zu mir um. »Jessica, wenn du hier fertig bist, würde ich dich gern zum Abendessen einladen, um deinen Sommer zu feiern.«

»Sie geht nirgendwohin, nicht, bevor ich nicht die Chance hatte, mich vorzustellen.« Alle Aufmerksamkeit ist auf den Geschäftsführer gerichtet, seine Stimme ist autoritär und lässt keine Diskussionen zu. Aber sein Blick durchbohrt mich.

Er ist kleiner als sein Sohn und seine Tochter. Kein Haar am falschen Platz. Keine Falten in seinem Designeranzug. Die Krawatte perfekt gebunden. Gerade genug Parfüm, um Reichtum zu verströmen, aber nicht mehr als nötig.

»Jessica, wenn du dir nicht sicher bist, ob dich jemand mag oder nicht, solltest du immer lächeln. Das entwaffnet die Leute«, höre ich die Worte meiner Mutter.

Ich schlucke die Angst herunter. Ich versuche zu lächeln, aber ich kann nicht verhindern, dass meine Lippen zittern. Ich versuche, mich aufzurichten und das Kinn zu recken, aber in diesem Moment bin ich wie gelähmt.

Denn wenn er weiß, wer ich bin, und wenn er ausgerechnet mich treffen will, was weiß er dann noch?

Oder vielleicht, ganz vielleicht, hat er überhaupt keine Ahnung. Er könnte daran interessiert sein, die Tochter eines seiner Mitarbeiter kennenzulernen. Ich sehe ihn an, und gerade, als ich mich verbeugen will, sagt er ...

»Sie müssen Jessica Lee sein. Oder sollte ich Lee Yoo-Jin sagen?«

22. Kapitel

Elijah

Mein Dad läuft an mir vorbei, ohne mich eines Blickes zu würdigen.

Ich stehe da wie angewurzelt und kann mich nicht rühren. Was tut er hier? Er hat sich noch nie zu Firmenveranstaltungen auf diesem Level herabgelassen, und er hat auch keine Reise in die USA angekündigt. Aber es ist kein Zufall, dass er ausgerechnet dann in der New York Public Library auftaucht, wenn der Hackathon stattfindet.

Was bedeutet, dass er meinetwegen hier ist.

Mir läuft ein Schauer über den Rücken.

Meine Schwester gewinnt ihre Fassung schneller als ich wieder und eilt auf ihn zu. »Annyeounghasaeyo, Präsident Lee«, sagt sie und verbeugt sich tief.

Er grummelt etwas, sieht Hee-Jin dabei aber kaum an. Er flüstert dem zerzausten Mann dicht hinter ihm etwas zu. Wahrscheinlich einer seiner vielen Assistenten. Aber sein Blick ist auf etwas anderes gerichtet, und als ich ihm folge, erkenne ich es.

Jessica.

Mein Vater wendet sich ihr zu und mustert sie von Kopf bis Fuß, ehe er sein einstudiertes Lächeln aufsetzt.

Jessica richtet sich auf und hebt das Kinn. Sie tut ihr Bestes, ihre Rüstung anzulegen. Dabei lächelt sie, aber ihre Lippen beben. Sie hat Todesangst.

»Sie müssen Jessica Lee sein. Oder sollte ich Lee Yoo-Jin sagen?«, begrüßt er sie. Seine Stimme klingt seltsam warm, so freundlich habe ich ihn selten gehört. Ich runzle die Stirn und spüre, wie mir der Schweiß den Rücken hinunterläuft.

»Ja, Sir, ich bin Jessica Lee«, sagt sie selbstbewusst. Hinter dem Rücken ballt sie die Hände zu Fäusten. Als ich einen Schritt auf ihn zumache, um mich ihm entgegenzustellen und sie vor ihm zu beschützen, scheucht sie mich mit einer schnellen Handbewegung davon. Sie bedeutet mir, sie nicht zu retten.

Ich folge ihrem Wunsch, aber mein Magen verkrampft sich. Sie weiß nicht, wozu er fähig ist.

»Ich bin Lee Jung-Hyun, CEO von Haneul. Ich habe viel Gutes über Sie gehört und darüber, was Sie diesen Sommer im Führungskräftetraining geschafft haben.« Er kann das Zucken in seiner Wange nicht unterdrücken. Mein Vater mag mit dem Lob übertreiben, aber ich kenne ihn gut genug, um die verräterische Anspannung in seinem Gesicht zu sehen. »Es scheint, als wäre Ihr Projekt ein ziemlicher Erfolg.«

Jessica nickt, während sich ein Lächeln auf ihrem Gesicht ausbreitet.

Fall nicht auf ihn herein, Jessica!

Aber ein kleiner Teil von mir, den ich hasse und nicht verstehe, kann nicht anders, als zu hoffen, dass er mich ansieht. Dass er mich für meine harte Arbeit lobt, mit diesem seltenen Ausdruck der Anerkennung in den Augen. Würde er mir überhaupt glauben, wenn ich ihm erzählen würde, was ich gemacht habe? Ich räuspere mich, um etwas zu sagen …

Aber mein Dad wirft mir einen warnenden Blick zu. Er wird mich total fertigmachen, aber nicht jetzt, nicht in der Öffentlichkeit. Niemals in der Öffentlichkeit.

»*Dein* Projekt?«, fragt Jessicas Vater, der sichtlich verwirrt ist.

Scheiße.

»Danke«, sagt Jessica, deren Blick von ihrem Vater zu meinem wandert. »Aber es war nicht nur mein Projekt. Das ganze Praktikumsteam hat hart für diesen Erfolg gearbeitet.«

»Ja«, erwidert mein Vater, »aber als Führungskräftepraktikantin haben Sie den Hackathon zum Erfolg geführt. Sie waren von unschätzbarem Wert und haben viel mehr getan, als von Ihnen erwartet wurde.« Für jemanden, der die Feinheiten des Tonfalls meines Vaters nicht kennt, mag das wie ein Kompliment klingen. Aber als jemand, der weiß, wie er diese Worte ausspricht, wenn er unbeeindruckt, enttäuscht, sogar wütend ist, kann ich sagen, dass er sich nicht freut. Für mich klingt es, als würde er Jessica etwas vorwerfen.

Er weiß, was los ist. Jemand hat es ihm verraten, oder er hat es selbst herausgefunden. Ich sehe meine Schwester an, und obwohl sie ihre Panik hinter einer verschlossenen Miene verbirgt, wirkt sie angespannt. Hee-Jin wird es ihm auf keinen Fall gesagt haben – sie würde mich niemals derart hintergehen. Aber sonst wusste niemand, dass

Jessica und ich die Plätze getauscht haben, wie kann er es also herausgefunden haben?

»Kommen Sie, Jessica. Führen Sie mich herum, ich möchte die teilnehmenden Teams kennenlernen. Erzählen Sie mir, inwiefern Haneul von diesem Hackathon profitiert«, fordert er sie auf und geht schnell mit hinter dem Rücken verschränkten Händen davon. Hee-Jin schließt sich ihm an, und Jessica folgt ihnen.

»Jessica ...«, rufe ich matt.

»Jessica ...«, ruft auch ihr Vater.

Jessica hält nicht an. Wir bleiben zurück und starren ihr hilflos hinterher.

»Hast du gesagt, dein Name ist Elijah? Und du bist ein Freund von Jessica?«, fragt mich ihr Vater.

»Ja, ähm, ich bin einer der Praktikanten, die mit ihr an diesem Projekt gearbeitet haben«, antworte ich.

»Elijah, ich bin ein bisschen verwirrt, was hier vor sich geht, und Jessica scheint im Moment nicht verfügbar zu sein, um mich aufzuklären.« Sein Kiefer ist angespannt, seine Worte sind knapp. Ich weiß nicht, was ihn wütender macht: dass Jessica ihn zurückgelassen hat, oder dass sie stattdessen bei meinem Vater ist.

Das ist nicht gut.

Jessica und ich haben nicht besprochen, wie wir damit umgehen, sollten wir tatsächlich erwischt werden. Wir haben uns nicht auf eine zusammenhängende Geschichte geeinigt, mit der wir unsere Entscheidungen diesen Sommer begründen können.

»Sir, ich weiß nicht, ob ich der Richtige bin, um diese Fragen zu beantworten. Es tut mir leid. Aber ich weiß, dass Jessica unglaublich hart gearbeitet und jede Chance auf Erfolg genutzt hat. Und das hat sie in der Hoffnung getan, Sie stolz zu machen. Ich bin mir sicher, dass sie dadurch die Empfehlungsschreiben bekommt, die sie braucht, um sich nächstes Jahr für Stipendien zu bewerben«, sage ich.

»Wie bitte? Sagtest du gerade, dass sie Empfehlungsschreiben braucht? Um sich *nächstes* Jahr bewerben zu können? Soll das heißen, dass sie sich *dieses* Jahr nicht beworben hat?«, fragt er.

Fuck.

Fuck, fuck, fuck. Ich habe vergessen, dass er davon gar nichts weiß. Das ist übel. Aber ganz ehrlich, das ist mir im Moment nicht so wichtig, wie dass Jessica im Fadenkreuz meines Vaters ist. Ich muss sie retten oder so. Wenn ich nicht eingreife und mich opfere, gerät sie ins Kreuzfeuer.

»Ich glaube, ich habe mich geirrt. So habe ich das nicht gemeint. Würden Sie mich bitte entschuldigen? Ich muss mich, ähm, um die anderen Praktikanten kümmern.« Ich verbeuge mich, drehe mich um und mache mich aus dem Staub, den ich gerade mit Jessicas Vater aufgewirbelt habe.

Sobald ich in sicherer Entfernung bin, beobachte ich, wie mein Vater Jessica auf mir völlig unbekannte Art und Weise umgarnt und durch den Raum führt. Sogar meine Schwester wirkt vollkommen verblüfft. Ich warte auf meine Chance, als sich schließlich die Gruppe der Haneul-Führungskräfte um meinen Vater schart, um ihn zu begrüßen. Es bleibt Jessica allein überlassen, dem Gewinnerteam zu gratulieren.

Ich greife sanft nach ihrem Arm. »Hey, kann ich kurz mit dir reden?«

Sie sieht mich fragend an, nickt aber und folgt mir an den Rand des Raums.

»Was hat mein Vater zu dir gesagt? Geht es dir gut? Ist er sauer? Wie hat er es herausgefunden?« Ich kann nicht verhindern, dass die Fragen hervorsprudeln.

»Er hat mich gar nicht danach gefragt. Er hat mir nur immer wieder gratuliert und mir gesagt, wie beeindruckt er von meiner Arbeit ist.« Das Lächeln lässt ihr Gesicht erstrahlen, ihre Körperhaltung ist kerzengerade, das Kinn erhoben. Aber das ist nicht die Rüstung, die sie anlegt, wenn sie sich verstellt. Diesmal ist es echt. »Er lädt mich und die anderen Führungskräfte zum Abendessen ein.«

»Was? Warum?«

»Um zu feiern. Und rate, wo wir essen werden? Bei Nobu. Ist das zu glauben? Endlich darf ich dieses Fünf-hundert-Dollar-Abendessen probieren.« Ihr Lächeln wird breiter, aber mir wird übel. Mein Vater geht zu Nobu, wenn er im Haifischmodus ist. Und noch vor einem Mo-nat hätte sie sich geweigert, an einem Ort zu essen, der so teuer ist.

»Ich komme mit«, sage ich.

»Oh, ähm, okay. Aber kannst du das vorher mit deinem Dad besprechen? Ich, äh, weiß nicht, wer alles eingeladen ist. Tut mir leid.«

Hee-Jin kommt auf uns zu. »Jessica, wir gehen. Du kannst mit mir zum Restaurant fahren.« Sie wirft mir einen angespannten Blick zu. »Elijah, das ist ein Arbeits-essen, nur Dads Führungsteam ist eingeladen«, sagt sie.

Ich will protestieren und darauf bestehen, dass ich mit-
komme.

»Mach dir keine Sorgen, ich tue mein Bestes, um sie zu
beschützen«, verspricht Hee-Jin.

Aber ich mache mir Sorgen. Es gibt so vieles, was Jessica nicht weiß, wovor ich sie nicht mehr warnen kann.
Zum Beispiel davor, dass mein Vater von allen verlangt,
Schwarz oder Dunkelblau zu tragen, damit sie nicht vom
Essen ablenken. Aber Jessica trägt eine gelbe Bluse. Oder
dass er aus irgendeinem beschissenen Grund niemandem-
dem erlaubt, Getränke mit Eis zu bestellen. Oder dass
der Platz zu seiner Rechten der Ehrenplatz ist. Aber wer
links neben ihm sitzt, steht auf der Abschussliste, und
Dad wendet dieser Person den ganzen Abend den Rücken zu, um sie in der Öffentlichkeit bloßzustellen. Oh
Gott, ich hoffe, sie wird nicht zu seiner Linken sitzen.

Aber vor allem muss ich dafür sorgen, dass sie nicht
vergisst, dass er kein guter Mensch ist, damit sie bitte, bitte, bitte nicht auf sein Spiel hereinfällt. Ich möchte ihr
sagen: *Lass nicht zu, dass er dich um den Finger wickelt und
du so deine Meinung über mich änderst. Vertraue mir. Glaube
an mich.*

»Ich rufe dich später an«, sagt Jessica. »Versprochen.«
Sie drückt meine Hand. Aber ehe ich die Geste erwidern
kann, hat sie schon losgelassen.

Und ich kann nur noch zusehen, wie sie davongeht.

23. Kapitel

Elijah

Hey, können wir reden?, schreibe ich Jessica erneut.

Seit mein Dad gestern überraschend beim Hackathon aufgetaucht ist, habe ich sie weder gesehen noch gesprochen. Auch meinen Dad habe ich weder gesehen noch gesprochen. Das kann nichts Gutes heißen.

Der Bildschirm meines Handys bleibt dunkel.

»Also, ist das ein guter Zeitpunkt, um darauf hinzuweisen, dass im Lande von Haneul Corp ganz eindeutig etwas nicht stimmt?«, fragt Jason.

Wir sind zurück in unserer winzigen Wohnung. Trotz der schwachen, in die Fenster montierten Klimaanlagen, die nicht gegen die drückende Hitze und Schwüle ankommen, trotz des meist leeren Kühlschranks und des erschreckenden Mangels an Obst und Gemüse, trotz der durchgelegenen Betten und des völligen Fehlens von Privatsphäre hat sich diese Wohnung im Laufe des Sommers irgendwie zu einem sicheren Ort entwickelt.

Aber in diesem Moment fühlen sich die Wände an, als würden sie immer näher kommen.

Ich bringe es gerade nicht über mich, Jason alles zu erklären. Deswegen zucke ich nur mit den Schultern und starre wieder auf mein Handy, in der Hoffnung, dass eine Nachricht erscheint.

»Vielleicht möchtest du dir etwas von der Seele reden? Dich von der Last eines Geheimnisses befreien? Du weißt schon, zum Beispiel, warum der CEO der Firma hier auftaucht, und hey, wenn ich so darüber nachdenke, siehst du ihm verdammt ähnlich«, macht Jason weiter.

Ganz langsam sehe ich ihm in die Augen. In ihnen kann ich keinen Vorwurf erkennen. Nur Neugierde.

»Ich weiß, ich habe euch allen so viel zu sagen. Ich muss nur zuerst Jessica sehen. Und ich verspreche dir, dass ich dir später alles erzählen werde.« Ich kann nichts verraten, ohne mit Jessica gesprochen zu haben – ich will keine Mutmaßungen für sie anstellen. Aber ich bin es leid, diese Lüge zu leben. Ich hasse das Leben nicht, das mir diese Lügen ermöglicht hat, aber es nervt, meine Freunde zu täuschen, die Menschen, die mir vertrauen und mich mögen, weil ich so bin, wie ich bin, und nicht, weil meine Familie die ist, die sie ist.

Jason nickt. »Es ist Sonntagmorgen. Sie ist vermutlich nicht im Büro. Vielleicht schläft sie nach dem Hackathon aus? Oder sie erkundet die Stadt? Wohnt sie nicht in der Nähe des Central Park?«

Der Park.

»Ja, schlau kombiniert. Hey, lass uns später reden. Du hast recht, ich muss eine Menge loswerden. Aber jetzt muss ich los«, sage ich.

Ich stürme zur Tür hinaus und lasse Jason und meine Lügen zurück.

»Ich dachte mir, dass ich dich hier finden würde«, begrüße ich sie. Jessica trägt Jeansshorts, ein weißes Shirt mit V-Ausschnitt und die Haare zu einem zerzausten Pferdeschwanz zurückgebunden. Sie erinnert mich an das Mädchen, das ich am Flughafen an unserem ersten Tag hier angerempelt habe.

Sie sieht mich mit hochgezogenen Augenbrauen an. »Wow, ich dachte immer, so etwas passiert nur in Filmen. Du hast mich gerade auf irgendeiner Bank im Central Park gefunden?« Sie kneift die Augen zusammen, als müsste sie überlegen, wie gering die Wahrscheinlichkeit dafür tatsächlich ist.

»Das ist nicht irgendeine Bank. Du hast mir erzählt, dass das Ellas Lieblingsort im Park ist«, erinnere ich sie. »Ich hatte versprochen, mit dir hierherzukommen.« Ich setze mich neben sie. »Und ich könnte so tun, als hätte ich mit dem Timing einfach Glück gehabt. Aber ich war zuerst in der Villa. Mrs Choi meinte, du würdest einen Spaziergang machen.«

Jessicas Lächeln ist warm, lässt aber nicht wie sonst ihr ganzes Gesicht leuchten. Sie wappnet sich gegen die Unterhaltung, die wir gleich führen werden. Ich lehne mich ein wenig nach vorn und halte mich neben meinen Knien an der Parkbank fest.

Sie nickt und betrachtet den Boden. »Tut mir leid, dass ich auf deine Nachrichten nicht geantwortet habe. Ich war beschäftigt ...«

»Mit meinem Dad?«

Sie kann mir immer noch nicht in die Augen sehen. Sie sieht rechts an mir vorbei. »Hätte ich die Einladung zu

einem feierlichen Abendessen vom Präsidenten von Haneul etwa ablehnen sollen?«

»Na ja, wir müssen uns überlegen, was wir unseren Vätern erzählen. Mein Vater weiß es natürlich schon. Aber
deiner wartet auf Antworten.«

»Warum muss es eine große Sache sein?«, fragt Jessica.
»Dein Vater weiß es, ja. Aber er hat nicht einmal erwähnt,
dass ich in deiner Position bin und du in meiner. Ich glaube nicht, dass es ihn stört«, sagt sie. Ich kann sehen, wie
die Gedanken in ihrem Kopf rasen. Will sie mich oder
sich selbst davon überzeugen?

Das Problem ist, dass ich meinen Vater kenne und nur
darauf warte, dass alles in die Luft fliegt.

»Es stört ihn. Vertrau mir. Er lässt sich nicht gern ver-
arschen. Und vielleicht lässt er das nicht an dir aus. Ich
hoffe, dass er es nicht tut. Aber ich zähle die Minuten, bis
er es an mir auslässt«, sage ich. »Vermutlich kriecht er dir
deswegen in den Arsch. Er weiß, dass ich mich dabei unwohl fühle.«

»Oder vielleicht ist er beeindruckt von der Arbeit, die
ich geleistet habe?«

Ich verdrehe die Augen.

Ein fataler Fehler.

Sie starrt mich an und beißt die Zähne zusammen.
Dann richtet sie sich auf und hebt das Kinn, wie immer,
wenn sie sich einer Konfrontation gegenübersieht. Ich
kenne diese Kampfhaltung. Tatsächlich gehört das zu den
Dingen, die ich an Jessica so anziehend finde. Diese Momente, in denen ihr Wille und ihre Entschlossenheit jede
Unsicherheit überwiegen.

Aber diesen Gesichtsausdruck habe ich in all den Monaten, die wir miteinander verbracht haben, noch nie an ihr gesehen. In ihren zusammengekniffenen Augen lodert ein Feuer, und ihr Mund ist zu einer dünnen Linie verzogen.

Sie ist wütend.

Auf mich.

»Willst du damit sagen, dass ich es nicht verdiene, für meine harte Arbeit gelobt zu werden? Aus genau diesem Grund habe ich so viele lange Nächte im Büro verbracht und den ganzen Sommer über geschuftet. Dein Vater hat mir beim Essen jemanden vorgestellt, der meinte, er würde mir sofort ein Empfehlungsschreiben ausstellen und dass er sogar einen Freund anrufen wird, den Präsidenten der UC San Diego, um ein Vorstellungsgespräch zu vereinbaren.«

In ihrer Stimme liegt ein Hauch Verzweiflung. Sie muss glauben, dass das alles wahr ist, dass mein Vater das wirklich aus reiner Herzensgüte für sie tun würde.

Aber was sie nicht versteht, ist, dass er kein Herz hat.

Sie seufzt tief und starrt in den Himmel, ehe sie sich wieder mir zuwendet. »Hör zu, ich weiß, dass du Probleme mit deinem Vater hast und ihr euch nicht versteht. Es ist nur so, dass ich ihm, nun ja, wirklich dankbar bin für das, was er in so kurzer Zeit für mich getan hat. Das verändert mein Leben«, versucht sie schnell zu erklären.

Nein, ich kann nicht zulassen, dass sie das glaubt. Das werde ich nicht erlauben.

»Das meint er nicht ernst. Er benutzt dich …«, sage ich.

»Und wennschon.« Ihre Worte treffen mich unerwartet. *Und wennschon?* Jessica presst die Lippen zusammen und atmet durch die Nase aus. Ihre Nasenflügel blähen sich wie bei einem wütenden Bullen.

»Um sich an mir zu rächen«, ergänze ich.

»Und du hast mich benutzt, um dich an ihm zu rächen.« Ihre Worte sind wie Messerstiche. »Wovon redest du?«

»Du hast mich benutzt, um diesen Sommer genau das zu bekommen, was du wolltest, Elijah. Du hast vorgeschlagen, dass ich deine Rolle spiele, damit du nicht arbeiten musstest.«

»Ist das dein Ernst? Du weißt genau, dass ich mir diesen Sommer den Arsch aufgerissen habe.« Hat sie vergessen, dass ich mich um den ganzen Scheiß gekümmert habe, den niemand machen wollte, den Scheiß, den niemand anerkennt oder bemerkt? Ich habe das gemacht. Scheiß-Logistik. Und ich habe es geliebt.

Ich habe es auch geliebt, dass sie es bemerkt hat. Dass sie meine Arbeit anerkannt hat.

»So habe ich das nicht gemeint«, rudert sie zurück.

Aber sie kann es nicht zurücknehmen. Jetzt steht es zwischen uns. Jetzt bin ich an der Reihe. »Und überhaupt, hast du nicht auch genau das bekommen, was du wolltest? Du wirst dieses wertvolle Empfehlungsschreiben erhalten. Und es wird dir wahrscheinlich vom verdammten CEO persönlich überreicht. Herzlichen Glückwunsch, du hast deine Seele an Haneul verkauft. Ich wünsche dir ein schönes Leben. Wir wissen ja, wie das ausgeht. Dein Vater ist ein gutes Beispiel dafür.«

Jessica springt auf, starrt wütend auf mich herab und

zeigt mit dem Finger auf mich. »Wage es nicht, meinen Vater mit hineinzuziehen«, zischt sie.

»Du kannst dir nicht einfach aussuchen, wer da mit hineingezogen wird, Jessica. Hast du seit gestern überhaupt mit deinem Dad gesprochen? Oder warst du zu beschäftigt damit, mit meinem Vater rumzuhängen?«

Ihre Augen werden groß, und sie öffnet den Mund, um abzustreiten, dass sie im Grunde vergessen hat, dass ihr Vater überhaupt in der Stadt ist. Aber sie findet die richtigen Worte nicht. Sie weiß, dass es dafür keine Entschuldigung gibt.

»Jessica, dein Vater hat für dieses Praktikumsprogramm gekämpft, obwohl er wusste, dass es den Führungskräften scheißegal ist. Und am Ende des Sommers, nach allem, was du in dieser beschissenen Firma durchgemacht hast, stellst du dich auf die Seite von Haneul und nicht auf die deines eigenen Vaters?«, frage ich. *Nicht auf meine?*

Sie atmet tief durch, lässt die Schultern hängen und wendet den Blick von mir ab. »Ich stelle mich nicht auf irgendeine Seite. Wenn überhaupt, dann entscheide ich mich für mich selbst, und ich sollte mich deswegen nicht schuldig fühlen müssen«, sagt sie. Sie klingt nicht länger wütend. Nur noch müde, resigniert.

»Elijah, wir haben dieses Gespräch schon oft geführt. Du und ich«, sagt sie und zögert dann. »Wir sind nicht gleich.«

Ich kann es nicht ertragen. Ich stehe auf, und ihr Blick folgt mir.

»Du meinst, unsere *Leben* sind nicht gleich«, sage ich. Denn wenn mir dieser Sommer eins bewiesen hat, dann, dass ich mich unter andere Menschen mischen kann. Ich muss mich nicht in einem Elfenbeinturm verstecken. Ich kann arbeiten, Freunde finden ... mich verlieben ... genau wie jeder andere auch. Genau wie Jessica. Aber ich kann diese Worte nicht aussprechen. Keines davon.

Sie schüttelt den Kopf und macht einen Schritt zurück, um Abstand zwischen uns zu bringen. Das gefällt mir gar nicht.

»Nein, ich meine, *wir* sind nicht gleich«, antwortet sie und deutet zwischen uns hin und her. »Wir denken nicht auf die gleiche Art. Wir gehen die Dinge nicht auf die gleiche Weise an. Du musstest dich noch nie in deinem Leben für irgendetwas rechtfertigen. Du weißt, du kannst es verbocken oder nicht dein Bestes geben, und irgendjemand wird dich decken. Ich hingegen kann meine Arbeit so gut wie möglich machen, und trotzdem findet jemand einen Fehler.«

Es fühlt sich an, als würde mir Jessica an all dem die Schuld geben. Als ob ich der Grund dafür wäre, dass die Reichen und Privilegierten dieser Welt bevorzugt werden.

Ich spüre, wie Hitze in mir aufsteigt und ich anfange, vor Wut zu kochen. »Du kannst nicht böse auf mich sein, weil ich in diese Familie hineingeboren wurde. Ich kann die Tatsache, dass ich Jaebeol bin, nicht ändern«, sage ich.

Sie dreht mir den Rücken zu und sieht in die Ferne. Dass der Central Park und die Skyline der Stadt so nah beieinander sind, soll diesen Ort magisch wirken lassen. Stattdessen fühlt es sich an, als ob man uns mit einem falschen Gefühl von Schönheit betrogen hat, während die

Lügen und Anforderungen der Stadt nur wenige Minuten entfernt liegen.

»Elijah, erinnerst du dich daran, was du mir von Anfang an gesagt hast? Reiche Leute benutzen andere, um zu bekommen, was sie wollen. Als ich das letzte Mal nachgesehen habe, warst du derjenige, der dem Sicherheitspersonal Hundert-Dollar-Scheine überreicht hat, der die Manager von Stoffgeschäften bestochen hat ...«, sie blickt über ihre Schulter zu mir zurück, »und der die New York Library mit seiner persönlichen Kreditkarte bezahlt und deswegen gelogen hat.«

Er weiß es. Und er hat es ihr erzählt. Mein Dad hat es ihr erzählt. Und sie verwendet diese Information, die sie von ihm hat, gegen mich. Was genau wirft sie mir vor? Dass ich mein Geld für Dinge ausgebe, die wir brauchen? Was ist daran so schlimm? Es ist kein verdammtes Verbrechen, reich zu sein.

»Du scheinst kein Problem damit zu haben, die *Hamilton*-Tickets und all die Designerklamotten und diese riesige Stadtvilla zu genießen. Glaubst du, das alles ist kostenlos? Für Geld bekommt man die Dinge, die man braucht, die Dinge, die man will. Du kannst mir nicht böse sein, weil ich das Geld meiner Familie für die Bibliothek ausgebe, wenn du all den anderen Scheiß liebst, den dieses Geld dir diesen Sommer beschert hat«, sage ich, bevor ich mich bremsen kann.

»Fick dich.«

Ich erstarre.

Jessica flucht nie.

Und aus ihrem Mund klingt es scharf wie ein Rasiermesser, das durch ihre äußere Hülle schneidet. Zwei Worte, die verraten, wie verletzt sie ist. Und ich kann es tief in meinem Inneren spüren.

Ich befehle meinen Füßen, sich zu bewegen. Ich möchte die Hand nach ihr ausstrecken, sie umarmen, mich entschuldigen und fragen, ob wir versuchen können, das alles gemeinsam zu regeln. Aber ich bleibe auf meinem Platz sitzen, und das Gefühl des Verrats schlägt Wurzeln in mir. Sie hat sich auf die Seite meines Vaters gestellt und nicht auf meine, oder?

»Jessica, worüber streiten wir? Geht es um den Job? Um unsere Bankkonten? Oder geht es um uns und unsere Gefühle und –«

»Und um irgendein Mädchen, das zu Hause auf dich wartet?«, fragt sie.

Bei diesen Worten bleibt mir der Mund offen stehen. »Warte … was? Wovon redest du?«

Ihre Miene verändert sich, sie sackt in sich zusammen. Als würde das Gewicht eines Geheimnisses, das größer ist als das, das wir den ganzen Sommer über zusammen gehütet haben, auf ihr lasten. Als ob sie endlich den Mut aufbrächte, mir eine Frage zu stellen, die sie bislang vor mir verheimlicht hat.

»Gibt es in Korea jemanden, mit der du verkuppelt werden sollst? Die Tochter von jemandem, der für Haneul wichtig ist?«

Ich überlege fieberhaft, was sie damit meinen könnte, was sie gehört haben könnte. Und da fällt es mir wieder ein: das Gespräch mit meinem Vater am Telefon, an dem Abend, als wir zusammen *Hamilton* gesehen haben.

Die Tochter der Familie Baek ... aber das ist alles nur Unsinn, den mein Vater erzählt. Er macht Pläne für mein Leben, die ich nicht zu verwirklichen gedenke.

»Nein, nein. Machst du Witze? Glaubst du, ich lasse mich mit irgendeiner x-beliebigen Person verkuppeln, weil es gut für diese Firma ist, die mich kein bisschen interessiert? Und glaubst du, ich wäre hier in New York gerade dabei, mich in dich zu verlieben, wenn das wahr wäre? Ernsthaft?«

Jessica sucht in meinen Augen nach einer Wahrheit, die ich ihr nicht erzähle. Oder nach dem Beweis für eine Lüge.

»Du bist dabei, dich in mich zu verlieben?«, fragt sie leise.

»Ja.« Ich habe es ausgesprochen. Ich meine es ernst.

Aber sie erwidert die Worte nicht. Stattdessen runzelt sie die Stirn und schluckt. Sie setzt sich wieder auf die Parkbank und umklammert das Holz, so wie ich es am Anfang dieser Unterhaltung getan habe. Ihre Füße berühren den Boden nicht, sie schwingt sie hin und her und sieht zu, wie sie sich in einem unhörbaren Rhythmus bewegen.

Das hat etwas so Bezauberndes an sich, dass ich sie am liebsten in den Arm nehmen und küssen möchte. Ich will sie weit weg von hier bringen, weit weg von meinem Vater, von unseren Fehlern, und es für sie, für uns, wieder gut machen.

Ich setze mich neben sie, aber nicht zu nah, damit ich ihr keine Angst mache. Wie schnell sich die Dinge verändert haben. Den ganzen Sommer über haben sich unsere Körper zueinander hingezogen gefühlt, als könnten wir einander nicht nah genug sein.

»Erinnerst du dich daran, wie wir uns das erste Mal im Café getroffen haben?« Sie spricht so leise, dass ich sie kaum verstehen kann. Sie spricht zu ihren Füßen, nicht mit mir. Nichts davon erscheint mir wie ein gutes Zeichen. »Der Tag, an dem wir herausgefunden haben, worin der Fehler bestand, und du vorgeschlagen hast, diesen Sommer über unsere Leben zu tauschen?«

»Natürlich erinnere ich mich an das beste erste Date meines Lebens«, sage ich. Ich zwinge mich zu einem Lächeln, um das peinliche Schweigen zwischen uns zu überbrücken.

Sie schließt die Augen, als wäre es zu schmerzhaft, der Wahrheit ins Gesicht zu blicken. »Du meintest, ich solle diese Gelegenheit nutzen. Du wusstest, dass ich etwas brauche, irgendetwas, das mir meinen weiteren Weg erleichtert. Du hast mich dazu überredet, indem du mir einen Weg gezeigt hast, der mir vorher nie angeboten worden wäre. Und ich habe ihn angenommen. Denn du hattest recht.« Jessica öffnet die Augen und sieht mich direkt an. »So eine Chance werde ich nie wieder haben, Elijah. Ich brauche die Hilfe deines Vaters.«

Ich kenne meinen Vater. Ich weiß, wie er tickt. Er ist ein Geschäftsmann. Er ist ein Hai, der darauf wartet, seine Beute zu verschlingen. Er tut das alles nicht aus Herzensgüte oder weil er von einer einfachen Praktikantin beeindruckt ist. Selbst von einer so bemerkenswerten wie Jessica. »Dafür, dass er dich den ›richtigen‹ Leuten vorgestellt hat, das Empfehlungsschreiben ... was hat mein Dad im Gegenzug von dir verlangt?«

Als sie antwortet, ist es, als bliebe die Welt stehen.

»Er hat mir geraten, jetzt nach Hause zu fliegen, und dass er mich in ein paar Wochen kontaktieren wird, wenn die Sky High Conference vorbei ist. Er meinte, er brauche Zeit, um ein paar Dinge für mich zu regeln und sich um das zu kümmern, was ich brauche. Es hat sowieso keinen Sinn, dass ich hier in New York bleibe, während ich warte …«

»Er schmeißt dich raus? Aus der Firma? Aus New York?«

Sie schüttelt den Kopf. »Nein, so ist das nicht.«

In diesem Moment wird mir klar, was mein Vater vorhat. Es ist, als ob die Hände meines Vaters in meine Brust fassen und mein Herz ergreifen, es erwürgen. Er würde alles tun, um mich daran zu hindern, nach meinen eigenen Vorstellungen glücklich zu werden. »Nein, er schmeißt dich aus meinem Leben raus.«

»Elijah, so ist es auch nicht. Er hat dich, ähm, eigentlich gar nicht erwähnt.«

»Jessica, komm schon.« Ich hebe genervt die Hände. »Wie kommst du nach allem, was ich dir über meinen Vater erzählt habe, darauf, dass er jemandem etwas ohne Gegenleistung geben würde?«

»Ich bin mir sicher, Elijah. Er hat mich nicht um etwas gebeten.«

»Noch nicht. Aber das wird er«, sage ich überzeugt.

»Warum kannst du nicht einfach glauben, dass das etwas ist, was dein Vater tun möchte? Warum kannst du nicht anerkennen, dass die Arbeit, die wir diesen Sommer geleistet haben, gut genug sein könnte, um den Geschäftsführer der Firma zu beeindrucken?«

»Ich kann nicht glauben, wie naiv du bist. Du hast diesem Plan in erster Linie zugestimmt, weil du es gebraucht hast. Aber jetzt scheint es so, als wolltest du es auch«, sage ich. »Du willst es genug, um alles zu glauben, was mein Dad dir verspricht ... egal zu welchem Preis.«

»Ehrlich gesagt, weiß ich nicht, was ich will. Aber was ist mit dir? Du wolltest Zeit, um herauszufinden, wer du bist. Und was wirst du jetzt, da du es herausgefunden hast, damit anfangen? Du schwingst große Reden, aber wirst du die Sicherheit deines bisherigen Lebens tatsächlich hinter dir lassen? Wirst du deinem Dad sagen, dass du nicht mit diesem Mädchen verkuppelt werden willst? Dass du nicht Geschäftsführer von Haneul werden willst? Dass du nichts von dem willst, was er von dir verlangt?«

»Es ist nicht so einfach, das auszusprechen, Jessica.«

»Aber es wird niemals einfach sein, wenn du es *nicht* aussprichst, Elijah.«

So kommen wir nicht weiter.

»Ich reise morgen ab«, sagt sie. Es klingt endgültig. Na gut, wenigstens hat eine von uns den Mut, sich zu nehmen, was sie will. Ich habe nur nicht gedacht, dass sie mich dafür so schnell fallen lassen würde.

Ich muss herausfinden, was genau mein Vater vorhat. Das Pflaster abreißen und es hinter mich bringen. Die Strafe akzeptieren, die er mir auferlegen will, solange er sie nicht auch über Jessica verhängt.

»Ich muss los«, sage ich und springe auf. Wenn ich jetzt nicht gehe, werde ich es niemals tun. »Jessica, du musst mit deinem Dad reden. Finde heraus, was er von alledem hält«, sage ich.

»Und was wirst du tun?«

»Ich werde ebenfalls mit meinem Dad reden. Wir beide haben einiges zu klären.«

24. Kapitel

Jessica

Ich klopfe an Tür Nummer 214 des Courtyard Marriott am Times Square. Das Zimmer liegt gleich neben dem Lift, und durch den Schacht kann ich das Geplauder der Leute in den unteren Stockwerken hören, gefolgt vom *Pling* des Aufzugs, wenn sich die Türen öffnen. Ich frage mich, ob mein Dad für dieses besonders unattraktive Zimmer weniger bezahlen musste.

Der Teppich im Flur ist fleckig, und das Holz um den Türspion herum ist zerkratzt. Die Lampen sind leicht vergilbt, und ich bemerke, dass sich an der Tapete der Wand eine kleine Ecke löst. Alles in allem ist das Hotel zwar abgenutzt, aber sauber und zweckmäßig. Vor diesem Sommer hätte ich ein solches Hotel für Geldverschwendung gehalten.

Aber offensichtlich bedeuten mir Dinge wie die Lage des Zimmers und kleine Abnutzungserscheinungen jetzt etwas anderes. Diese Details bringen mich dazu, die Person zu bewerten, die ich mit ihnen in Verbindung bringe. Als ob ein Sommer, in dem ich so getan habe, als gehörte ich zu den obersten zehn Prozent, dafür gesorgt hat, dass ich jetzt genauso denke.

Ich bin nervös. Meine Handflächen schwitzen und mein Herz droht, aus der Brust zu springen. Und zwar nicht, weil ich Angst habe, dass mein Vater böse auf mich ist.

Vielmehr habe ich Angst, ihn enttäuscht zu haben.

Die Tür öffnet sich mit einem Klick. Mein Vater sieht müde aus. Unter seinen Augen liegen tiefe Schatten.

Er zieht mich in eine Umarmung. Es fühlt sich komisch an. Mein Körper versteift sich. In unserer Familie halten wir eigentlich nichts von öffentlichen Zuneigungsbekundungen, aber es dauert nur einen Moment, ehe ich mich fallen lasse. Ich schlinge die Arme um ihn und lehne den Kopf an seine Brust. Sein Herz schlägt stark und gleichmäßig.

»Ich bin froh, dass du hier bist, Dad«, sage ich, als wir uns voneinander lösen. »Ich habe dir so viel zu erzählen.«

»Komm rein, Schatz«, sagt er. Jetzt erst fällt mir auf, dass wir immer noch im Türrahmen stehen. Ich folge ihm und bleibe unbeholfen in der Mitte des Zimmers stehen. Ich weiß nicht, wohin ich mich setzen soll.

Mein Vater öffnet den Mini-Kühlschrank, der neben der Kommode mit Holzimitat-Verkleidung steht, und heraus dringt ein scharfer Geruch. Kimchi oder anderes koreanisches Essen. Er hat den winzigen Kühlschrank zweifellos bis zum Rand mit Lebensmitteln gefüllt, um kein Geld in Restaurants ausgeben zu müssen. Beim Gedanken an die riesige Küche der Villa, die überfüllte Speisekammer und das opulente Essen, zu dem mich Mr Lee gestern Abend eingeladen hat, übermannt mich ein schlechtes Gewissen.

Dad holt eine rote Dose Cola heraus, öffnet sie und reicht sie mir. Er trinkt nur Wasser oder Tee, also muss er sie extra für unser Treffen, extra für mich gekauft haben. Ich kann nicht glauben, dass ich ihn einen ganzen Tag lang habe warten lassen, während ich mit dem CEO seiner Firma gequatscht habe.

Reiß dich zusammen, Jessica, sage ich zu mir selbst, während ich versuche, die Tränen wegzublinzeln. Ich nehme einen Schluck Cola, die kalten Bläschen kribbeln ein wenig im Hals. Vor diesem Sommer war eine Cola am Tag überlebenswichtig für mich – am liebsten mit viel Zucker –, aber in diesem Moment wird mir klar, dass ich meine letzte Cola vor Monaten getrunken habe. Im Kühlschrank der Brownstone-Villa befinden sich extravagante, aromatisierte Erfrischungsgetränke und natürliches Mineralwasser. Ich musste mich erst daran gewöhnen, aber auch das ist Teil meines Alltags geworden, genau wie die Designerklamotten und die prestigeträchtige Junior-Führungsposition in einem riesigen Unternehmen. Inzwischen gefallen mir diese Dinge. Oder zumindest habe ich mir das eingeredet.

Etwas an dieser Cola fühlt sich so gewöhnlich an. So nach … mir.

Es ist tröstlich, dass mich mein Dad so gut kennt. Mein wahres Ich. Anders als alle anderen hier in New York – anders als Elijah, inzwischen vielleicht sogar anders als ich selbst. Ich bin sehr erleichtert, dass Dad hier ist, dass ich keine Maske tragen muss, dass ich loslassen und mich voll und ganz auf ihn stützen kann …

»Jessica Yoo-Jin Lee …«

Oh verdammt. Er nennt mich schon wieder bei meinem vollen Namen. Jetzt bin ich dran.

»Du hast Hausarrest, bis du dreißig Jahre alt bist. Und, und ... du wirst in der Autowaschanlage-Schrägstrich-Waschsalon deiner Tante Eunice arbeiten, auch an den Wochenenden, bis du mit der Uni anfängst.«

»Dad!« Ich habe ihm noch nicht einmal alles gestanden. »Das kannst du nicht machen. Du weißt nicht einmal, ob diese Strafe angemessen ist. Und außerdem hat *Suds and Steamers* sonntags geschlossen.«

Er sieht mich mit zusammengekniffenen Augen an. Vermutlich überlegt er, ob er Tante Eunice überreden kann, auch sonntags zu öffnen.

»Ich habe Mist gebaut, Dad«, breche ich schließlich das Schweigen. Meine Stimme klingt wie die eines kleinen Kindes.

Er stemmt die Hände in die Hüften und stößt einen tiefen, müden Seufzer aus. »Setz dich, Jessica, und erzähl mir alles von Anfang an.«

Ich mache es mir im Schneidersitz auf dem frischen weißen Bettlaken bequem. Ich verschränke die Hände, starre auf meine Daumen und beginne mit der Geschichte. Wie Elijah und ich für den Sommer Plätze getauscht haben. Wie ich mich in der Gunst des Geschäftsführers von Haneul wiedergefunden habe.

Ich bin mir nicht sicher, ob von den Entscheidungen, die ich in diesem Sommer getroffen habe, noch etwas zu retten ist. Ich will stolz sein: auf den Hackathon, darauf, das Team geleitet zu haben, und sogar auf Mr Lees Angebot, mir mit meiner Zukunft zu helfen. Aber wenn ich diese Geschichte vor meinem Dad ausbreite, fühlt sich irgendetwas daran schmutzig an. Ich habe das alles durch Unaufrichtigkeit und Betrug erreicht.

Als ich fertig bin und ihn endlich ansehe, sind seine Augen geschlossen, aber er atmet ruhig. Ich weiß, dass er zugehört hat, denn er nickt.

Ich warte auf seine Zurechtweisung. Ich warte darauf, dass er mir sagt, dass er wütend und enttäuscht ist. Ich warte darauf, dass er meinen Hausarrest verlängert, bis ich fünfzig Jahre alt bin.

Was ich nicht erwartet habe, ist die Träne, die ihm über die Wange läuft. Ich beobachte sie, bis sie an seinem Kinn hängt, sich schließlich löst und zu Boden fällt.

»Dad, weinst du?« Ich habe Angst, an den Gefühlen in meiner Kehle zu ersticken. Ich habe meinen Vater noch nie im Leben weinen sehen.

Schnell wischt er sich mit der Handfläche über die Augen. Er schaut auf seine Hand hinunter und betrachtet die Nässe, als wäre auch er überrascht, dort Tränen zu finden. »Jessica, es tut mir so leid. Es tut mir leid, dass ich dir nicht die Chancen bieten konnte, die du verdienst. Du hast alles gegeben, um die besten Noten zu bekommen, und trotzdem musstest du dir Sorgen um deine finanzielle Situation machen. Über Empfehlungsschreiben und Stipendien. Indem du dich fürs Junior College entschieden hast, musstest du dich mit einer Wahl abfinden, die unter deinem Niveau liegt. Und weil du glaubst, dass die Welt ungerecht ist, hast du in diesem Sommer die Gelegenheit genutzt, eine Lüge zu leben, damit sich dir ein paar Türen öffnen. Und all das ist meine Schuld. Es ist meine Schuld.«

»Es ist nicht deine Schuld«, versichere ich ihm. »Es ist meine Schuld. Es ist die Schuld dieses lachhaften Bildungssystems. Aber das können wir nicht ändern. Es stört mich nicht einmal, dass ich ein Praktikum machen musste. Es war eine tolle Erfahrung. Dad, wir haben es geschafft, den allerersten Hackathon in einem der größten Technologieunternehmen der Welt zu veranstalten.« Wenn ich mich auf das Gute konzentriere, kann ich vielleicht die Schuldgefühle verdrängen, die mich quälen, weil ich das alles nur dank meiner Lügen geschafft habe.

Er lässt den Kopf hängen. »Jessica, Haneul mag äußerlich glänzen, aber im Innern ist das Unternehmen kaputt. Diese Art, Geschäfte zu machen, ist rückständig.« Er umschließt meine Hände mit seinen und sieht mich an. »So vieles von dem, was uns als Erwachsene ausmacht, wird von unserer Arbeit bestimmt und von dem Ort, an dem wir sie leisten. Mein Wunsch für dich ist, dass du diese Erfahrungen an Orten machst, an denen Menschen wertgeschätzt werden und stolz auf ehrliche Arbeit sind. Unternehmen, bei denen Diversität und Inklusion nicht nur leere Versprechungen sind, sondern die alle Menschen unabhängig von ihrer Geschlechtsidentität, ihrem Alter und ihrer Herkunft respektieren. Ich will, dass deine Welt durch die Arbeit, die du tust, wächst, und nicht eingeschränkt wird. Und weil Haneul nicht diese Art Unternehmen ist, hast du eine unehrliche Entscheidung getroffen, um zu bekommen, was du zu brauchen glaubst. Ich war dagegen, dass du hier arbeitest – nicht, weil ich nicht daran geglaubt habe, dass du es kannst. Sondern weil ich mir etwas viel Besseres für dich wünsche.«

Ich schlucke die aufsteigende Scham herunter. Ich weiß nicht, was ich sagen soll. Tränen drängen an den Rand meiner Augen und drohen auszubrechen. Ich habe immer gedacht, mein Dad wollte meine Entscheidungen kontrollieren. Es stellte sich heraus, dass er mich zu besseren Entscheidungen führen wollte.

Er steht auf und geht zum Fenster, von wo aus er die hellen Lichter des Times Square betrachtet, die vierundzwanzig Stunden am Tag leuchten. Ich frage mich, ob er im Geiste die Stromrechnung kalkuliert.

»Was geschehen ist, ist geschehen«, sagt er. Seine Stimme ist nicht länger weich, jetzt klingt sie so sachlich, wie ich es von ihm gewohnt bin. »Ich werde mich mit Präsident Lee treffen, um die angemessenen nächsten Schritte zu besprechen. Ich werde jede disziplinarische Maßnahme akzeptieren, die er für mich beschließt.«

»Für dich? Nein, Dad, alles, was ich diesen Sommer getan habe, das Gute wie das Schlechte, war meine Entscheidung, und ich muss mit den Konsequenzen leben«, sage ich und bemühe mich, eine Stärke auszustrahlen, die ich nicht empfinde. »Aber ehrlich gesagt glaube ich kaum, dass er eine große Sache daraus machen wird. Ich weiß, das klingt wie Wunschdenken. Aber diese Leute, die Verantwortlichen, haben größere Probleme zu bewältigen als irgendein Drama in ihrem Praktikumsprogramm, oder?«

»Den Leuten, von denen du sprichst, ist es sehr wichtig, wie sie wahrgenommen werden. Wenn sie glauben, dass sie zum Narren gehalten wurden, kann das böse enden. Seit Jahren setze ich mich für dieses Praktikumsprogramm ein. Aber es war immer schwierig, Unterstützung zu bekommen.«

»Ja, aber genau das ist es ja, Dad. Dieses Jahr war es anders. Wir haben etwas bewirkt.« Ich lege alle Hoffnung in meine Stimme, damit er merkt, wie stolz ich auf das bin, was wir trotz der Hürden erreicht haben.

»Genau deswegen mache ich mir Sorgen«, entgegnet er.

Ich lasse den Kopf in die Hände sinken. Das Einzige, worum sich diese Erwachsenen kümmern, ist die Außenwirkung, nicht die Wahrheit. Wie soll man so ein Unternehmen führen?

»Präsident Lee hat angeboten, ein gutes Wort für mich einzulegen, und er hat dafür gesorgt, dass jemand ein Empfehlungsschreiben für ein Stipendium oder so etwas schreibt. Er will mir auf irgendeine Art helfen«, sage ich.

»Nein«, erwidert Dad, ohne zu zögern. »Auf keinen Fall. Du wirst nichts von diesem Mann annehmen. Man kann ihm nicht vertrauen, Jessica.« Tröstend drückt er meine Hand. Sein Blick ist traurig, aber entschlossen. Mir wird klar, wie sehr seine Worte denen von Elijah über seinen Vater ähneln.

Ich möchte widersprechen. Ich möchte meinem Vater sagen, dass er überreagiert. Ich möchte schreien, dass Präsident Lee etwas zu geben hat und dass das für ihn im Großen und Ganzen *nichts* ist. Warum sollte ich also nicht annehmen, was er mir bietet?

Vielleicht habe ich meinen Vater in diesem Sommer hintergangen, aber ich habe noch nie eine seiner Anweisungen direkt missachtet. Na ja, er hat mir gesagt, ich solle mich von Ärger fernhalten, und ich schätze, das habe ich vermasselt. Aber trotzdem.

Es ist frustrierend, dass er und Elijah beide so stur sind, dass sie die Sache nicht einfach auf sich beruhen lassen können. Ich verstehe schon, dass Präsident Lee kein guter Kerl ist. Aber das bedeutet nicht, dass er etwas im Schilde führt, nur weil er meiner Zukunft Starthilfe gibt. Ich weiß, dass mein Vater Haneul hasst, aber mal ehrlich, sind nicht alle großen Unternehmen da draußen ein und dasselbe? Ich bin hier. Ich habe diese Arbeit gemacht. Warum kann ich davon nicht profitieren?

»Wir werden einen anderen Weg finden«, spricht mein Dad weiter. »Dieser Sommer wird dir eine harte Lektion sein, mehr aber auch nicht. Den Rest regeln wir als Familie.«

»Ich verstehe immer noch nicht, warum wir seine Hilfe nicht einfach annehmen können«, sage ich in einem letzten verzweifelten Versuch, meinen Vater zu überzeugen.

»Manche Dinge sind den Preis nicht wert«, antwortet er. »Und dabei rede ich nicht nur von Geld.«

25. Kapitel

Elijah

Ich wähle die Nummer meiner Schwester.

»Wo ist er?«

»Elijah, vertrau mir, wenn ich sage, dass du Dad gerade nicht begegnen möchtest. Er ist stinksauer, und Mom tut alles, was sie kann, damit er dich nicht auf der Stelle enterbt.«

»Mom ist hier?« Sie begleitet meinen Dad nie auf seinen Reisen. Wenn sie hier ist, muss sie sich wirklich Sorgen um mich machen. Mom war schon immer die Einzige, die Dad beruhigen konnte, wenn er seine Wutanfälle hatte – und auch sie war nur in etwa der Hälfte der Fälle erfolgreich. »Wo sind sie, Hee-Jin?«

Sie seufzt. »Wir sind alle im Plaza.«

Da sie nur ein paar Häuserblocks entfernt sind, renne ich. Trotz der unerträglichen Hitze und der Gehwege, die von Menschenmengen, die die Gegend um den Central Park erkunden, verstopft sind, bin ich schnell dort.

Das Plaza-Hotel sieht aus wie ein Schloss mitten in New York City. Hohe Säulen mit gemeißelten Statuen säumen den Eingang. Ich eile durch die riesige Eingangstür und lasse den Blick durch die große Lobby schweifen –

an unbezahlbaren Kunstwerken vorbei, die die Wände zieren, Sofas aus Leder und Samt, die eher Ausstellungsobjekten ähneln als bequemen Sitzgelegenheiten, und an Hotelgästen in ihren besten New-York-Outfits. Ich stelle fest, dass mich diese Opulenz kein bisschen anzieht.

Ich finde die Aufzüge und folge einem Hotelangestellten mit einem Gepäckwagen, auf dem sich mindestens zehn riesige Reisetaschen, Koffer und Kleidersäcke stapeln. Er mustert mich von Kopf bis Fuß und fragt sich vermutlich, was ich hier in meinem gewöhnlichen T-Shirt, meiner durchschnittlichen Jeans und meinen alltäglichen Nikes mache. Es ist mir scheißegal, was er von mir denkt.

»Zum Penthouse bitte«, sage ich, da er vor den Knöpfen für die einzelnen Etagen des Hotels steht.

Er kneift die Augen zusammen und zögert, meiner Bitte nachzukommen.

Ich beuge mich hinüber und drücke selbst auf den *P*-Knopf. Dann lehne ich mich an die Wand des Aufzugs, schließe die Augen und versuche, zu Atem zu kommen und mich auf den Streit mit meinem Vater vorzubereiten.

Der Angestellte steigt im neunten Stockwerk aus, und ich mache mir nicht einmal die Mühe, ihn anzusehen. Soll er doch den Wachdienst rufen, wenn ich ihm so verdächtig erscheine. Ein Teil von mir möchte ihn wissen lassen, dass mein Vater uns nie in einem Zimmer übernachten lassen würde, das nicht im obersten Stockwerk liegt, während seine Gäste mit ihrem überteuerten Gepäck nur im neunten Stock sind.

Aber ich halte den Mund. Denn nur ein verwöhntes Arschloch würde so etwas sagen. Eigentlich ist es mir egal, ob ich als jemand erkannt werde, der reich genug und der oberen Etagen des Plaza würdig ist. Ich habe es so satt, dass Menschen andere und ihren Wert, ihr Recht, irgendwo zu sein, danach beurteilen, wie sie mit ihrem Geld angeben. Ich habe echt genug davon, wie ich vor diesem Sommer war.

Also warte ich darauf, dass sich die Türen wieder schließen, und ignoriere die leuchtende Nummer, die anzeigt, wohin ich fahre. Ich fahre einfach den ganzen Weg nach oben, bis die Glocke läutet, und als sich die Aufzugtüren öffnen, stelle ich mich meinem Schicksal.

Mein Vater dreht mir den Rücken zu, während er aus dem Fenster den riesigen Central Park überblickt. Er hat sein Handy am Ohr und brüllt jemandem auf Koreanisch etwas wegen der Flugzeiten zu.

Meine Mom sitzt auf dem überdimensionierten weißen Sofa im Wohnbereich der Penthouse-Suite. Fast muss ich lächeln, weil ich mich daran erinnere, wie Jessica ausgeflippt ist, weil ich mich auf das weiße Sofa in der Villa gesetzt habe, aber ich halte mich zurück. Moms Beine sind an den Knöcheln überkreuzt, die Hände hält sie im Schoß gefaltet. Ihr Blick ist in einem perfekten Fünfundvierzig-Grad-Winkel gesenkt. Ein Glas Weißwein steht rechts neben ihr auf dem schwarzen Marmorbeistelltisch. Ich beobachte, wie ein Tropfen Kondenswasser den Stiel entlangrinnt. Aus irgendeinem Grund kann ich nur daran denken, wie verzweifelt meine Mutter sein muss, wenn sie vergessen hat, einen Untersetzer unter ihr Glas zu legen.

Meine Schwester sitzt in einem der goldenen Sessel am Esstisch, der neben dem Wohnbereich steht. Ich werfe ihr einen Blick zu, und sie schenkt mir ein kleines Lächeln. Es kommt mir seltsam vor, dass sie nicht neben meiner Mutter sitzt. Ich frage mich, wie viel sie von Dad wegen dieses ganzen Fiaskos schon aushalten musste.

»Tut mir leid«, lasse ich sie tonlos wissen. Sie schüttelt den Kopf und wedelt leicht mit der Hand, als wolle sie mir sagen, ich solle mir keine Sorgen machen. Ich atme tief und gleichmäßig aus.

»Hast du gedacht, ich würde es nicht herausfinden?« Ich schrecke auf, als die kräftige Stimme meines Vaters durch die angespannte Stille schneidet. In seinem Ton liegt keine Wärme. Er spricht nicht mit mir wie ein Vater mit seinem Sohn, sondern eher wie mit einem Angestellten, für den er keine Zeit hat und mit dem er sich jetzt herumärgern muss.

»Ich wollte es dir erzählen …«, will ich erklären.

»Lüg mich nicht an, Sohn. Wenn du das geheim hättest halten wollen, hättest du nicht so sorglos mit unserem Namen um dich werfen dürfen. Du hast Beziehungen spielen lassen, um die Bibliothek für deinen kleinen Hackathon zu bekommen, aber du hast nicht daran gedacht, dass ich es erfahren würde. Glaubst du wirklich, die Welt ist so einfach?«

Scheiße. Daran habe ich gar nicht gedacht. Ich bin ein Volltrottel.

»Ich … ich wollte nur helfen«, sage ich.

»Du bist ein dummes Kind, Elijah. Wann wirst du erwachsen? Ich habe hart dafür gearbeitet, dir jede Chance im Leben bieten zu können, und du verhältst dich, als wäre das alles nichts.«

»Du hast hart gearbeitet?« Meine Stimme hallt in dem makellosen Hotelzimmer wider. Ich kann die Lügen nicht glauben, die er sich selbst erzählt. »Diese ganze Firma wurde dir geschenkt, Dad. Nur weil du der Sohn deines Vaters bist. Was hast du getan, um das zu verdienen? Du hast alles geerbt und mit eiserner Faust regiert. Und dein Plan ist es, diese Firma und das Erbe an mich weiterzugeben, ohne mir eine Wahl zu lassen. Aber ich will nicht in deine Fußstapfen treten und dieses Leben führen. Ich will nicht, dass mir alles auf einem Silbertablett serviert wird. Ich will meine eigenen Entscheidungen treffen.«

»Und welche Entscheidungen hast du während deines rebellischen Sommers getroffen?« Er kommt näher. Sein Gesicht ist wie versteinert. Seine Miene gibt nichts preis, aber in den leicht zusammengekniffenen Augen kann ich Missbilligung und Abscheu erkennen.

»Ich habe entschieden, dass man mir mit neunzehn Jahren nicht vorschreiben sollte, wie mein ganzes weiteres Leben auszusehen hat«, sage ich.

In seinem Blick lodert Wut, aber ich habe keine Angst. Wenn ich jetzt nicht kämpfe, werde ich in einer Zukunft gefangen sein, die ich mir nicht ausgesucht habe. Es fühlt sich an wie der entscheidendste Moment meines ganzen Lebens.

»Mit deiner Faulheit, deinem Betrug, der Unfähigkeit, deine Rolle und deine Verantwortung anzuerkennen, und deiner Gehorsamsverweigerung bist du ein Schandfleck auf dem Namen dieser Familie. Du hast dich selbst beschämt und hast jeden Versuch unternommen, mich zu demütigen.«

»Und das ist das Wichtigste, oder, Dad? Dass du dein Gesicht wahrst, damit niemand die Wahrheit erfährt – dass du nur der tyrannische Leiter eines scheiternden Unternehmens bist.«

Bevor ich die Bewegung deuten kann, hat mein Vater die Hand erhoben, bereit, mich zu schlagen. Aber weder zucke ich zurück, noch ducke ich mich. Stattdessen hebe ich in diesem kurzen Moment trotzig das Kinn. Er kann mich schlagen, so viel er will. Der Schmerz wird vorübergehen. Was ich zu sagen habe, ist es wert, dass ich dafür einstehe.

Ich höre Hee-Jins Schrei von rechts, gerade als ich mich auf die Ohrfeige vorbereite.

»Das reicht jetzt!«

Meine Mutter stellt sich zwischen uns, sieht meinen Vater an und packt ihn am Handgelenk, bevor er zuschlägt. Ihre Stimme ist wütend, herrisch – so habe ich sie noch nie gehört.

»Was tust du da?«, fragt sie anklagend. »Das ist dein Sohn. Ist diese Firma, sind diese Reichtümer wichtiger als dein eigenes Kind, dein Fleisch und Blut?«

Er erwidert nichts. Und mit diesem zu langen Moment des Schweigens, mit diesem Blähen seiner Nasenflügel sagt er alles. Ich schließe langsam die Augen und lasse den Kopf sinken.

»Dangshin, ich gehe mit meinem Sohn um, wie ich es für richtig halte«, sagt er zu ihr.

»Er ist *unser* Sohn, und ich werde nicht zulassen, dass du die Hand gegen ihn erhebst«, erwidert sie.

Für einen Moment befürchte ich, dass er die volle Wucht seines Zorns von mir abwenden und gegen meine Mutter richten wird. Aber stattdessen löst er sich aus ihrem Griff und lässt die Hand sinken. Über ihre Schulter hinweg sieht er mir direkt ins Gesicht. »Ich weiß nicht, was du glaubst, was als Nächstes passiert. Du hast jede Chance, an der Universität von Seoul aufgenommen zu werden, verspielt, und es wird uns unglaublich viel Geld kosten, das wiedergutzumachen. Du hast das Vertrauen des Führungsteams von Haneul verloren, und um das zu ändern, bedarf es einer groß angelegten internen PR-Aktion. Dein rücksichtsloses Verhalten und deine törichte Eskapade werden mich am Ende einen hübschen Batzen Geld kosten. Deshalb sage ich es dir klar und deutlich: Von jetzt an gehorchst du, Lee Yoo-Jin. Und ich will dich daran erinnern, dass es zu deinem Besten ist, mich nicht zu verärgern.«

»Vater, ich weiß sehr wohl, dass du noch nie mein Bestes im Sinn hattest.«

Seine Nasenflügel blähen sich erneut.

»Mach dir keine Sorgen, Dad. Auch wenn ich nichts mehr hasse, als dir zu geben, was du willst, werde ich es tun. Ich werde mit dir und Mom nach Korea zurückkehren. Ich werde auf die Universität von Seoul gehen. Und ich werde mich in der Firma einfügen, wie du es für richtig hältst.«

Er kneift die Augen zusammen und legt den Kopf zur Seite, als versuchte er meinen Standpunkt zu verstehen.

Mom greift nach meinem Arm, aber ich schüttle sie ab. Ich will ihr nicht wehtun, aber sie kann mir gerade nicht helfen. Wenn mir Lee Jung-Hyun eines beigebracht hat, dann ist es die Kunst des Verhandelns.

»Aber nur unter einer Bedingung, Vater. Du wirst alles in deiner Macht Stehende tun, damit Jessica an der Universität ihrer Wahl angenommen wird, *und* du zahlst ihre Studiengebühren.« Ich starre ihn an. »Außerdem wirst du niemals verlangen, dass sie hierher zurückkommt und erneut für Haneul arbeitet. Unterschreibe den Scheck und gehe weiter. Denke niemals wieder an sie. Nur dann werde ich tun, was du von mir verlangst.«

Ein Grinsen huscht über sein Gesicht. »Sohn, hier bist du wirklich auf dem Holzweg. Ich habe kein Interesse an Jessica Lee, und ich werde auch nie wieder einen Gedanken an sie verschwenden. Mach dir keine Sorgen.«

In diesem Moment wird mir klar, dass ich mit dem großen weißen Hai schwimme. Ich dachte, ich würde ihm geben, was er will, damit er mir geben kann, was ich brauche, aber ich habe ihm direkt in die Hände gespielt.

Wenn das alles vorbei ist, bin ich mir ziemlich sicher, dass ich als Verlierer dastehen werde.

26. Kapitel

Jessica

»Vergiss die Stipendien, du musst deine Memoiren schreiben und sie teuer an Netflix verkaufen. Diese Geschichte ist brillant. Schnapp dir das Geld, Girl!«

Ich packe meine Klamotten zusammen, indem ich alles, was ich ursprünglich mitgebracht habe, aus meinem begehbaren Kleiderschrank, ähm, aus dem von Elijahs Familie nehme und in meinen alten Koffer lege.

Nachdem ich Ella die Kurzversion dessen erzählt habe, was nach dem Hackathon passiert und wie sehr die Kacke am Dampfen ist, ist sie ins nächste Flugzeug nach New York gestiegen, um meine Hand zu halten. Das machen beste Freundinnen so – wenn sie Notfallkreditkarten und reiche Großmütter haben, denen alles egal ist. Ich bin ihr sehr dankbar. Denn ich weiß nicht, ob ich New York und damit Elijah verlassen könnte, wenn ich allein wäre.

Elijah und ich haben seit unserem großen Streit im Central Park vor zwei Tagen nicht miteinander gesprochen. Ich möchte mich bei ihm melden, aber ich weiß nicht einmal, was ich sagen soll. Außerdem haben mich seine Worte verletzt. Noch schlimmer war allerdings der Ausdruck in seinen Augen, der mir gesagt hat, dass ich ein ganz anderer Mensch geworden bin, jemand, den er überhaupt nicht kennt.

Ella greift nach einem Cardigan in einer der Schubladen. »Heilige Scheiße, dieser Kaschmir von Givenchy ist so verdammt weich.« Sie holt ihn heraus und sieht sich damit im Spiegel an. »Bist du sicher, dass du nichts mit nach Hause nehmen willst? Haben sie gesagt, dass du das nicht darfst?«

Ich zucke mit den Schultern. »Sie haben nicht viel gesagt, um ehrlich zu sein. Aber es würde sich nicht richtig anfühlen. Das waren ohnehin nie wirklich meine Klamotten. Ich habe sie nur geliehen. Genau, wie ich auch diese Identität nur geliehen habe. Also mach den Cardigan nicht dreckig, okay? Ich will mir nicht ausmalen, wie teuer die Reinigung sein muss.«

»Du könntest deine Tante Eunice anrufen und fragen«, schlägt Ella mit einem listigen Lächeln vor.

»Ich glaube, *Suds and Steamers* hat sich noch nie um etwas so Schönes gekümmert«, sage ich.

»Ein kleines Teil werden sie schon nicht vermissen«, bettelt Ella mit großen Augen und Schmollmund. »Hier sind so viele Sachen. Nur diese eine, bitte«, jammert sie.

Ich lache. Sie ist wirklich zu süß. Aber ich will mich nicht unbeliebt machen ... na ja, nicht *noch unbeliebter*. Ich kann es mir nicht leisten, wegen Diebstahls verhaftet zu werden. »Wann wirst du in Orange County je eine Kaschmirjacke tragen?«, frage ich.

»Es geht nicht darum, etwas zu *brauchen*. Es geht darum, es zu *wollen*. So weich«, sagt sie und schmiegt ihre Wange an den Stoff.

»Und genau das ist die Einstellung der Superreichen«, sage ich. Die Wahrheit schmerzt. Vielleicht hätte ich es vorher für belanglos erachtet, ein Kleidungsstück aus meiner neuen Garderobe mit nach Hause zu nehmen. Aber nachdem Elijah mir vorgeworfen hat, das alles ein bisschen zu sehr zu genießen, will ich lieber nicht so genau darüber nachdenken, ob das wahr ist oder nicht.

»Du solltest die Sachen mitnehmen und sie verkaufen, wie dieser Trickbetrüger in der Netflix-Doku«, schlägt Ella vor. »Hat er nicht eine ganze Weile von dem Geld gelebt?«

»Warte mal, hat nicht seine Freundin die Klamotten geklaut und verkauft, um das Geld zurückzubekommen, das er ihr gestohlen hatte?«

»Wie auch immer. Aber wer wird diese Sachen noch einmal tragen? Wahrscheinlich geht ohnehin alles an eine Wohltätigkeitsorganisation«, sagt Ella. Sie nimmt das wirklich viel mehr mit als mich.

»Ich weiß nicht, ob diese Familie so wohltätig ist.« Die Worte hinterlassen einen sauren Geschmack auf meiner Zunge. Ich sollte so nicht über die ganze Familie sprechen. Ich weiß, dass Elijah und Hee-Jin beide unglaublich großzügig sind. Wie bei dem ersten Abendessen mit Elijah, als er im italienischen Restaurant so viel bestellt hat, um das Essen mit mir teilen zu können. Und Hee-Jin hat uns Tickets für *Hamilton* besorgt. Das war der Abend, an dem mich Elijah geküsst hat.

Diese Erinnerungen halten mein Herz wie in einem Schraubstock, und ich kann kaum noch atmen. Ich weiß jetzt, wie grundverschieden unsere Leben sind. Es ist klar, warum Elijah und ich nie zusammenpassen werden. In den Augen der Gesellschaft spielt er nicht nur nicht in meiner Liga – wir machen nicht einmal den gleichen Sport.

Ich schlucke die Enttäuschung und Traurigkeit runter. Ich kann nicht aufhören, darüber nachzudenken, wie unfair das alles ist. Ich muss nach vorn schauen und meine nächsten Schritte planen. Ich frage mich, ob ich mir jemals keine Sorgen um die Zukunft machen werde, sondern einfach die Gegenwart genießen kann.

Eine Sache, die ich niemals bereuen möchte, ist der Spaß, den Elijah und ich in jedem einzelnen Moment hatten. Ich will mir nicht vorstellen, wie es sich morgen anfühlt, wenn ich wieder zu Hause bin und ihn nicht im Büro sehe oder die Möglichkeit habe, mit ihm die Stadt zu erkunden.

Ich will mit ihm reden, Dinge klären, damit wir weitermachen können – wie auch immer das aussieht. Ich glaube allerdings nicht, dass ich diese Chance bekomme. Und selbst wenn, würde er mich überhaupt sehen wollen?

»Hey, alles in Ordnung?« Ella kommt zu mir herüber und legt einen Arm um meine Schultern.

»Ja, ich denke nur an alles, was ich vor meiner Abreise noch erledigen muss. Dad wird in ein paar Stunden hier sein, um mit uns ins Met zu gehen und dann zum Flughafen zu fahren. Ich muss fertig packen.«

Ella drückt mich sanft. »Willst du versuchen, mit Elijah zu reden, bevor wir fahren?« Als sie seinen Namen laut ausspricht, vermisse ich ihn auf einmal noch mehr. Ich hasse es, nicht zu wissen, was zwischen ihm und seinem Dad vor sich geht. Ich hoffe, es geht ihm gut.

»Ich glaube nicht, dass mir die Zeit bleibt«, sage ich und ersticke fast an diesen Worten.

Ella dreht mich um, sodass ich sie ansehe. Ihre Hände liegen fest auf meinen Schultern, während sie mir in die Augen blickt. Ich weiß, dass sie zu erkennen versucht, wie fragil ich gerade bin, also zwinge ich mich zu einem Lächeln. Vielleicht geht es mir in diesem Moment nicht gut, aber ich werde es schaffen. Das muss ich.

Sie nickt wortlos und faltet vorsichtig den überteuerten, aber wunderschönen Cardigan zusammen und legt ihn zurück in die Schublade, aus der sie ihn gezogen hat.

»Du brauchst das alles nicht. Ich mag dich, ganz egal, was du anhast. Auch in diesem schäbigen, drei Jahre alten Shirt von Urban Outfitters«, neckt sie und zupft an meinem Ärmel.

»Vier Jahre sogar«, lache ich. »Das habe ich sogar im Sale gekauft.«

Wir packen in angenehmer Stille weiter, bis Ella fragt: »Was hast du vor, wenn du nach Hause kommst?«

»Ich werde mich an den ursprünglichen Plan halten: aufs Junior College gehen, arbeiten, Geld sparen und wechseln, sobald ich kann.« Um ehrlich zu sein, klingt das alles ein bisschen erbärmlich. Vor dem Sommer hatte ich dieses Schicksal für mich akzeptiert. Aber es ist schwer, einen Schritt zurückzugehen, nachdem ich diese Chance hatte und weiß, was möglich ist und wozu ich fähig bin.

Ella sieht mich an und nickt. »Ich liebe Frauen, die einen Plan haben.«

Ich lächle sie an. »Hey, wir sollten uns beeilen, damit

wir uns noch ein Stück Pizza für einen Dollar gönnen können, bevor mein Dad hier ist.«

»Ja! Ich habe eine Idee: Wir machen uns die Hände richtig schmutzig, kommen zurück und fassen das weiße Sofa an«, schlägt sie kichernd vor.

»Auf keinen Fall, vermutlich muss ich dann die Reinigungskosten übernehmen«, widerspreche ich.

Das Läuten der Türklingel tönt durchs Haus.

Mrs Choi ist nicht hier, und Hee-Jin war das ganze Wochenende über unterwegs. Ich rede mir ein, dass es an der Sky High Convention liegt, die nächste Woche stattfindet, und dass sie im Büro an den letzten Details feilt. Aber ich werde auch das Gefühl nicht los, dass sie mir aus dem Weg geht.

Nachdem ich meinem Vater versprochen hatte, Mr Lees Hilfe nicht anzunehmen, war es für mich am sinnvollsten, das Praktikum ein paar Wochen früher zu beenden. Ich war mir nicht sicher, ob das der richtige Schritt ist, aber Dad hat mir versichert, dass ich zurück nach Kalifornien gehen sollte. Auf diese Weise kann ich den Verantwortlichen aus den Augen und hoffentlich auch aus dem Sinn bleiben. Das klang alles sehr beunruhigend. Aber Dad meinte, er würde sich um alles kümmern, auch um Last-Minute-Flüge zurück nach Cerritos. Daher weiß ich, wie ernst ihm das alles ist. Er will, dass ich zu Hause bin, weit weg von Haneul.

Ich bedauere nur, die Sky High Convention zu verpassen. Ich muss mir einfach vorstellen, wie die Gewinner des Hackathons verkündet und der Titel ihres Games den Tausenden Teilnehmenden angekündigt wird. Zumindest, wenn es noch so stattfindet. Ich bin mir sicher, dass Elijah, Jason und die anderen dabei sein werden.

Ich war gezwungen, meine ganze Arbeit in einer Art Schwebezustand zurückzulassen. Aber ich wusste von Anfang an, dass ich diejenige sein würde, die alles verliert, sollte dieser Plan implodieren. Und so ist es gekommen. Niemand, der für Haneul arbeitet, respektiert mich mehr. Ich habe mich in eine Position gelogen, die mir nicht zusteht. Ich habe alle, die ich in diesem Sommer kennengelernt habe, angelogen.

Und das ist allein meine Schuld.

Ich öffne die Tür, und davor steht Sunny Cho, meine Assistentin.

»Hi, Jessica.« Ihr Lächeln ist höflich, aber nicht herzlich. »Ich bringe dir deine Sachen aus dem Büro. Es ist nicht viel, nur deine Lieblingsstifte und ein paar andere persönliche Dinge.«

»Danke«, sage ich, als ich ihr die kleine, fast leere Tüte abnehme. Ich hatte immer darüber nachgedacht, mehr von mir in das Büro zu stellen, zum Beispiel ein Foto von meiner Familie oder von meinem Hund. Aber ich wusste, dass jeder Hinweis auf mein Leben untersucht und meine wahre Identität aufgedeckt werden könnte. Also habe ich es nie getan. »Danke, dass du vorbeigekommen bist.«

Ich erwarte, dass sie sich umdreht und geht, aber sie bleibt verlegen im Türrahmen stehen.

»Möchtest du für einen kleinen Snack hereinkommen?«, frage ich.

Ihr Gesichtsausdruck wird noch verlegener. Verdammt,

es ist weder mein Haus, noch habe ich das Recht, ihr etwas aus der Küche anzubieten.

»Ich muss jetzt eigentlich los. Aber ist dein Vater hier?«

»Mein Vater? Nein, er kommt erst später, um mich abzuholen und zum Flughafen zu fahren«, erkläre ich.

»Oh, okay, also wird er später hier sein? Das ist gut. Ich, ähm, habe hier diese Briefe von der Personalabteilung. Einer ist für dich und einer ist für deinen Vater.«

Mir wird kalt, und mein Herzschlag setzt einen Augenblick lang aus. Ich weiß, was es bedeutet, einen Brief von der Personalabteilung zu erhalten – besonders, wenn er persönlich übergeben wird. *Danke für Ihre Dienste. Hiermit beenden wir die Zusammenarbeit,* vermute ich.

Ich nehme Sunny die Briefe ab und verbeuge mich aus irgendeinem Grund. Sie verbeugt sich ebenfalls unbeholfen und dreht sich dann zum Gehen um.

»Hey, Sunny«, rufe ich ihr hinterher. Sie sieht mich auf halbem Weg die Treppe hinunter über die Schulter hinweg an. »Danke für alles. Es tut mir leid, dass ich dich angelogen habe. Ich hoffe, ich habe dich nicht in Schwierigkeiten gebracht – obwohl … das war unsinnig. Ich *weiß,* dass ich es getan habe. Dich und alle anderen.«

»Ganz ehrlich, Jessica? Es war mir ein Vergnügen, für dich zu arbeiten. Ich weiß, dass du eines Tages irgendwo groß rauskommen wirst. Ich drücke dir die Daumen.« Und damit lächelt sie und macht sich auf den Weg.

Ich schließe die Tür.

»Wer war das?«, fragt Ella.

»Meine Assistentin. Meine ehemalige Assistentin«, korrigiere ich mich.

»Ich kann nicht glauben, dass du eine Assistentin hattest«, sagt Ella.

»Ja, ich auch nicht. Ich meine, eigentlich hätte ich keine haben sollen.«

»Für dich zu arbeiten, hat ihren Sommer wahrscheinlich viel besser gemacht, als wenn sie Elijah oder sonst irgendwem unterstellt gewesen wäre. Und ich weiß, dass du dir Sorgen machst, aber sie wird keine Schwierigkeiten bekommen. Sie kannte die Wahrheit nicht.«

Ich will Ellas Worten glauben. Ich hoffe, dass sie recht hat.

»Was ist das?«, fragt sie und deutet auf die beiden Umschläge, deren Vorderseiten das Haneul-Logo ziert.

»Briefe aus der Personalabteilung«, sage ich. »Einer für mich und einer für meinen Dad.«

Ellas Augen werden groß. Sie denkt auf jeden Fall das Gleiche wie ich.

»Komm schon, mach ihn auf. Bring es hinter dich«, fordert sie mich auf.

Ich reiße den Umschlag auf. Ich wurde noch nie aus einem Job gefeuert, und das hier wird meine makellose Bilanz beflecken. Na ja, das und die Tatsache, dass ich das ganze Unternehmen betrogen habe.

Aber ehe ich mich auf den Inhalt konzentrieren kann, klingelt es erneut.

»Hast du etwas vergessen?«, frage ich, als ich die Tür öffne, weil ich Sunny erwarte.

»Ich glaube nicht«, sagt mein Dad und tritt an mir vorbei ins Haus. Er pfeift, als er sich in der Eingangshalle umsieht. »Ich hatte keine Vorstellung davon, wie sein Zuhause aussehen würde, aber das ist zehnmal luxuriöser und beeindruckender.«

Ich kann sehen, wie er versucht, die Kosten im Kopf zu überschlagen. Ich werde ihm später erzählen, was meine Recherche bei Zillow ergeben hat.

»Habt ihr gepackt und seid bereit, die Pracht des Metropolitan Museum of Art in euch aufzunehmen?«

Obwohl mein Dad so praktisch und sparsam lebt, liebt er gute Museen. Vor allem solche, die so groß und gut ausgestattet sind wie das Met.

»Jessica hat einen Brief von der Personalabteilung bekommen«, verrät Ella. Diese Ratte.

»Was?« Mein Dad dreht sich überrascht zu mir um. »Was steht darin?«

»Du hast auch einen bekommen«, sage ich und reiche ihm den Umschlag, auf dem sein Name steht.

Ich werfe Ella einen Blick zu. Ihre Augen sind rund und neugierig. Dann sehe ich meinen Dad an. Er hat die Augen hingegen zusammengekniffen und wirkt besorgt. Und dann lese ich den Brief.

Sehr geehrte Miss Jessica Lee,
wir freuen uns, Ihnen mitteilen zu können, dass die Haneul
Corporation Ihnen ein Vollstipendium an der Universität Ihrer
Wahl zuerkennt.
Bitte setzen Sie sich mit der Personalabteilung in Verbindung,
um alle Einzelheiten zu besprechen.
Mit freundlichen Grüßen
John Im
Leiter der Personalabteilung

Ich lese die Worte noch einmal, überfliege die Seite, um mich zu vergewissern, dass ich sie richtig verstehe.

Langsam hebe ich den Kopf. »Ein Vollstipendium«, flüstere ich. »Nicht nur Kontakte oder ein Empfehlungsschreiben. Sondern ein Vollstipendium. An einer Universität meiner Wahl.«

»Ein Angebot, das du nicht ablehnen kannst«, sagt Ella.

Ich wende mich meinem Vater zu, warte darauf, dass er den Kopf schüttelt und sagt, ich solle nichts annehmen, was mir von Haneul angeboten wird.

Aber er hält den Kopf gesenkt, sein Blick wandert über den anderen Brief. Den, der an ihn adressiert ist.

Wenn sie mir ein Vollstipendium anbieten, dann bieten sie vielleicht auch meinem Vater eine Gehaltserhöhung, eine Beförderung oder eine Auszeichnung für das erfolgreiche Praktikumsprogramm in diesem Jahr an. Mein Herz hüpft hoffnungsvoll.

»Dad? Was steht in deinem Brief?« Ich kann meine Aufregung kaum verbergen. Ich möchte vor Freude mit ihm auf und ab hüpfen.

Endlich sieht er mich an.

»Mein Arbeitsverhältnis bei Haneul wurde beendet.« Seine Stimme verrät keine Gefühle. Auch auf seinem Gesicht spiegelt sich nichts wider. Entweder hat er das erwartet oder er steht unter Schock. So oder so, *ich* stehe unter Schock. Wie können sie ihm das antun? Ich bin sprachlos, auf der Stelle erstarrt.

»Scheiße, was zur Hölle! Das ist so ätzend«, sagt Ella, die eindeutig nicht sprachlos ist.

»Warte, das ist nicht fair. Das können sie nicht machen. Das ist ein Fehler. Dad, du hast nichts falsch gemacht.«

Ich überlege fieberhaft, was als Nächstes zu tun ist. Ich kann nur an eines denken, an eine Person, die ich anrufen muss. Ich hole mein Handy hervor und wähle Elijahs Nummer. Er muss etwas tun. Er muss mit seinem Vater reden. Er muss uns helfen, einen Weg zu finden, das alles wieder geradezubiegen.

Da höre ich eine Stimme, die ich nur aus der Werbung oder aus Filmen kenne.

Die von Ihnen gewählte Rufnummer ist nicht vergeben.

27. Kapitel

Elijah

Ein kühler Morgen im September ...

»Mom, mir geht's gut. Du kannst im Auto bleiben.«

»Darauf falle ich ganz bestimmt nicht noch einmal herein.« Damit spielt sie auf den Tag an, der inzwischen Monate zurückliegt, an dem sie mich für meinen ersten Flug nach New York am Flughafen abgesetzt hat. Es fühlt sich an, als läge das ein Leben lang zurück. Wenn ich damals gewusst hätte, dass ich unter falscher Identität leben würde, während ich mich in eine Person verliebe, die anders ist als alle anderen Menschen, die ich bisher kennengelernt habe, nur um am Ende alles zu verlieren, weiß ich nicht, ob ich das Flugzeug bestiegen hätte.

Wem mache ich etwas vor? Ich würde alles wieder genauso machen, nur um die Momente, die ich mit Jessica geteilt habe, noch einmal erleben zu dürfen. Seit unserem Streit im Central Park habe ich sie weder gesehen noch mit ihr gesprochen. Wenn ich an sie denke, trifft mich der Stich ins Herz manchmal immer noch unerwartet. Dieser Sommer in New York hat mein ganzes Leben verändert, und damit hat sie viel zu tun. Seit meiner Rückkehr nach

Korea hat sich sogar noch mehr verändert. Ich hoffe, dass ich ihr eines Tages alles erzählen kann.

Ich halte meiner Mom die Autotür auf. Meine Schwester steigt nach ihr aus.

»Ich rufe Sie an, wenn wir fertig sind«, lässt meine Mom den Fahrer wissen, der das Auto daraufhin ins Parkhaus des Incheon-Flughafens fährt.

»Bist du sicher, dass du alles hast?«, fragt Hee-Jin. Nachdenklich betrachtet sie mein Gepäck, als würde sie sich fragen, wie mein ganzes Leben in nur zwei Koffer passen könne.

»Ich ziehe nach Los Angeles. Dort ist es warm. Ich brauche nicht viel«, erkläre ich.

»Wenn du etwas vergessen hast, sag einfach deinem Onkel Bescheid, und er wird sich darum kümmern«, sagt Mom. »Mein Bruder freut sich sehr, dass du in seine Nähe ziehst. Er scheint zu glauben, dass ich dadurch mehr Gründe habe, ihn und deinen Großvater zu besuchen. Und weißt du was? Er hat recht.« Sie lächelt mich an und streicht mir mit der Hand durchs Haar. »Du hättest dir vor der Abreise die Haare schneiden lassen sollen.«

»Ich glaube, ich will sie wachsen lassen. Nur um zu sehen, wie sich das anfühlt«, gebe ich zurück. Sie presst die Lippen zusammen und nickt. Seit wir nach Korea zurückgekehrt sind, ist das Leben, das wir vorher geführt haben, auf den Kopf gestellt worden. Meine Mutter musste sich daran erst gewöhnen. Vor allem musste sie sich daran gewöhnen, dass sie mich eigene Entscheidungen für meine Zukunft treffen lassen muss. Als ich verkündet habe, dass ich in die USA ziehen will, fiel es ihr schwer, das zu akzeptieren. Sie versucht nicht, meine Entscheidungen zu kontrollieren, aber sie macht sich Sorgen um mich.

Seit ich wieder in Korea bin, habe ich nicht mit meinem Vater gesprochen. Nach dem hitzigen Gespräch im Plaza sind wir sofort aufgebrochen. Mir blieb nicht einmal Zeit, mich von meinen Freunden zu verabschieden.

Ich werde Jessica nie wiedersehen.

Aber mein Dad hatte ein Versprechen gegeben, und Hee-Jin hat dafür gesorgt, dass die Personalabteilung es ganz ohne sein Einmischen umgesetzt hat. Jessica hat ein Vollstipendium für die Universität ihrer Wahl erhalten. Ich kann mich damit abfinden, dass die Arbeit für sie nicht ganz umsonst war. Wenigstens hat sie ein Happy End. Ich habe einen weiteren Monat gebraucht, um für meines zu kämpfen. Aber hier bin ich nun.

Ich wünschte, es hätte ein Happy End geben können, in dem wir beide zusammen sind.

»Ich denke, die längeren Haare werden dir stehen«, sagt Hee-Jin. Ohne Make-up und die Haare zu einem ordentlichen Flechtzopf zusammengebunden, wirkt sie jünger, entspannter.

»Viel Glück mit allem. Hoffentlich kannst du mich nach meinem Abschluss als Software-Ingenieur für deine neue Firma einstellen oder so«, sage ich. Ich kann sehen, wie sie bei diesen Worten besorgt das Gesicht verzieht. Es ist keine Kleinigkeit, sich von dem großen Technologiekonzern zu lösen, der seit Generationen im Besitz unserer Familie ist. Aber das Feuer, das in ihren Augen glüht, wenn sie über ihr neues Start-up-Unternehmen spricht, ist nicht zu übersehen.

»Ich hätte dich gern eines Tages in meinem Team, wenn du so weit bist. Ich habe keine Ahnung, wo wir in ein paar Jahren stehen werden, aber ich bin zuversichtlich und hoffnungsvoll. Auch wenn ich ein Wettbewerbsverbot unterschreiben musste, sodass wir bestimmte Games nicht produzieren können, glaube ich, dass es viele Möglichkeiten für die Spezialisierung und Entwicklung gibt.« Sie hält inne und grinst. »Aber ich erspare dir den TED-Talk.«

»Das stört mich gar nicht«, sage ich und meine es ernst. »Du verdienst das, und wenn es irgendjemand schaffen kann, dann du. Du inspirierst mich, Nuna.«

Hee-Jin steigen Tränen in die Augen. »Du bist der Mutige, Elijah. Ich bin so stolz auf dich.« Ihre Stimme bricht und sie umarmt mich, ehe sie zur Seite tritt.

Mom nimmt mein Gesicht in ihre Hände, bevor sie mich fest umarmt. »Ruf mich an, wenn du gelandet bist«, flüstert sie mir ins Ohr. »Und Elijah? Sei glücklich. Triff jeden Tag Entscheidungen, die dich glücklich machen.«

Und dieses Mal machen mir ihre Worte keine Angst.

»Elijah, hier drüben!«

Ich versuche, der Stimme durch das Gewirr des Ankunftsbereichs des LAX zu folgen. Mir wird klar, dass sich in diesem Moment ein Kreis schließt. Der Flughafen von L. A. bildet sowohl den Anfang als auch das Ende eines Sommers, der als Traum begann und dann in New York zu einem Albtraum wurde. Und jetzt bin ich zurück in Amerika.

Aber ich habe es nicht über mich gebracht, an die Ostküste zurückzukehren. New York hat seinen Charme für mich verloren.

Endlich entdecke ich meinen großen, lächerlich gutaussehenden Freund, der neben seinem Toyota Camry wartet. Fast den ganzen Sommer lang habe ich versucht, ihn zu hassen, und es ist nie passiert. Stattdessen hat es Jason geschafft, einer der besten Freunde zu werden, die ich je hatte.

»Wie geht's?«, frage ich, als ich am Auto ankomme und ihn in die Arme schließe. »Danke, dass du mich abholst.«

»Kein Problem. Steig ein. Lass uns etwas essen, bevor wir nach Hause fahren.«

Nach Hause.

Nachdem ich es geschafft hatte, mir einen Platz fürs Wintersemester an der UCLA zu sichern – so kurzfristig war es nur mithilfe von familiären Beziehungen und Geld möglich, aber ich habe mir geschworen, dass es das letzte Mal war –, war Jason der Erste, den ich angerufen habe.

Die Erste, die ich anrufen wollte, war Jessica. Aber so, wie es zwischen uns geendet ist, wird sie mich auf keinen Fall sehen wollen. Vielleicht gibt es irgendwann in Zukunft die Möglichkeit, dass wir uns wiedersehen und uns aussprechen – jetzt, wo ich in ihrer Nähe lebe. Verdammt, vielleicht kann ich ihr sogar sagen, was ich für sie empfinde. Dass sie einer der Gründe ist, warum ich all meinen Mut zusammengenommen, mich meinem Vater entgegengestellt und mein Leben selbst in die Hand genommen habe. Dass sie mich inspiriert und motiviert. Dass ich die ganze Zeit an sie denke und mir wünsche, es hätte einen besseren Weg für uns gegeben, zusammen zu sein.

Jedenfalls hat Jason mir gesagt, dass sie in seiner Wohnung einen Mitbewohner suchen, und so lief alles problemlos. Wir haben bereits auf engstem Raum zusammengelebt, und dieses Mal müssen wir uns nicht einmal ein Hochbett teilen. Ich kriege mein eigenes Zimmer und alles. Und zum Campus ist es auch nicht weit. Ein Traum.

»Wie war dein Flug? Ist es okay, wenn wir einen kleinen Umweg zu einem Laden fahren, der richtig gute Bánh mì macht, oder bist du zu erschöpft?«

»Bánh mì?«

»Vietnamesische Sandwiches. Für die würde ich töten. Wirklich.«

»Klingt gut. Ich bin zu allem bereit«, sage ich.

Zum Glück ist der Verkehr auf dem Freeway nicht so schlimm wie in den Horrorgeschichten, die ich über Kalifornien gehört habe. Meine Lider werden schwer, und ich schließe für einen kurzen Moment die Augen.

Jemand stupst mich am Arm, und ich schrecke auf. Erst weiß ich nicht, wo ich bin, die Sonne scheint durchs Fenster. Zum Glück habe ich daran gedacht, Sonnencreme aufzutragen.

Werde ich mir mit meinem neuen Budget noch koreanische Sonnencreme leisten können?

»Wach auf, Schlafmütze, wir sind da«, sagt Jason.

Ich verscheuche den Nebel in meinem Kopf und nehme die Umgebung in Augenschein. Wir parken vor einem unscheinbaren Einkaufszentrum. Es gibt ein paar kleine Restaurants und Läden, aber es ist nicht viel los. Ich kann das »Best Bánh mì«-Café auf der anderen Seite des Parkplatzes erkennen.

»Mann, warum musstest du so weit entfernt parken?«, stöhne ich.

»Entsprechen meine Chauffeurskünste etwa nicht Ihren Standards, Mr Lee?« Seitdem ich Jason alles über meine Familie gebeichtet habe, hört er nicht auf, sich über mich lustig zu machen. Aber es fühlt sich gut an, keine Geheimnisse mehr vor ihm zu haben. »Ich will nicht, dass mir jemand eine Delle in die Tür macht«, erklärt er.

Wir steigen aus, und mir fallen ganz schön viele Dellen in der Tür auf. Es gibt auch nur sehr wenige Autos auf diesem Parkplatz. Aber ich zucke die Schultern, denn nach dem zwölfstündigen Flug in der Economy-Class ist es himmlisch, mir ein wenig die Beine vertreten zu können.

Wir gehen an einem kleinen Haushaltswarengeschäft, einem 99 Ranch Market und einem Bubble-Tee-Café vorbei. Die Läden sind nicht so spektakulär wie in Seoul oder New York. Aber es gefällt mir.

Ich schaue durch das Fenster einer niedlichen Eisdiele. Das Schild an der Tür verkündet »Scoops de Loop«.

Moment mal.

Scoops de Loop. Wo habe ich das schon mal gehört? Gibt es eine Filiale in Korea, in Gangnam oder Hongdae?

»Hey, lass uns ein Eis essen, bevor wir uns Sandwiches holen«, schlägt Jason vor. Er wartet nicht auf meine Antwort, sondern öffnet die Tür und hält sie mir auf. Ich starre ihn verwirrt an, aber er schiebt mich in die kleine Eisdiele.

»Willkommen bei Scoops de Loop, wo wir deine Eisträume wahr werden lassen …«

Ich erkenne die Stimme sofort, und bevor ich sie überhaupt sehe, fängt mein Herz an zu rasen. Sie steht hinter dem Tresen, trägt eine gestreifte Schürze, einen Papierhut, der aussieht wie ein gescheiterter Origami-Versuch, und ein großes Namensschild. Ihre Augen sind vor Schreck weit aufgerissen, und sie sieht mich direkt an.

Jessica.

Mein Mund ist trocken, und ich versuche zu schlucken, aber anscheinend hat mein Herz beschlossen, sich in meiner Kehle festzusetzen. Ich nehme alles von ihr in mich auf. Es gibt keine Designerklamotten, hinter denen sie sich verstecken kann. Nur das wilde, loyale, kluge, zielstrebige, schöne Mädchen, von dem ich seit dem Sommer träume.

Ich spüre einen Schubs von hinten und stolpere einen Schritt näher, ohne meinen Blick von ihr zu lösen.

»Was machst du hier?«, fragt Jessica.

»Ich, ich …«

»Elijah ist nach Los Angeles gezogen, und wir hatten Lust auf Bánh mì, wollten aber Eis als Vorspeise«, rettet mich Jason.

Ich wirbele zu ihm herum. »Du wusstest, dass sie hier arbeitet. Du hast das geplant«, fahre ich ihn an.

»Rede mit *ihr*, nicht mit mir«, sagt Jason, packt mich an den Schultern und dreht mich wieder in Jessicas Richtung.

Die Sache ist die: Ich weiß nicht, was ich sagen soll. Ich habe eine Million Mal darüber nachgedacht, was ich sagen würde, sollte ich sie jemals wiedersehen. Aber nichts hat sich richtig angefühlt.

Es tut mir leid.

Ich vermisse dich.

Ich liebe dich.

»Tut mir leid, ich liebe es, dich zu vermissen«, sage ich. Sie runzelt verwirrt die Stirn. »Was?«

»Ich meine, Scheiße, ich wollte sagen, dass es mir leidtut. Und dass ich dich vermisse. Und dass ich dich –«

»Wollt ihr etwas bestellen?«, fragt der Kunde hinter uns sichtlich genervt. »Falls nicht, könnte ich Pistazie und Erdbeere in der Waffel für mich und einmal Salzkaramell im Becher für meine Tochter bekommen?« Er tritt an die Theke heran, und Jessica löst sich aus ihrer Schockstarre.

»Ja, natürlich«, sagt sie und beginnt, das bestellte Eis aus den Behältern zu löffeln.

»Du liebst sie?«, fragt mich Jason und spricht dabei nicht in der Lautstärke, die für geschlossene Räume angemessen ist.

Ich werfe ihm einen »Halt den Mund, du Blödmann-Blick« zu und gebe mein Bestes, um nicht sofort aus dem Gebäude zu stürmen.

Der Kunde verlässt den Laden mit seinem Eis in der Hand, und ich bekomme erneut einen Herzinfarkt, als ich dem Mädchen gegenüberstehe, an das ich die ganze Zeit denke.

»Was machst du hier?«, fragt Jessica. Ehe sich Jason einmischen kann, wirft sie ihm einen Blick zu. »Nicht du sollst antworten, ich will es von ihm wissen.«

Jason hebt geschlagen die Hände. »Okay, okay. Ich warte draußen«, sagt er und zwinkert mir auf dem Weg hinaus übertrieben zu.

»Elijah, beantworte meine Frage. Was machst du hier?«

»Ich, äh, fange in ein paar Wochen an der UCLA an. Software-Engineering, kannst du das glauben? Ich denke, eines Tages möchte ich vielleicht selbst Spiele program-mieren.« Es fühlt sich gut an, das auszusprechen. Zum ersten Mal in meinem Leben freue ich mich auf etwas, das mit meiner Zukunft zu tun hat.

Sie nickt langsam und lässt mich dabei nicht aus den Augen.

»Was ist mit dir? Hast du dich entschieden, auf welche Uni du willst? Du weißt schon, ähm, mit dem Stipen-dium?«

Ihre Augenbrauen schnellen in die Höhe. »Oh, du *weißt* also darüber Bescheid?«

»Ja, na ja, das war Teil der Abmachung mit meinem Vater. Ich meinte, ich würde mit ihm nach Korea zurück-kehren, wenn er dir das Stipendium geben und dich dann in Ruhe lassen würde. Ich hatte Angst, er würde dich hin-tergehen, aber Hee-Jin meinte, das Stipendium wurde problemlos bewilligt.«

»Problemlos«, sagt sie. In ihrer Stimme liegt keinerlei Emotion. Ich habe das Gefühl, irgendetwas verpasst zu haben.

»Also … hast du dich entschieden, wo du zur Uni ge-hen willst?«

»Ich belege Kurse am örtlichen Junior College. Und ich arbeite in einer Firma für Innenarchitektur und hier im Eisladen.«

»Du hast zwei Jobs und gehst zur Uni?«, frage ich.

Ihre Nasenflügel blähen sich, und wenn Blicke töten könnten, läge ich jetzt tot am Boden. »Na ja, das Stipen-dium wurde vielleicht problemlos bewilligt, aber es war definitiv nicht umsonst.«

»Was? Ich weiß nicht, wovon du sprichst. Ich bin nach Korea zurückgeflogen, damit dich mein Dad in Ruhe lässt. Das war unsere Abmachung. Ich meine, letztendlich hatten wir einen riesigen Streit, und meine Mom ist mit mir und meiner Schwester an das andere Ende der Stadt gezogen. Ich rede nicht mehr mit meinem Dad. Aber meine Mom war großartig und hat mich wirklich unterstützt.«

Jessica stößt so etwas wie einen Seufzer der Erleichterung aus. Als sie erneut spricht, ist ihr Ton wärmer, freundlicher. »Ich bin sehr froh, Elijah. Ich habe mir wirklich Sorgen gemacht, aber ich bin froh, dass alles gutgegangen ist. Ich meine, es tut mir leid um die Beziehung zu deinem Vater, aber ich bin froh, dass du mit deinem Leben endlich tun kannst, was du willst.«

Sie lächelt, aber in ihren Augen liegt eine gewisse Traurigkeit.

»Jessica, was verschweigst du mir?«

Sie richtet sich auf und hebt das Kinn. »An dem Tag, als ich das Stipendium erhalten habe, hat Haneul meinen Vater gefeuert.«

»Was?«

»Ja. Es hieß, sie hätten ihm mehrmals gesagt, er solle das Praktikumsprogramm nicht überfinanzieren, aber dass er immer wieder Wege gefunden habe, es zu unterstützen. Und das war Grund genug für eine Kündigung.«

Ich kann nicht fassen, dass ich das nicht habe kommen sehen. Wie konnte ich denken, ich könnte mich meinem Vater widersetzen und gewinnen? Warum musste Jessicas Dad dafür bezahlen?

»Aber, Elijah? Alles ist gut ausgegangen. Er arbeitet jetzt für ein kleineres Unternehmen, und das gefällt ihm sehr gut. Wir mussten unser Haus verkaufen und in eine Wohnung ziehen, aber sie ist in der Nähe seiner Arbeit und bei meinem College. Alles ist … anders. Aber es ist gut. Und ich lerne viel bei dieser Firma für Innenarchitektur. Ich habe noch nicht entschieden, was ich studieren möchte, aber ich glaube, das ist es, was ich will. Jetzt hilft es mir, stundenlang HGTV geschaut zu haben. Und die Inhaberin der Designfirma hat bereits gesagt, dass sie mir gerne ein Empfehlungsschreiben ausstellt, falls ich später eines brauche.«

»Das ist toll, Jessica. Ich freue mich sehr für dich.« *Ich liebe dich.* Ich möchte es aussprechen, aber ich weiß, dass ich kein Recht dazu habe, nach dem, was meine Familie ihrer angetan hat. Und ich bin verschwunden, ans andere Ende der Welt geflohen, während sie die Scherben aufsammeln musste.

»Danke, Elijah. Ich freue mich auch sehr für dich«, sagt sie. »Mir war nicht klar, was du durchgemacht hast, um dieses Stipendium für mich durchzusetzen. Aber ich habe das Geld letztendlich nicht angenommen. Es erschien mir nicht richtig.«

Ich nicke und denke daran, wie viel Ärger und Herzschmerz uns Geld verursacht hat.

»Ich habe dich vermisst«, sagt Jessica.

Ich atme tief durch, denn die Worte fühlen sich an wie ein heilsamer Balsam, von dem ich nicht wusste, dass ich ihn brauche.

»Fuck, ich habe dich so vermisst, Jessica.«

Sie lächelt und schüttelt den Kopf. »Manche Dinge ändern sich nie.«

»Scheiße, entschuldige. Ich meine, Mist.« Ich lache. Es fühlt sich so gut an, wieder von ihr geneckt zu werden.

Die Glöckchen an der Tür bimmeln, und Jason späht herein.

»Jessica, wann hast du Feierabend? Wenn du fertig bist, treffen wir uns nebenan für ein Bánh mì. Ich sage Ella Bescheid, dass sie auch herkommen soll«, sagt er.

Ich wende mich ihr zu, und sie sieht mich an. Ich lege all die Liebe und Hoffnung, die ich aufbringen kann, in meinen Blick.

Im vergangenen Sommer schien alles gegen uns zu arbeiten, und eine Zeit lang dachte ich, ich würde Jessica nie wiedersehen. Daran will ich jetzt gar nicht denken. Wir sind hier. Und vielleicht ist es das Schicksal oder ein Faden, der uns durch einen gemeinsamen Namen verbindet, oder einfach nur verdammtes Glück. Aber ich werde das nicht kaputtmachen. Ich werde nicht zulassen, dass irgendetwas zwischen uns kommt.

Ich atme tief durch, hebe eine Augenbraue und stelle ihr eine Frage, die nicht nur das heutige Abendessen betrifft, sondern jeden Moment von jetzt an. »Was sagst du, Jessica? Bist du dabei?«

Langsam breitet sich ein Lächeln auf ihrem Gesicht aus, als wüsste sie genau, was ich meine. »Na klar, Elijah. Ich bin dabei.«

Epilog

Jessica

Ein Jahr später

»Okay, wann kommen deine Mom und deine Schwester an?«, frage ich.

Elijah springt vor mich und fängt ein abgedriftetes Frisbee, das direkt auf mein Gesicht zufliegt. Ich schwöre, vor jedem Feiertag geht es auf dem Campus immer turbulenter zu. Alle fühlen sich so frei, dass sie ganz unbekümmert sind.

Unbekümmert. Vielleicht dachte ich deswegen, es wäre eine gute Idee, unsere Familien an Thanksgiving zusammenzubringen. Meine Eltern, Elijahs Mutter und Schwester, Ella und ihre Großmutter und Jason und seine Schwester (seine Eltern machen eine Kreuzfahrt nach Alaska).

Und die Kinder übernehmen das Kochen.

Zum zehnten Mal in den letzten zehn Minuten bereue ich diese Entscheidung, während ich mir den Kopf über die Einkaufsliste zerbreche.

Elijah lässt das Frisbee wieder in Richtung seines rechtmäßigen Besitzers segeln.

»Danke«, sage ich.

Er legt einen Arm um meine Schulter und zieht mich an sich, während wir über den Campus laufen. Er ist ein Meister darin, mir einen Kuss auf den Kopf zu geben, ohne dabei aus dem Schritt zu kommen.

Ich bin im zweiten Studienjahr an die UCLA gewechselt. Und Elijah blüht in seinen Programmierkursen total auf. Die Kurse sind schwer, aber ich kenne niemanden, der so hart arbeitet wie er. Auch meine Designkurse sind anspruchsvoll, aber sie fühlen sich wie eine Investition in meine zukünftige Karriere an, und das ist es absolut wert.

»Sie landen morgen gegen elf Uhr. Meine Mom und ich machen Mandu als Vorspeise. Und Hee-Jin will Süßkartoffeln auf koreanische Art vorbereiten.«

»Super. Das heißt, dass sich Ella und Jason um Salat und Kartoffelbrei kümmern. Ich bereite den Truthahn zu, die Füllung und Kimchi.«

»Ist es zu viel? Ich kann dir helfen. Ich *bin* sehr gut, wenn es um Logistik geht.« Er zwinkert mir zu.

Ich bleibe stehen, führe seine Hände an meine Taille, stelle mich auf die Zehenspitzen und warte darauf, dass er mich küsst.

Er beugt sich zu mir herunter, und unsere Lippen berühren sich. Wir lächeln beide, aber als er mich zu sich heranzieht und unsere Hüften sich treffen, spüre ich, wie sehr er das genießt, und das macht mich sofort hungrig auf mehr. Ich öffne den Mund und lade seine Zunge dazu ein, zu schmecken, zu erkunden.

So zärtlich Elijah auch sonst mit mir umgeht, wenn er heiß ist, werden seine Küsse unersättlich.

Und ich bin verrückt danach.

Ich schmiege mich ein wenig enger an ihn, bis kein Platz mehr zwischen uns bleibt. Er stöhnt. »Jessica«, warnt er. »Wir sind in der Öffentlichkeit. Mitten auf dem Campus. Am helllichten Tag.«

Er hat ja recht. »Okay, na gut«, sage ich und ziehe dabei einen Schmollmund, damit er weiß, dass ich lieber *nicht* aufhören würde. »Aber du hast angefangen.«

Seine Lippen verziehen sich zu einem frechen Grinsen. Meine Knie werden noch weicher.

Ich bringe einen sicheren Abstand zwischen uns, lege aber meine Hand in seine, während wir weiter den Weg entlanggehen. Es ist früh und ich bin am Verhungern. Wir sind auf dem Weg zu unserem Lieblings-Deli, das für seine riesigen Pastrami-Sandwiches berühmt ist. Es befindet sich gleich hinter dem Campus in Westwood Village und wir hoffen, das Mittagsgedränge zu umgehen. Der Laden erinnert uns beide an das kleine Café, in dem wir uns in New York zum ersten Mal getroffen haben. Wo wir die Entscheidung getroffen haben, unsere Leben in einem aberwitzigen Plan namens *Operation Name Drop* miteinander zu verflechten.

»Wer ist mit dem Bezahlen an der Reihe?«, frage ich.

»Du«, sagt er. »Also kann ich zusätzliche Pickles, eine zweite Tüte Chips und eine große Cola bestellen.« Er drückt meine Hand und wird schneller, wobei er mich ein paar Schritte überholt und dann hinter sich herzieht.

So habe ich den perfekten Blick auf seinen süßen Hintern in der abgetragenen Jeans. Er hat diese Jeans während unseres Sommers in New York bei Gap gekauft. Ich glaube sogar, dass sein fadenscheiniges T-Shirt auch aus dieser Zeit stammt. Es hat sich so viel verändert. Seine Designerklamotten sind verschwunden, genau wie sein innerer Selbstwert-Taschenrechner. Verschwunden ist auch der massive Druck auf meinen Schultern und das Bedürfnis, mich in jeder Situation beweisen zu müssen.

»Komm schon, du Schnarchnase, ich habe Hunger«, sagt er und wirft mir über die Schulter einen Blick zu. »Warte mal, schaust du mir gerade auf den Hintern? Läufst du deshalb so langsam?«

Ich lache. »Ertappt.«

»Beeil dich. Du weißt, wenn wir nach zwölf dort sind, wird es voll«, mahnt er.

Wir lieben diesen Laden. Wir gehen ständig dorthin. Sie kennen uns. Sie mögen uns. Sie halten uns einen Tisch frei.

»Na ja, dann müssen wir einfach tun, was wir immer tun«, sage ich. »Den Namen droppen.«

Er bleibt stehen und sieht mir in die Augen, wobei er mit dem Rücken die Sonne abschirmt, sodass sie mich nicht blendet.

Wir lächeln beide und sagen es gleichzeitig: »Lee Yoo-Jin, zwei Personen.«

Danksagungen

Ich bin so dankbar, dass ich die Möglichkeit habe, Bücher zu schreiben. Es ist nicht leicht. Es ist mir nicht in die Wiege gelegt worden. Es ist harte Arbeit und ein großer mentaler Kampf. Ich habe das Handwerk nicht studiert. Ich habe nicht alle Klassiker gelesen. Ich bin nicht die Entschlossenste und auch nicht die Fleißigste. Ich bin ein bisschen einzelgängerisch.

Aber ich bin verdammt hartnäckig.

Das Geschichtenerzählen, das Schreiben, das Verlagswesen ... das alles hat von mir verlangt, dass ich mich anstrenge, dass ich kämpfe, dass ich vorwärtsdränge. Dass ich über meine Grenzen hinausgehe, meine Komfortzone verlasse, mich ein wenig verletze und ein wenig heile. Und ich weigere mich aufzugeben.

Also übe ich mich im Schreiben. Ich lese viele verschiedene Bücher, um in Geschichten zu baden. Ich bemühe mich, meine eigene Faulheit und den Hang zum Prokrastinieren zu überwinden, meine Zweifel und meinen inneren Kampf mit dem Impostor-Syndrom. Und ich stütze mich auf die, die da sind, um mir zu helfen, und auf die, die auf dieser Reise so freundlich an meiner Seite standen.

Weil ich weiterhin Geschichten erzählen will. Ich werde stur weiterhin Bücher schreiben.

Danke an ALLE, die mein erstes Buch *Seoulmates* gelesen und gefördert haben. Eure Zeit, eure Rezensionen, eure Posts, eure Mundpropaganda haben es mir ermöglicht, das alles noch einmal mit meinem neuen Roman *Seoulmates – Believe in Us* zu tun.

An Bess Braswell, ich bin unendlich dankbar für deine ständige Unterstützung. Es war wirklich die beste Erfahrung, von Inkyard verlegt zu werden.

An meine Lektorin, Claire Stetzer. Den größten Teil der Lebenszeit dieses Buches waren nur wir beide mit den Worten beschäftigt. Danke für deine Geduld, dein scharfes Auge, deinen Glauben an meine Geschichte, dafür, dass du mich verstehst, dafür, dass du dieses Buch zu einem gemacht hast, auf das ich stolz sein kann.

An meine Agentin, Taylor Haggerty … mir wurde gesagt, so etwas wie eine »Traumagentin« gäbe es nicht, aber dem stimme ich nicht zu. Wir alle sollten die Chance haben, uns in den BESTEN Händen zu wissen. Deine sind die besten Hände für mich. Vielen Dank. Ich weiß, es ist komisch, dass ich so besessen von dir bin.:)

An mein Team bei Inkyard/Harlequin/Harper: Brittany Mitchell, Justine Sha, Laura Gianino, Gigi Lau, Alexandra Niit … und alle, die dazu beigetragen haben, dass meine Bücher REAL werden und in die Hände der Leser:innen gelangen … Ich bin euch ewig dankbar.

Ich habe das UNFASSBARE Glück, eine Gemeinschaft von Schriftstellerfreund:innen zu haben, die immer wieder beweist, dass sie hinter mir steht.

Lauren Billings und Christina Hobbs … nicht nur mein Leben als Autorin, sondern das Leben insgesamt macht mehr Spaß, weil ihr beide dabei seid. Meine besten Freundinnen, meine Schwestern, meine Ride-or-Dies. Ihr seid der Grund für mein Glück. ICH LIEBE EUCH!

An die Kimchingoos – meine Freundinnen, meine Familie … danke, dass ihr immer mit Ermutigung und Verständnis für mich da seid … und mit Lachen, so viel Lachen. Ich liebe euch, Jessica Kim, Graci Kim, Grace Shim und Sarah Suk.

Danke an meine lieben, lieben Freund:innen, die gekommen sind, um mit mir mein Debüt zu feiern. Manchmal verliere ich mich in Gedanken und frage mich: »Mag mich überhaupt jemand?« Aber ihr seid alle gekommen und habt mich in den Arm genommen und mir gezeigt, dass ich geliebt werde. Ich habe wirklich die BESTEN Freund:innen. Elise Bryant, Annette Christie, Alexis Daria, Auriane Desombre, Kristin Dwyer, Adalyn Grace, Adriana Herrera, Kaitlyn Hill, Stephan Parsons, Marisa Kanter, Naz Kutub, Brian D. Kennedy, Alexa Lach, Stephan Lee, Axie Oh, Erin Kim, Lauren Hennessy, Priscilla Oliveras, Louisa Onome, Suzanne Park, Benson Shum, Sasha Peyton Smith, Charles Wilson, Sarah Younger, Rachel Lynn Solomon, Gloria Chao, Mazey Eddings, Kat Cho, Rebecca Kuss, Courtney Kae, Carlyn Greenwald, Julie Tieu, Marisa Urgo, Rochelle Hassan, Erik J. Brown, Serena Kaylor, Jenna Voris … Danke, dass ihr da wart, dass ihr gelacht habt, dass wir zusammen gegessen und getrunken haben, dass ihr mich unterstützt und begleitet habt.

Mein bester Rat an alle, die schreiben: Bildet Gruppenchats und pflegt sie langfristig! An meine Gruppenchat-Kollegen und -Kolleginnen: Slackers, Coven, Naggy Shrews, Wonwoo's Crop Top, BTSVTXT ... ich bin euch ewig dankbar. Freundschaften, Safe Spaces ... Ich liebe euch alle.

An Cari ... danke für alles, immer. Für die besten Gespräche über Korea, über Essen, über Reisen, über Bücher. Ich bin so froh, dass du in meinem Leben bist!

An Jason, Adrian und Ben ... ich bin dankbar, dass ihr immer für mich da seid.

An meine Familie ... Eomma, Sunny, Wayne, Caleb, Chrissy, Bear, Buttercup, Karou ... und Ann, Julianna, Vicky, Greg, Miles, Peter, Rachel, Katherine, Alex, Bill, Mike, Allison und besonders Genie ... danke für die Unterstützung und Liebe.

Ich werde nie müde, BTS für das zu danken, was sie in meinem Leben und in meinem kreativen Prozess ausgelöst haben. Ich war mir nicht sicher, ob ich mit diesem Buch die Ziellinie erreichen würde. Aber der Song »Run BTS« wurde zu meinem Schlachtruf. Kim Namjoon hat mir gesagt, dass ich wunderschön bin, und mich ermutigt zu rennen. Die Widmung in diesem Buch ist für ihn, und von ihm für euch alle. *Borahae.*

Vielen Dank an SEVENTEEN für einige der besten Erinnerungen. Ich war vom Leben und dem Geschehen überwältigt, und ihr habt mir beigebracht, wie ich den Spaß an all dem wiederfinden kann. Ihr habt mir geholfen, für meine Freude zu kämpfen, und das hat mich wirklich verändert. Diamond life forever.

Für alle, die meine Bücher lesen – ich will ehrlich sein ... Ich habe für MICH angefangen zu schreiben ... eine Herausforderung an mich selbst, um zu beweisen, dass ich es kann. Aber mir ist klar geworden, dass ich das alles für EUCH tue. Das Schreiben, das Redigieren, die Werbung, die Signierstunden und Gespräche. Ihr, liebe Lesenden, seid es, die es wertvoll machen. Ihr gebt dem Ganzen einen Sinn und vermittelt mir das Gefühl von Erfolg und Wert. DANKE, dass ich diese Geschichten erzählen und mit euch teilen darf.

Ich bin mir SICHER, dass ich Menschen, die mir wichtig sind, vergessen habe. Und das tut mir sehr leid. Aber ihr sollt wissen, ich weiß, dass ich es ohne euch nicht geschafft hätte. Und ich hätte definitiv nicht so viel Spaß gehabt. LIEBE AN EUCH ALLE.

Triggerwarnung

Dieses Buch enthält Elemente,
die potenziell triggern können.

Diese sind:
Klassismus, Misogynie / Frauenfeindlichkeit,
Rassismus, grenzüberschreitendes Verhalten.

Er ist der größte Schauspieler der Welt. Aber sie will mit seinem Ruhm nichts zu tun haben

Susan Lee
SEOULMATES - ALWAYS
HAVE AND ALWAYS
WILL
Aus dem amerikanischen
Englisch von
Anne-Sophie Ritscher
368 Seiten
ISBN 978-3-7363-2120-5

Hannah Cho kann sich wirklich Schöneres vorstellen, als ihre Sommerferien mit Jacob Kim zu verbringen. Seitdem ihr ehemals bester Freund der größte K-Drama-Star der Welt wurde, haben die beiden kein Wort mehr gewechselt. Doch jetzt ist er wieder in San Diego, um eine Pause von seinem Ruhm zu bekommen. Hannah will mit alldem und vor allem Korea nichts zu tun haben. Aber sie kann auch das verräterische Flattern ihres Herzens nicht leugnen, das plötzlich so stark wie nie zuvor ist, seitdem der gut aussehende Schauspieler ihr nicht mehr von der Seite weicht ...

»Eine süße Liebesgeschichte zum Dahinschmelzen!« *HELEN HOANG*

LYX